« Il y a des moments que vous ne pouvez oublier, peut-être parce qu'ils sont l'écho du reste de votre vie. Non seulement ils restent en vous, mais certains soirs ils se moquent de vous, vous mettant au défi de les oublier. Il s'appelait Jack DePaul, et il a changé ma vie. S'il n'avait pas freiné, s'il m'avait passé sur le corps, il serait probablement encore en vie aujourd'hui... que je me dis... comme si c'était important... »

Extrait du journal de Lili Rimbaud

Du même auteur

Les Aventures de Jos Campeau, nouvelles, Montréal,
Les éditions Transmonde, 1988

Lili Rimbaud

Données de catalogage avant publication (Canada)

Jacob, Jacques, 1945-

Lili Rimbaud : roman

ISBN 2-89077-182-2

I. Titre.

PS8569.A277L54 1998   C843'.54   C98-941425-6

PS9569.A277L54 1998

PQ3919.2.J32L54 1998

Révision : Monique Thouin

Illustration de la page couverture : Marie Lafrance
Graphisme de la page couverture : Création Melançon
Photo de l'auteur : Jean-Marie Bioteau

ISBN 2-89077-182-2

Dépôt légal : 4e trimestre 1998

Imprimé au Canada

Jacques Jacob

Lili Rimbaud

roman

Flammarion
Québec

Élisabeth Jacob ne lira pas ce roman,
et pour cause,
dans le va-et-vient
continuel entre
le ciel et la terre,
je soupçonne qu'elle
est l'ange
qui est venu
rêver dans ma tête
la couleur des mots.

LES PERSONNAGES

La famille de **Lili Rimbaud,** l'héroïne :
Jeanne Rimbaud, sa mère décédée en la mettant au monde
Fernand Rimbaud, son père
Marc Rimbaud, son frère policier
Betty Bilodeau, sa belle-sœur
Valérie Couture, sa tante, la sœur de Jeanne

Son entourage :
Conrad Brault, son employeur
Jack DePaul, un survenant
Benoît Marchand, un soupirant
Jos Campeau, un policier
Clément Dulac, un camionneur
Mona Boyer, un témoin important au procès

Et bien d'autres... de Thetford Mines :
Le photographe Gaétan B. Tremblay
Le chef de police Lacasse
Le barman du *Balmoral,* Demers
Le chauffeur de taxi Albert Labrecque
Le garagiste Sylvain
Le docteur Lepage
La serveuse Yvonne Leblanc

De Saint-Joseph :
Le procureur Jean-François Letarte
L'avocat Pierre Blackburn
Le juge Ferland

De Montréal :
Le docteur Boulianne
Le lieutenant-détective Jérôme Paquin
Les prostituées Anita et Sheila

PREMIÈRE PARTIE

Lili Rimbaud

Dis. Quand reviendras-tu ?
Dis. Au moins le sais-tu...
Barbara

1

MAI 1969. La voiture de police filait sur la petite route de terre, soulevant des nuages de poussière. Marc avait insisté pour reconduire Lili.

— Y a rien que toi qui penses à des affaires comme ça, petite sœur.

Marc la regarda du coin de l'œil. Lili avait son air têtu, et il soupira, pesa sur l'accélérateur. Lili lui sourit. Elle trouvait que l'uniforme de policier lui allait bien. Ça lui donnait de l'autorité, et il en avait besoin... Elle savait que ça n'allait pas très bien entre lui et Betty Bilodeau, mais elle s'était juré de ne pas en parler.

— En plus, regarde les nuages ! Tu vas te faire prendre par la pluie.

Ils roulaient maintenant sur l'asphalte. Ils étaient sur le point d'arriver aux Quatre-Chemins, et Marc tenta une dernière fois de lui faire changer d'idée, mais Lili resta intraitable.

— S'il pleut, je me ferai mouiller.

— Si au moins tu faisais du pouce pour aller quelque part... Tu sais que c'est illégal, je pourrais...

— Essaie de m'arrêter, voir !

Marc se gratta la tête d'impatience. Il avait le cheveu court, très court, depuis que...

— Je t'aimais mieux avec tes cheveux longs.

Il la regarda de travers. Lili pouvait lire dans ses pensées. Ça l'avait toujours dérangé, même s'il se disait qu'il s'y était fait. Il arrêta la voiture en plein centre de la croisée des Quatre-Chemins, comme pour souligner le fait qu'il y avait peu de circulation dans le coin.

Marc regarda de nouveau sa jeune sœur. Elle avait dix-sept ans, mais paraissait plus vieille. À cause de sa jambe, elle avait toujours vécu comme un oiseau qui ne veut pas sortir de son nid, et il se demandait ce qu'elle voulait se prouver à vouloir faire du pouce soudainement.

Lili ouvrit la portière, hésita. « C'est vrai, ça ne sert à rien ce que tu veux faire, se dit-elle. Juste une idée folle. Tu sais comme t'es pleine d'idées folles. Ça nous aura fait une promenade en auto. Je ne te vois plus, Marc, depuis que t'es avec Betty. Ce n'est pas drôle, toute seule avec papa pis le fantôme de maman. »

— Temps de te décider, petite sœur. Si t'es pas revenue dans deux heures, je viens te chercher, fit Marc, le visage ferme.

— Il n'en est pas question ! S'il faut, je reviendrai à pied.

— Y a au moins cinq milles, Lili ! Avec ta jambe...

Il s'arrêta de lui-même. Il savait comment elle était soupe au lait en ce qui concernait sa jambe, mais le mal était fait.

— J'ai juste un pied croche, ça m'empêche pas de marcher !

— Qu'est-ce que tu veux prouver ? Si tu veux aller quelque part, je peux te conduire !

— JUSTEMENT !

Il ne comprenait pas. Il ne comprenait pas qu'elle étouffait. Il était comme le père. Il la traitait comme une infirme, comme quelqu'un de pas normal. Elle leur montrerait. Elle leur montrerait tous !

Elle ouvrit la portière et laissa glisser sa bottine hors de la voiture. C'était une bottine lourde, comme une bottine d'armée, d'où partaient deux tiges de fer qui filaient le long de la jambe jusqu'en haut du genou. Ces tiges supportaient sa jambe et aboutissaient dans un cercle en métal engoncé dans une rembourrure de cuir, pour protéger la chair de la cuisse. Cette bottine était le lot de Lili depuis sa naissance, et son visage pâle aux traits fins, ses boucles blondes, sa beauté naturelle ne pouvaient faire oublier cette difformité. Lili claqua la portière de l'auto. Elle était au milieu de la croisée, et Marc commença à tourner autour d'elle, lançant à la cantonade au point de la faire rougir :

— LA PLUS BELLLLE POUCEEUUUUUUSE DU MONDE !

Lili le regarda disparaître. Elle ne savait plus que faire, se trouvant ridicule de retourner vers Thetford Mines. Elle se dit qu'elle n'avait qu'à partir dans la direction opposée. Elle n'était qu'à une heure de Québec. Elle se dit aussi que son père en aurait une attaque. « Commençons petit ! » Elle se plaça délibérément de biais de manière à cacher sa bottine et tendit le bras, pouce déployé. Elle eut un sourire calme, un sourire comme il sied quand on veut donner l'impression que ce n'est pas la première fois qu'on fait quelque chose. Il n'y avait pas d'auto encore, mais elle souriait. « La première fois que tu fais du pouce, Lili. C'est important. »

Son cœur battait. Elle se força à redevenir calme. Le soleil perçait les nuages. Le printemps se préparait pour l'été, et elle faisait du pouce. Rien de plus. « C'est ta jambe. Tu penses à ta jambe. Y a rien de mal à boiter, mais c'est ta jambe ! Avec ta maudiiiite bottine de fer qui tient pas sans ses maudittttes barrrres de fer ! » C'est à cet instant qu'une auto se pointa au loin, et qu'elle reprit le contrôle comme une actrice qui entre en scène. C'était un gars de vingt ans, sans malice, qui se voyait s'approcher d'un mirage, une fille superbe, cheveux blonds dans le vent, le pouce tendu. Il n'y croyait tellement pas qu'il passa d'abord tout droit, puis freina comme si sa vie en dépendait. Lili s'approcha, se pencha pour le voir.

— Montez ! Montez !

— Vous allez où ?

Elle le regardait, essayant d'avoir l'air sévère. « Faut que tu fasses comme si t'étais méfiante, Lili. »

— Où vous voulez ! fit-il avec tant d'enthousiasme qu'elle se détendit.

Elle ouvrit la portière et il vit. Elle vit qu'il regardait sa bottine et que son sourire s'effaçait de son visage. Elle n'eut que le temps de reculer. Il appuya sur l'accélérateur, ralentit un instant pour fermer la portière de l'auto et disparut en soulevant un nuage de poussière. Le temps de cligner des yeux, et il n'était plus là. Lili ne cligna pas des yeux. Elle resta plantée au milieu de la route, indifférentc à la poussière, les joues brûlantes.

Elle ne pleura point.

Ses pires craintes étaient confirmées.

Elle n'entendit même pas le crissement désespéré des freins de l'auto qui cherchait à l'éviter...

———— · ————

Elle s'appelait Lilianne Élisabeth Éloïse Rimbaud, née le 13 septembre 1951, de Jeanne Couture et de Fernand Rimbaud. Le même soir, la mère mourut d'une hémorragie incontrôlable, ce qui fit jaser les commères de Thetford Mines pendant plusieurs soirées car Jeanne, « LA COUTURE ! » on l'appelait, avait des dons, entre autres celui d'arrêter le sang... mais elle n'avait pas été capable d'arrêter sa propre mort ! Et la petite qui avait le pied déformé ! Et Valérie n'avait pas mis le pied dans la maison des Rimbaud depuis que sa sœur Jeanne lui avait volé Fernand Rimbaud, qui était là depuis une semaine supposément pour prendre soin du petit Marc et du bébé !

« On sait ce que ça veut dire quand des gens restent sous le même toit ! »

« Une triste histoire, c'est le bébé qui devrait être mort. La moralité serait sauve ! »

Le pire, c'était de penser qu'ils avaient raison.

———— · ————

Le matin. Dix heures. Il y avait du soleil dehors, un soleil timide d'après pluie. Lili était dans son lit, l'œil ouvert sur la fenêtre.

Des rigoles d'eau se frayaient un chemin sur la vitre. Elle les observait se gonfler et rayer la vitre. Lili ne voulait pas se lever. Son pied lui faisait mal. Elle ne voulait pas se lever, point final. Pas avant qu'il ne l'appelle. Elle l'entendait bouger depuis deux heures au moins.

— Lilianne ! Lève !

Elle avait gagné. Il avait fini par appeler, mais ça ne l'apaisa pas. Il l'avait appelée Lilianne !

— Mon nom, c'est Lili !

— Lili ou Lilianne, lève !

Fernand Rimbaud se tenait devant la porte, massif, avec sa grosse tête et ses cheveux qui s'en allaient, et ses yeux doux, et cet air qu'il avait d'être toujours fatigué.

— Envoye, lève.

— C'est Lili, mon nom.

Elle le regarda, boudeuse, consciente de se répéter. Fernand sourit avec lassitude.

— Lili, j'ai pas le goût à matin. Faut que je sois au Bien-être à onze heures. J'ai pas le temps de jouer à te consoler. Amène ta jambe.

Elle lui tourna le dos, se recroquevillant dans le lit. Les draps s'étaient déplacés, et il pouvait voir sa bonne jambe... et la ligne de sa fesse...

— Ou tu me tends ta jambe ou tu peux commencer à mettre ta bottine toute seule.

— Tu sais que je suis pas capable !

— T'es capable ! C'est juste que... Lili, regarde-moi. Tu n'es plus un bébé, tu es une femme. Je ne veux plus jouer à mettre ta bottine, comprends-tu ?

— Qu'est-ce que ça change ?

Il eut presque un sourire. « Ça change que je te vois comme une femme. C'est ça qui n'est pas correct. »

— Amène ta jambe.

Elle se balança sur le bord du lit, la jambe tendue. Un frisson courait sur sa peau nue. Elle se gratta un sein, l'observant intensément. Il était gêné de la regarder. Ça faisait drôle à Lili de le voir tout embarrassé, essayant de se dépêcher pour lui mettre sa bottine avec ses yeux obstinément rivés ailleurs que sur elle. Il abandonna, se relevant, le front couvert de sueur.

— Mets-la toute seule, ta bottine !

— Je me lèverai pas !

— Tu finiras bien par descendre.

— Je me lèverai pas !

Mais il n'y avait pas de fermeté derrière. Il sortit de la chambre, soulagé. Il se fit un café, le sucra d'une cuiller, puis en ajouta une autre et une autre... Au diable le docteur !

Il prenait sa dernière gorgée quand il entendit le bruit de la bottine qui raclait le plancher. Il était sûr qu'elle faisait exprès. Quoi qu'il fasse, il ne pouvait s'accoutumer à ce bruit. Fernand sortit sur la galerie et examina la route de terre. Le sol était boueux. Avant-hier, il était resté pris. Il faudrait un voyage de gravier, mais pour ça, il lui fallait finir le cabinet en teck du docteur Lepage. Or, il avait déjà dépensé l'avance sur les matériaux. Il faudrait qu'il en parle à Conrad dimanche. Il savait que ce n'était pas pour lui mais pour Lili qu'il venait. Il ne voulait pas vraiment savoir ce que Conrad Brault voulait. Il lui avait parlé un soir, à mots couverts, de l'argent qu'il fallait pour l'opération de Lili. Conrad avait changé de sujet.

Elle sortit la tête par la porte, boudeuse.

— J'y vais pas !

— Comme tu veux, Lili.

Elle le vit monter dans sa vieille auto, qui démarra du premier coup pour faire changement. La pluie se mit à tomber. Elle lui en voulait de ne pas avoir insisté. Elle se mit à penser à toutes les fois où, dernièrement, il n'avait pas insisté. Comme s'il voulait être seul. Non, pas comme s'il voulait être seul, comme s'il la fuyait. Comme si elle avait la peste ou autre chose. L'autre chose ne pouvait être que sa jambe. Elle essaya de se convaincre du contraire, mais le doute était en elle comme un feu qui couve.

Le doute la consuma. Fernand fut soulagé, car elle ne lui demanda jamais plus de lacer sa bottine. Plus jamais.

———— • ————

Jack ne vit Lili qu'à la dernière minute. Il avait le pied sur la pédale de sa décapotable Bonneville, mais il ne voyait pas vraiment la route. Il conduisait avec ses réflexes, un type violent qui n'avait pas reçu grand-chose de l'existence sauf un certain charme animal qui lui venait de vivre dangereusement. Il avait enregistré mentalement Lili au milieu de la route et il avait supposé qu'elle se tasserait mais, le temps de regarder à droite, il était déjà sur elle. Il freina brusquement, et la décapotable commença à déraper, fit un tête-à-queue et évita Lili d'un pouce, la faisant disparaître dans un nuage de poussière... de sorte qu'ils se perdirent de vue un instant et que Jack vit Lili pour la première fois, comme on voit quelqu'un qui sort de la brume, entre le réel et le rêve. Il était furieux.

— Hé! tu veux te faire tuer? Cherche quelqu'un d'autre!

Et comme elle ne répondait pas.

— Imbécile et sourde!

Il la vit qui s'empourprait. Son visage était tout rose de colère. Derrière elle, un éclair fendit le ciel... et ça impressionna Jack sans bon sens, comme si c'était relié à Lili... qui ne disait toujours rien.

De grosses gouttes de pluie vinrent s'aplatir sur l'auto. Le ciel allait s'ouvrir comme un barrage qui cède.

— Envoye! Monte!

Il était pressé de remonter le toit de la décapotable.

— Je ne suis ni imbécile ni sourde!

Il ne trouva pas ça drôle. Le contrôle automatique de la capote faisait des siennes.

— Monte dans l'auto. Tu pèses sur ce piton-là, pis tu le lâches pas... Bouge! Il me faut quelqu'un pour peser sur le piton pour que je remonte la capote!

17

C'est ainsi que Jack et Lili se rencontrèrent.

Le reste appartient aux faits divers, du genre *Allô-Police*.

———— • ————

Jack DePaul n'était pas un mauvais bougre. Il était juste trop vivant, trop en colère. Peut-être qu'on l'avait battu une fois de trop et qu'il ne voulait plus revenir en arrière. Peut-être qu'il était un de ces êtres qui veulent savoir si un mur de ciment peut les arrêter. Il n'avait pas le sens du réel, sauf pour ce qui était dangereux.

La pluie cessa aussi sec qu'elle était venue, et Jack ouvrit la capote alors que la voiture était en marche. Lili ne dit rien, mais elle trouva cela imprudent, et puis quelque chose d'autre l'agaçait. Il avait un drôle d'air, ce type, ce Jack; il la regardait avec un sourire, l'air de quelqu'un qui prépare un mauvais coup. Elle se sentait rougir de lui rendre son regard, et cela la rendait furieuse.

— Qu'est-ce que vous faisiez plantée au milieu de la route?

— C'est de mes affaires.

— O.K. On va où, là?

— Thetford, voyons!

Il sourit.

— Qu'est-ce que t'as à être fâchée?... Une belle fille comme toi...

Une colère froide la traversa.

— Riez-vous de moi? Vous voulez que je vous montre ma jambe?

Il la regarda sans comprendre, se pencha pour voir.

— J'avais pas remarqué. Faut croire que c'est pas ça que je regardais... Envoye, change de face.

— J'ai la face que j'ai.

Il souriait comme s'il s'amusait royalement. Elle se retenait de sourire. Elle se retenait fort. Ça allait trop vite avec lui. Il était moqueur. Il se moquait d'elle! Elle se durcit.

— Vous avez pitié de moi, c'est ça.

Il freina si sec qu'elle manqua se péter la tête dans le pare-brise.

— Que tu sois infirme, je m'en fous, je te trouve belle, mais si tu veux jouer l'infirme avec moi, débarque !

Il continua à mâcher sa gomme, surpris de ses propres paroles. Elle le regardait en silence comme quelqu'un qui voit quelque chose pour la première fois, et elle eut un sourire, un petit sourire qui lui fit pointer un malaise dans l'estomac. Il eut peur. Le genre de peur qu'avoir un *gun* sous son aisselle ne peut contrer. Il lâcha :

— C'est fini, les regardages ?

— Vous aussi vous me regardez. Ça fait qu'on est égal.

Il redémarra la décapotable. Ils ne se dirent plus rien jusqu'au village, mais ils souriaient tous deux sans se regarder. Il la posa devant le magasin de Conrad Brault ; ses yeux brûlés sur elle, il la vit se retourner et lui faire un sourire. Il fondit presque. Il redémarra violemment comme un homme qui fuit. Il était en colère parce qu'il avait le cœur en fête. Il ne connaissait pas la sensation. Il ne le savait pas, mais il venait de se souder à Lili et sa vie ne lui appartenait plus.

Il n'avait pas pour autant perdu ses réflexes. Quand il croisa la voiture de police, il avait suffisamment ralenti pour que Marc ne lui décoche qu'un coup d'œil sévère. Il avait même eu le temps de remettre ses verres fumés et de décider qu'il allait rester à Thetford Mines quelque temps.

2

CONRAD FIT UN SIGNE À LILI.

— Lilianne, si vous voulez venir.

Conrad Brault laissa ouverte la porte du cubicule vitré qu'il appelait son bureau et dont il était fier. Il s'assit, sérieux comme un pape, et sortit son livret de chèques. Lili s'approcha. Elle ne protestait jamais quand il l'appelait Lilianne. Elle ne voulait pas lui donner un sujet de conversation supplémentaire.

— Fermez la porte.

Elle pensa qu'il aurait toujours une tête de croque-mort, avec ses épaules voûtées et son air obséquieux. Elle s'assit sur le bord de la chaise. Elle détestait ce rituel. Chaque semaine, Conrad Brault la faisait venir dans son bureau pour lui signer son chèque de paye. Ça ne prenait qu'un instant, mais elle devait fermer la porte et s'asseoir. « Comme s'il allait passer des heures avec moi ! » Ce qu'elle détestait le plus, c'est qu'il remplissait le chèque en la regardant. Il ne la quittait pas des yeux, et elle se sentait obligée de lui rendre son regard. Elle essayait de rester le plus neutre possible, mais ça brûlait en elle. « Arrêtez de me dévorer des yeux. Ça vous servira à rien... espèce de croque-mort. J'ai pas besoin de votre argent ! » Un jour, elle le lui dirait en pleine face, juste pour voir son visage casser. Il lui tendit le chèque. Il allait le retenir de la main lorsqu'elle le prendrait, et il aurait un sourire. Elle lui en ferait un et son visage se troublerait. Il laisserait aller le chèque, mais il ne fallait pas qu'elle se lève brusquement et sorte. Elle devait attendre.

— Ce sera tout, Lilianne.

Un dernier sourire comme s'il s'attendait à plus, mais il pouvait attendre.

— Vous êtes bien bon pour moi, monsieur Brault, un vrai père...

Elle n'avait pas pu se retenir. Elle savait qu'il avait des vues sur elle depuis que sa femme était morte. Elle savait que c'était à cause d'elle qu'il passait de l'argent à son père, que c'est pour ça que Conrad venait souper tous les dimanches soir... Et elle savait que son père savait... Elle savait tout ça. Conrad Brault la regarda sortir du bureau sans fermer la porte, comme d'habitude. Elle était belle, avec un corps plein qui l'arrêtait dans ses gestes. Lilianne était pour Conrad ce qu'il y avait de plus merveilleux au monde. Surtout qu'avec sa jambe elle ne serait jamais un bon parti. Il avait une chance. Il finirait par l'avoir. Même si son père était contre. Même si elle était contre. Il était sûr qu'un jour... D'y penser le faisait trembler. Un vrai père... Il avait trente-sept ans. Où allait-elle chercher ça ? Il en parlerait à Fernand. L'été s'en venait. Un voyage ! Un pique-nique peut-être ! Oui ! Et il marcherait avec Lilianne main dans la main. Il remit le livret de chèques dans le tiroir, qu'il ferma à clé. Vingt-six dollars par semaine, ce n'était pas trop pour un rêve.

———— · ————

— Lili, c'est pour toi.

Elle le regarda sans comprendre. Qui pouvait l'appeler ? À cette heure un dimanche soir... Fernand la regardait de son air « Qu'est-ce qui se passe ? » Conrad Brault toussa discrètement alors que Lili prit le récepteur. Elle les voyait tous deux faire semblant de ne pas être intéressés.

— Allô !

— Lili ? C'est Jack... Je t'ai prise sur le pouce il y a deux jours. Écoute, je suis resté dans les environs. Présentement je suis au

Balmoral, tu dois connaître ? Ça te dirait de venir prendre un verre ? Je peux passer te prendre... Allô... Allô ?...

Elle cherchait ses mots. « Dis oui ! » Tout son être en avait envie.

— Allô ?

— Je sais pas si...

— Tu me ferais plaisir sans bon sens... Allô ? T'es encore là ? Viens, tu le regretteras pas.

Ils la regardaient. Elle leur tourna le dos, murmura :

— Oui.

Son souffle était trop rapide.

— Parfait, je passe te prendre.

— Non. Je vais prendre un taxi. J'arrive.

— Je t'attends. Passe pas une heure à te préparer, là. Viens comme t'es !

Elle posa le récepteur et retourna s'asseoir à table. Le silence était à couper et elle aimait ça. Elle vint pour prendre une bouchée, mais dut poser sa fourchette. Son estomac était soudain une poche d'angoisse qui la brûlait. Conrad Brault eut un regard amusé pour Fernand.

— Lilianne nous garde dans le mystère.

— C'était qui ? fit Fernand, brusque.

— Je sors. On vient de m'inviter.

Ses yeux brillaient. « Vous pensiez pas que ça se pouvait. Vous êtes là à me regarder comme si c'était impossible. »

— C'est quoi, ces histoires ? Qui t'invite ?

— Une personne bien que j'ai rencontrée il y a deux jours au village.

« Je sais pas si y est bien mais ça fait correct de l'appeler une personne bien. Pourquoi il m'invite ? »

— Et il s'appelle comment ? fit Fernand, qui voulait une réponse.

Elle se leva.

— Faut que je me prépare.

— Lili ! assieds-toi.

Il se voulait ferme. Elle attaqua, une colère sourde dans la voix :

— Tu vas m'empêcher de sortir maintenant ?

Fernand connaissait ce ton. Il s'adoucit.

— Non, je veux simplement savoir qui t'appelle.

— Alors, c'est réglé.

Elle fit un effort pour paraître calme et sortit dignement de la cuisine, mais ses jambes étaient molles. Sa bottine lui faisait mal. « Pourquoi il m'invite ? » Elle grimpa l'escalier.

Fernand Rimbaud prit une gorgée de café, louchant vers Conrad Brault qui n'avait pas l'air content.

— Je suis aussi surpris que vous, fut tout ce qu'il put offrir.

— Je vais la conduire.

— Vous êtes pas obligé, vous savez.

— Vous me connaissez mal.

Fernand Rimbaud regarda ailleurs. « Si tu penses que je te connais pas. Si tu penses que je te vois pas faire. Si c'était pas de tout l'argent que je te dois... »

— Mais au moins nous nous comprenons, ajouta Conrad Brault comme s'il lisait sa pensée.

En haut, Lili était en train de succomber à la panique. Rien ne pouvait cacher sa jambe. Rien. Elle ne voulait plus, mais elle était coincée. Elle ne pouvait pas changer d'idée devant eux. « Viens comme t'es. »

— Ben, c'est ce que je vais faire !

Elle mit ses boucles d'oreilles, les seuls bijoux qu'elle avait de sa mère, ses seuls souvenirs d'elle, sauf pour une vieille photo de Jeanne prise un peu avant sa mort, alors qu'elle était enceinte de Lili. Un début d'incendie avait détruit tous les souvenirs familiaux en 1950. Son père n'en parlait jamais, comme il ne parlait jamais de sa mère. Elle avait beau lui poser des questions, elle se heurtait à un mur.

Lili prit son écharpe blanche. Descendit.

— Monsieur Brault s'est offert pour te reconduire.

« Mêlez-vous de vos affaires. Vous voulez m'espionner ! » faillit-elle crier, mais elle n'avait pas d'énergie pour se battre sur ce point.

— Bon ! Alors, on y va ?

— Tout de suite ? fit Conrad.

C'était bien lui, ça. Toute faveur avait son prix.

— On m'attend.

Fernand intervint :

— T'as le temps de prendre un café. Il ne se sauvera pas, ton cavalier.

« Ton cavalier ! » Elle roula le mot dans sa tête et une vague l'envahit qui lui fit serrer les lèvres. Elle s'assit. Elle n'était plus pressée, plus nerveuse. Elle était absente. Dans sa tête, Jack était tout contre elle, avec ses yeux bruns si intenses. Elle souriait presque, comme si elle flottait.

Ce ne fut que lorsque Conrad Brault la déposa devant le *Balmoral* qu'elle se sentit totalement apeurée. Elle le regarda s'en aller, resta debout, hésitante, devant l'hôtel. Elle n'avait pas le courage d'entrer. Il se mit à pleuvoir et elle se réfugia sur la véranda. Il y eut un éclair et les deux hommes qui sortaient de l'hôtel avaient l'air de pâles fantômes qui l'observaient. Elle regarda sa jambe et les pleurs vinrent.

— Je t'attendais.

Le murmure de la voix dans son cou ne la fit même pas sursauter. Elle sentit le bras de Jack autour de sa taille et le regarda en reniflant.

— Fais-moi une meilleure face que ça.

Il la prit par la main, ne la quittant pas du regard. Elle le vit qui s'adoucissait. Elle le vit qui la regardait. Personne ne l'avait jamais regardée comme ça. Elle sentit une chaleur l'envahir partout. Elle lui fit une meilleure face.

C'était une nuit d'encre et la pluie était une mince bruine que le vent vous rafalait au visage, mais Jack ne s'en aperçut qu'au moment où il vit Lili frissonner, et il la fit entrer dans l'hôtel.

——— . ———

Lili n'avait pas sitôt franchi la porte avec Conrad Brault que Fernand commença à s'inquiéter et à pester contre lui-même : « Qu'est-ce qui t'a pris de la laisser partir comme ça, au pied levé, pour aller rencontrer un homme que tu ne connais même pas ? Tu ne sais même pas son nom ! » Il se cala dans le vieux fauteuil du salon et bourra machinalement sa pipe, essayant de revoir dans sa tête ce qui s'était passé pour qu'il ne puisse résister à l'élan de Lili. Ce coup de téléphone l'avait littéralement enfiévrée. Il avait suffi d'un seul regard pour qu'il comprenne. Il connaissait ce regard. Quelque chose d'indistinct et de sauvage comme une bête traquée. Jeanne avait eu le même regard quand le docteur Lepage lui avait dit qu'elle risquait la mort si jamais elle retombait enceinte. Elle ne l'avait pas écouté : « Je suis privilégiée, Fernand, je peux choisir ma mort. »

« Et moi, Jeanne ? Tu n'as jamais pensé à moi. La vérité, c'est que tu as préféré me laisser seul. »

Certains soirs, il n'était pas seul dans le fauteuil. Jeanne n'était pas morte. Jeanne était là. Il rêvait parfois que sa main venait toucher la sienne, mais ce n'était pas une main, et le visage qui se tournait vers lui n'était pas un visage, mais un crâne sans yeux d'où sortait...

Il se leva brusquement. Il ne pouvait plus rester dans le salon. Il passa à la cuisine. Il n'aurait pas dû laisser partir Lili. Il regarda sa montre. Une heure du matin ! C'était impossible. Elle venait juste de partir. Il avait dû s'assoupir dans le fauteuil. Alors, son rêve...

Il enfila son imperméable et sortit sous la pluie. Cela le calma comme un chaudron trop chaud plongé dans l'eau froide. Il n'avait qu'à aller la chercher. Il s'installa au volant de la voiture, actionna le démarreur. Rien. « Voyons ! ce n'est pas le temps. » Il se força à avoir des gestes calmes, comme s'il ne voulait pas communiquer son angoisse à l'auto. Il recommença doucement. Rien. Il réessaya à petits coups, comme si le contact pouvait naître à n'importe quel moment. Il arrivait toujours à la faire démarrer. Ce n'était pas la première fois. « Patience. » Mais il était à bout de patience. Il enfonça l'accélérateur sauvagement, le pouce tordu sur le démarreur jusqu'à ce qu'il lui fasse mal. Rien. D'autres personnes auraient abandonné, se disant qu'il faut se plier au hasard, mais Fernand ne pouvait abandonner. Dans sa tête, le hasard était contre lui et ça, il ne le prenait pas. « Marc ! Je vais appeler Marc ! » Il courut dans la maison mais, la main sur le téléphone, il abandonna. Appeler Marc ne ferait que jeter de l'huile sur le feu. Il appela Conrad Brault.

———— • ————

Le bar baignait dans une obscurité complice que Lili savourait. L'obscurité la rendait pareille aux autres. Personne ne pouvait voir sa jambe. Elle en était à sa première coupe de champagne et elle était déjà ivre. Elle n'avait plus peur, surtout qu'elle se sentait regardée, mais pas à cause de sa jambe. Jack s'était penché sur elle.

— Tu vois, c'est toi qu'on regarde à soir.

Et alors qu'elle levait les yeux, surprise.

— T'es le genre de femme pour qui on fait des folies.

Lili aimait ce qu'il disait, mais son esprit se rebellait. Elle n'était pas comme ça. Elle n'était pas une femme pour qui on fait des folies. Il leva son verre.

— Toi et moi...

Il ne dit rien de plus, mais elle eut envie de se serrer contre lui. Elle était si bien, si bien. Le monde lui appartenait. Elle partit d'un rire nerveux qui s'enrichit lorsqu'elle sentit tous les regards sur elle.

Il y avait de la férocité dans son rire.

———— • ————

Conrad Brault avait toujours souffert d'insomnie et la sonnerie du téléphone ne le surprit pas vraiment. Il laissa quand même sonner plusieurs fois et se prit une voix pâteuse.

— Allô.

— Conrad? C'est Fernand Rimbaud. Je vous appelais pour savoir où est Lili. Elle n'est pas encore rentrée.

Conrad se sentit mauvais. Il venait de se voir dans le miroir. Il avait un visage de vieux.

— C'est vous qui l'avez laissée sortir, il me semble.

— Écoutez, j'ai du trouble avec mon auto. Le démarreur... Alors, je me suis demandé... Si vous passiez me prendre... on pourrait aller la chercher... Allô?... Conrad?... Êtes-vous là?

Conrad était là. Il avait fait ses comptes après avoir déposé Lili au *Balmoral*. Fernand lui devait plus de quatre mille dollars. Il était temps qu'il lui parle. Lui faire comprendre que sa patience était à bout. De plus, il brûlait d'envie d'aller au *Balmoral* voir qui était cet homme.

— J'arrive.

———— • ————

Jack se sentait bien avec Lili. Il n'arrivait pas à dire pourquoi, mais il se sentait plus vivant, plus décidé. Cette sensation lui plaisait et l'inquiétait. Sans qu'il s'en doute, son équilibre reposait sur une vision conservatrice des choses. Il avait beau être voleur de banques, ça n'y changeait rien. Il avait besoin de toute sa concentration, de toute sa détermination. Lili, avec son sourire, avait tout foutu en l'air. Deux jours à peine et il ne pensait plus qu'à elle. Il se levait le matin et elle était sa première pensée. Il n'arrivait pas à la chasser de son esprit. Comme si ses pensées ne lui appartenaient plus. Il fallait réagir. Il n'allait pas s'en laisser imposer. Pas lui. Pas par elle. Il voyait que, depuis leur entrée dans le bar, tous les regards étaient pour elle. Il voyait aussi qu'elle aimait cela.

— Allons danser!

Il vit le visage de Lili changer, son sourire se fermer, ses mains se crisper sur les bras du fauteuil. Elle eut un regard traqué pour la piste de danse déserte, en surplomb.

— Je n'aime pas danser.

Il y avait quelque chose d'autre. Il se rappela soudain sa jambe. Ça le fit sourire, parce qu'il avait complètement oublié. Les choses venaient de retomber en place. Il eut un nouveau sourire et rapprocha son visage de Lili.

———— • ————

Il pleuvait à boire debout. Le court trajet entre la galerie et la voiture de Conrad avait suffi à le tremper jusqu'aux os. De plus, Conrad avait reculé dans l'ornière, celle que Fernand évitait toujours soigneusement, celle qu'il voulait remplir de gravier. Ils étaient embourbés.

— Je pense qu'on est pris.

Conrad s'appliqua à sortir lentement, sans trop donner de gaz. Le pneu arrière roulait dans le vide.

— Ça sert à rien, fit Fernand.

— J'ai sorti ma Buick de plus gros trous.

— Pas celui-là.

— Êtes-vous avec moi ou contre moi ?

Il commença à donner du gaz. Peine perdue.

— Va falloir que vous sortiez pour pousser.

Fernand le regarda, incrédule. Conrad n'aimait pas ce regard.

— Je suis cardiaque, vous avez oublié ?

— On ferait peut-être mieux de l'attendre.

— Mon conseil, c'est que c'est à vous de sortir pousser.

Le ton de sa voix ! Conrad essaya d'ouvrir la portière, mais elle était bloquée par un buisson. Fernand sortit de l'auto, attendant sous la pluie que Conrad glisse sur la banquette, puis il monta s'installer au volant. Il pleuvait toujours.

— Asseyez-vous sur le coin de l'aile pour faire du poids.

Conrad n'était pas assez pesant. Tout ce qu'il réussit à faire, c'est glisser dans la flaque d'eau alors que l'auto se cabrait. Il jura entre ses dents, voulut réintégrer le confort de la voiture, mais déjà Fernand sortait.

— Pourquoi vous appelez pas Marc ?

— Marc s'énerverait.

Il y avait un tas de vieilles planches à droite. Fernand en saisit une, la poussa sous la roue. Conrad le laissa faire, la vision de Fernand en train de s'échiner sur l'auto, saisissant soudainement sa poitrine et s'écroulant, mort, surgissant dans sa tête. « S'il meurt, je m'occupe d'elle. Ça règle tout. »

— Allez-vous rester là, planté comme un...

La voix de Fernand s'était étranglée en un cri inaudible. Il avait les poings serrés. Les deux hommes poussèrent la planche sous la roue. La pluie cessa et la lune sortit obligeamment. Conrad vit Fernand tout crotté, réalisa qu'il devait avoir la même allure. Il eut un sourire. Fernand aussi.

— On y va ?

Fernand lui ouvrit la portière de la voiture. Comme quoi il n'y a rien comme une auto embourbée pour vous rapprocher de quelqu'un.

———— · ————

— Je ne sais pas danser.

Jack n'était pas pressé. Il répondrait à toutes ses objections jusqu'à ce qu'elle avoue. Jusqu'à ce qu'elle arrive à sa jambe.

— C'est un slow, tu n'as qu'à rester debout.

— Je suis bien ici.

Il se renfrogna. Il ne savait trop que répondre à cela, mais elle ajouta :

— Je n'aime pas cette chanson.

— Ah ça ! je peux faire une demande spéciale.

Il souriait. Elle se mordit les lèvres. Qu'est-ce qu'il avait tout à coup ? Elle voyait son visage dans la pénombre. Elle aurait juré qu'il prenait plaisir à... « Bien sûr ! C'est ça qu'il veut. Il sait que je ne veux pas. Ça l'amuse. »

— Tu veux montrer ma jambe ?

Il saisit son poignet :

— Qu'est-ce que tu dirais à quelqu'un qui a honte de se montrer en public ?

— Que c'est de ses affaires !

Il lui tordait le poignet. Elle sentait toute sa force nerveuse. Elle voyait ses yeux froids, ses lèvres lourdes, la sueur qui perlait sur son front :

— Qu'est-ce qui te prend ?

Sa voix lui arriva en saccades sauvages. Il bougeait à peine les lèvres.

— Y me prend que t'as peur. T'as peur qu'on rie de toi. T'es prête à rester assise. Que personne voie ! Que personne se doute ! Prête à faire de l'œil à tout le monde, par exemple ! Mais pas question de te lever. Pas question de montrer qui t'es, comment t'es ! Ben, j'accepte pas. Viens !

Il la tira vers lui, la soulevant presque de force.

— Non, Jack !

Il fléchit presque, mais il était rendu trop loin.

— J'ai dit : viens !

Il y eut un mouvement derrière lui.

— Hé ! le bonhomme, laisse-la donc tranquille !

Jack parla sans se retourner.

— Un conseil, bonhomme ! Décampe !

La lourde main du bonhomme lui accrocha l'épaule, le revirant comme une toupie. C'était un géant, l'air placide, pas pressé, pas peureux. D'autres auraient reculé. Pas Jack. Il avait trop de rage en lui pour plier devant quiconque, eût-il fait deux fois son poids. Il préférait casser. Il sourit, regarda Lili. Il frappa l'homme en pleine poitrine, au plexus. Il le vit grimacer et reculer. Il voulut continuer sur sa lancée, mais la main du géant saisit son poing. De son pied il l'atteignit au genou, le déséquilibrant et l'envoyant valser dans les tables.

Derrière le bar, Demers, le fils du proprio, qui n'avait pas encore vingt ans et qui n'avait jamais été très brave, était déjà en train d'appeler la police, mais il était trop tard. Quelqu'un d'autre fonçait sur Jack pendant qu'à côté un grand gaillard s'emparait d'une chaise qui fit un vol plané vers le bar. Lili était en plein milieu de la bataille, qui surgissait de partout, comme si le geste de Jack avait lancé une torche à travers la pièce, comme si tout un chacun n'attendait que ce moment. Jack saisit Lili par le bras. Il n'avait pas perdu le nord. Il ne voulait pas avoir affaire à la police, qui serait là bientôt. Il se fraya un chemin, Lili en remorque, à travers la salle. Lili suivait de plein gré. Tout ce qu'elle désirait, c'était être dehors. Elle avait compris qu'elle ne danserait jamais, qu'elle aurait toujours peur. Étrangement, en ce moment, elle aurait suivi Jack au bout du monde. Ils se précipitèrent dehors. Jack pressa le pas vers la décapotable.

— Hé ! bonhomme !

C'était le géant. Il l'avait suivi. Lili vit Jack s'arrêter. Il eut un sourire en sortant son arme, se retourna, la pointa sur le géant.

— Qu'est-ce tu veux ? Tu veux t'approcher ? Oùsque tu la veux ? Dans le front ? Dans le genou ? Disparais ou je vais me fâcher. J'ai le doigt qui me démange. Fais un pas en avant pour voir. Envoye !

Le géant commença à reculer, à pas prudents, comme un chat sur le reculons. Jack tourna la tête, pointant son arme sur Lili. Elle sentit une vague d'adrénaline l'envahir.

— Monte !

Elle monta sans penser. Jack sauta sur le volant et la décapotable disparut dans la nuit.

——— • ———

Elle n'avait pas eu peur. Ses gestes avaient été lents et précis comme dans un rêve. Elle avait ouvert la portière. Elle était superconsciente. Elle pouvait sentir le cuir froid sur ses cuisses, et ça la fit sourire. Ils filaient dans la nuit et le cœur lui battait tant qu'elle s'accrocha à son bras. La tête lui tournait. Elle lui serrait le bras si fort qu'il eut mal et la repoussa...

3

TROIS VOITURES DE POLICE DEVANT LE *BALMORAL*. Fernand et Conrad n'eurent qu'une pensée : « Lili ! » Demers, le barman, confirma leur appréhension, mais cela prit un certain temps car Fernand insistait sur la bottine de Lili et lui n'avait rien vu.

— En tout cas, si elle boite, elle le cache bien parce que je peux vous dire que tout le monde la regardait. Des belles filles de même ici, on n'en voit pas souvent. Comme ça, elle est de Thetford Mines !... Hé !...

Fernand et Conrad étaient repartis. Le barman n'avait rien à leur apprendre. Les deux hommes étaient mécontents. Quelque chose leur échappait. Ce que Demers leur avait conté, ce n'était pas Lili. Pas la Lili qu'ils connaissaient. Ils étaient inquiets. Ce ne fut qu'une fois hors de l'hôtel que Fernand se rendit compte que Marc ne devait pas être en service ce soir-là. Une chance.

———— • ————

Marc Rimbaud était de service ce soir-là, mais le chef Lacasse avait préféré le laisser de garde au poste. Marc savait qu'il restait au poste plus souvent qu'à son tour et ça le gênait comme si le chef Lacasse lui faisait une faveur à cause de... « Depuis qu'y a un voleur de banques qui t'a pogné ta tignasse pis qui t'a braqué le canon d'un revolver dans le front si raide que t'as encore la cicatrice, pis qui a tiré avec son chargeur vide, en riant », se disait Marc. Il n'avait plus la cicatrice, mais il la voyait encore, de sorte qu'il évitait les miroirs. Il s'était fait raser les cheveux si court que personne ne serait plus jamais capable de le saisir par les cheveux. « *No Sir* ! » Maintenant, il savait qu'il ne serait jamais un bon policier, mais il ne se l'était pas encore avoué. Il faisait comme si c'était la chose la plus importante au monde. Plus importante que Betty. Betty Bilodeau, avec ses yeux si lointains, ses yeux de pierre dure qu'on évitait de fixer. Elle avait une colère en elle. Un soir, il lui avait dit que même quand elle se forçait à sourire, ça paraissait au coin de ses lèvres qu'elle était en colère. Elle l'avait regardé étrangement. Quand ils avaient fait l'amour cette nuit-là, elle se cabrait avec des bruits rauques qui sortaient comme des plaintes rageuses et qui l'effrayaient presque, comme si une bête était lâchée qui rôdait, assoiffée de griffer. Depuis, il se tenait à distance de cette partie d'elle et, lorsqu'elle lui annonça qu'elle était enceinte, il savait la nuit et l'heure... Il allait devoir se marier. Betty l'exigeait. Est-ce qu'elle en avait parlé à quelqu'un ? Est-ce qu'il savait, le chef Lacasse ? Est-ce pour ça qu'il le laissait seul au poste ? Betty ! Qu'est-ce qu'il allait faire ? « Même pus bon pour aller arrêter une bataille au *Balmoral* ! » Il se leva pour regarder par la fenêtre. La pluie avait cessé. Une brume montait. Marc, lui, cherchait son visage dans la fenêtre. Cette tache sombre au milieu de son front. On lui avait dit que la cicatrice était partie, mais il savait. Il savait qu'elle était encore là.

————— • —————

La décapotable piqua dans une route de bois. Jack conduisait d'une main, indifférent aux crevasses de la route et aux soubresauts de l'auto. Lili était cramponnée à la poignée de la portière, ivre de vie. Il freina sec. Ce fut le silence. Il éteignit les phares. La lune les éclairait. Encore le silence. Puis sa voix qui semblait venir de si loin, si loin.

— N'aie pas peur, Lili.

Elle tourna la tête, pensant qu'il était sorti de l'auto. Il était là, tout près d'elle. Elle l'entendait respirer. Elle entendait tout. Le vent dans les arbres. Les autos qui passaient au loin. Il y avait aussi le bruit d'un ruisseau. Elle ouvrit la portière.

— Reste.

Cette voix encore, si loin.

— Je ne m'en vais pas.

Il n'avait plus le même visage. Soudain, il avait des yeux d'enfant. Il la suivit comme s'il avait peur de se perdre et déboucha près d'elle dans une petite clairière où coulait un ruisseau sorti de nulle part. Elle prit sa main. Personne n'avait jamais pris sa main comme ça. Il se sentit sourire. Il trouva ses lèvres, la serra contre lui. Elle lui rendit son baiser, le repoussa. Elle voulait le regarder, mais elle ne vit que l'urgence de ses yeux. Il la saisit par le cou pour l'embrasser. Elle tourna la tête. Il la serra contre lui, fort, et elle sentit ses pieds qui quittaient le sol. Il tournait avec elle, ses lèvres fouillant son cou. Elle eut un cri, mais il continuait.

— Arrête !

Il se laissa tomber dans l'herbe avec elle par-dessus lui. Il avait sa tête entre ses seins qu'il fouillait, et ses mains qui faisaient glisser sa robe. Sa bouche enveloppait son sein, le mordillant. « C'est l'amour ! » Ils roulèrent sur le côté. Elle trouva ses lèvres. Il avait sa main entre ses cuisses. Elle eut la pensée qu'elle n'était plus une enfant. Puis, plus rien n'exista que ce qui montait en elle comme une marée.

——— • ———

Fernand faisait les cent pas devant la maison, s'arrêtant chaque fois qu'il arrivait à la route et jetant un coup d'œil comme si le fait d'être là, de regarder intensément, pouvait matérialiser Lili. Conrad était assis dans la berceuse, il regardait Fernand revenir. Le matin pointait à l'horizon et il en avait assez.

— On aurait dû appeler la police, Marc ou pas Marc.

— Prenons pas les nerfs.

Fernand reprit ses cent pas.

— Une chose sûre, si elle a été enlevée, c'est pas pour son argent.

Fernand revint sur ses pas.

— Qu'est-ce que ça veut dire, cette phrase-là ?

Conrad se leva.

— Il est peut-être temps de caser ta fille, Fernand.

Fernand vira de bord, repartit vers le chemin. Conrad s'alluma une cigarette.

— Avant qu'elle se fasse une mauvaise réputation.

Fernand s'arrêta.

— Conrad, nous ne sommes plus au Moyen Âge. Aujourd'hui, les filles choisissent leur mari.

Conrad eut son premier sourire.

— C'est une opinion. J'y ai beaucoup pensé. On continue à choisir pour ses enfants, mais c'est moins visible. Ce n'est plus un gant de fer, mais un gant de velours, et le résultat est le même.

Conrad descendit les marches.

— Je pense beaucoup à Lili. Elle devrait se marier.

— Lilianne ! Ne l'encouragez pas à s'appeler Lili.

— Vous faites semblant de ne pas m'entendre. Lili devrait se marier.

— Je vous ai entendu la première fois. C'est Lilianne qui va décider.

Conrad prit sa voix lasse :

— Mais vous pourriez lui parler.

Il fit un autre pas de façon à être de biais, tout près, pour que Fernand entende :

— Dans une famille, les dettes s'effacent.

« Voilà ! Il a fini par montrer ses couleurs, comme si tu ne le savais pas. Elle ne l'épousera jamais. Il l'aime peut-être, mais jamais elle ne voudra. Rien au monde ne pourrait la convaincre. Rien au monde. »

— Je n'ai pas d'objection. Je vous dois beaucoup. Cependant, Lilianne ne voit pas le monde comme vous et moi. Il y a sa jambe. Elle ne se considère pas comme un bon parti et rien ne pourra la convaincre du contraire... à moins que...

« Tu penses que je te vois pas venir. Tu penses que je vais lui payer une opération pour que sa jambe soit correcte. Ça serait le plus sûr moyen de la perdre à jamais. Non. Peut-être après. Si tout va bien. »

— À moins que quoi ?

— Lilianne épousera l'homme qui paiera l'opération pour sa jambe.

Et rapidement, dans le même souffle :

— Dieu du ciel ! Où peut-elle être ?

Fernand repartit vers la route. Il se sentit soudain très vieux. Il voulait que Conrad s'en aille. Il voulait que Lilianne revienne. Il voulait que Jeanne soit là. Si Conrad avait regardé de son côté, il l'aurait vu vaciller un instant et prendre appui sur un arbre, mais Conrad ne voyait rien. Il était au pied du mur et il n'aimait pas cette sensation-là.

———— • ————

— Tu le tiens fermement, mais tu serres pas. Tu fais comme si tu l'enveloppais dans tes mains. Tu le pointes pas sur moi !

Il balaya le revolver d'un geste brusque, passa sa main dans son épaisse tignasse. Elle le regardait en souriant. Cette confiance qu'elle avait dans le regard lui mangeait les tripes, cette assurance aussi. Elle ne le savait pas, mais elle pouvait lui demander n'importe quoi. N'importe quoi ! Il essaya de se montrer sévère :

— Si tu veux apprendre à tirer, faut que tu sois plus sérieuse que ça. Tu comprends ?

— Oui, Jack.

Il bougea une jambe puis l'autre et regarda ailleurs. Lili savait maintenant ce que ça voulait dire quand il criait après elle, et elle aimait ça. Elle sentait sa puissance et ça lui montait à la tête.

— Tu vises pas de gauche à droite, mais en faisant comme un huit avec ta mire.

Elle visa la bouteille sur le poteau. Elle avait la langue sortie à force de concentration. La bouteille éclata.

— Comme ça ?

Jack était contrarié.

— T'as déjà tiré ?

— Non, c'est la première fois.

— C'est ça, pis moi je suis le pape.

Elle visa de nouveau, manqua délibérément la cible.

— Tu vois ? Tu ne te concentres pas assez. Tout est dans la concentration. C'est comme si tu visais non pas avec tes yeux, mais avec ta tête, avec ta sensation. Tu te laisses aller et la balle va trouver son chemin toute seule. Tu comprends ?

Elle comprenait, mais elle ne pouvait pas dire oui. Il voulait lui montrer quelque chose.

— Non.

— Alors, tu ne seras jamais une vraie... chasseuse.

Elle ne put résister.

— Je t'ai bien attrapé.

Elle le regretta immédiatement. Son visage était redevenu laid.

— C'était une farce, Jack.

— Que tu dis !

Comme quand il voulait la faire danser.

— Assez joué. Je pense qu'il est temps que je te reconduise. C'est le matin.

Elle se prit à regarder le ciel. Il faisait jour et elle ne s'en était pas rendu compte. Elle le regarda avec de grands yeux comme s'il était responsable d'un miracle.

— Quoi ? fit-il, défiant.

— Rien.

— Qu'est-ce que c'était, cet air-là ?

— Quel air ?

— Prends-moi pas pour un niaiseux. Encore cet air buté.

— Mais non, je pensais que j'avais oublié que c'était le matin... pis que c'est ta faute.

— Rien que ça ?

38

Jack restait là à la regarder comme si soudain il lui en avait voulu d'être là. Sa jambe lui fit mal. Sa bottine était prise dans la boue et son pied vira légèrement. Elle était sur le point de perdre l'équilibre, mais ce n'était pas important. Ce qui importait, c'était son regard. Il regardait sa jambe, froidement.

— Mon pied est pris.

— C'est ça ! joue à l'infirme.

Elle pointa le revolver sur lui, mais le geste avait suffi à la déséquilibrer, de sorte qu'elle tira en tombant. La balle lui siffla près de l'oreille et il se mit à rire. Il fallait faire attention avec elle. Il fallait être sur ses gardes. Ça lui plaisait. Elle pleurait maintenant. Il s'assura de lui prendre le revolver d'abord, puis l'aida à se relever.

— C'est si grave que ça, ta jambe ? T'as jamais pensé à te faire opérer ?

— Ça coûte de l'argent.

Elle le vit sourire alors qu'il la soulevait. La portant dans ses bras, il revint à la décapotable.

— Je peux marcher.

— C'est plaisant, te porter.

Il la posa sur le siège, comme une fleur, vint s'installer au volant, se sortit une cigarette.

— Regarde dans la boîte à gants. Y doit y avoir des allumettes.

Elle l'ouvrit. Les billets tombèrent. La boîte à gants était bourrée de liasses de cent dollars.

— Prends ce qu'y te faut. Y doit y en avoir assez.

Il démarra l'auto et recula, reprit la route. Le soleil était chaud et il actionna le déverrouillage de la capote. Le vent était encore froid, mais ils ne sentaient rien. Ils étaient trop loin. La réalité leur échappait par tous les côtés de leurs têtes.

———— • ————

Conrad se désenrhuma. Il ne voulait pas regarder Fernand en face.

— Ça ne sert à rien d'attendre tous les deux. De toute façon, si elle revient — il avait appuyé sur le si —, je ne pense pas que ce soit une bonne idée que je sois là. Quant au reste...

Il monta dans son auto. Il se vit dans le rétroviseur. Son visage était exsangue.

— Nous en reparlerons.

Il pesa sur l'accélérateur. Il ne voulait plus voir Fernand Rimbaud. Il fit grimper l'aiguille à cent vingt et n'abandonna qu'à cause d'une courbe. Un homme comme lui pouvait souffrir, mais ne perdait pas la tête. Il se dit que ce qu'il éprouvait, c'était à cause d'elle parce que, pour un court instant, il avait senti qu'il la perdait. « Rien n'est perdu. Il faut tout promettre et la marier avant. Après, il y aura toutes sortes de raisons de retarder l'opération. » Il rumina d'aise. Pas pour longtemps. Il venait de croiser une décapotable Bonneville. Il venait de voir Lilianne. Ses doutes le remplirent de nouveau et il dut se ranger sur l'accotement pour vomir. Il était malade de jalousie, mais il réussit à se convaincre qu'il avait bu trop de café à l'attendre.

——— · ———

Lili se blottit contre Jack. Elle lui embrassa la joue et murmura :
— Arrête-toi ici. Je suis arrivée.
— Surtout pas me montrer à ta famille, hein !

Il avait dit ça d'une manière enjouée, mais il y avait un ton amer derrière...

— Je suis déjà dans le trouble. Autant que ce soit pas toi qu'on accuse. Ici !

Il arrêta la voiture. Ils étaient silencieux.
— On se reverra pas pour un bon bout de temps.

Il regardait ailleurs. Elle savait qu'il revenait à la réalité. Comme elle savait que si elle restait près de lui une minute de plus, elle lui redonnerait son argent.

— Je t'ai rien demandé. Envoye, débarque. Je t'ai assez vue.

Elle débarqua.

— Mais dis-toi qu'on va se revoir un jour, pis ce jour-là, ce jour-là, sois prête, Lili Rimbaud !

Elle resta là jusqu'à ce que la décapotable disparaisse. Elle s'était fait déposer à une bonne distance de la maison, mais ce n'était pas encore assez loin. Aussitôt qu'elle fit un pas, elle se sentit paralysée. Qu'est-ce qu'elle allait dire ? Et même si elle arrivait à s'expliquer, comment allait-elle expliquer l'argent ? Elle avait plus de deux mille dollars dans sa bourse, qui ne se refermait plus. Elle se sentit soudain lasse et misérable. Sa robe était souillée, déchirée. Elle avait perdu sa culotte. Elle se sentait sale. Elle piqua à travers bois, se laissa tomber sur une souche pour mettre de l'ordre dans ses pensées. Elle s'était sentie si bien, si glorieusement bien. Et maintenant... « Est-ce qu'il va s'apercevoir que je suis différente ? »

———— • ————

Fernand se versa un plein verre à eau de gin. Il prenait une rasade de gin, et une rasade de Seven-Up. Il but jusqu'à ce que le verre soit vide, laissa la chaleur l'envahir. Tout le secret était là, la chaleur qui vous gagne, la sensation que les idées deviennent diffuses, perdent leur forme, flottent. Jusqu'à ce que plus rien ne compte. Il ricana en pensant à Conrad. « Lili et Conrad. Elle aimerait mieux mourir. Où est-elle ? Quelle heure est-il ? » Il se versa le reste de la bouteille, sortit sur la galerie. Il avait oublié le Seven-Up. Il se contenta de boire le gin sec, à grandes gorgées qui le faisaient grimacer. Il se laissa glisser sur les marches. « Lilianne ! Où t'es ? Pour l'amour du ciel, qu'est-ce qui se passe ? Qu'est-ce qui t'est arrivé, bon Dieu ? » Il sentit des larmes brûlantes lui couler sur la peau. Il se leva, soudainement résolu. Il fallait appeler Marc. Marc ne lui pardonnerait pas de ne pas l'avoir prévenu immédiatement. Et si quelque chose était arrivé à Lilianne...

Il se leva.

C'est alors qu'il la vit.

Fernand ne tenait pas en place.

— Je suppose que tu te penses fine, là ! Je suppose que t'es contente ! Viens pas me redemander la permission de sortir. Ça va être non !

Lili ne disait rien. Elle attendait qu'il se calme.

— C'est qui, ce gars-là ? Qu'est-ce qui s'est passé au *Balmoral* ? On est arrivés, pis la police était là !

— T'es venu au *Balmoral* ! Ça prouve que t'avais pas confiance !

Il leva la main.

— Lili, t'es à deux doigts de... Tu prendras pas cette attitude-là avec moi. Je suis ton père et je veux savoir ce qui s'est passé !

— Il ne s'est rien passé. On était sortis avant que la bataille commence. On s'est promenés en décapotable.

— En décapotable ?

— Tout ce que tu cherches à savoir, c'est si j'ai été correcte ! Ben, j'ai été correcte !

Elle tenta de se lever, mais il la foudroya du regard. Elle n'osait le regarder en face et la colère montait en elle. Elle devinait qu'il était venu à l'hôtel avec Conrad Brault. De quoi se mêlait-il, celui-là ? Pourquoi était-il venu avec son père ? Elle avait envie de se rebeller, mais elle savait que ce n'était pas le moment. C'était le temps de prendre sa médecine et de se taire.

— Comment ça se fait que t'es rentrée à pied ? Y t'a pas ramenée ?

— Il m'a laissée à l'entrée du bois. S'il était entré dans le chemin, il serait resté pris.

— Il semble que, quoi que je dise, t'as une réponse prête. Je devrais te donner la strappe, c'est tout ce que tu mérites. Réalises-tu à quel point j'ai été inquiet ? Réalises-tu ce qu'y me serait arrivé s'y t'était arrivé quelque chose ? LE RÉALISES-TU ?

Il la saisit par les épaules.

— Déjà que j'ai perdu ta mère. S'il fallait que je te perde, toi !

Elle se blottit contre lui.

— Je ne le ferai plus jamais. Plus jamais !

Elle le serra encore plus fort.

— T'es mieux !

Elle ne pouvait le croire. Le souvenir de Jeanne était encore présent en lui.

— Tu l'aimais tellement ? Elle te manque encore ?

Il hocha la tête. Il voulait être en colère, mais de l'avoir entre ses bras le rassurait plus que mille explications. Il sentait sa colère fondre, remplacée par une sensation de bien-être. Quand il l'avait dans ses bras, il se sentait bien, bien comme avec...

— Bon, c'est assez. Monte dans ta chambre. Pis pense pas que c'est fini. On va se reparler.

Il la regarda monter l'escalier. Il l'avait presque repoussée physiquement. Elle se retourna un moment. Il évita son regard.

« Il aime maman, mais il est mal à l'aise quand je suis près de lui. Un jour, il va falloir lui demander. Des fois, je me dis que si c'est moi qui étais morte à la place de maman, il serait plus heureux. Tu dis des folies, Lili. Comme dit tante Valérie, t'as l'imagination trop fertile. Pareille comme ta mère. N'empêche qu'il ne m'a même pas demandé si j'avais eu du plaisir. Il ne m'a même pas demandé si j'avais eu une belle soirée. Il ne m'a même pas demandé son nom. Il ne m'a même pas demandé si... »

Elle resta longtemps dans le bain, les yeux fermés, à recréer sa nuit. Elle se dit qu'elle avait bien fait de cacher l'argent sous une roche. Elle n'aurait jamais pu expliquer l'argent. Jamais. Maintenant, il fallait qu'elle le convainque de la laisser aller chez tante Valérie, à Montréal. Mais pas tout de suite, il se méfierait. Il fallait qu'elle se conduise de façon exemplaire, même avec Conrad. Ce n'était plus qu'une question de temps. Elle laissa sa jambe droite flotter. Plus qu'une question de temps.

Elle brûlait déjà.

4

LILI ÉTAIT TROP AIMABLE.

— Encore un peu de café, Conrad ?

Elle ne l'avait jamais appelé Conrad, toujours Monsieur Brault, et Conrad se sentait mal à l'aise. Il se demandait si Fernand avait parlé à Lilianne de leur conversation, le matin de l'incident du *Balmoral*. Comme il ne pouvait trouver d'autre raison pour justifier la soudaine attention et la prévenance qu'elle lui témoignait, il était sûr qu'elle n'en voulait qu'à son argent, l'argent de l'opération. Il était donc malheureux. Il avait de Lili ce qu'il avait toujours désiré, elle l'avait même embrassé sur la joue en entrant, mais plus elle se rapprochait de lui, plus il angoissait à l'idée de devoir lui dire non quand elle lui demanderait cet argent. Il se sentait sur la corde raide, car il savait que si Lili se retrouvait avec des jambes normales, il ne pourrait jamais l'épouser. Lili lui fit un large sourire en versant le café. Toute la semaine, au magasin, elle avait été comme un tourbillon. Elle avait l'air follement heureuse et c'était presque contagieux. Il se prenait à se dire qu'elle avait peut-être changé d'idée sur lui. Pas longtemps. Il restait sur ses gardes mais, avec son sourire, elle ouvrait des trous en lui, d'où sa petitesse s'échappait. Elle le faisait rêver et il n'avait pas l'estomac pour rêver. Lili croqua dans son gâteau. Elle aurait voulu lire dans leurs silences. Peut-être qu'elle en faisait trop. Elle ne pouvait savoir que chaque fois qu'elle était gentille avec Conrad, son père se crispait.

— Vous êtes pas drôles à soir. Pas parlants non plus.

— C'est parce qu'on est vieux.

— Parlez pour vous ! fit Conrad.

Il avait voulu parler avec légèreté et détachement, mais c'était sorti rauque, avec une pointe d'amertume. Lili le fixa de ses grands yeux.

— Vous avez quarante ans ?

— Non, trente-sept.

— Trente-sept... en chiffres ronds, c'est quarante. Encore du gâteau ?

Fernand eut envie de lui dire : « Mets-en pas trop quand même, Lili ! » Il fallait qu'il parle à Conrad.

— On fait une marche, Conrad ? On va laisser Lilianne jouer à la maîtresse de maison.

Il avait appuyé en prononçant Lilianne, mais elle ne l'entendit même pas. C'était le temps.

— Allez faire votre marche. Ah, oui, j'oubliais... Tante Valérie a appelé cet après-midi. Ça m'était sorti de la tête. Elle veut encore que j'aille la voir. Je lui ai dit non. Ça m'intéresse pas d'aller faire le ménage pendant deux semaines. Elle m'envoie même l'argent. Elle, quand elle a une idée ! Ça fait que appelle-la, je veux pas y aller.

Elle picossa dans son assiette, l'air suprêmement nonchalante. Tout tomberait à l'eau si son père téléphonait à Valérie, mais elle savait qu'il ne le ferait pas. Ils ne s'étaient jamais très bien entendus. Un jour, il faudrait qu'elle lui demande pourquoi.

— Ben voyons, si elle prend la peine de t'envoyer l'argent...

— Il faut que je travaille au magasin.

— Le magasin, c'est très lent l'été, fit Conrad.

— C'est ça ! mettez-vous contre moi tous les deux. Qui va s'occuper de toi ?

— Je vais me débrouiller. Il y a Marc.

Quand il parlait de Marc, il ne mentionnait jamais Betty.

— Ça te dérange pas ? Bon, je vais y penser. Je promets rien. Allez faire votre promenade.

Ce n'est que lorsqu'ils furent dehors qu'elle respira. Elle n'avait plus qu'à faire semblant d'y aller de reculons et souhaiter qu'il ne téléphone pas à Valérie. Ce soir-là, elle resta longtemps éveillée, les yeux grands ouverts. Elle avait mis l'argent sous son oreiller et elle s'endormit la main sur la liasse, comme s'il ne fallait pas lâcher l'argent une seconde sinon le rêve s'envolerait.

——— · ———

Ils marchaient en silence. Lili n'était pas loin de la vérité quand elle les taquinait : ils étaient vieux, d'une vieillesse subtile faite d'espoirs rongés et de regrets. Ce fut Conrad qui commença :

— Lilianne semble très sereine depuis... son escapade d'une nuit. Elle vous en a parlé ?

— Lilianne est comme sa mère. Plus on veut en savoir, moins elle en dit.

— Est-ce que vous lui avez parlé de notre conversation ? Elle est soudain si gentille, si prévenante.

— Je sais... Conrad, mettons les choses au point. Lilianne n'est pas à vendre. Et même si elle l'était, elle a le tempérament de sa mère. Si dans sa tête c'est non, ce sera toujours non. Rien qu'on puisse dire ne la fera changer d'idée.

Il s'empressa de continuer. Il avait ces phrases dans la tête depuis trop longtemps :

— Je vous dois de l'argent. Je vous suis reconnaissant pour ce que vous faites pour Lilianne, mais c'est quelque chose qui doit se passer entre vous deux. Lilianne décidera et je ne ferai rien pour influencer sa décision.

Il s'arrêta, le souffle court, regarda Conrad en face :

— Depuis qu'elle s'entête à ne plus aller à l'école, si elle ne travaillait pas à votre magasin, je ne saurais plus quoi faire avec, franchement. Mais il reste qu'il faudrait qu'elle retourne à l'école en septembre.

Conrad ne cilla même pas. Il le voyait venir, le Fernand. Il ne lui en voulait pas. Il savait qu'un jour ou l'autre il devrait parler à Lili, trouver ce courage.

— Je lui parlerai quand elle reviendra de voyage. Dites-lui bonjour de ma part.

— Vous partez déjà?

— Si je restais, je ferais mon offre maintenant.

Il eut un mince sourire et Fernand se dit que ce n'était pas un mauvais homme. Il était juste trop seul. Il revint s'asseoir sur la galerie. La nuit était chaude avec un vent doux comme une caresse. Le calme du soir l'enveloppa. Jeanne n'était pas loin. Il la sentait tout près de lui. Il eut une pensée pour Valérie. Valérie et Jeanne. Ça tombait à point, cette invitation. Il ne détestait pas l'idée que Lili parte, que pour un temps elle ne soit plus là. Ça lui ferait du bien.

—— • ——

Ils étaient devant le café *Giguère,* et l'autobus venait d'apparaître dans la courbe. Lili prit sa valise.

— Toi, tu me caches quelque chose.

Lili le regarda timidement. Elle aimait ses yeux, qu'il avait pâles et doux et qu'elle ne pouvait regarder en face.

— Tu te fais des idées.

 Il l'agrippa par un bras :

— Lili, c'est ta vie. Ça me dérange pas.

Elle réprima l'envie de tout lui dire, de ne pas partir, de rester près de lui.

— Parle-moi, Lilianne.

L'autobus interposa sa masse entre eux et le soleil. La porte s'ouvrit avec un bruit rauque, comme un monstre en train de bâiller.

Elle lui planta un baiser mouillé sur le front, monta la marche, se retourna :

— Mon nom, c'est Lili !

— Salut ! Lili Rimbaud !

La porte se referma comme les griffes d'un piège et l'autobus s'ébranla. Fernand avait une drôle de sensation dans la poitrine. Il se secoua. L'auto de patrouille de Marc venait de s'arrêter devant lui. « Typiquement Marc d'être toujours en retard. » Marc sortit, enlevant ses verres fumés et fermant la portière de son auto avec fracas.

— Dis-moi pas que je l'ai manquée !

— Tu l'as manquée.

Marc fit une grimace, puis sourit.

— Bon ! C'est fait, c'est fait ! Tu viens souper chez moi ce soir ?...

Fernand dansa sur ses pieds un quart de seconde.

— Ou je vais finir par croire que tu détestes Betty.

Marc eut son sourire, réintégra son auto. Ce ne fut qu'à ce moment que Fernand remarqua qu'il y avait un autre policier dedans. « Ce doit être le nouveau de Montréal. Pourquoi y l'ont envoyé ici ? » Il eut le temps de voir des cheveux châtains, un visage découpé et ferme, des yeux perçants. Fernand monta dans son auto. Il avait soudainement l'envie de travailler, l'envie de s'épuiser. Le véhicule mit du temps à partir, mais cela ne l'irrita pas. Ça faisait partie de l'ordre des choses, comme Betty, qui lui rappelait Valérie, qui lui faisait penser à Jeanne. Il vit Jeanne qui se poudrait le nez dans le rétroviseur. Elle souriait. La voiture démarra. De la main, il replaça le rétroviseur. Il ne se rappelait pas que Lili l'ait déplacé. Un moment, il se dit que ça devait être lui et qu'il avait oublié, mais c'était sans importance. C'était la façon de Jeanne de lui rappeler qu'elle était encore là.

——— · ———

49

Jos Campeau avait toujours voulu être policier, un rêve d'enfance. Maintenant, il savait que ce n'était pas son rêve, mais le rêve de son père. Son dossier à la police provinciale était déjà fort de deux cas d'insubordination, mais ce qui lui avait valu d'être exilé de la ville n'avait rien à voir avec le code déontologique, plutôt avec ce vieux principe : quand on couche avec la femme d'un capitaine de police, il faut payer le prix. Pour un gars qui avait grandi dans l'est de Montréal, tout était campagne une fois le pont traversé, et Thetford Mines était le bout du monde. Jos, en homme organisé, s'était donné un an pour voir. Dans un an, il ferait le point.

— Pas bien parlant mon Jos, fit Marc.

— Je suppose que tu vas t'accoutumer.

Marc sourit. Il aimait bien le nouveau, le genre taciturne, qui bouge lentement, frondeur avec ça, mais subtilement. Déjà, le chef Lacasse se désenrhumait avant de lui parler. Et il venait de Montréal. Marc n'avait été que deux fois à Montréal dans sa vie.

— Le *Casa Loma,* tu connais ?

— Je connais tous les clubs à Montréal. J'ai passé six mois à la Moralité.

Jos venait de monter d'un cran dans l'estime de Marc, qui salivait déjà.

— Ouais, tu dois en connaître, des histoires.

Jos regarda Marc. « Un drôle de type. Pourquoi il porte les cheveux si courts ? Une tête d'adolescent. Il n'a pas la tête d'un policier, mais sympathique. » Marc tourna devant le *Balmoral.* Jos le regarda interrogativement.

— On entre pis on sort. Je vais dire bonjour à ma blonde, Betty.

Jos le suivit. Après tout, il lui fallait connaître la faune du coin.

————— • —————

Elle s'était baptisée Betty parce qu'elle détestait son nom, Lisbeth. Betty Bilodeau, ça faisait B.B. Brigitte Bardot ; et ça faisait aussi Betty Boop, la fille des dessins animés. « Poop Poop Pi Doo », faisait Betty quand elle se sentait le centre d'attraction et ça faisait toujours un effet. Betty était jolie, avec de grands yeux bruns, un nez impertinent, boucles brunes, lèvres pleines, longues jambes et taille de guêpe. Elle ne portait pas de soutien-gorge et laissait deviner sa poitrine sous le mince tissu de son uniforme de serveuse. Un coup d'œil à Marc Rimbaud et on voyait que cet homme était éperdu de cette femme. Un coup d'œil de plus et on savait qu'elle ne l'aimait pas. C'était une femme sûre de ses moyens, mais ancrée dans sa méchanceté. Betty était assise au bar, flirtant avec un client. Marc ne s'apercevait pas du manège de Betty, qui faisait son numéro pour Jos parce qu'elle savait qu'il s'en rendait compte et qu'il désap-prouvait.

— Pourquoi vous êtes ici ? Il n'y a pas de femme pour vous retenir à Montréal ? Vous, vous êtes le genre à aimer de loin.

— À ce moment-là, on n'aura pas de problème, fit Jos, froi-dement.

Cela fit sourire Betty. Les positions étaient claires.

— Bon, faut y aller, fit Marc en l'embrassant.

Ils sortirent dans le soleil. Marc mit la main sur l'épaule de Jos.

— Comment tu trouves Betty ?

Et sans attendre sa réponse, avec cette ferveur dans la voix :

— Betty et moi, on va se marier !

——— · ———

Lili n'avait jamais eu l'intention d'aller chez la tante Valérie. Mais maintenant qu'elle se retrouvait hors de la gare, Lili souhaitait presque que sa tante soit là. Valérie avec ses manières autoritaires, sa façon de tout prendre en charge comme si vous étiez quelqu'un d'inférieur qui lui devait un respect disproportionné parce qu'elle était partie de Saint-Léonard pour venir vous attendre et que l'auto-bus était une demi-heure en retard et blablabla, de sorte que la sensation générale était qu'il y avait quelque chose de pas correct et que, comme ce ne pouvait être tante Valérie, c'était vouuus ! Lili, donc, avait presque envie qu'elle soit là. C'était mardi soir. Avec une chaleur étouffante et plus de monde que vous en avez vu de toute votre vie. Lili se sentait dépassée. Les doutes l'assaillirent. Elle aurait dû tout dire à son père. Il comprendrait. Elle n'avait qu'à appeler tante Valérie. Elle l'aurait fait si un passant n'avait regardé sa jambe avec tant d'insistance que la colère était montée en elle. « T'as assez vécu avec. Arrête d'avoir peur. » Le salut vint à elle sous la forme d'un écriteau marqué « Chambre à louer ». L'endroit ne payait pas de mine et la toilette était dans le corridor. Elle s'étendit sur le lit qui grinçait, sans même enlever sa bottine. Le plafond était lézardé et jauni. Une chaise bancale, un miroir fendu, une tapisserie gonflée et qui pelait comme de la vieille peinture. Tout aurait dû la hérisser, mais elle se sentait bien. « Cette place me ressemble, elle a besoin de réparations. » Elle ferma les yeux.

Il aurait fallu être présent pour la voir qui parlait dans son sommeil et se tordait sur le lit. Mais peut-on vivre le cauchemar de quelqu'un d'autre ?

———— • ————

Fernand se réveilla en sursaut. Son cauchemar à lui était plus dangereux. Certains soirs, il recréait Jeanne. Il la voyait entrer dans la chambre, aller à la commode, se déshabiller lentement de cet air absent qu'elle avait souvent. Il la voyait dénouer sa lourde chevelure et se diriger vers lui. Il serrait son oreiller et imaginait son corps, pouce par pouce. Il n'allait jamais très loin, comme si l'effort était trop grand pour lui. Le sommeil le prenait et elle arrivait dans son rêve. Elle était couchée près de lui et riait doucement. Elle lui tournait le dos, et il avait beau essayer de l'atteindre, il n'y arrivait jamais. C'était la belle partie du rêve, car il ne voulait pas vraiment l'atteindre. Il savait ce qui s'en venait. Il savait qu'il mêlerait ses doigts à sa fine chevelure, qu'il tirerait et que sa chevelure lui resterait dans les mains, qu'il n'y aurait qu'un crâne luisant qui lentement, très lentement, se tournerait vers lui. Il rêvait tout cela. Il avait fait ce rêve cent fois. Il était presque accoutumé aux cavernes sombres de ses yeux et aux choses qui sortaient de sa bouche. Il pouvait presque résister à tout ça. Ce n'est pas cela qui l'avait réveillé en sursaut. Il avait fait le même rêve, mais ce qui s'était tourné vers lui, ce n'était pas le visage de Jeanne, mais celui de Lili. Une Lili avec des rides profondes qui suintaient le sang. Ce visage souriait en se rapprochant et Fernand bondit presque du lit. Son cœur battait à se rompre, et il se dirigea vers la commode pour y prendre ses pilules. Il resta longtemps assis dans le noir, cherchant le pourquoi de ce rêve. Quelque chose ne tournait pas rond. Lili n'aimait pas Valérie. Lili cachait quelque chose. Il regarda sa montre. Trois heures du matin. Demain, il appellerait Valérie. Il pensa à Marc, qui l'avait invité à dîner avec Betty Bilodeau. Il n'avait pas d'illusion sur Betty. « Méfie-toi, Marc. Méfie-toi de cette femme. » Il connaissait bien la famille Bilodeau, de Sainte-Marie. Cinq frères reconnus comme des batailleurs et des brutes. Le père s'était pendu. Betty était la seule fille, et elle avait de qui tenir. Il eut un sourire. « Facile de tirer la première pierre. Il faudrait peut-être que tu lui donnes une chance, à Betty. Marc veut que tu l'aimes. » Il erra dans la maison. Il ne voulait pas se rendormir.

———— • ————

Jeudi, trois heures. Elle avait téléphoné au docteur Boulianne de la cabine téléphonique en face du café *Giguère*. Elle connaissait le nom. Le docteur Lepage l'avait mentionné quelques fois et elle avait noté le numéro de téléphone l'année d'avant, quand elle avait visité tante Valérie. Elle le connaissait par cœur, ce numéro-là, et ça lui avait coûté un dollar et trente-cinq sous pour la communication. Elle l'avait eu son rendez-vous. Jeudi, trois heures, 1205 boulevard Saint-Joseph Est. On n'était que mercredi et c'était la cinquième fois qu'elle passait devant le 1205. La première fois, elle pouvait se dire que c'était pour apprivoiser la place, faire taire ses doutes. Après, elle se dit qu'elle revenait parce qu'elle avait peur, peur que tout finisse là.

Jeudi, trois heures. « Désolé, mademoiselle Rimbaud, il n'y a rien à faire. » Le docteur Lepage lui avait toujours dit que c'était une opération simple, une arthodèse de la cheville, et qu'elle marcherait comme tout le monde, avec une jambe comme tout le monde. Elle le connaissait, le docteur Lepage. Il dirait n'importe quoi pour la faire sourire. N'importe quoi pour qu'elle ne perde pas espoir. À la pensée qu'il lui avait probablement menti, son cœur se serra. Sans le savoir, elle s'était pris une chambre sur la *Main,* mais elle n'avait pas de regard pour la faune de la rue la plus malfamée à Montréal. Tout ce qu'elle voyait des femmes qui s'affichaient sur le trottoir, c'étaient leurs jambes, leurs belles jambes. Elle se voyait déjà entrant dans un magasin de souliers, et acheter, acheter... Elle se rongeait littéralement d'impatience. Son estomac, son ventre, sa jambe, tout lui faisait mal tant elle était énervée. Elle manqua se faire renverser par une auto deux fois de suite et se réfugia dans sa chambre avec la peur de sortir, la peur qu'il lui arrive quelque chose avant jeudi, trois heures.

———— · ————

— C'est la fille de sa mère, Fernand. Tu sais comment Jeanne était. Je t'avais averti.

Fernand resta silencieux. Il l'imaginait au bout de la ligne. Tout ce qu'il pouvait voir, c'était une main déformée par l'arthrite, avec de grosses bagues comme des yeux de poisson. Il ne se rappelait même pas son visage. Cela le réconforta.

— Je t'avais averti ! C'est bien toi, cela, Valérie. Envieuse jusqu'au bout. Au-delà de la mort.

— Fernand ! Parle un peu. Veux-tu que j'appelle la police ?

Il se ressaisit.

— Je te le défends bien. C'est juste un malentendu.

Et il ajouta, pour parer une initiative dont il la savait capable :

— De toute façon, c'est juste moi qui m'inquiète. Elle devait passer chez une amie à Québec, probablement qu'elle est restée un jour de plus. Elle est supposée me téléphoner ce soir, mais j'avais pas envie d'attendre.

— C'est cela. Vire-moi sens dessus dessous et ensuite prétends qu'il ne s'est rien passé. Je te connais, Fernand.

— On se connaît, Valérie.

Il raccrocha. Jadis, avec elle dans le bois. Il lui avait pris la main. Elle portait un chemisier déboutonné. Il l'avait embrassée. Ils s'étaient couchés sur le sol. Tout s'était passé si vite. Elle parlait déjà de mariage. C'était avant qu'elle lui présente sa sœur cadette, Jeanne. Jeanne et lui s'étaient mariés un mois plus tard. Valérie n'avait rien dit. Elle évitait son regard tout simplement. Jeanne n'avait jamais su. Il en était sûr. Mais avec les années, il avait décodé Jeanne et ses silences. Néanmoins, il savait que Jeanne avait toujours su. C'était cela, l'ombre sur leur nuit de noces. Valérie avait dû le dire à Jeanne. Il ne voulait plus penser. « Où est Lili ? Qu'est-ce qu'elle fait ? » L'arthrite de Lili et l'arthrite de Jeanne. Comme si Valérie lui disait : « Regarde comme elle a tourné, regarde comme elle lui ressemble. Elle a tué Jeanne. » Il était en sueur. Il sortit et s'attaqua à fendre des bûches comme s'il voulait défier le docteur Lepage et tous ceux qui lui disaient que son cœur n'était pas bon. Il savait que Lili était chez les médecins. Il en était sûr. Il ne comprenait pas pourquoi elle avait voulu être seule. Il ne voulait pas savoir. Ce soir-là, quand Marc lui annonça ses noces prochaines avec Betty, il se contenta de leur serrer la main à tous deux.

Il ne parla pas à Marc. Et Marc ne lui dit pas que Betty était enccinte.

———— · ————

Jeudi. Quatre heures vingt-trois. Elle était là depuis deux heures et demie. Elle regardait chaque minute qui passait sur l'horloge, puis fixait la réceptionniste qui s'irritait lentement de son manège.

— C'est vous, la suivante. Ne vous inquiétez pas. Lisez quelque chose.

Elle prit une revue. Inutile, les mots dansaient devant ses yeux. Elle avait envie de se lever et de partir. Comme si elle ne pouvait plus attendre une minute, une seconde de plus. Elle qui attendait depuis le temps qu'elle avait compris qu'elle n'était pas normale.

— Le docteur Boulianne va vous recevoir, mademoiselle Rimbaud. MADEMOISELLE RIMBAUD ! C'est votre tour, là !

Lili sursauta. La réceptionniste la regardait, impatiente. Elle tenait la porte ouverte et un grand carré de lumière inondait la pièce. Lili franchit le seuil, essayant de voir, s'arrêta, presque aveuglée. Elle entendit la porte se fermer.

— En fin d'après-midi, c'est toujours comme cela.

Germain Boulianne baissa le store vénitien. C'était un homme gros et fort, lippu, gros sourcils, nez épaté, visage bovin. Si d'aventure il se fut égaré derrière l'étal d'un boucher, vous n'auriez pas hésité à lui demander deux livres de steak haché et le reste. Telle est la malédiction de certains docteurs. D'avoir exactement la tête de leur métier.

— Vous avez l'air de quelqu'un qui vient de loin. J'espère que vous n'êtes pas venue à pied.

Et comme elle ne réagit pas.

— Asseyez-vous.

« Ce qu'elle a l'air perdue, cette fille. Jolie pourtant. » Pour le docteur Boulianne, qu'une femme soit jolie compensait pour bien des choses. Il se fit plus maître de la situation :

— C'est pour votre pied. Passez derrière le paravent et après vous être déshabillée endossez la chemise qui y est suspendue.

Son hésitation le fit sourire. Il aimait toujours cela quand elles étaient gênées.

— Dépêchez-vous, mademoiselle... Rimbaud.

Lili passa derrière le paravent. Germain Boulianne savait déjà qu'il lui ferait un examen physique poussé. Ce n'est pas qu'il était vicieux. Il pensait plus en termes de droits féodaux et, en tant que médecin, il avait droit de cuissage...

— Cela va vous surprendre, j'en suis sûr, mademoiselle Rimbaud, mais votre corps est branché. Votre pied est branché à votre jambe qui est branchée à votre tronc qui est branché à votre tête.

Comme vous boitez depuis votre enfance, il me faut vous faire un examen complet.

— Mon corps est correct. C'est ma jambe.

Il la regarda comme si elle n'était pas là.

— Étendez-vous.

Elle sentit le froid de la table sur ses fesses, s'étendit. Elle ferma les yeux. Après tout, il était le deuxième docteur qu'elle rencontrait de sa vie. Le docteur Lepage lui avait dit que le docteur Boulianne était le meilleur. Elle s'abandonna. Germain Boulianne se piquait d'avoir un sang-froid à toute épreuve. Il fut très surpris de se sentir soudain une érection. Comme il se croyait en contrôle de ses érections, il se trouva pervers d'avoir envie d'une boiteuse et cela le fit sourire un moment. Il fit l'examen très correctement. Pas de touchers spéciaux. Pas de farces plates. Il avait envie d'elle et ça le rendait plus humain.

L'opération sur sa jambe ne serait que de la routine. Il lui dit que l'opération coûterait deux mille cinq cents dollars et lui indiqua une date en septembre. Il la vit qui s'effondrait. Elle n'avait que mille neuf cent dollars et elle ne pouvait attendre septembre. Il la regarda, amusé.

— Et quand pensiez-vous que j'allais vous opérer ?

— Demain.

Elle lui demandait l'impossible. Il eut envie de rire, mais se retint. Quelque chose dans son visage lui disait qu'elle n'avait pas envisagé d'autre solution. Il eut envie de dire « d'accord », pour voir son visage s'éclairer, mais c'était un homme prudent.

— Vraiment, je regrette, mais c'est impossible. Vous n'êtes pas naïve au point de penser que je vais vous opérer demain.

— Je ferai tout ce que vous me demanderez.

Ce fut là qu'il perdit son sourire. Elle disait la vérité tout simplement. Elle était prête à tout avant qu'il lui fasse son chantage habituel. Sa voix était calme, ses yeux clairs, et lui qui ne croyait en rien savait qu'elle était prête à tout. La sueur perlait sur son visage.

— Étendez-vous sur la table. Enlevez votre chemisier... Ce n'est pas votre argent que je veux...

— Je comprends.

Elle avait enlevé le chemisier d'hôpital et s'était étendue sur la table, gardant les yeux ouverts. Lui avait trop envie d'elle pour avoir honte.

5

Juillet 1969.

Peut-être si Benoît Marchand n'avait pas sifflé.

Peut-être si elle ne s'était pas retournée.

Peut-être s'il avait compris que c'était la première fois de sa vie que cette fille se faisait siffler.

— GARE D'AUTOBUS DE QUÉBEC !...

La voix nasillarde dans le haut-parleur appartenait à un type qui aurait dû être annonceur de courses.

— PROCHAIN DÉPART. *NEXT DEPARTURE. THETFORD MINES*! THETFORD MINES. QUAI NUMÉRO QUATORZE. *GATE FOURTEEN. FIVE MINUTES.* CINQ MINUTES !

Il faisait chaud et Lili sentait sa chemise collée contre sa peau. Elle pensait à Fernand, à ce qu'elle lui dirait. Deux mois déjà. Pas un mot. Pas un signe. Il avait sûrement alerté la police.

« Je voulais te faire une surprise ! » se répétait-elle en essayant d'y mettre de l'enthousiasme.

Ce n'était pas assez. Elle se voyait devant Fernand et sa phrase mourait sur ses lèvres. « Tu n'auras qu'à lui montrer tes jambes. Quand il te verra faire une pirouette avec tes jambes ! » Un élancement lui rappela que ses nouveaux souliers la torturaient, mais elle se serait écorché les chairs plutôt que de les enlever. Elle hésita devant la cabine téléphonique, se dit qu'elle appellerait Fernand à

Thetford. Elle se dirigea vers le quai numéro quatorze. C'est alors qu'elle entendit le sifflement de Benoît Marchand. Elle ne comprit pas.

Peut-être s'il n'avait pas sifflé une seconde fois.

Peut-être s'il n'avait pas pris le même autobus qu'elle parce qu'il était de Thetford lui aussi.

Peut-être qu'il ne se serait pas retrouvé en prison.

———— • ————

— C'est ici, fit le chef Lacasse.

Jos tourna dans l'allée de Fernand Rimbaud. Paul-Émile Lacasse avait le physique de l'emploi. Il était puissamment bâti avec un menton carré comme un fer de forge. Il n'avait jamais aimé être chef de police. D'abord, il ne se passait jamais rien, sauf au *Balmoral* bien sûr. Et quand il se passait quelque chose, c'était comme maintenant, du monde qu'il faut rassurer à cause d'une jeunesse en fugue. Il devait quand même admettre que le cas de Lilianne Rimbaud était spécial.

— Avec son pied bot, elle devrait être facilement repérable, offrit Jos.

— Ce n'est pas un pied bot, c'est de l'arthrite rhumatismale.

Pour une fois qu'il pouvait clouer le bec au nouveau qui l'irritait parce que trop fantasque. « Se prend trop pour un autre à mon avis, mais on va y changer son attitude. » Lacasse ne savait pas encore qu'avec Jos Campeau il venait de frapper un os. Il se dirigea d'un pas pesant vers la maison, suivi par Jos qu'il sentait dans son dos. Fernand vint lui ouvrir la porte. « Il n'a pas l'air bien. » Lacasse se laissa tomber sur une chaise. Conrad Brault était là, déjà assis à la table de cuisine.

— Bonjour, chef Lacasse, fit-il.

Lacasse eut un regard pour Fernand.

— J'ai demandé à Conrad de venir. Il est aussi inquiet que moi.

— Ça, c'est notre petit nouveau, l'agent Jos Campeau, direct de Montréal.

Jos ne dit rien. Lacasse sortit son carnet, regarda de nouveau vers Brault, se demandant quel était son intérêt dans tout cela.

— Quel âge elle a, votre Lilianne, exactement ?

— Elle va avoir dix-huit ans le 13 septembre, fit Fernand.

— Vous m'avez dit qu'elle allait à Montréal chez sa tante ?

— Mais ce n'était pas vrai, ajouta Conrad.

Lacasse vit l'échange de regards entre les deux hommes et préféra s'adresser à Fernand.

— Qu'est-ce qui n'est pas vrai, monsieur Rimbaud ?

— Elle m'avait dit que sa tante l'avait invitée mais, quand j'ai téléphoné à Valérie après son départ, elle m'a confirmé qu'elle n'avait jamais invité Lilianne.

Conrad Brault interjeta :

— Elle nous a fait toute une mise en scène que sa tante avait besoin d'elle à Montréal, qu'elle avait téléphoné exprès, mais si vous voulez mon avis...

Lacasse l'interrompit.

— Est-ce qu'elle avait de l'argent, monsieur Rimbaud ?

— Dans les dix dollars, plus son billet aller-retour.

— Est-ce qu'elle connaissait quelqu'un d'autre à Montréal ? fit Jos.

La question prit tout le monde par surprise, y compris le chef Lacasse. Jos ajouta.

— C'est si facile, une rencontre. On s'assoit quelque part. Quelqu'un vous demande l'heure. Une conversation s'engage.

Personne ne fit de commentaire. Le chef Lacasse fusilla Jos du regard. Il lui parlerait plus tard. Elle n'était pas bête, son idée, et il était clair, à la façon dont Brault et Fernand Rimbaud s'étaient raidis, que la question était piégée pour eux.

— Il est sûr que si elle connaît quelqu'un, elle pourrait l'avoir rejoint. Avez-vous une idée ?

Fernand fit non de la tête. Lacasse se tourna vers Conrad Brault.

— Et vous, monsieur Brault, vous avez une idée ?

— Il y a le gars du *Balmoral*.

Fernand explosa :

— On ne sait même pas qui c'est, Conrad !

— Il avait une décapotable Bonneville blanche, fit Conrad, têtu.

Le chef Lacasse soupira, regarda Jos. « Tu vois ce que t'as fait ? » Dire qu'il avait toujours voulu être jardinier.

———— • ————

— Comme ça, vous êtes la sœur de Marc Rimbaud. Le monde est petit.

Benoît Marchand avait un beau visage, osseux et plein à la fois, et des yeux rieurs qui vous mangeaient constamment. Il riait beaucoup. Il vous contait quelque chose et en riait en même temps, vous invitant dans son rire. Lili, qui avait tant besoin de rire, ne put qu'éclater. Il était si pitre.

— Pitre ?

Elle le rassura. Cela voulait dire comique.

— Comme ça, vous me trouvez comique ?

Elle se demanda pourquoi il lui disait « vous » soudainement. Il resta silencieux un moment. Il était agacé. Elle le sentait. Soudain, il haussa les épaules.

— Va pour comique.

Elle tenta bien de tout lui conter, mais c'était inutile. Il était encore plus crinqué qu'elle. Tout ce qu'elle disait, il le ramenait à lui. C'était un conteur. Il avait voyagé au Mexique. Il lui parlait de la Californie et des *Flower People*. Lili rêvait au son de ses paroles et de sa voix chaude. Elle pensa à Jack. Il avait le même sourire mais le sien était cruel, celui de Benoît était vulnérable, toujours sur le point de s'évanouir et ça vous faisait sentir coupable. Jack ! Elle savait qu'il reviendrait un jour. Elle ne pensait pas à lui. Enfin, presque jamais. Comme si elle l'avait sorti de sa mémoire. Chaque chose en son temps. Mais elle savait qu'elle avait peur. Peur de ce qui se passerait quand il reviendrait. Comme si rien de bon ne pouvait arriver.

— *A penny for your thoughts!*

— Quoi?

Benoît sourit. La sœur de Marc Rimbaud. Où était-elle cachée depuis des années? Il se rappela que Marc avait une sœur infirme, mais ça ne pouvait pas être cette superbe fille. Cette histoire de jambe, alors c'était vrai?

— Tu ne viens jamais au *Balmoral*? Une belle fille comme toi!

Encore cet air qu'elle avait comme si c'était la première fois qu'on lui disait cela. Il était tout près d'elle. Le baiser vint. Elle se retira, silencieuse. L'autobus arrivait à Thetford. « Temps de revenir sur terre, Lili. Les deux jambes sur terre. » Elle gloussa. Benoît se rembrunit. Il lui fit un sourire désarmé. Elle ne le voyait plus. Elle ne tenait plus en place. Elle descendit de l'autobus. Ça chantait dans sa tête, sur ses deux belles jambes. La vie commençait et elle avait envie de sauter de joie, d'étendre ses bras dans le soleil et de pirouetter.

———— . ————

C'est le chauffeur du taxi Labrecque qui la vit le premier. Il ne la reconnut pas. C'est la femme qu'il vit. Elle dégageait, comme on dit. Quiconque l'aurait vue aurait arrêté ses activités pour s'assurer qu'il voyait bien ce qu'il voyait. Ce n'est pas parce qu'elle avait l'air d'une vedette de cinéma ou qu'elle était habillée de façon criarde. On ne demande pas à une étoile naissante pourquoi elle brille. Lili brillait.

— Ouais, vise-moi ça. On voit pas souvent du monde comme ça débarquer à Thetford.

Labrecque flânait dans le café *Giguère*. Il parlait à Conrad Brault qui ne l'écoutait pas, perdu dans ses pensées noires. Il jeta un regard et son sang ne fit qu'un tour. LILI!... Non! Ses yeux lui jouaient un tour. Cette fille magnifique et le vent qui découvrait ses jambes parfaites. Non. Il sortit dehors, suivi de Labrecque. Le café *Giguère* se vida pendant que, dehors, Lili donnait son numéro de téléphone à Benoît Marchand.

— Un taxi, mademoiselle ?

— Bonjour, monsieur Labrecque. Vous me reconnaissez pas ?

Albert Labrecque se gratta la tête, s'arrêta.

— Mais c'est, c'est...

— Celle que tout le monde cherche ! coupa Conrad.

Lili lui sourit timidement. Lui n'avait d'yeux que pour ses jambes alors que la colère et le désespoir le submergeaient. On l'aurait jeté dans un trou de lave bouillante, il ne se serait pas consumé aussi vite que devant le spectacle des jambes de Lili. Ses jambes parfaites ! Lili vit bien à sa tête que la rage l'habitait. Il tendit un bras vers elle mais c'était plutôt une griffe dans l'air.

— Tu viens avec moi. On va voir ce que tu vas dire à la police !

Elle résista.

— Tu sais que ton père a recommencé à boire ! Y est à l'hôpital ! As-tu pensé à ce que t'as fait de disparaître comme ça ? Espèce d'ingrate !

— Lâchez-moi !

Benoît n'hésita même pas. Il n'avait jamais aimé Brault. Il lui tordit le bras et le repoussa, de sorte que Conrad culbuta et se retrouva assis sur son cul. Conrad se releva. On le regardait curieusement. Lili s'engouffrait déjà dans le taxi de Labrecque avec Benoît Marchand. Il entra dans le café *Giguère* pour appeler la police et plus particulièrement... Marc Rimbaud.

———— • ————

— Comment elle s'appelait encore, ta danseuse, Jos ?

Jos Campeau jeta un coup d'œil résigné à Marc Rimbaud. Marc le prenait pour le roi des maquereaux ou quelque chose du genre et n'arrêtait pas de lui poser des questions sur les nuits de Montréal. Dernièrement, il lui parlait même d'aller faire une virée à Montréal... puisqu'il connaissait les bons endroits. Jos l'avait bien remis à sa place une ou deux fois, mais cela ne servait à rien. Il se contenta de le regarder et de répondre :

— Lola.

— Lola, soupira Marc.

— Comment va ton père ? demanda Jos Campeau pour changer la direction de la conversation.

— Pour lui, c'est presque des vacances, mais si Lili ne revient pas rapidement...

Lili. L'autre sujet tabou. Jos Campeau commençait à se demander si le chef Lacasse avait raison de garder le bouchon sur sa fugue. Comme si tout le monde n'était pas au courant. Chose certaine, ça allait faire deux mois bientôt et Conrad Brault se pointait au poste deux ou trois fois par semaine. Ça ne pouvait plus durer.

———— • ————

Lili était encore sous le choc. Son père à l'hôpital ! Elle aurait dû appeler. Elle avait la larme à l'œil et Benoît la consolait comme il pouvait en lui offrant des cognacs. Il l'avait menée au *Balmoral* pour la calmer. De toute façon, si son père était à l'hôpital, ce ne pouvait être qu'à Beauceville. Elle pourrait téléphoner du *Balmoral*. Et puis, cela ne le dérangerait pas de voir la tête de Betty Bilodeau quand il entrerait avec la sœur de Marc Rimbaud. Benoît n'avait eu qu'une courte aventure avec Betty, mais Marc était au courant et Benoît, qui n'avait pas peur de grand-chose, avait peur de Marc Rimbaud. Betty la reconnut immédiatement, vit Benoît Marchand qui la tenait par le bras, vit qu'elle ne boitait plus. Cela ne prit qu'un instant. Betty venait de reconnaître une rivale, et les rivales, elle se faisait toujours amie avec. Lili fut donc accueillie en triomphatrice et se retrouva au centre de l'attention de tous.

— Poop Poop Pi Doo, fit Betty.

La première ronde de cognacs fut gratuite. La deuxième alla sur le compte de Benoît. À la troisième, une Lili déjà grise lança : « Poop Poop Pi Doo » et fut gratifiée d'un autre cognac par le barman Demers. On l'avait convaincue qu'elle était mieux de voir son père en personne. Betty fit même téléphoner Benoît à l'hôpital pour vérifier les heures de visite et l'assura qu'il se ferait un plaisir de la conduire.

Il était trop tard pour l'après-midi, mais ils étaient bons pour la visite de sept à neuf, ce qui rassura une Lili déjà euphorique. Elle ne voulait pas penser à son père.

De toute façon, elle n'eut jamais l'occasion de se rendre à l'hôpital.

———— • ————

Conrad avait joint Marc.

Jos essaya de le calmer, mais en vain. Marc avait actionné la sirène de l'auto et fonçait à tombeau ouvert vers Thetford et le *Balmoral*. Conrad l'avait rappelé après avoir interrogé Labrecque. Ce ne fut qu'à l'entrée de Thetford que Jos arrêta la sirène de l'auto.

— Là, tu vas te calmer, on s'en va pas arrêter quelqu'un. Tu vas juste retrouver ta sœur. Si t'arrives comme un fou, je vais comprendre pourquoi elle avait besoin de s'en aller, O.K. ?

Marc ralentit à peine et vint s'arrêter si raide devant le *Balmoral* qu'il manqua emboutir l'escalier.

— Tu restes ici, Jos, c'est entre moi et ma sœur.

Jos en avait assez.

— Là, modère ! Tu peux être fâché, tu peux être inquiet, mais tu te calmes ! Elle est revenue, tu devrais être content, pas fâché. Si tu veux entrer là-dedans comme un imbécile et lui faire une crise de je sais pas quoi... ah ! pis fais ce que tu veux !

Marc sortit de l'auto. Il était plus calme. En tout cas, il faisait un effort pour le redevenir. « Drôle de gars, Jos. » Il se pencha.

— Pis, tu viens ?

Jos lui laissa tout le temps d'entrer le premier. Marc enleva ses verres fumés. Le bar n'était encore qu'une masse sombre aux formes indistinctes. Il fit quelques pas. Demers le vit.

— Salut, Marc. Je te paye un verre ?

Marc se dirigea vers le bar.

— Où est ma sœur ?

Il y avait quelque chose de pas correct. Demers, qui d'habitude l'ignorait avec hostilité, le regardait avec un sourire fendu jusqu'aux oreilles.

— Prends un verre, Marc, tu vas en avoir besoin.

— Laisse faire tes platitudes. Où est Lili ?

— Si c'est pas le beau Marc ! offrit Benoît, railleur.

Qu'est-ce qu'il avait avec son sourire en coin ? Et tous les gars du bar qui le regardaient comme s'ils savaient quelque chose qu'il ne savait pas.

— Je veux ma sœur !

Demers gloussa.

— Elle est aux toilettes avec Betty, en train de se pomponner.

Encore ce sourire. Il allait le lui rentrer dans sa face de petite vérole.

Il vit Betty qui descendait le grand escalier. Elle était seule. Il eut un regard d'impatience pour Demers. Du coin de l'œil, il vit Jos qui entrait puis il vit Betty qui s'arrêtait au bas de l'escalier, et, d'un geste théâtral, annonçait :

— Messieurs, Lili Rimbaud !

Lili était aux anges. Elle n'avait jamais eu d'amie de fille et voilà que Betty — qu'elle avait bien mal jugée — lui faisait des confidences dans les toilettes et lui arrangeait son maquillage :

— C'est à Montréal que tu t'es fait coiffer comme ça ? Ça te change encore plus que ta jambe. T'es comme une nouvelle personne !

— Poop Poop Pi Doo ! fit Lili, grisée.

— C'est ça ! Mais utilise-le pas à toutes les sauces. Voilà. Parfait ! Tu sais, Lili, d'une certaine façon, tu fais ton entrée dans le monde, il faut que tu paraisses le mieux possible, tout le temps, parce que personne ne te donne rien dans la vie. Voilà. Comme ça, quand tu vas entrer, tu vas voir toutes les têtes se tourner vers toi. La reine du bal. Cendrillon et il n'est même pas minuit.

C'était vrai ce que Betty lui avait dit. Elle descendait l'escalier et ne voyait rien à cause de la rangée de lumières, mais elle les sentait, tous ces regards tournés vers elle. Elle les buvait. C'était le plus beau moment de sa vie.

Marc, lui, regardait en vain, un grand point d'interrogation dans le front. Il n'avait pas encore fait le lien entre cette fille fantastique et ce qu'il savait de Lili. Il fallut que Lili le voie et s'approche. Il fallut que Betty lance :

— Comment tu trouves ta nouvelle sœur ? pour que la réalité le rejoigne et lui fasse venir le sang à la figure.

— Lili ?

— Oui !

— Lili !

— OUI ! fit cette femme radieuse devant lui, et elle avait la voix et les manières de Lili, et son visage.

C'était Lili, mais ce n'était plus elle.

— Comment tu me trouves ?

Elle pirouetta devant lui, montrant ses jambes. Une musique swing emplit l'air. Benoît Marchand la happa par un bras et l'entraîna sur la piste de danse. Lili n'hésita même pas. Elle ne vit pas le mince sourire de Betty ni le mouvement de colère de Marc, que Jos retint par le bras. Elle ne vit même pas Jos, qui venait d'être changé en statue de marbre comme si une gorgone avait promené son regard sur lui. Un quart de seconde et pourtant le temps était devenu une éternité et son sourire une lumière à laquelle l'on se brûle à jamais. Jos la regarda danser et, dans son silence intérieur, il caressa son nom. Lili. Il en avait oublié Marc qui, son premier geste de colère coupé par Jos, regardait abasourdi, violenté dans sa réalité. Ce n'était pas Lili, ce n'était pas sa sœur. Seule Betty le vit qui reculait, prêt à sortir. Puis, quelque chose se passa. Benoît se colla contre Lili. Elle eut un rire, et Marc entra en action, se dirigea vers le juke-box et le débrancha. Benoît et Lili s'arrêtèrent. Lili fit à son frère un sourire d'incompréhension et s'approcha.

— Tu danses avec moi, Marc ?

Ils restèrent plantés là un moment. Betty mit un slow. Le frère et la sœur dansèrent lentement en silence.

— C'est le plus beau jour de ma vie, Marc.

Il sourit sans rien dire. Une autre femme. Même sa voix était différente. Et quand Benoît remit une musique swing, il s'écarta tout simplement et sortit. Il ne pouvait plus rester là. On lui avait volé sa sœur.

6

FERNAND ÉTAIT EN TRAIN DE DEVENIR FOU. Il était à l'hôpital de Beauceville depuis trois semaines. Il avait fait une crise de foie et le docteur Lepage lui avait prescrit une cure de désintoxication. Dans le calme, il ne pouvait penser qu'à Lili et ça le rongeait pire qu'un ulcère. Quand Conrad Brault l'appela, ce fut le soulagement de sa vie. Pas longtemps. Conrad lui indiqua qu'il voulait être remboursé et que, s'il ne le payait pas, il allait faire saisir sa maison. Il avait fini de passer pour dupe.

— Vous vous êtes bien moqués de moi, toi et ta fille, mais c'est fini.

Fernand obtint son congé de l'hôpital et prit l'autobus pour Thetford qui, de Beauceville, pouvait le déposer devant chez lui.

———— • ————

Le départ de Marc du *Balmoral* avait été pour Lili comme une douche d'eau froide. L'euphorie de l'alcool s'était cassée net. Benoît offrit de la reconduire. Elle accepta. Elle ne lui demanda pas de la conduire à Beauceville et il ne le suggéra pas. Il était pressé de revenir à Betty qui lui avait fait des avances très claires, mais, comme tout homme excité par l'odeur des femmes, il n'allait pas laisser Lili sans s'essayer. Elle lui rendit son baiser pour qu'il s'en aille. Il

71

devait y avoir quelque chose dans son baiser, car il s'arrêta, lui sourit et lui murmura dans l'oreille :

— *Today is the first day of the rest of your life.*

— Quoi ?

— Laisse-toi pas faire, Lili. *Today,* Aujourd'hui ! *is,* est ! *the first,* le premier ! *day,* jour ! *of the rest of your life,* du reste de ta vie !

———— • ————

Elle resta sur la galerie jusqu'à ce qu'il fît noir. Elle savait que Fernand n'était pas là et elle savait qu'il allait être là. Elle se sentait triste. Marc l'avait regardée comme s'il lui en voulait. Conrad était furieux. Personne n'était content pour elle. Enfin, pas ceux qui auraient dû l'être. « À quoi tu t'attendais ? Si t'avais donné des nouvelles, aussi ! Niaiseuse ! » Fernand allait être furieux. De montrer ses jambes ne servirait à rien. Elle avait trahi sa confiance. Il ne lui pardonnerait pas. Il la chasserait. Elle avait tout gâché. Elle se leva avec l'urgence de disparaître, de ne plus être là. Ce n'était plus sa maison. Elle descendit les marches de la galerie et le vit qui sortait du noir. Il était mince et pâle comme un fantôme. Ils restèrent sur place un moment, à se regarder. Il regardait ses jambes. Elle tourna timidement, puis Fernand ouvrit les bras. Elle courut se blottir contre lui comme la petite fille qu'elle était encore. Dans ses yeux, elle voyait qu'il était heureux pour elle et c'était ça qu'elle voulait. Elle avait vaincu le sort et sa vie ne serait plus jamais pareille. Sa vie serait une célébration.

Le premier jour du reste de sa vie.

Vendredi 5 août 1969

Bonjour Lili,

Aujourd'hui est le premier jour du reste de ta vie. Première ligne du premier jour de mon nouveau journal. Premier soleil. Premier nuage. Je n'ai pas pu dormir, je suis trop énervée. Je suis trop heureuse. Ça doit être ça, le bonheur. Benoît Marchand a téléphoné. Il veut aller en pique-nique. J'en ai envie mais j'ai dit non. Papa est pas bien. Il faut que je le dorlote un peu. Il fait comme s'il ne s'était rien passé. Ça m'arrange. Jamais je ne pourrai lui expliquer. C'est trop dur.

Souris, Lili, tout commence aujourd'hui.

Lundi 8

Bonjour Lili,

C'est drôle. Déjà deux pages blanches dans mon journal. Il s'est passé tellement de choses que je n'ai pas eu le temps de les consigner.

Papa m'a interdit de sortir de ma chambre avant qu'il ne me donne la permission.

C'est sa faute aussi. Samedi, je ne voulais pas aller en pique-nique avec Benoît Marchand, mais il m'a presque forcée. Betty en était et elle disait que Marc viendrait nous rejoindre, mais Marc n'est jamais venu. Nous avons bu du mousseux et mangé des fromages et des raisins. Betty est allée se promener et m'a laissée seule avec Benoît. Il sentait bon et me prenait un baiser à chaque raisin qu'il me donnait. Puis, il a commencé à me caresser entre les jambes. Je ne voulais pas et ça l'a fâché. Une chance que Betty est arrivée. Nous sommes descendus à Saint-Georges. Au premier hôtel, ils m'ont refusée. Au deuxième, nous étions prêtes. Betty m'avait passé son permis de conduire. Benoît boudait. Il n'arrêtait pas de boire. Betty et moi avons dansé ensemble puis avec des gars de Saint-Prosper. Ils ne voulaient plus nous laisser partir. Nous nous sommes presque sauvées. Mais l'auto de Benoît ne partait plus. Ses fils de batterie étaient sectionnés. Il n'était plus gentil du tout, presque un autre homme. Moi et Betty, nous sommes allées l'attendre dans un autre hôtel.

Toute seule, Betty n'est plus la même. Elle n'a pas été heureuse dans la vie à ce qu'elle dit. La seule fille de la famille.

73

Sa mère morte. Elle a dû torcher ses cinq frères. Tous des ingrats. Ils ne lui disaient même pas bonjour quand ils venaient à l'hôtel. Les hommes ! Tous des salauds.

Puis elle m'a confié que Marc et elle allaient se marier, qu'elle était enceinte.

Elle aurait dû être contente, mais elle pleurait. Je l'ai consolée. C'est sûr que Marc ne l'abandonnera pas.

Quand nous sommes sorties dehors, Benoît n'était plus là. Il nous avait laissé tomber. Betty était furieuse ! Mais furieuse ! Alors, nous sommes revenues avec deux gars de Beauceville que Betty connaissait. Betty connaît tout le monde. Ils ont voulu prendre un dernier verre à Beauceville. Nous avons dansé. Tout le monde voulait danser avec moi, même le chanteur de l'orchestre, qui m'a fait monter sur scène et nous avons dansé ! Il s'appelle Bernard. Son orchestre c'est Les Vicomtes ! Là, j'ai vu l'heure. Papa sera pas content, mais il a fallu retourner à Saint-Georges parce que Betty avait oublié son porte-monnaie avec son permis de conduire. Betty arrête pas d'oublier. Tout cela pour dire qu'il était trois heures du matin quand je suis rentrée. Marc et papa m'attendaient.

Il m'a giflée. La première fois de sa vie qu'il me gifle. Il m'a envoyée dans ma chambre comme une petite fille de dix ans. Je ne suis plus une enfant. Il va falloir qu'il s'en rende compte.

J'étais trop énervée pour dormir. Et quand Benoît Marchand s'est pointé au petit matin, je suis partie avec, sans réveiller papa. Il avait une autre auto. Nous sommes allés à Québec. Il m'a offert des roses. Nous nous sommes promenés comme des amoureux. Il me fait penser à Jack. Jack me regardait comme ça.

Nous sommes revenus vers deux heures du matin. J'avais peur de rentrer, alors je suis allée au *Balmoral* voir Betty. Je suis tombée sur Marc qui m'a ramenée à la maison.

Évidemment, papa lui donne raison ! Moi aussi. Ce n'est pas correct ce que j'ai fait, mais qu'ils me traitent comme une enfant je ne veux pas. Je ne suis plus une infirme ! Je suis libre ! Si je les écoutais, je sortirais une fois par mois ! Ils sont jaloux ! Jaloux !

C'est plus dur que je pensais, tenir un journal. Aujourd'hui, je m'occupe de papa. S'il me laisse faire...

Lili rangea son journal, se préoccupant de verrouiller le petit loquet d'opérette dont il était muni. Ce n'était pas parce qu'elle voulait que personne ne puisse voir son journal, mais parce que c'était sa première clé. Elle aimait l'idée d'avoir une clé.

———— • ————

Elle savait que les questions n'avaient pas été posées, que ce n'était que partie remise. « Ce n'est pas comme si répondre allait changer quelque chose à ta jambe. Tu es guérie ! » Non. Elle était prête à parler, mais les mots se formaient dans sa tête et mouraient sur ses lèvres. Comment lui dire ? L'argent. Elle avait encore l'argent. Boulianne n'avait pas demandé d'argent. Elle le savait parce qu'elle l'avait revu. Pour son plâtre. Il avait été différent, presque respectueux. Il était venu la voir dans sa petite chambre. Elle mourait d'envie d'être tenue, serrée. Montréal lui faisait peur. Avant, elle pouvait être invisible quand elle voulait. Maintenant, elle était comme un aimant pour tous et elle n'avait pas encore appris à composer avec, à apprivoiser ce pouvoir. Alors, elle était allée à la bibliothèque. Elle passait ses journées à lire. Le soir, il venait. Il l'avait emmenée chez le coiffeur. Il voulait lui acheter des choses, prendre soin d'elle, qu'il disait. Qu'elle ne le haïssait plus, ça non plus elle ne pouvait le dire. Même que, quand elle avait changé de chambre, c'était pour lui échapper car ça allait trop loin et ça lui faisait peur. Il l'appelait « Maîtresse ».

———— • ————

Fernand se serait bien servi un verre de gin. « Un beau soir, Lili, quand tu seras prête, on s'installera devant un bon feu et tu pourras tout me conter. » Il savait qu'elle ne parlerait pas. Elle était comme Jeanne. Il faisait semblant, mais il ne voulait pas vraiment savoir. Il n'était pas inquiet pour le passé, mais pour le futur. Lili avait réussi à balayer tout son passé d'un revers de la main. Elle s'était métamorphosée. « Elle ressemble tellement à Jeanne. » Désormais, il allait falloir vivre avec et il s'en sentait incapable, comme un vieux gardien de musée soudainement promu dompteur de lions. C'était Lili le lion. L'animal avait faim et soif, mais Fernand n'avait pas de nourriture pour Lili. Jeanne aurait su. Jeanne savait tout.

————— • —————

— Marc, tu conduis comme quelqu'un qui veut avoir un accident. Alors, ou tu ralentis ou tu me laisses conduire, O.K. ?...

Marc se contenta de ralentir, mais ne desserra pas les lèvres. Jos soupira. Il n'arrêtait pas de soupirer comme ça depuis le retour de Lili. Drôle. Il l'avait appelée Lili, et pourtant il ne l'avait vue qu'une fois, au *Balmoral*. Il suffit d'une fois. Il suffit d'un quart de seconde. Une fille qui descend un escalier comme une débutante dans un bal. Un homme frappé par la beauté. Un sourire timide qui ne vous est même pas destiné mais qui vous marque au fer rouge pour le reste de votre vie. Drôle. Elle était dans ses pensées. Des pensées qui se voyaient tout près d'elle. Ces pensées se voyaient danser avec, lui dire des mots doux. Jos était habité par elle. Il était content, mais n'y voyait qu'un béguin. L'amour, il ne voulait plus y croire. Point. Final. Il était surpris d'être habité par elle. Il n'était pas encore inquiet. C'est Marc qui l'inquiétait. Marc était devenu un ami sans qu'il sache trop comment ni pourquoi. C'était peut-être sa curiosité qu'il respectait, son enthousiasme, son appétit ? Toujours est-il qu'il avait envie de l'emmener à Montréal et d'allumer ses yeux dans les clubs de la *Main*. « Drôle. Je l'ai appelée Lili. »

L'auto dérapa dans le virage.

— ATTENTION !

Jos se raidit à en avoir mal. Marc, sans une inquiétude au monde, redressa l'auto sans effort et sortit du virage avec un sourire moqueur sur le visage.

— Jos, tu te penses bon mais, pour conduire les autos, je pourrais t'en apprendre.

— Tu te maries quand, Marc ? Le 15 ? Je te disais cela parce que c'est peut-être le temps qu'on prenne une fin de semaine à Montréal.

— Je dis pas non.

Marc était content. Il avait besoin d'un changement d'air. Lili l'inquiétait. Betty l'inquiétait. Son père l'inquiétait. Son futur bébé l'inquiétait. Le monde n'était plus pareil soudainement. Il changeait. Betty changeait. Elle lui échappait. Il le savait. Il ne pouvait pas mettre le doigt dessus, mais il était en train de la perdre.

— Comment va ta sœur ?

Dans sa tête, il pensait « Lili ». Quand il parlait à Marc, il disait : « ta sœur ». Drôle.

— Ça va lui passer, fit Marc, agacé.

Tout le monde lui parlait de Lili, du « miracle » de son opération : « Quel docteur, donc ? » Et on ajoutait qu'elle se promenait beaucoup ces temps-ci. Qu'on l'avait vue à Saint-Georges, à Beauceville. Marc avait envie de leur dire de se mêler de leurs affaires, mais il était d'accord avec eux. La vérité, c'était que Lili était en train d'acquérir une mauvaise réputation. Il paraît qu'elle avait dansé debout sur une table. Au *Balmoral* ! Sa sœur ! Pas drôle !

———— · ————

Mardi 9

Bonjour à toi.

Encore en retard dans mon journal... « Salut, la danseuse ! » Qu'est-ce qu'il a, Marc, ces temps-ci ? Il entre et sort, le temps de me mettre dans le trouble avec papa. Je n'ai pas dansé sur la table. C'est Betty. Elle a voulu me faire monter mais, une fois là, j'ai eu le vertige. La table n'était pas solide. Je dois parler à Betty, lui dire de ne plus parler de nos soirées.

———— · ————

77

Fernand était dos à elle comme s'il voulait garder sa conversation au téléphone secrète.

— Oui, Valérie... Je sais, Valérie... Oui... Oui c'est vrai... Je sais...

Elle allait crier. Elle ne savait pas de quoi ils parlaient sauf que c'était d'elle et qu'il était en train de capituler sur toute la ligne comme il le faisait toujours avec Valérie.

— Non !... Non !...

Lili tendit l'oreille, intéressée.

— Non ! Je t'assure, ce n'est pas nécessaire...

Il remuait comme un poisson qu'on vient de ferrer.

— Non... Prends-le comme tu veux, Valérie, mais ce sont mes problèmes.

Il raccrocha. Lili était impressionnée. Il venait de raccrocher au nez de tante Valérie. C'était rare. Il lui lança un coup d'œil. Elle rentra les épaules. Il se dirigea vers son atelier de menuiserie. Il y passait tout son temps, travaillant avec une précision froide et sauvage qui l'empêchait de penser.

Le téléphone sonna. Lili sauta dessus.

— Betty ! Je sais pas. Je veux rester avec papa aujourd'hui. Non. Vraiment.

Fernand venait d'apparaître dans la porte.

— C'est Betty. Elle veut aller magasiner.

— Ben, vas-y !

— Oui ? Mais je voulais...

— Je suis capable de m'occuper de moi.

— Betty ? O.K. Dans une demi-heure. Je t'attends.

Elle raccrocha. Dehors, une auto empruntait le chemin. Fernand reconnut Fortin, l'huissier. Il savait ce que cela voulait dire. Conrad avait mis sa menace à exécution.

— Puisque tu vas magasiner, oublie pas que tu retournes à l'école en septembre. Il n'y a plus de raison que tu n'ailles pas à l'école.

Et il sortit rencontrer l'huissier. C'était donc ça, le téléphone de tante Valérie. De quoi elle se mêlait ? « Il n'y a plus de raison que tu n'ailles pas à l'école », et avec une pointe de triomphe dans la voix...

L'huissier Fortin repartait. Fernand rentra, un papier de cour à la main. Il le laissa sur la table et se dirigea vers son atelier, fermant la porte lourdement. Lili lut en zigzag. Conrad Brault réclamait le paiement de quatre mille cinq cent cinquante dollars prêtés à Fernand Rimbaud.

—— · ——

Marc s'arrangeait toujours pour ne pas être de service de nuit le mardi. C'était le soir de relâche de Betty et elle insistait toujours pour sortir. Aujourd'hui, il avait une surprise pour elle. Il avait réussi à se libérer en après-midi. Ils auraient le temps d'aller à Saint-Georges acheter les joncs. Il franchit la porte de son appartement avec le sourire. Ce fut le dernier de sa journée.

Betty se maquillait en pensant qu'elle était en train de devenir vieille. Vieille ! Elle n'avait que vingt-cinq ans, mais vivait à l'époque où avoir vingt-cinq ans et ne pas être mariée vous valait l'anathème. Même que se marier à vingt-cinq, ça voulait dire qu'on était restée sur le rang, que personne n'avait voulu de vous et que vous étiez prise comme un second choix. Second choix ! Encore eût-il fallu qu'il y en eut un premier. Tous des salauds. Son cul et rien d'autre ! Sa vie n'allait nulle part et elle venait juste de prendre conscience qu'avec un bébé... fini le *Balmoral*. Fini aussi le petit salon en arrière. Fini aussi les flambeurs ! Fini Poop Poop Pi Doo et les *drinks* qu'on vous offre. D'ailleurs, Lili était en train de lui voler son numéro de fille à qui on n'a qu'à offrir un verre pour que le reste s'ensuive. Sauf que Lili s'en tirait. Elle, elle serait confinée dans ce petit appartement avec un bébé qui chiale et Marc comme un gentil mouton qui ne veut que bien manger et bien baiser. « Qu'est-ce que tu vas faire ? Tu le voulais, le Marc. Tu l'as ! » Elle avait beau tout ressasser dans sa tête, tout finissait mal et la colère montait en elle, la noyait, la suffoquait. Elle était en train de mourir. Elle n'avait plus d'horizon et la seule chose qu'elle savait, c'était que quelqu'un devait payer. Elle pensa à Lili, si jeune, si belle et si naïve, si prête à tout. Si pure ! Pas pour longtemps. Pas si elle voulait jouer avec le vrai monde. Elle allait lui ouvrir les yeux et ils allaient rester ouverts longtemps. Elle allait lui apprendre que le monde n'est pas à notre service et qu'il faut payer avec son cul, sa fierté, et que, même là, rien n'est garanti. Elle allait lui apprendre. Cela la réconforta, de sorte qu'elle put faire un sourire à Marc qui arrivait, mais il ne fut pas dupe. Elle le vit qui fronçait les sourcils. Il savait qu'elle ne filait pas. Il était de moins en moins dupe. Il voulait la cerner, la contrôler, la vieillir, l'emprisonner, l'enterrer et pleurer sur elle les dimanches au cimetière.

— Qu'est-ce qui se passe ? T'as pas l'air...

Elle coupa comme dans du beurre :

— J'ai l'air que j'ai. Si ça te plaît pas, tu peux repasser la porte. De toute façon, je pars dans cinq minutes. Faisons comme si t'étais pas venu.

— Minute ! Je me suis libéré cet après-midi. Je pensais qu'on pourrait aller à Saint-Georges pour les joncs. Qu'est-ce que t'as ?

— Quoi ! Est-ce que j'ai l'air de la bouboule enceinte qui attend que son seigneur et maître passe la porte pour huiler son *gun* pendant que tu me contes ta grosse journée où t'as donné une contravention à un chien pour avoir pissé sur une borne-fontaine ? Tu veux que je m'écarte les jambes et que je crie : « MON HÉROS ! »

— Qu'est-ce qui te prend ? Parle-moi. Je suis là pour ça. Je vais nulle part. Je suis en congé puis je suis chez nous.

Il se laissa tomber dans le fauteuil.

— Chez nous ! Veux-tu dire qu'il y a quelque chose à moi ici ?

— C'est ça qui t'achale ? On va se trouver une maison ! Une grande maison avec bien de la place, pis une grande cour pour le bébé.

Tout ce qu'elle disait lui glissait sur le dos. Il avait son plan. Elle était dedans. Ça lui suffisait.

— Faut que je décide de l'avoir, d'abord !

Elle savoura le silence. Elle le voyait dans le miroir. Marc se prit la tête entre les mains.

— Le veux-tu, le bébé, ou si tu me maries juste parce que t'as pitié de moi ?

Il murmura « Betty » faiblement.

— Tu penses que je t'ai pas vu la face quand je t'ai dit que j'étais enceinte ? C'était pas la face de quelqu'un de content ! T'as peur pour ta réputation ? Tu te sens mis au pied du mur ? M'as-tu dit une fois : « Betty, c'est la plus belle nouvelle qui m'est arrivée de ma vie » ? M'as-tu dit : « Betty, tu me rends tellement heureux » ? Non ! Je t'ai perdu de vue pendant deux semaines. Y a fallu une descente au *Balmoral* pour que je te revoie la face. Pis au bout de deux semaines, tu m'as emmenée ici pis tu m'as dit qu'on se mariait. Ben, merci beaucoup, je suis en train d'y repenser.

— Tu ne veux plus te marier ?

Elle voulait crier : « Mais non, idiot, j'ai pas dit ça. Faut que je me marie, tu m'as à la gorge ! » mais ce qu'elle dit à la place, c'est :

— Je veux que t'aies envie de me marier, que tu le fasses pas parce que t'es obligé ! T'as même pas dit à ton père que j'étais enceinte !

— Qu'est-ce que je peux faire pour te prouver que je me sens pas obligé ? C'est ça que tu veux ? que je le dise à mon père ?

— Tu vois, si tu m'aimais, tu poserais pas la question !

Elle vit l'agonie dans son regard. Et les larmes vinrent. Il était le seul gars qu'elle connaissait qui braillait ouvertement.

— Tu veux qu'on se sépare ?

Danger. Zone rouge. Il posait les mauvaises questions. Il fallait qu'elle ramasse vite les pièces.

— Tu vois ! Une petite chicane, t'es prêt à te séparer. Tu sais que je t'aime. « Ha ! Ha ! Continue, tu vas finir par le croire. » C'est quand la dernière fois... Viens ici... viens ici. C'est quand la dernière fois que tu m'as touchée... que tu m'as prise dans tes bras... que tu m'as dit que tu m'aimais... que tu voulais vivre avec moi toujours ? Serre-moi. Montre-moi.

Ils glissèrent sur le tapis. Ça durerait cinq minutes. Lili pouvait attendre.

———— • ————

Lili pirouetta de nouveau devant le miroir. Elle hésitait encore. Le vendeur de souliers lui fit un sourire neutre qui cachait sa lassitude. Betty fut plus directe.

— Décide-toi.

Ce n'était pas parce qu'elle ne les voulait pas. Quarante-cinq dollars, c'était beaucoup pour une paire de souliers. Elle se sentait coupable, vu les ennuis financiers de son père. Il y avait aussi le fait qu'elle allait devoir mentir de nouveau. Elle n'était pas censée avoir une somme d'argent comme cela sur elle.

— Décide-toi, tu vas faire un malheur à Montréal avec ces souliers.

Betty lui avait parlé de l'idée de Marc et Jos d'aller passer le week-end à Montréal. Lili n'était pas trop chaude. Elle se rappelait vaguement Jos. Il y avait son père. « Tu vas être avec ton frère, Lili. » L'idée fit son chemin rapidement, assez pour que ça lui donne une raison pour acheter les souliers. Surtout que Betty était d'accord pour les garder chez elle. Lili aimait beaucoup Betty, qui se montrait si complice de ses envies. Betty la comprenait et cela lui suffisait. Plus encore, Betty la traitait comme une égale et une confidente. Lili n'avait pas dit à son père que Betty était enceinte de Marc. Elle sympathisait avec sa situation. Elle s'identifiait à toute la colère rentrée de Betty. Cela l'avait frappée quand Betty, un peu soûle, avait commencé à pleurnicher :

— J'ai pas envie de rester dans ce trou toute ma vie !

Lili n'avait pas de réponse à cela, mais elle avait pensé qu'elle aussi devait se poser la question. Il ne suffisait pas d'être normale.

À cinq heures, elle téléphona à son père pour lui dire qu'elle soupait avec Marc et Betty. Marc ne se montra pas et elles décidèrent d'aller boire au *Balmoral,* où elles rencontrèrent deux gars qui voulaient les emmener à la foire de Skowegan, aux États-Unis. Il y avait des numéros de cirque et des manèges. Betty y était déjà allée et elle savait que les gars y allaient pour la tente à *strip-tease.* Elle avait le vin triste.

Elles rentrèrent souper. Marc n'était toujours pas revenu et Betty montra à Lili comment faire des martinis, de sorte que si Marc était rentré à huit heures, il les aurait trouvées blotties dans le fauteuil du salon dans un état d'ivresse avancée.

— Je t'aime bien, Betty.

— Moi aussi.

— Au début, je t'aimais pas. Je me demandais ce que tu faisais avec Marc, mais maintenant je le trouve chanceux de t'avoir.

— Moi aussi.

Elles pouffèrent de rire. Elles étaient bien.

— T'as tellement des beaux cheveux. Tu devrais les remonter à la Brigitte Bardot, on te prendrait pour une actrice de cinéma.

— Tu dis n'importe quoi !

— Pour une fois que je suis sincère. T'as une chance, Lili, t'as une chance de sortir d'ici. Fais pas comme moi, gaspille-la pas pour un homme.

— Voyons, tu peux partir comme tu veux. T'es libre.

— Libre ! Sais-tu ce que les gars veulent de moi ? Mon cul ! Rien d'autre ! Si j'avais le courage, je les ferais payer !

Lili était scandalisée.

— Dis pas des choses comme ça !

— Tu penses que les gars qui tournent autour de toi, qui te payent des *drinks* veulent t'emmener à la messe ? D'ailleurs, je te connais. Tu fais semblant de rien voir mais tu y penses, toi aussi. Faut bien que quelqu'un s'occupe de ta chatte. D'ailleurs, fais pas ta Maria Goretti. Je sais que tu y as passé. Je sais pas avec qui, mais je sais que t'es pas vierge.

— Jack.

Elle lui fit jurer de ne rien dire. Elle était comme une bouilloire prête à exploser et Betty était là. Si Betty n'avait pas été là, elle aurait trouvé le moyen de s'en créer une autre. Elle avait besoin de parler. Elle lui conta pour Jack, pour l'argent et pour le docteur Boulianne, mais elle ne parla pas de ce que le docteur lui avait fait ni qu'elle n'avait pas eu à le payer. C'était son secret à elle. Betty écouta tout avec patience. Cela faisait son affaire. Elle avait des plans pour Lili.

——— • ———

Marc tournait en rond dans l'appartement. De baiser avec Betty l'avait laissé comme un homme marchant sur un fil au-dessus d'un précipice. Il avait les nerfs en boule. Il était venu comme si son ventre coulait en elle. Sans explosion. Sans joie. Avec colère presque. Il n'arrivait pas à concentrer ses idées. Il n'arrivait même pas à se concentrer sur sa colère. Il ne réalisait même pas qu'il avait peur d'elle, de ce qu'elle lui faisait. Le téléphone le fit sursauter. C'était Jos. Deux minutes plus tard, il sortait de l'appartement avec une caisse de vingt-quatre et une bouteille de scotch.

Il était le bienvenu. Jos avait les bleus. Pas les gros bleus, juste des lignes de soucis quand vous commencez à vous demander qui vous êtes, où vous êtes et où vous allez, et qu'il y a quelqu'un avec son sourire qui nage dans le fond de votre tête. Marc était le bienvenu. Ils étaient assis dans une petite arrière-cour qui donnait sur la rivière. Il faisait juste assez noir et la rivière emportait leurs pensées dans ses flancs. Silence. Marc se leva, ramassa un caillou, le tira dans la rivière.

— Comment tu la trouves, Betty ? Entre toi et moi ?

C'était donc cela. Jos prit son temps. Et comme il ne pouvait lui dire ce qu'il pensait vraiment, il contra par une question :

— Pourquoi ? Tu commences à avoir des doutes ? Tu sais, tu seras pas le premier gars qui a des sueurs froides devant l'autel. Il y a même des gars qui ont changé de pays plutôt que de faire face à la musique. Décider de vivre avec la même femme toute sa vie...

— Oui, mais comment tu la trouves ?

Jos prit une gorgée de bière.

— Je pense que tu t'ennuieras pas. Elle est belle. Elle est ambitieuse...

— Comment ça, ambitieuse ?

Jos marchait sur des œufs :

— Eh... Elle veut des choses. Par exemple, elle ne doit plus vouloir rester dans un logement.

— Oui. Elle veut une maison. Je dirais pas ambitieuse. Jamais contente serait plus exact.

— Va pour jamais contente...Tu sais, si on va à Montréal, on pourrait par la même occasion faire ton enterrement de vie de jeunesse. Je te verrais bien avec Anita...

— Anita ? fit Marc, intéressé.

— Anita et Sheila. Deux pour le prix d'une, mais si les filles te trouvent de leur goût, c'est gratis... et toute la nuit.

— Je dis pas non.

Un silence suivit la rivière, pendant que Marc se voyait déjà avec Anita et Sheila.

— Comment va ta sœur ? fit Jos, essayant de le demander de la façon la plus naturelle possible.

Mais Marc n'était pas là.

— Trois dans un lit ? Ça doit être quelque chose... murmura-t-il.

Jos essaya encore de faire dériver la conversation sur Lili :

— Ta sœur, est-ce qu'elle a encore trouvé le moyen de se mettre dans le trouble ?

— Parlons pas de Lili.

Un autre silence plongea, rageur, dans la rivière.

— Betty, c'est la seule femme que j'ai connue.

Il y avait de l'amertume dans la voix de Marc, comme si le sort lui avait refilé de mauvaises cartes. Peut-être qu'il se voyait déjà marié et que soudain sa jeunesse n'existait plus. Peut-être qu'il s'était volé lui-même sa jeunesse et qu'il cherchait quelqu'un à blâmer. Jos murmura :

— Attends d'être à Montréal.

— Il y a un problème. Betty veut venir.

— Non. Pas de femme. Les voyages à trois...

— Lili viendrait, offrit Marc.

Il n'y eut plus de problème. L'eau noire de la rivière se promenait joyeusement.

Anita et Sheila... Lili.

———— • ————

Fernand appela vers onze heures. Betty le rassura. Lili allait dormir chez elle. Lili fit une bise à son père au téléphone. Fernand accepta. Il était prêt à tout accepter. La Lili qu'il connaissait était morte. L'autre avait soif de s'étendre et ne connaissait pas encore ses limites. Il était content d'être vieux, de ne plus sentir, de ne plus penser. « Tout va trop vite pour moi, Lili. J'ai peur de ne pas être à la hauteur. Il faut que tu fasses attention. Je ne sais pas comment te protéger. La vie n'est pas ce que tu penses... » Il aurait voulu dormir...

———— • ————

Conrad avait le fiel au cœur. Tout ça pour rien ! TOUT ÇA POUR RIEN ! Lui qui ne prenait jamais d'alcool avait commencé à boire. Il se fit même éjecter du *Balmoral*. Il avait pris une autre fille pour le magasin et s'enfermait dans son bureau à longueur de journée. Il n'ouvrait plus le soir. Il errait dans son magasin en pensant à Lili qui l'avait trahi et à Fernand qu'il avait actionné. Il allait leur montrer. Il allait leur montrer qu'on ne pouvait pas se moquer de Conrad Brault comme ça.

7

LILI ESSAYAIT UN NÉGLIGÉ DE BETTY. Un négligé noir et dia-
phane qui faisait de votre corps une ombre douce offerte au miroir.
Elle voyait la pointe dure de ses seins à travers le tissu. Elle était
excitée.

— Ça te va à merveille. T'es faite pour ça. Si les gars du *Balmoral* te voyaient !

— Es-tu folle ? C'est pas pour se montrer.

— Pourquoi tu penses que c'est fait ? Mets le soutien-gorge
noir... et arrête de faire ta pudique ! Je le vois que t'aimes ça. T'as
des choses à apprendre.

« Elle est belle. Elle ne s'en rend même pas compte. Si j'avais
le tiers de ce qu'elle a. Si t'avais tout ce qu'elle a, tu serais encore
enceinte. Qu'est-ce qui t'as pris de te faire engrosser ? »

— Tu vois comme ça te fait bien, Lili ? Viens ici. Ton docteur,
Boulianne, est-ce que tu pourrais le revoir ? Je te dis cela parce que,
si on va à Montréal, je voudrais le consulter pour ma grossesse. Je
sais que c'est pas un docteur comme cela, mais peut-être qu'il peut
me donner une adresse. Lili, je le veux pas, cet enfant-là. Si je l'ai,
je vais mourir. Ou je vois un docteur ou je me rentre un cintre pis je
pousse !

Lili resta plantée là, horrifiée par ce qu'elle entendait.

— Betty, tu y penses pas ! Tu peux pas...

— Hé ! si tu m'aides pas, je vais le faire toute seule. Regarde-moi pas comme ça. Qu'est-ce que tu ferais si c'était toi qui étais enceinte ! Tu voudrais aller te cacher dans un coin comme moi. Qu'est-ce que je vais faire si Marc change d'idée ? Je suis obligée de me marier, Lili, pis c'est comme si j'entrais en prison. Alors, regarde-moi pas comme ça et dis-moi que tu vas m'aider. Dis-moi au moins que tu vas essayer. Je sais plus quoi faire, moi.

Betty éclata en sanglots. Lili la prit dans ses bras et la berça jusqu'à ce qu'elle s'endorme. C'était un crime. Elle voulait se faire avorter. C'était l'enfant de Marc. Elle ne pouvait pas. Lili ne voulait pas. « Pauvre Betty ! Pauvre, pauvre Betty ! »

Mercredi 10 août

Bonjour à toi.

Incapable de parler de mardi. Trop de choses. Je ne sais plus où commencer.

Si papa savait que je me suis acheté des souliers de quarante-cinq dollars. C'est évident que Conrad Brault se venge sur mon père. Je vais lui donner l'argent de Jack. Il me reste mille cinq cents. Mais comment vais-je m'y prendre ? Comment je vais faire pour lui expliquer Jack et l'argent ?

Je ne comprends pas Betty. Ça ne se peut pas que quelqu'un puisse ne pas vouloir son enfant.

Vendredi 12

Bonjour à toi.

Je n'ai pas encore trouvé le courage de parler à papa. Je cherche la façon mais je ne trouve pas.

Benoît Marchand m'a appelée. Il est fâché que j'aille à Montréal avec Jos Campeau. Tout se sait ici. Je lui ai dit que ce n'était pas de ses affaires et que je pouvais me permettre d'être indépendante désormais.

———— • ————

Conrad Brault voyait bien qu'il était la risée du village. De penser à Lili lui brûlait le ventre, mais il ne pouvait s'en empêcher. Il était en quête de tous les potins. Il savait qu'elle allait au *Balmoral,* mais ça lui faisait mal de la voir avec tous ces hommes comme des mouches autour d'elle ! Il avait entendu dire qu'elle s'était chicanée avec son frère qui était allé la chercher au *Balmoral* ! Il avait entendu dire qu'elle sortait avec Benoît Marchand, et qu'ils allaient à Saint-Georges, et qu'ils avaient été pris dans une bataille ! Il avait entendu dire qu'elle sortait avec Betty Bilodeau et qu'elles se ramassaient dans les pires trous, qu'elle s'était chicanée avec son père, et qu'elle vivait presque chez Betty Bilodeau, et qu'on l'avait vue sortant du *Balmoral* à six heures du matin !

———— • ————

Samedi 13

Bonjour à toi.

Un moment magique. Je suis allée au *Cinéma Perro,* à East Broughton, avec Betty et Marc. J'ai enfin pu voir le film de James Dean *La Fureur de vivre.*

Ça m'a fait pleurer, pleurer. Il voulait juste être heureux. Il voulait juste qu'on le laisse tranquille. J'ai tellement pleuré. Lui aussi n'était pas compris.

Il y avait quelqu'un qui riait dans la salle. À la fin du film, je me suis aperçue que c'était Benoît Marchand. Je ne l'ai même pas regardé en sortant. Je pense que je ne sortirai plus avec lui. Il me fait peur. Il fait son fin mais je pense qu'il est méchant. La semaine prochaine, ils passent *Et Dieu créa la femme* avec Brigitte Bardot.

C'est confirmé. Dimanche 21, nous montons à Montréal. Ma première grande sortie. Je ne dis rien pour convaincre papa. Marc s'en occupe. C'est la première fois que je vois Marc intéressé à aller à Montréal.

— Mais papa, si je travaillais, fit Lili, on pourrait rembourser Conrad Brault plus vite. Betty peut me faire entrer chez Madame Blondeau, la coiffeuse.

— Tu y échapperas pas. Tu retournes à l'école.

— Y ont toujours ri de moi à l'école.

— Maintenant, ils ne riront plus.

Elle n'arrivait pas à le convaincre.

— C'est à cause de moi que t'es en froid avec Conrad Brault. Je veux t'aider.

Elle lui tendit l'enveloppe. Il la prit, l'ouvrit, compta.

— Trois cents dollars !

— Mes économies.

— Coudon ! L'as-tu volé, Conrad Brault ? Trois cents dollars.

— Papa ! Comment peux-tu ?... Je suis plus débrouillarde que tu penses.

— Ça, je le sais, fit-il, d'un air soupçonneux.

— Je dois retenir de maman.

— Un peu trop à mon goût. Garde ton argent.

— Si je tiens de maman, tu sais que t'as pas une chance.

Il sourit. Elle essaya :

— Pourquoi tu ne m'en parles jamais ?

— C'est du passé. C'est comme ton trois cent piastres. On n'en parle plus. Comme ça, on se pose pas de questions qu'on veut pas répondre.

———— · ————

Bonjour à toi.

Je pensais que ce serait facile de tenir un journal, mais c'est dur de s'asseoir, de prendre un stylo et de réfléchir sur sa journée. Les journées vont trop vite et quand je viens pour écrire, je ne peux dire que des choses comme : Levée huit heures, fait le déjeuner de papa, ou : Plus que deux semaines avant l'école. En fait, c'est le lendemain qu'on peut parler de sa journée. Par exemple, aujourd'hui, je parle de lundi où j'étais au lit toute la journée. Papa s'empressait autour de moi. Je lui ai pas dit que j'avais la gueule de bois.

Ce qui me fait enchaîner sur le dimanche, où nous avons fermé le *Balmoral* au petit matin. Le dimanche, il y a une partie de cartes dans le petit salon. Ils étaient encore là à huit heures quand nous sommes parties.

Betty ne me parle plus de sa grossesse. J'espère qu'elle n'a plus ces pensées horribles. Je ne veux pas l'aider. Papa n'est pas bien non plus. Je vais verser le reste du gin dans l'évier.

Comme chaque page de mon journal est datée, il y a déjà des pages blanches comme si, certaines journées, il ne s'était rien passé. Alors, à l'avenir, je vais biffer la date. Comme ça, plus de trous. Juste une ligne continue.

Si je pouvais conduire l'auto de papa, je serais plus libre, mais ça va être dur de le convaincre.

———— • ————

Chaque jour, il entendait parler d'elle et chaque jour, il se mourait un peu plus de dépit et de rage. Il les sentait tous qui le regardaient comme s'il avait une maladie. Il sentait les rideaux bouger quand il se dirigeait vers le café *Giguère*. Il les voyait de la fenêtre de son magasin alors qu'ils passaient devant et murmuraient des choses. Il avait perdu, perdu sur toute la ligne. Jamais il n'aurait Lili. Il était trop bête, trop vieux. Il serait mieux mort. « MORT ! » Il n'arrêtait plus d'y penser. Le mot *mort* résonnait dans sa tête comme un air stupide dont on ne peut plus se défaire. Tout commençait par *mort*. Toutes les phrases dans sa tête et toutes les phrases dans sa vie. Il se parlait comme un schtroumpf, ces petits bonhommes bleus de bande dessinée qui remplaçaient mots et verbes par « schtroumpf ».

« Je mortrais un mort avec une mort au mort » voulait dire qu'il voulait un café avec une tarte au sucre. Et plus ça allait, plus ça empirait. La serveuse au café *Giguère* voulait réchauffer son café : « Encore un peu de mort, monsieur Mort ? »

Il paya et sortit avec la joie au cœur. Il était Monsieur Mort. Il n'avait plus de problème. Il allait leur morter ce que Mortad Mort était mortable de morter. Il allait leur morter. Il se morta jusqu'à son mortgasin et se morta une mortacorde qu'il se morta autour de son mortcou. Il morta sur une mortchaise, et dans sa morttrine, il se mortit. C'était un mortmanche et il resta morté toute la mortnée, mais mortsonne ne le mortmarqua jusqu'au lendemort.

———— • ————

Ça ne prend pas grand-chose pour faire plaisir à quelqu'un.

Jos s'était empressé de lui ouvrir la portière de l'auto. Elle était montée. Il avait refermé doucement. Betty ne perdit pas de temps :

— As-tu des visées sur la sœur de Marc, Jos ?

Il ne répondit pas, mais Lili le vit qui rougissait jusqu'aux oreilles. Elle eut un rire et il lui sourit avec un haussement d'épaules. La glace était cassée. Ils s'arrêtèrent pour déjeuner en route. Il lui ouvrit de nouveau la portière. Il était aux petits soins pour elle sans être obséquieux. Comme si c'était naturel.

Ça ne prend pas grand-chose...

Betty se blottit contre Marc qui lui caressa les cheveux de sa main. Lili lui avait dit avant de partir qu'elle ne l'aiderait pas à se faire avorter, qu'il faudrait qu'elle se débrouille toute seule. Betty n'avait pas réagi. Elle avait rêvé à son enfant la nuit précédente. Son enfant dans ses bras. Elle voulait encore se faire avorter, mais c'était dans sa tête maintenant, plus dans son cœur. Elle prit la main de Marc et la mit sur son ventre. Il lui lança un regard d'une telle douceur qu'elle dut regarder ailleurs. Troublée d'être contente.

Pas grand-chose...

Jos tendit l'allume-cigares à Lili. Elle lui tint la main pour stabiliser le feu. Il avait une main chaude et la peau si douce.

— Tu as la peau douce...

Il la regarda. Elle soutint son regard. Un moment suspendu. Ils furent un. Chaque moment est éternel.

———— • ————

Pour faire plaisir...

Une lampée de gin dans un verre qu'on boit d'un coup sec. Qui vous envahit la bouche et vous fait grimacer. Qui vous descend dans le ventre. Et vous êtes envahi par la chaleur. Comme Fernand qui regarde le soir qui tombe et décide de prendre une autre lampée. La dernière. Après tout, il est seul et un homme seul a toujours raison.

... à quelqu'un.

——— . ———

Conrad Brault n'eut même pas le plaisir de gâcher leur sortie. Ils passèrent devant la vitrine du magasin, mais ne le virent pas. Ce ne fut que lundi qu'on s'aperçut que ce n'était pas un mannequin qui était pendu dans la vitrine.

——— . ———

Anita était blonde avec des cheveux lourds et délavés de Suédoise. Elle avait des yeux bleus et une peau de Mexicaine. Ajoutez un air indolent, de longues jambes, des lèvres rouges et méprisantes et une présence électrique. Elle dansait devant Marc qui était bandé comme les singes au zoo et affreusement gêné. Surtout quand Anita défit sa braguette et commenta le dégât sans sourciller.

— Je vois que tu as commencé sans moi.

——— . ———

Il était neuf heures du soir et Marc devait rejoindre Jos, Lili et Betty vers onze heures au *Casa Loma*. Il avait été relativement simple pour Jos d'organiser le rendez-vous de Marc mais, comme la chose devait rester secrète, vu la présence de Betty, il fallait un prétexte pour que Marc s'absente. Le hic, c'était le prétexte. Il n'y avait vraiment pas de raison pour que Marc fausse compagnie au groupe puisqu'il ne connaissait personne à Montréal. Marc et Jos complotèrent donc pour emmener Lili et Betty à La Ronde, certains qu'elles ne pourraient dire non à la chance d'aller sur les manèges. Il y avait foule à souhait. Le plan était que Marc les perdrait de vue et, comme ils avaient décidé d'aller au *Casa Loma* en fin de soirée, il réapparaîtrait au club en désespoir de cause, les ayant cherchés partout en vain. Beau plan. Ce ne fut pas facile, à cause de Betty.

— On n'est pas venus à Montréal pour aller sur des manèges. À part ça, regardez le temps, il va pleuvoir !

Marc était battu sur toute la ligne. Il lança un regard suppliant vers Jos.

— Il faut au moins passer par là. J'ai un gars à rencontrer pour faire envoyer le reste de mes affaires à Thetford.

— Tu ne peux pas lui téléphoner ?

— Non. Il me doit aussi un peu d'argent.

— Bon. Allons-y, à La Ronde, mais dix minutes.

Puis Lili s'en mêla. Elle voyait bien que Jos et Marc cachaient quelque chose. Elle connaissait Marc et il ne tenait plus en place. Il y avait quelque chose.

— Pourquoi est-ce que tu n'y vas pas seul ? Tu pourrais nous rejoindre. Tu pourras faire tes affaires plus vite, offrit-elle.

C'était dans son sourire. Elle se doutait de quelque chose. Jos chercha une parade. Soupira. Marc explosa :

— Voulez-vous me dire c'est quoi qui se passe ? Qu'on n'arrive pas à se décider ici ! La prochaine fois, on va venir tout seuls, ça va être moins compliqué.

— C'est cela que vous voulez être, tout seuls ? Ça peut s'arranger ! Viens, Lili.

Betty traînait Lili. Marc était furieux. Jos laissa Betty et Lili prendre un peu d'avance, puis les rejoignit. Ils étaient sur la Sainte-Catherine et ça grouillait de monde.

— Bon, on va pas se chicaner. Je vais y aller avec Marc. On se rejoint où ?

Lili soupira. Elle n'avait pas du tout le goût de se retrouver seule avec Betty.

— Betty, je pense qu'on est mieux de les suivre.

— C'est ça que vous voulez, vous débarrasser de nous autres ? On y va !

Et elle piqua vers Marc. Jos resta un moment avec Lili, puis tenta :

— Ça peut être plaisant, La Ronde.

— N'importe où, du moment qu'on n'est pas à Thetford.

— Tu n'aimes pas Thetford ? fit Jos, secrètement content.

— Et toi, tu aimes ?

Un passant la fit se presser contre Jos, qui la prit par l'épaule.

— J'aime bien les rues pleines de monde.

— Dans la foule, on est invisible.

— Tu ne seras jamais invisible.

« Encore son sourire. La faire sourire. Oui. Elle me regarde. Dis quelque chose. Pourquoi parler ? Juste la regarder. Oui. »

— Arrivez-vous ? cria Marc, brisant le moment.

Jos en voulut à Marc. Lui aussi avait hâte de se débarrasser de lui. Le plus vite possible. Pour être seul avec Lili. Quelque part. N'importe où.

———— . ————

Marc ouvrit les yeux. Il était couché sur Anita qui gémissait doucement.

— Oui, c'est bon. C'est bon ! Continue !

Continuer quoi ? Lentement, il réalisa qu'il était en train de la baiser, mais il n'avait pas de sensation. Le bas de son ventre était un vide. Tout devait être correct car elle continuait à gémir et à se tordre sous lui, mais il ne se rappelait pas quand il avait commencé et comment il se faisait qu'il était en train de la baiser. Une minute, elle défaisait sa braguette...

— Laisse-moi-z-en un peu, Anita.

Il y avait quelqu'un d'autre dans le lit ! Il n'eut pas le temps de regarder qu'Anita se dégagea avec expertise. Il se retrouva sur le dos.

— *Hi there ! I'm Sheila... Oh ! He's big. Mama wants to suck on it.*

Elle était de côté. Il ne pouvait voir que son profil et ses énormes seins. Il sentait ses dents qui effleuraient légèrement son membre. La sensation était revenue. Il voulut bouger, mais Anita s'assit sur sa poitrine, presque dans sa face, où elle commença à se frotter et à gémir lorsqu'il sortit sa langue.

——— · ———

Par deux fois, Marc avait essayé de disparaître sans se faire remarquer, mais Betty veillait au grain. Elle commençait à le trouver bizarre, ne le lâchait plus du regard. Finalement, ils prirent un manège où il n'y avait plus beaucoup de places. Il poussa fermement Betty sur Jos.

— Je vous attends !

Il décampa pendant que Jos faisait les montagnes russes avec Betty et Lili, pendues à son cou, hystériques à souhait. Sauf que Betty en profitait pour se frotter et Lili pour se blottir. Betty avait encore le sourire lorsqu'ils sortirent des montagnes russes. Elle vit que Marc n'était pas à l'arrivée et fusilla Jos du regard. Jos s'empressa de regarder du côté de Lili.

— Où est Marc ? fit Lili.

Betty ne dit rien. Bon débarras. Ils le cherchèrent un moment puis Betty insista pour aller immédiatement au *Casa Loma.* Jos faisait comme s'il fallait chercher Marc encore, mais il n'insista pas longtemps.

——— · ———

Marc ouvrit les yeux. Il sortait de nouveau du noir et il vit le visage lunaire de Sheila entre ses jambes qui lui envoyait la main.

— *Hi there! Here we go again!*

Il sentit son sexe happé par sa bouche. Il tourna la tête. Anita était assise sur une chaise, nue, en train de se limer les ongles.

——— · ———

Sur la scène du *Casa Loma,* le spectacle battait son plein. Un numéro de cabaret avec plein de filles en paillettes, habillées de lumières, tout en seins et en jambes et sans vrai visage, qui s'efforçaient de recréer l'atmosphère d'un french cancan. Jos regardait Lili, qui admirait le spectacle. Betty avait cessé de vouloir intéresser Jos. Elle regardait un grand type au bar qui finit par comprendre qu'il devait s'approcher. Betty sourit. Elle allait faire payer Marc. Elle allait le faire payer. Le grand type s'introduisit, se coula sur le siège et oublia Betty pour se concentrer sur Lili. Betty vit Jos qui la haïssait. Elle se commanda un double. Elle les haïssait tous, Marc, Jos, et Lili. Surtout Lili, qui faisait comme si ce n'était pas de sa faute si le grand type s'intéressait à elle. Elle ne savait pas que Lili n'en avait que faire. Ce qui la séduisait, c'était la nouveauté de la situation, qu'elle pouvait analyser avec le détachement clinique d'un docteur.

Sur la scène, un *strip-tease* commençait. La femme s'offrait à tous ces hommes et Lili regardait leurs visages aux yeux luisants et leur indifférence. Betty dit :

— Regarde-les bien. Tous des salauds ! Tous les gars !

Elle regarda sa montre.

— Deux heures et demie. Où est Marc ?

Le grand type se leva et prit cérémonieusement la main de Lili. Elle eut un petit rire gêné et un regard pour Jos qui lui fit un faux sourire d'approbation. Il vit le regard de Betty sur lui et se réfugia dans son verre.

— Qu'est-ce que t'as contre moi, Jos ?

« Franchement, demande-le pas, je pourrais te le dire et ce ne serait pas flatteur. »

— Pardon ? fit-il avec son meilleur air surpris.

— Tu m'as entendue ! Ça se voit quand un gars évite une fille.

— Je ne vois pas ce que tu veux dire.

Betty sourit. Elle était plus forte que lui à ce jeu.

— On danse ?

Il se contenta de sourire. Elle commençait à l'agacer sérieusement. Lili dansait toujours avec le grand type et un cercle s'était formé autour d'eux.

— Ouais, c'est pas elle qui va manquer une chance, commenta Betty. Oublie-la, Jos, tu n'es pas assez vite !

Jos vira sur sa chaise. Une lueur dans son regard disait : « Pas touche ou... »

Betty fonça ; elle n'en avait rien à foutre :

— C'est pour cela que tu es venu à Montréal et regarde le résultat. Quand on veut une femme, on la laisse pas danser avec un autre.

— Si tu te mêlais de tes affaires...

— Tu peux pas me sentir, hein, Jos ? Tu te penses mieux que moi ? C'est cela. Parle. Réponds !

— Tu as trop bu, Betty.

— C'est cela ! Rentre dans ta coquille. Regarde-la danser. C'est le plus que tu peux faire.

Jos soupira. Il s'assit carré sur sa chaise et dévisagea Betty qui ne broncha pas. Lili et le grand type revenaient. Il n'eut pas le temps de s'asseoir que Betty le repilota sur la piste de danse avec un sourire pour Jos.

— Partie remise !

Plus tard, le serveur apporta une bouteille de champagne, indiquant une banquette sur laquelle un gros homme avec un cigare trônait. C'était le patron du club. Lili se trémoussa sur sa chaise.

— Poop Poop Pi Doo.

— Toi et ton Poop Pi Doo, fit Betty.

Mais le grand type avait déjà éclaté de rire. Jos ne put s'empêcher de sourire. Tout lui arrivait si facilement. Tant de gens qui voulaient être près d'elle. Lui aussi.

Marc fit son entrée. Marmonna quelques excuses. Remarquablement silencieux. Avec un sourire intérieur que même Betty ne put lui faire perdre. Le grand type les amena dans un « club de Noirs », où ils écoutèrent du jazz jusqu'au matin. Lili, fatiguée, posa sa tête sur l'épaule de Jos, qui reçut cela comme un plaisir secret. Plus tard, avec le soleil qui se levait et tout le monde qui dormait dans l'auto, il se prit même à rêver d'autres moments où elle serait près de lui. Il était amoureux. Du pire genre d'amour. De celui à foncer, tête dans les murs. L'amour impossible.

———— • ————

Bonjour à toi.

Tout se mélange dans ma tête. Je ne sais plus par où commencer. Je me rappelle surtout la danse. J'aurais dansé, dansé ! J'avais l'impression de flotter. C'est un avocat. Georges Bellavance. Il m'a donné sa carte.

— Si jamais vous revenez à Montréal, je vous apprendrai la samba. Cela sera facile, vous avez le sens du rythme. Danser ne s'apprend pas. On naît avec.

Il m'a posé plein de questions. Moi, je ne voulais pas répondre, juste danser, mais il n'arrêtait pas.

— Qu'est-ce que vous voulez faire plus tard ?

Et comme je ne savais pas quoi répondre, il a dit :

— Une personne sans but ne va nulle part.

Je l'ai écrit sur un bout de papier. Je ne voulais pas l'oublier.

Il faut que je parle à Marc. Qu'est-ce qu'il a ? Chaque fois que je le regarde, il regarde ailleurs. Comme s'il était gêné. Et quand il me regarde, il a cet air désapprobateur et lourd. Qu'est-ce que je lui ai fait ?

Assez pour aujourd'hui. Papa ne va pas bien. Je le sais parce qu'il ne trouve rien dans la cuisine et il m'accuse d'avoir rangé tout de travers.

J'entends Marc qui arrive.

———— • ————

Elle descendit l'escalier en courant. Elle se sentait bien, prête à prendre le monde entier par les cornes. C'était cela la vie, l'insouciance totale du moment. Un coup d'œil à Marc, qui entrait avec un poids sur le cœur, avec un regard qui évitait déjà son regard, changea tout cela. On peut même dire que son arrivée, ce lundi midi-là, changea la vie de Lili pour toujours. Marc était porteur de mauvaises nouvelles. Elle lui demanda ce qui se passait, mais elle dut attendre que Fernand soit là avant que Marc la regarde droit dans les yeux et dise enfin :

— Conrad Brault est mort. Il s'est pendu dans la vitrine de son magasin.

Elle sentit bien le sol qui se dérobait sous ses pieds, mais elle était accrochée au regard de son frère et n'eut qu'à mettre la main sur le dos d'une chaise pour se stabiliser. Fernand, bouche ouverte, la regardait, regardait Marc, la regardait. Elle sentit le besoin de s'asseoir. Dans sa tête, le visage grotesque de Conrad, le cou cassé, tournant au bout d'une corde comme un pantin désarticulé.

— On vient de le trouver. C'est arrivé dimanche, mais tout le monde pensait que c'était un mannequin dans la vitrine.

— Pauvre Conrad, fit Fernand.

— Ouais, opina Marc.

Lili ne dit rien. Elle se leva et monta lentement l'escalier vers sa chambre. Fernand eut un geste pour la prendre par l'épaule alors qu'elle passait devant lui, mais elle ne se laissa pas aller même si un grand froid venait de la prendre qui lui cassait son cœur et sa vie. Un froid qui ne la lâcherait plus. Elle ne pleura pas pour Conrad Brault. Cela aurait été se montrer coupable et elle voulait désespérément n'être coupable de rien. Alors, elle tomba malade, une grosse fièvre la garda loin de tout pendant que les langues s'affairaient et qu'on prenait pour ou contre elle. Conrad Brault n'avait pas seulement réussi son suicide, il avait aussi légué à Lili tout ce qu'il possédait. D'accord avec Fernand, elle refusa. Le mal était fait. Dans la catégorie pour, il y avait Fernand, Benoît et Jos, qui la visita un bref moment. Dans la catégorie contre, il y avait le monde entier, tous ceux qui associaient son nom à la mort de Conrad Brault.

———— · ————

Bonjour à toi.

Je me sens tellement triste. C'est l'enterrement de Conrad Brault aujourd'hui. J'y serais allée, mais tante Valérie dit que ce serait de la provocation même si je n'ai rien à me reprocher. Je me suis réfugiée dans mon lit. J'entends tante Valérie en bas. Elle prépare le repas.

——— . ———

Sa première sortie fut pour aller à l'école. Elle avait le rouge au front en montant dans l'autobus et ne parla à personne. On la laissa tranquille comme si elle avait la lèpre, et elle était d'accord. Elle le méritait. Elle ne savait pas encore que la mort de Conrad n'était que la pointe de l'iceberg. Elle aurait dû le savoir quand elle apprit qu'un inconnu avait sauvagement battu Benoît Marchand dans le stationnement d'un hôtel de Saint-Georges. Assez pour qu'il se retrouve à l'hôpital avec des côtes fêlées. Ce n'est que plus tard qu'elle comprit que c'était l'œuvre de Jack.

8

JACK AVAIT L'HABITUDE D'ATTENDRE. La prison lui avait appris ça. Ne vivre que pour la journée. Ne pas attendre demain. Ne pas espérer. La prison ne lui avait rien appris pour Lili. Il était plein de Lili. Dans sa tête, il vivait déjà avec Lili depuis des siècles. Il voyait les détails de leur mariage. Il voyait leurs enfants. Il se voyait vieillir avec Lili, pleurer sa mort. Il se voyait heureux. Il se voyait libre. Il se voyait grand. Le monde lui appartenait. Plus ! Le monde était nouveau comme s'il était imprégné de Lili. Le sourire des femmes. Une fleur. Le vent. La chaleur du cuir. Le doux de l'oreiller. Le froid de l'eau dans sa figure. Lili ne l'habitait pas, elle le hantait. Il changeait. Le monde changeait autour de lui. Le monde s'apprivoisait. C'était le bonheur. Lili et Jack. « Mon nom, c'est Lili ! »

Il s'était donné trois mois pour revenir à Lili. Trois mois pour faire son dernier vol. Trois mois pour faire ses adieux à son ancienne vie. Il voyait le tout de façon claire. Il reviendrait à Thetford Mines le premier septembre. Il visiterait Lili et demanderait sa main à son père.

Un beau plan. Excepté que Lili ne figurait pas dans ce plan à titre de personne. Excepté que Jack n'était pas un homme normal pour une vie normale. Excepté qu'en août le ciel lui tomba sur la tête. Il avait une demi-sœur, Brenda, qu'il ne voyait pas souvent mais qui était sa seule amie, peut-être parce qu'elle était comme lui, directe et sans manières. Elle travaillait comme serveuse dans un bar louche. Il allait la voir quand il avait un problème parce qu'elle lui donnait toujours l'heure juste. Il décida d'aller la voir parce qu'il était heureux. Il avait besoin de parler. Il venait à peine de s'asseoir que Brenda lui jeta un regard qui le transperça.

— Viens pas me dire que t'es amoureux !

Il l'aurait tuée d'avoir dit cela.

— Qu'est-ce qu'y a de mal à ça ?

— Rien de mal sauf qu'est pas là !

Il l'aurait frappée. Il l'aurait frappée de toutes ses forces ! Il balbutia quelque chose. Brenda était lancée :

— Je te connais, Jack ! Tu pars toujours en grande quand t'es amoureux ! Si elle était avec toi, je te croirais. Regarde-moi pas comme ça ! Je prends mon *break* pis tu m'en parles.

Mais quand elle revint avec une bière, elle vit qu'il était reparti. Elle passa toute la journée à être maussade parce qu'elle savait qu'elle l'avait blessé, mais il fallait que quelqu'un lui remette les deux pieds sur terre. Elle n'allait jamais le revoir et n'entendrait parler de lui que le jour où elle verrait sa photo dans *Allô-Police* à côté de celle de Lili.

Quant à Jack, il sortit du café comme un homme soûl, la tête en feu et le cœur fendu de doute. Il remonta à Thetford le soir même, se loua un petit chalet retiré et entreprit de suivre Lili le plus discrètement possible.

————— . —————

— Écoute, Lili, il est mort, arrête de te blâmer. C'est pas toi qui es montée sur une chaise dans une vitrine, qui t'es passé une corde autour du cou et qui as sauté ! Ça fait que arrête-moi ça tout de suite. Tu pouvais pas deviner ce qu'il avait dans la tête, Conrad Brault !

Betty consolait Lili comme on console un bébé. Elle l'avait blottie dans ses bras et lui donnait des petites tapes dans le dos comme si elle voulait lui faire régurgiter sa peine à petites doses de rots. Elle se sentait maternelle avec Lili, qu'elle aimait mieux malheureuse. Elle se sentait maternelle, point. Elle se prenait même à sourire à Marc et lui faisait écouter son ventre.

— Pour l'école, ne t'en fais pas. Dans quelques semaines, tout le monde va avoir oublié, pis les gars vont se battre pour porter tes livres. Les filles t'aimeront pas, ça c'est sûr, quoi que tu fasses !

Lili renifla.

— Est-ce que je peux rester ici ce soir ?

— Ah ! C'est ça ! T'as pas envie de rentrer. Ta tante Valérie !... Tu sais, si ton père se remarie... Regarde-moi pas scandalisée comme ça ! Ton père, c'est un homme ! Pis un homme trop seul !

Lili ne répondit pas. Elle n'aimait pas Valérie et elle ne pouvait envisager que son père puisse un seul moment... mais il était différent. Il aimait la cuisine de Valérie, qui, elle, était en train de réorganiser toute sa vie. Elle lui avait déjà trouvé trois contrats pour des meubles. Il avait besoin d'être actif. Lili se dit qu'elle haïssait Valérie parce qu'elle était en train de prendre sa place, et le fait que cette place, elle n'en avait jamais voulu ne la consolait pas. Non. Ce qui la heurtait, c'est qu'ils étaient deux contre elle tout à coup. Fernand faisait tous les caprices de Valérie. Pire encore, il ne lui parlait plus qu'à travers Valérie comme s'il avait abdiqué son lien à sa fille dès la minute où cette femme était entrée dans la maison. Lili ne comprenait pas. Elle n'arrivait pas à voir pourquoi Fernand avait changé. Il n'avait jamais aimé Valérie. Elle en était sûre. Alors, pourquoi était-il si calme, si satisfait ? Le mot *heureux* était dans sa tête.

Marc entra avec Jos. Même Marc semblait heureux. Il n'y avait qu'elle de pas correcte.

— J'ai amené Jos !

— Bonjour, Lili.

« Il a la voix trop douce, c'est énervant ! »

Elle lui rendit quand même un sourire, mais elle regardait Betty du coin de l'œil. Qui avait invité Jos ? Il ne pouvait savoir qu'elle serait là. Est-ce que Betty... « Assez de questions. Assez. »

— Ça fait que avez-vous trouvé qui a battu notre beau Benoît ?

— N'était pas très beau quand on l'a ramassé, fit Marc. Il va rester pas beau, ajouta-t-il, avec une pointe de satisfaction, pour Betty.

— Celui qui l'a battu connaissait son affaire, renchérit Jos.

Jos vit que Lili n'écoutait pas ce qu'il disait. Il n'existait pas pour elle, mais il était encore loin de le croire. Loin de se l'avouer. Loin de souffrir.

———— . ————

Jos ne savait pas encore quand, mais il savait. Il savait qu'un jour il ne serait plus dans la police. Pourtant, cela avait été son grand rêve. Ce qu'il savait désormais, c'est qu'il était policier à cause de son père, qui disait que c'était un métier de brute. Comme il avait toujours fait le contraire de ce que son père voulait, même après sa mort, il était devenu policier, sûr de son destin, serein dans sa certitude.

Jos était un homme tranquille. Trop secret, mais cela on ne l'apprend qu'après, quand assez de personnes vous l'ont dit, que ça entre dans votre réalité.

Un matin comme les autres, il s'était réveillé avec un vide dans la tête et une explosion quelque part dans ses neurones. Il savait qu'il ne serait pas policier toute sa vie. Et comme tout homme qui vit en dedans de lui-même, il n'agit pas immédiatement pour concrétiser cette certitude. Il savait qu'il y aurait un autre matin et que, ce matin-là, il démissionnerait. Il vivait donc à la dérive. À la dérive de ce moment-là qui serait assez fort pour que tout tombe en place. Le bon matin dans le bon endroit, à la bonne heure, comme si le destin était une montre suisse. À la dérive de la perfection. Voilà.

Pourtant, il n'avait rien d'un homme à la dérive. Il n'avait tout simplement pas besoin de chemin. Pour le moment, Lili était son chemin. Ce chemin, il l'abordait comme un explorateur, pas pressé d'arriver au bout, pas pressé d'arriver à ses fins. Il devait avoir du sang arabe, le Jos, et savoir dans le fond de lui que tout ce que vous réalisez vous rapproche de votre mort. Ce qui ne l'empêchait pas de frémir et de se consumer pour les yeux de Lili et un signe d'approbation.

Jos à la dérive et Lili qui n'en avait pas la moindre idée, pas plus que Jos n'en avait la moindre idée. Appelez ça une belle dérive.

—— • ——

Benoît Marchand avait bu toute la soirée. Il aimait boire.

— Il faut bien vivre, disait-il.

Mais il buvait plus profond. Plus profond que l'ennui. Il buvait pour l'oubli. Il y avait des zones rouges dans sa vie. Des zones de violence. Des mains levées prêtes à s'abattre. Des poings serrés prêts à cogner. Des sourires mauvais et des yeux humides, injectés de sang. Des faces empourprées de colère, violettes d'émotions haineuses prêtes à fondre sur lui comme des marteaux de forge. Il connaissait bien les zones rouges. Il avait été battu assez. Assez pour sentir la peur chez d'autres. Assez pour vouloir blesser à son tour. Assez pour se maintenir assommé. Ne plus voir. Ne plus penser. Être bien. Comme maintenant.

Il venait de mettre la clé dans la portière de son auto quand il sentit une main de fer lui saisir le cou et lui imprimer un mouvement arrière et un mouvement avant. Il se péta le front contre le cadre de son auto et sentit un coup aux reins qui lui coupa les jambes. Puis sa tête repartit vers la vitre. Qu'elle défonça. Zone rouge. Zone rouge ! Alors qu'on lui frappait les côtes à coups durs et méthodiques. Qui le firent crier. Cherchant son souffle ! Zone noire ! Il sombra dans l'inconscience. Les coups continuaient à pleuvoir. Jack, essoufflé, dut s'arrêter. Sa vision s'embrouillait. Ça faisait longtemps qu'il n'avait pas perdu le contrôle. Il avait même réussi à se couper. Il remonta dans son auto avec un souffle court qui lui raclait la gorge. Fou de contentement.

Benoît l'avait cherché. Jack savait pour Lili et Benoît et le pique-nique. Il savait pour Saint-Georges. C'était lui qui avait coupé les fils de batterie de l'auto de Benoît. Et c'est Benoît qu'il blâmait pour les nombreuses sorties de Lili et tout ce qu'il entendait au café *Giguère* où il mangeait tôt le matin. Discrètement. Jack savait être invisible quand il le voulait et il savait diriger une conversation sans que ça paraisse. Il faisait son timide et Joanne, la serveuse, avait le béguin pour lui. Il savait pour Conrad Brault. Il savait pour le voyage à Montréal. Il savait les rumeurs sur Jos et Lili. Jos et Lili auraient été bien surpris d'entendre ce qui fut raconté à Jack.

Au début, il avait le sourire, puis ça commença à faire mal. Maintenant, Jack évitait le café *Giguère*. Le premier septembre était passé et il ne savait plus. Il n'y avait pas de doute en lui. Il voulait Lili et il l'aurait. Il était divisé sur la manière et sur l'image qu'il voulait donner. Ses chaussures de bandit réformé ne lui allaient pas. Jack le bandit pouvait entrer chez Fernand et exiger Lili. Jack, celui qui se voulait un nouvel homme, devait se fabriquer un nouveau passé. Alors, Jack le bandit expliqua calmement à Jack le nouvel homme qu'il avait jusqu'au treize septembre, le jour de la fête de Lili, pour trouver une solution.

——— • ———

— Où est-elle ? Encore chez Betty ? Celle-là !

Avec Valérie, tout était dans le ton. Fernand se tut. Il n'avait pas à être d'accord ou pas, Valérie s'en chargeait et ce qui était pour lui impensable il y a un mois était devenu totalement acceptable. Valérie s'en chargeait. Elle se chargeait de tout. Il l'avait appelée dans un moment de panique, après la nouvelle du suicide de Conrad. Valérie avait répondu à l'appel comme un bon soldat, elle qui n'avait mis les pieds dans la maison de Jeanne depuis son mariage que brièvement après sa mort pour s'occuper des enfants.

— Mettons les choses au clair, Fernand. T'as perdu le contrôle et tu as besoin de moi. Je ne le fais pas pour toi. Je le fais pour ma sœur Jeanne, que j'ai toujours aimée malgré ce que tu sais... Lili est comme Jeanne, elle glisse sur la vie sans prendre ses responsabilités. Il faut s'en occuper d'autant plus. Je suis là pour cela et, le jour où tu vas aller contre ce que je dis, je vais faire mes bagages plus vite que tu vides un verre de gin. D'accord ?

— D'accord.

Il avait toujours vu Valérie comme cette femme aigrie par la vie qui vivait avec son arthrite et ses rancœurs. Il voyait une femme bien vivante, maniérée à l'excès, avec un côté comique dans sa véhémence et une fragilité derrière sa voix sifflante. On voit ce qu'on voit. Fernand aimait regarder Valérie par en dessous, quand elle ne se savait pas regardée. Elle lui rappelait Jeanne à la façon dont elle clignait des yeux, à la façon dont elle mangeait. Elle avait des gestes de Jeanne et ça le troublait et l'enchantait à la fois. Assez pour qu'il soit d'accord avec elle. Il avait été plus que patient avec Lili. Jeanne serait d'accord. C'était un juste retour des choses. Il aurait pu se poser plus de questions. Il aurait pu voir que si Lili était Jeanne pour Valérie, les choses recommençaient. Il aurait pu voir la haine chez Valérie. Mais non. Valérie était son sauveur. Elle allait tout remettre en place. La vie serait comme avant.

— J'ai appelé le notaire Chassé aujourd'hui. Je lui ai dit que Lili accepterait le testament de Conrad Brault. Y a rien de signé. On peut changer d'avis. Surtout que la différence, c'est que tu perdras pas ta maison. Le notaire est formel. Les héritiers de Conrad Brault vont avoir ta reconnaissance de dette dans les mains. Ils vont te poursuivre.

— Mais Lili...

— Lili va faire ce qu'on lui dira de faire. C'est une fille de dix-sept ans, Fernand. Une fille de dix-sept ans qui est en retard. Il est presque neuf heures.

Fernand se tut. Valérie le vit faire. Ça lui arracha presque un sourire. Elle connaissait son Fernand. Il avait toujours été faible. Elle allait l'aider. L'aider contre Lili. Qui faisait trop sa Jeanne.

———— • ————

Jack était incapable de dormir. Il restait étendu sur son lit, les yeux grands ouverts. Le sommeil ne venait pas. C'était comme s'il avait un courant d'électricité dans le corps. Chacun de ses membres était survolté. Comme si soudain le moteur de son cœur s'était emballé et avait dit : « Créons une tempête partout dans son corps qui ne le laissera pas tranquille et qui le brûlera comme si son sang ne voulait plus y vivre, une tempête qui ne s'apaisera que lorsqu'il aura trouvé une solution à son problème. » Jack avait une érection énorme dont il ne savait que faire, qui l'embarrassait presque.

Et il revoyait Lili avec son frais sourire. « Je t'aime, Jack, qu'elle disait. Je t'aimerai toujours. »

« Viens pas me dire que t'es amoureux ! interrompait Brenda.

— Non ! »

Ce n'était pas vrai. Les autres amours, ceux qui n'avaient pas marché, ne pouvaient se comparer à son amour pour Lili. Son amour était pur, pur comme un diamant. Rien ne l'entacherait. Elle l'aimait. « Elle t'aimait AVANT, quand elle était infirme ! » Il haïssait Brenda d'avoir saboté sa tête. La vérité était qu'il ne savait plus et que c'était en train de le rendre fou. AVANT ! Avant, c'était une infirme. Maintenant, c'est une jeune fille que tout le monde désire. Une jeune fille qui peut choisir. Elle n'a qu'à sourire de son sourire de rose fraîche et les hommes s'adoucissent. « Tu le sais, Jack ! » Il lui fallait agir. Il lui fallait agir vite. Son père ! Que dire à son père ? « Je l'ai dans l'œil. Je l'ai dans la peau. Je la veux et je l'aurai ou quelqu'un va mourir. Peut-être elle. Peut-être moi. Jack DePaul ne recule pas. Jack ne peut reculer. Vous comprenez ça ? Jack ne peut reculer. » Il eut un long rire. Il se voyait dans le salon des Rimbaud en train de dire : « Jack ne peut reculer. » Puis, son rire tourna au vinaigre, et la panique l'envahit. Il allait la perdre. Il allait la perdre et ce serait sa faute ! Il se leva d'un bond. Il se sentait méchant, vieux et prêt à tout défoncer dans le chalet. Ce ridicule petit chalet ! Lili valait mieux. Il ne pouvait amener Lili ici... Il lui fallait... Il lui fallait mieux !

Et la réponse vint. Si simple qu'il se serait cogné la tête sur le mur de ne pas y avoir pensé plus tôt. C'était si simple. Fernand Rimbaud faisait des meubles. Il allait trouver une maison et lui passer la plus grande commande de meubles ! La plus grosse commande de meubles de sa vie. Rien que des meubles massifs et solides. Solides comme son amour.

———— . ————

— Comment ça va à l'école ?

Lili fit la moue, haussa les épaules. Pourquoi Jos lui parlait-il d'école ? Elle n'aimait pas l'école. L'école pour rentrer dans le rang et devenir un mouton dans une file. L'école qui la pointait du doigt avant... et qui continuait encore à la pointer du doigt.

— Betty ? Est-ce que je pourrais rest...

— Oh ! non, pas ce soir, j'ai pas envie de me mettre mon futur beau-père à dos. D'ailleurs, il est temps que tu rentres. Jos pourrait te reconduire.

— Oui, Jos peut te reconduire, fit Marc à l'unisson.

Betty avait le sourire. Marc avait le sourire. Lili regarda Jos qui s'efforçait de ne pas avoir un pli dans le front.

— Bon ! Ça ne te dérange pas ?

— Ce sera un plaisir, fit Jos.

Sa voix semblait trop forte, trop anxieuse. Il en grimaça presque.

— On y va ? fit Lili, soudainement pressée de rentrer.

— Envoye, Jos ! Grouille !

Jos fusilla Betty du regard.

« Suis comme un bon petit chien », disait-elle vraiment.

———— . ————

— Ce que je trouve curieux, c'est qu'on ne parle pas d'une petite somme ici. Son opération, son séjour à Montréal, toutes ses sorties. Peut-être que Conrad Brault lui avait passé de l'argent en secret.

Valérie pensait tout haut et Fernand n'aimait pas le ton.

— Non, Valérie. Je connaissais Conrad. Il voulait marier Lili avant. Parce qu'il savait qu'après il n'aurait plus aucune chance. D'ailleurs, tu vois ce qui s'est passé...

— T'aurais dû dire oui. Ça nous aurait évité bien des problèmes.

— Mais tu ne serais pas ici !...

« Insolent avec ça. » Elle le regarda du coin de l'œil. C'était bien un homme.

— Cet argent est bien venu de quelque part !

Elle avait essayé d'en savoir plus, mais Lili se réfugiait dans le mutisme ou quittait la pièce. Tout comme Jeanne ! Elle n'avait jamais eu le dessus avec Jeanne. Jamais ! Le téléphone la fit sursauter. Elle décrocha sauvagement. Fernand la vit qui se radoucissait. Elle se mâchait les lèvres.

— C'est moi qui m'occupe du côté affaires... Bien sûr, monsieur ?... DePaul... Demain, dix heures. On vous attend. Oui. Bonsoir.

— T'as un nouveau client. DePaul ! Drôle de nom.

———— · ————

Jos conduisait en silence. Il voulait parler, mais ça ne sortait pas. Il n'arrivait pas à trouver le mot magique. Toutes les phrases qui lui venaient à l'esprit, il les censurait sans pitié, les trouvant trop banales. Il avait chaud. Sa chemise était trempée. Lili lui donna un coup de main alors qu'il allait se résigner à dire : « Belle soirée. »

— Regarde, une étoile filante !

Il se tordit le cou pour voir. L'auto traversa la ligne blanche. Il redressa. Lili avait les yeux fermés.

— Quand tu vois une étoile filante, tu fais un vœu.

Devenu prudent, il ne ferma qu'un œil. « Toi et moi, Lili ! »

Il regarda de son côté. Elle avait les yeux bouchés dur. Elle était furieusement concentrée. « Que tante Valérie s'en aille ! »

Ça le fit sourire. Il n'avait qu'à la regarder pour avoir envie de sourire.

— J'espère que ton souhait va se réaliser.

— Toi aussi, Jos.

Encore ce sourire qui la mettait un peu mal à l'aise. Quand il souriait, une lueur pétillait au fond de son regard qui contrastait tellement avec son air froid. Il fallait le connaître. Il était comme un gros ours... sauf quand il la regardait. Elle ne détestait pas ça mais elle le devinait si attentif, si prêt à lui faire plaisir que ça la gênait. Elle ne voulait pas le blesser, juste le garder à distance.

— Tu devrais sourire plus souvent.

Elle regretta immédiatement. Il l'enveloppa littéralement avec son sourire.

— Tu viens de passer tout droit.

Il freina doucement. Rien de brusque avec lui. Recula jusqu'au chemin.

— Laisse, je vais marcher.

Elle lui sourit et ouvrit la portière.

— Merci.

Il la vit reculer. Le noir la happa. Il resta là un moment, désappointé. Il ne lui avait rien dit. Tout avait été trop court. Il se regarda dans le miroir, essaya de sourire. Son sourire lui parut grotesque.

———— • ————

— Une belle heure pour rentrer! Assieds-toi, faut qu'on te parle, ton père et moi.

Valérie indiqua une chaise à Lili. Fernand lui jeta un regard. « Accommode-la. Valérie aime faire du bruit à partir de tout. Fais semblant. » Il ne savait pas que sa fille avait perdu le goût de se taire. « C'est quoi encore? Elle n'a pas le droit, pas le droit... »

— Je passe par-dessus le fait que tu passes plus de temps chez ta future belle-sœur qu'ici. Il y a quelque chose de plus important. C'est au sujet de Conrad Brault. Tu ne peux pas renoncer à l'héritage. Il faut que tu acceptes.

— Jamais! Je ne veux rien de lui!

— Si tu refuses, l'héritier de Conrad, son cousin en Abitibi, va hériter de tout et il va poursuivre ton père. On va perdre la maison. C'est ça que tu veux, mettre ton père sur la paille?

— Si j'accepte, ils vont dire que Conrad s'est tué à cause de moi!

— Ma chère fille! ça, tout le monde le sait.

— Mais c'est pas vrai ! Il n'y a jamais rien eu. C'était toute dans sa tête ! protesta Lili.

Elle vit l'éclair dans le regard de Valérie.

— Une chance que tout s'est passé dans sa tête... à moins que tu nous caches quelque chose...

Lili eut un regard suppliant pour Fernand. « Dis-lui, toi, qu'il ne s'est rien passé ! »

— Après tout, ton mystérieux docteur, continua Valérie, il a fallu que tu le payes avec de l'argent. De toute façon, le mal est fait, que tu dises oui ou non au testament. Alors, autant dire oui !

— Mais je n'ai rien fait de mal ! Je n'ai rien fait de mal !

— On croirait entendre ta mère. Jamais responsable de rien. Folle comme ta mère.

Lili sentit un hoquet s'emparer d'elle. Les larmes lui vinrent aux yeux et une colère, une colère profonde l'envahit comme une vague. Elle partit à sangloter.

— Vous ne parlerez jamais de ma mère comme ça. Je vous défends. Vous avez pas le droit.

Valérie se fit plus douce :

— Demain, dix heures ! Chez le notaire ! On va régler ça une fois pour toutes...

Et comme Lili semblait figée sur place, respirant lourdement.

— Je savais que j'oubliais quelque chose. Il va falloir que tu reçoives ce Monsieur DePaul tout seul, Fernand.

Elle aurait regardé du côté de Lili qu'elle l'aurait vue blanchir et agripper la table. « Jack ! Jack ici ! »

— Tu vas être contente ! Tu vas pouvoir manquer l'école. Tu peux aller te coucher, Lili.

Lili n'avait pas entendu. Elle se leva sans les regarder. Elle ne pouvait rester devant Valérie. Elle avait trop envie de la secouer, de la frapper. Elle monta silencieusement l'escalier, les poings telle-ment serrés que ses ongles lui entraient dans la peau.

— Demain, on va se parler pour tes cours de danse. On n'a pas l'argent pour que t'ailles t'épivarder à Saint-Georges !

Valérie la vit qui montait l'escalier sans rien dire. Elle était surprise. Elle s'attendait à une bataille en règle. Non. Curieux.

———— • ————

« Jack ! Jack ici ! » Lili se recroquevilla dans son lit. Un peu plus et elle se serait mise à sucer son pouce. « JACK ! »

« Je t'aime, Lili Rimbaud. » Le murmure de sa voix. Ses lèvres qui lui arrachaient un baiser. Ses mains sur son corps. Ses mains brutales et chaudes avec tant de force dedans. Leur nuit d'amour. Elle avait tout bloqué de ses souvenirs. Elle avait tout bloqué et voilà que tout lui revenait en vagues successives. Elle sentait la pointe dure de ses seins contre la chemise. Jack ! Jack ne venait que pour une raison. Jack venait pour elle. Elle n'y avait plus pensé. Elle s'était dit : « Ça viendra quand ça viendra. » Et il était là. Il arrivait demain. Elle avait peur. Elle n'était pas prête. Pas prête. Il venait voir Fernand. Pourquoi ? Il allait tout lui dire ! Non ! Elle passa la nuit sans fermer l'œil, toute pleine de Jack, oscillant entre Jack l'amoureux et Jack la brute avec son revolver pointé sur le géant au sortir du *Balmoral*. À quelques milles de là, Jack battait son membre avec rythme et il orgasma presque douloureusement en râlant : « LILIIIIII ! »

———— • ————

Bonjour à toi.

Ça se mêle dans ma tête. D'abord, Conrad Brault avec son maudit héritage. Je le veux pas ! Puis, tante Valérie qui traite ma mère de folle. Elle a beau jeu. Je ne peux même pas la contredire, je l'ai jamais connue. Ça m'a tellement fâchée. Tellement. Qu'est-ce qui m'est arrivé ? Elle n'a pas le droit d'attaquer quelqu'un qui ne peut pas se défendre. Et si tu dis ça encore, toute tante Valérie que tu sois, tu vas avoir affaire à moi. Ma mère, c'est sacré. Voilà.

Jack. Qu'est-ce que je vais faire ?

Il faut que je cache mon journal. Tante Valérie pourrait le trouver et elle ne se gênerait pas pour le lire.

— Eh ! que tu vois rien, Marc !

Betty tournait autour de Marc comme un oiseau de proie.

— Chaque fois que Lili est autour, le Jos, il perd ses moyens. Il commence à bafouiller, il accroche les tasses...

— Lili, c'est une enfant ! Parle pas comme ça !

— Une enfant ! Je pourrais t'en conter sur cette enfant-là ! Mets-toi les yeux devant les trous !

— Elle est trop jeune !

— Dix-huit ans la semaine prochaine. C'est une femme. Ici les filles se marient entre dix-huit et vingt et un. Moi, j'ai vingt-cinq ! Quatre ans de retard à cause de toi...

— Ouais, tout ça, c'est à voir.

— On pourrait lui organiser une petite fête, monter danser à Saint-Georges. Parles-en à Jos, je suis sûre qu'il va dire oui.

— Ça reste à voir, fit Marc.

— Marc, je t'aime, même si t'es un imbécile ! Un gros innocent ! Mais mon innocent à moi.

Elle lui parlait avec des yeux de petite fille et ça le chavirait toujours. Ça lui arrachait toujours un sourire. C'était rare qu'elle parle comme cela, en susurrant comme un bébé, toute chaude près de lui. Betty et lui, ça allait trop bien depuis quelque temps. Ce devait être le bébé. Le bébé l'adoucissait. En tout cas, il ne voulait rien faire pour changer l'état d'esprit de Betty.

— Mon petit Marc à moi avec sa grosse queue qui monte, qui monte ! Donne-moi ta grosse queue, mon Marc. Maman a envie de descendre la cheminée.

———— • ————

Jack et Fernand étaient assis à la table de cuisine.

— Comme ça, monsieur DePaul, vous voulez vous établir dans la région.

— Oui, monsieur Rimbaud, c'est un rêve à moi.

— C'est beau les rêves ! Ça garde en vie.

Et comme Jack ne disait plus rien.

— Vous connaissez la région ?

— Non, je suis de Montréal.

— Montréal ?... Et vous faites quoi ?

— Je songe à ouvrir un commerce. Je me donne un an pour voir. J'ai hérité d'une petite somme. J'en profite.

Il avait réponse à tout, ce Monsieur DePaul. Fernand le trouvait très poli, presque révérencieux, mais ça ne cadrait pas avec l'homme. C'était une force de la nature. Il étouffait dans son complet neuf, sa poignée de main était solide et laissait percer son énergie et sa force. Cet homme était une locomotive en marche. Fernand eut presque un petit rire à cette pensée.

— D'habitude, on trouve la maison avant les meubles.

Jack avait une réponse pour ça aussi :

— Je dois vous avouer que c'est une manœuvre pour trouver quelqu'un qui peut m'aider à me débrouiller dans la région. Et puis, vous devez être très occupé. Je me dis qu'il faut placer sa commande de bonne heure.

— Voulez-vous voir le genre de meubles que je fais ?

— J'attendais que vous me le demandiez !

L'atelier fut une révélation, et pour Jack, qui était comme un enfant tombé dans une boîte de bonbons géante — il voulait tout voir, tout toucher, tout essayer —, et pour Fernand, qui vit son vieil atelier avec les yeux neufs de Jack, qui s'émerveillait d'apprendre que les bois avaient des grains différents et que le bois de chêne n'avait pas la consistance du bois de pruche. Il promenait ses mains sur une planche de cerisier comme si c'était la première fois, et Fernand se surprenait à lui expliquer les différents bois et à les toucher lui-même pour être plus exact. Il lui fit essayer une scie ronde et vit Jack qui s'en servait tout crispé. Fernand ne savait plus qu'il y avait eu une première fois et ça le fit aimer Jack. Il l'emmena dehors et lui expliqua en quoi consistait une terre à bois. Jack fourmillait de questions et Fernand se plaisait à répondre, plein d'un savoir auquel personne ne s'était jamais intéressé. Jack buvait ses paroles et Fernand se sentait important.

— Je ne veux pas vous dire quoi faire, loin de là, mais vous avez l'air de quelqu'un qui est capable de bâtir sa maison de ses propres mains. Je pourrais vous aider.

Il vit l'œil de Jack qui s'allumait comme s'il venait de lui tendre les clés d'un royaume. Jack lui serra la main à la briser. Fernand n'allait pas céder. Ni Jack. Fernand se dit que Marc serait déjà en train de protester. Il n'avait jamais voulu se mesurer physiquement à Fernand.

— Vous avez toute une poigne, fit Jack.

Il n'allait pas lâcher. Lui non plus. Ce serait devenu embarrassant si Valérie n'était pas arrivée de chez le notaire. Fernand lui en voulut presque de les interrompre.

— C'est fait?

— Oui, elle a signé les papiers et je l'ai laissée à l'école. Vous êtes monsieur DePaul?

Elle lui tendit le bout des doigts, sévère. Elle vit à travers Jack comme dans du beurre. Elle avait du pif, la Valérie, et elle avait trouvé drôle que Lili, pour une fois, veuille se rendre directement à l'école après le notaire. Elle cachait quelque chose et Jack était juste assez étrange avec sa commande de meubles pour une maison inexistante pour qu'elle fît le lien avec Lili tout de suite. Elle n'en parla pas à Fernand, mais son idée était faite. Surtout quand elle demanda un dépôt à Jack et qu'il allongea mille dollars sur la table, en beaux billets de cent, sans même sourciller. Quant à Fernand, il s'était déjà pris d'amitié pour ce jeune homme si plein de vie, avec son cœur sur la main. Il ne fit même pas le lien avec le fait que Jack avait une décapotable Bonneville blanche.

Pas tout de suite...

9

ELLE HAÏSSAIT L'ÉCOLE DEPUIS TOUJOURS. À l'école, on la regardait comme une bête rare. On la traitait comme une bête rare. Rien n'était changé. Elle aurait dû être en onzième commerciale, mais on l'avait jugée inapte. On l'avait mise en neuvième et elle dépassait tout le monde d'une tête. Mais aujourd'hui, avec Jack dans sa tête, Jack qu'elle savait à la maison en train de parler à son père, l'école était son dernier refuge même si elle n'entendait rien, ne voyait rien. Mademoiselle Mercier dut l'interpeller au moins trois fois et finit par venir faire claquer sa baguette comme un fouet sur son pupitre. Lili sursauta à en faire rire toute la classe... Mademoiselle Mercier était rouge comme une pivoine et la regardait avec l'air de dire : « Si tu penses que tu vas venir faire la loi ici, tout ça parce que mademoiselle s'est fait arranger la jambe ! »

— Je te surveille, ma fille ! Hélène Mercier a l'œil sur toi, ma fille !

———— • ————

Jos n'était pas homme à perdre la tête. Il voyait bien qu'il fonctionnait au ralenti depuis qu'il n'arrivait plus à chasser Lili de ses pensées. « Elle a dix-huit ans, Jos, tu en as vingt-deux ! » Puis ? Il y avait bien dix ans entre son père et sa mère ! « Ce n'est pas la question, tu le sais ! Il faut que tu lui parles. Il faut que tu maîtrises le nœud que tu as dans la gorge quand elle est là et que tu lui

119

parles ! » Il avait lu quelque part : « Avec les femmes il n'est jamais trop tôt mais souvent trop tard. » et ça l'avait frappé assez pour qu'il le note, lui qui se fiait toujours à sa mémoire. Il avait perdu la note, mais il n'avait pas oublié cette phrase. Peut-être parce que, dans sa vie, il avait souvent été trop tard. Toujours est-il qu'il fallait agir. Agir ! Avant que Betty détruise tout avec sa langue. Agir ! Avant que Marc commence à se demander s'il avait des idées sur sa sœur. Déjà, il le regardait — merci, Betty ! — avec un air soupçonneux. Agir ! Et surtout agir seul ! C'était entre lui et Lili. Il sentait que ça allait lui prendre tout son petit change pour ne pas se faire désarmer d'un regard d'elle avant de lui lâcher ce qui lui enfiévrait les sens :

« Je t'aime, Lili. N'aie pas peur ! »

———— • ————

Lili revint en vitesse de l'école. Elle se mourait de curiosité sur la visite de Jack, mais n'osait s'informer. Elle ne s'était jamais intéressée aux clients de son père, et Valérie guettait. Est-ce que Jack avait parlé d'elle ? Avec Jack, tout était possible.

— Qu'est-ce que tu as, Lili ? Tu as l'air songeuse. Quelque chose que tu voudrais nous dire ?

— Quand repartez-vous, tante Valérie ?

Valérie sourit presque.

— Aussitôt que les affaires de ton père vont être remises sur pied. Aujourd'hui, nous avons eu un acompte de mille dollars ! Mille dollars ! En espèces ! Ce Monsieur DePaul a l'air de se promener avec beaucoup d'argent liquide.

— Mille dollars ! Alors, je vais pouvoir prendre mes cours de danse !

— Si tu veux prendre des cours de danse, si ton père te permet de prendre des cours de danse, il va falloir que tu te les payes toi-même ! Tu t'es bien payé ton opération !

Lili ne dit rien. Valérie tournait autour d'elle comme un vautour, à l'affût de la moindre hésitation.

— Un jour, peut-être, on va connaître le nom de ton mystérieux bienfaiteur, Lilianne. Peut-être qu'il rôde déjà autour.

Lili ne la regarda même pas. Valérie jubilait. Elle était sûre qu'il y avait un rapport entre Lili et ce Jack DePaul, parce qu'elle l'avait appelée Lilianne et qu'elle n'avait même pas protesté comme elle le faisait toujours.

— C'est quoi son nom complet, ce Monsieur DePaul, Fernand?

— Jack.

— Curieux de nom. Jack, c'est anglais. Tu ne trouves pas cela étrange quelqu'un qui vient passer une commande pour des meubles pour une maison qu'il n'a pas encore trouvée?

— Jack veut se bâtir une maison. Je vais lui faire visiter la région demain, annonça Fernand.

— Ton père et ce Monsieur DePaul avaient l'air de s'entendre à merveille quand je suis arrivée. Il faudrait que tu gardes tes distances, Fernand. En affaires, c'est toujours le meilleur conseil qu'on peut donner. Tu ne connais rien de cet homme. On ne sait pas ce qu'il fait, où il vit.

— Il s'est loué un petit chalet du côté du rang des Sapins.

— Ce n'est pas loin d'ici. Ça va, Lilianne? Tu n'as pas touché à ton assiette.

— Allez-vous arrêter de m'appeler Lilianne?

— En tout cas, s'il veut vraiment se bâtir une maison, ce pourrait être notre plus gros client. J'espère que tu vas être polie avec lui quand il va revenir, Lili.

Lili n'en pouvait plus.

— J'ai mal à la tête. Je vais faire une marche.

Valérie eut presque un soupir de satisfaction. Assurément, il y avait quelque chose dans l'air. Elle regarda Lili sortir et se tourna vers Fernand.

— Tu sais, Fernand, je le trouve intéressant, ce Monsieur DePaul. On devrait l'inviter à souper un soir, histoire de voir un peu plus qui il est.

— Si tu veux, mais je sais tout ce que j'ai besoin de savoir de lui.

— Ce serait peut-être un bon parti pour Lilianne.

Fernand se fit sec.

— Tu t'occupes trop de Lili, Valérie.

Valérie le regarda. De mieux en mieux. Lui aussi voyait venir. Elle se fit douce.

— Il faut bien que quelqu'un le fasse, mon pauvre Fernand.

————— • —————

Elle aurait dû mettre un chandail. Elle avait froid, mais pas question de revenir à la maison. Sa tête tourbillonnait. Jack et son acompte de mille dollars. Jack qui voulait se bâtir une maison. Jack dans le rang des Sapins. Depuis quand ? Et Valérie, tout onctueuse, qui flairait quelque chose. Peut-être qu'elle devrait tout dire. Elle ne voulait plus vivre avec ce secret. Peut-être que si elle avait été seule avec Fernand, elle aurait pu lui dire. Mais avec Valérie autour, non ! jamais ! Se bâtir une maison ! Ce n'était pas le genre de Jack. À moins que... « Il le fait pour moi. Parce que... » Il fallait qu'elle le voie. Il fallait qu'elle lui parle. Elle lui rendrait le reste de son argent. Elle lui dirait : « Merci, Jack ! Merci pour tout ! Je te rembourserai le reste aussitôt que je travaillerai. » Non ! il fallait lui dire : « Ne te fais pas d'idées, Jack ! Je te suis reconnaissante, mais je ne veux pas de toi. Je ne veux rien de toi ! Nous nous sommes croisés. Tu as changé ma vie pour toujours, mais je ne te dois pas ma vie. Je ne veux pas de toi. » Il était dans le rang des Sapins. Avec sa bicyclette, elle serait là dans dix minutes. « Tu es folle ! Si tu vas le voir, il ne te laissera pas repartir, tu le sais ! » Elle aurait voulu crier. Elle aurait voulu se battre, trouver un fouet et se frapper jusqu'au sang. Elle ne savait plus. Elle avait peur. Elle était seule. Elle voulait pleurer. Pleurer à s'en fendre l'âme. La pluie vint la délivrer. Une pluie lourde qui la noya en un instant, qui l'enveloppa et l'apaisa. Elle aurait voulu rester sous la pluie, ouvrir la bouche et la laisser entrer en elle. Autour d'elle, le tonnerre grondait et la forêt s'allumait comme si un stroboscope fou avait été lâché dans le bois. Elle entendit la voix de Fernand qui l'appelait :

— LILI ! LILI ! NE RESTE PAS SOUS LA PLUIE !

Puis un dernier éclair et là-bas, dans la forêt, près du gros chêne, elle vit Jack ! Jack qui la regardait ! Elle recula, tomba, courut se réfugier dans les bras de son père. Il était là ! Il la surveillait. Il ne la laisserait pas tranquille !

— Franchement, tu veux attraper ton coup de mort ?

Il la serra contre lui. Elle était sa petite fille. Sa petite fille qui avait grandi trop vite. Un instant, ils existèrent ensemble l'un contre l'autre. Sans barrières. Puis, Valérie ouvrit la porte et leur cria d'une voix hystérique de rentrer tout de suite ou ils allaient se taper une pneumonie.

Jack les regarda rentrer. Il n'avait pas peur de se taper une pneumonie. Il n'avait pas peur de la foudre. Il venait de voir Lili, qui l'avait vu, et son premier geste avait été de fuir. De le fuir. Comme si elle avait peur de lui.

———— • ————

Jos et Marc s'étaient réfugiés au poste. C'était un sale temps. Marc buvait café sur café et ne tenait pas en place. En d'autres temps, ça aurait amusé Jos, mais il savait pourquoi Marc ne tenait pas en place et ça le rendait maussade. Il essayait de finir un mot croisé, mais n'arrivait nulle part.

— On devrait patrouiller, fit Marc.

— On va être la seule voiture sur la route. On est bien ici.

— Toi, t'es bien.

— Pas vraiment, mais c'est mieux que dehors. Je sortirai pas par un orage comme ça.

Marc se rassit. Il regardait Jos avec une barre dans le front.

— Tu sais que le treize c'est la fête de Lili ? J'ai pensé qu'on pourrait lui faire une surprise, l'emmener manger à Saint-Georges puis ensuite aller danser.

— Faudrait en parler à Lili.

— Si on en parle, ce ne sera plus une surprise. Quoi, t'as pas envie ? Pourtant, t'es content quand Lili est là.

— Marc, demande-moi donc ce que tu veux me demander.

— Betty dit que toi et... ma sœur...

— Betty dit beaucoup de choses. Je trouve ta sœur très belle, extrêmement attirante. Le reste, j'essaie de pas y penser.

— T'es mieux, pis rappelle-toi-z-en.

Jos eut un sourire. Marc qui s'occupait de sa sœur. Marc qui n'était qu'un enfant à côté de Lili. Et puis, il se traita d'imbécile. Marc venait de le forcer à mentir. Il venait de renier Lili ! Il la voulait. C'était entre elle et lui. Au diable Marc ! Au diable le monde entier ! Sauf que, quand Marc lui avait posé la question, il s'était défilé.

— Ouais, faisons donc une ronde. Ça va nous changer les idées.

— Là, tu parles, fit Marc.

———— . ————

Jack conduisait sa décapotable avec nonchalance. Fernand le regardait du coin de l'œil. Il semblait absent ce matin.

— Vous avez de la famille, monsieur DePaul ?

— Non, j'ai été élevé dans un orphelinat.

Ce n'était pas exact, mais ça limitait les questions sur son passé.

— Et vous, votre famille, monsieur Rimbaud ?

— Appelez-moi Fernand.

— Si vous m'appelez Jack.

Fernand sourit. Il aimait bien Jack.

— J'ai un fils et une fille. Leur mère est morte. Marc est dans la police. Lilianne va avoir dix-huit ans.

— Un gars dans la police ! Vous devez vous sentir en sécurité.

— Marc est pas fait pour être dans la police. Il n'a aucune méfiance.

— C'est vrai que, pour être dans la police, faut être un peu bandit sur les bords.

— Je pourrais pas vous dire. J'ai jamais connu de bandit. On arrive. Tournez à droite.

La décapotable s'engagea dans un chemin de bois en pente montante, déboucha sur un plateau en forme de cap qui surplombait toute la région environnante. Une rivière cascadait en bas et on pouvait voir, au loin, un petit pont en bois comme sur les cartes postales.

— Évidemment, il faudrait défricher un peu plus, à moins que vous vouliez la maison sur le bord du plateau. Qu'est-ce que vous en pensez ?

— C'est plein d'odeurs, c'est comme entrer dans un autre monde. J'aurais jamais trouvé ça en cent ans !

Fernand se gonfla.

— Ah ! mais c'est juste la première place ! J'en ai d'autres à vous montrer.

— Je suis un gars qui me fais une idée vite. C'est idéal pour moi et...

Il avait failli dire : « Lili ». Il fallait qu'il soit prudent. Fernand, avec ses airs de ne rien écouter, ne perdait pas un mot de ce qu'il disait.

— Je savais, aussi, que vous ne deviez pas être tout seul pour envisager de vous bâtir. On devrait peut-être voir d'autres places. J'ai toute ma journée et ce soir je vous invite à souper.

Jack hésita. Il aurait voulu voir Lili seule avant. Il ne savait plus comment elle allait réagir à le voir débarquer chez son père. Il avait encore dans la tête l'image de Lili qui avait fui en le voyant.

— Si vous n'êtes pas libre...

— Non, j'ai hâte de rencontrer votre famille.

— J'ai bien peur que ce soit juste Lilianne et ma belle-sœur Valérie.

Ils remontèrent dans la voiture, repartirent.

— Êtes-vous marié, Jack ?

— Non. Pas encore.

— Mais vous avez quelqu'un en tête. Un homme amoureux, ça se voit ! Prenez vous ! Quand vous regardiez le terrain, le petit pont, la rivière, vous regardiez avec les yeux de l'autre et vous étiez content parce que vous étiez sûr qu'elle aimerait ça.

— Faut faire attention quand on est proche de vous, Fernand.

— Vous avez pas à faire attention avec moi, Jack. Y a des choses qu'on sait.

Jack lui sourit. Il lui enviait son calme, sa solidité. Il n'était pas habitué à ce genre d'homme. Fernand le désarmait un peu. C'était comme s'il l'avait toujours connu. Il pouvait lui dire des choses. Il eut presque envie de tout lui dire, mais ce ne fut qu'une pensée. Il ne comprit que plus tard quand il ramena Fernand. Fernand était sorti de l'auto et il lui souriait de son regard tranquille. Jack força un sourire. Embraya. Lui fit un signe de la main.

— Merci pour Lili !

Le temps que Jack enregistre, il était déjà en marche. Il ne s'arrêta pas. Comment Fernand savait-il ? Lili lui avait dit ? « Merci pour Lili ! » Ça voulait dire... Ça voulait dire... qu'il acceptait !...

Jack se sentit soudain si léger, si léger. Il sentit son cœur qui battait fort.

« Merci pour Lili ! »

———— · ————

Jos l'attendait à la sortie de l'école.

Ce n'est pas facile d'aimer une femme quand vous êtes dans cette région grise où tout s'active, mais où rien n'est arrivé encore. Vous êtes plein d'elle, mais sans savoir si c'est réciproque, et vous allez la voir bientôt, et il va falloir vous ouvrir et plonger dans l'inconnu. Ça angoisse, mais ça fait encore plus mal de se taire, et quand vous vous êtes ouvert enfin et que vous sentez ce non en elle. Alors, vous vous sentez plus mal que mal et il faut que vous vous sauviez vite avant que la peine qui monte en vous ne se brise comme une vieille digue. Jos ne l'aurait pas exprimé ainsi, mais il était comme un collégien. Un peu plus et il cueillait des fleurs pour Lili, mais il retint son geste. Déjà, il se voyait ridicule de l'attendre à la sortie de l'école. Une fille qui ne l'avait jamais vraiment regardé. À qui il n'avait jamais vraiment parlé. « Tu es fou, Jos. Si tu avais un peu de bon sens, tu t'en irais et vite. » Mais quelque chose dans sa peur d'être rejeté le clouait au sol. Il fallait qu'il sache. Il le fallait. Point. Il ne vit même pas l'homme dans la décapotable blanche qui, lui aussi, attendait à la sortie de l'école. Jack vivait les mêmes affres que Jos. Il attendait, inconscient que Lili pouvait le voir de la fenêtre de sa classe.

—— · ——

Mademoiselle Mercier était en train de réciter la dictée. Elle répétait deux fois chaque phrase, mais elle aurait pu la répéter dix fois en ce qui concernait Lili. Les yeux rivés sur Jack dans sa Bonneville, elle n'entendait rien. La voix de Mademoiselle Mercier lui parvenait bien, mais les mots se défaisaient avant de lui arriver. Jack l'attendait devant l'école ! Il voulait la voir au vu et au su de tous ! Pour un homme comme Jack, c'était une déclaration. « Pourquoi ? Pourquoi ? Sans lui, tu te traînerais encore avec ta bottine. T'es pas reconnaissante, Lili ! T'as pris son argent, mais tu veux pas le voir. Oui, je veux le voir, mais pas si vite. Pourquoi il est si pressé ? Quelle idée il s'est mise dans la tête ? Comme si tu le savais pas ! Qu'est-ce que je vais lui dire ? Qu'est-ce que je vais lui dire ? » Elle entendait la voix de Mademoiselle Mercier, mais les mots ne se formaient pas, jusqu'à ce qu'un son aigu lui perce les oreilles :

— MAAADEMOISELLLLE RIMMMMBAUUUUUUUUUD !

Le visage empourpré de Mademoiselle Mercier devant elle. La classe entière tournée vers elle avec un mauvais sourire.

— Pouvez-vous me répéter la dernière phrase, mademoiselle Rimbaud ?

Et comme Lili, la bouche ouverte, ne disait rien, l'institutrice saisit son cahier.

— Je vois que vous avez pris sur vous de ne pas faire la dictée. Peut-on savoir pourquoi ? Répondez ! Faites profiter la classe de votre sagesse.

— Je ne faisais pas attention.

La classe roula sous les rires qui fusaient.

— Vous ne faisiez pas attention ! Vous ne faisiez pas attention ! J'en ai assez de votre impertinence ! Vous êtes dans cette classe comme élève spéciale...

Mademoiselle Mercier de sourire.

— Alors, arrêtez de traîner la jambe !

— Vieille chipie jalouse !

C'était sorti tout seul et toute la classe resta silencieuse un moment.

— Passez chez le directeur, mademoiselle Rimbaud... TOUT DE SUUITTTE !

Lili sortit, brûlante. « Traîne-la-jambe ! Traîne-la-jambe ! » scandait la classe. Elle fila vers la sortie, oubliant le directeur. Jos, assis dans l'escalier, ne l'aperçut qu'au moment où elle le dépassait sans le voir. Le temps qu'il se lève, la décapotable blanche venait à la rencontre de Lili. Il cria bien : « Lili », mais elle se retourna sans le voir vraiment et monta dans la voiture qui démarra dans un crissement de pneus. Jos était encore sur les marches de l'escalier. Eut-il envie de sauter dans son auto et de les suivre, mais il était déjà trop tard. Une décapotable blanche ! Quand il avait visité Fernand Rimbaud avec le chef Lacasse, Conrad Brault avait mentionné une décapotable blanche. Dans son cœur, Jos savait que c'était celle-là. Lili connaissait l'homme dans cette voiture. Elle y était montée sans hésiter. Quand il l'avait appelée, elle ne l'avait pas vu vraiment. Elle était trop pressée de partir. De partir avec ce gars. Jos se sentit soudain très las comme si son corps se vidait de ses forces. Il se rassit sur les marches alors que la sonnerie de fin d'école retentit, libérant une mer d'écoliers qui l'évitèrent magiquement. Il resta là, sans bouger, jusqu'à ce qu'il fût de nouveau seul sur les marches.

——— • ———

Ils étaient ensemble, écrasés par le silence. Les mots ne venaient plus. Ils s'observaient du coin de l'œil. Elle était malheureuse, il pouvait le voir. Elle était au bord des larmes. « Ouais... c'est tout l'effet que je te fais. » Il ne pouvait pas lui dire cela non plus. Il regarda la route, écrasa l'accélérateur.

— Tu vas trop vite !

Il sourit, ralentit.

— Arrête de me regarder ! Regarde la route. Arrête de me sourire, niaiseux !

Il eut envie d'arrêter l'auto et de la saisir dans ses bras. Il avait oublié qu'elle était revêche et batailleuse, sa Lili. Il se rappela comment elle avait tiré sur lui, le manquant de peu. Il retrouvait sa Lili ! Tout allait bien ! C'était le moment ! Il plongea son bras sur le banc arrière, revint avec un paquet tout enrubanné.

— Pour toi !

Il lui mit la boîte sur les genoux.

— Oui ! Pour toi !

— Pour moi ?

— Es-tu devenue sourde ? Oui ! pour toi ! Ouvre-le ! Qu'est-ce que t'attends ?

Lili le regarda. Il avait son beau sourire. « Il faut se parler d'abord ! » Il était déjà trop tard et elle était curieuse. Il la regarda, insistant. Elle lui sourit, défit le paquet, ouvrit la boîte. Une robe ! Il lui avait acheté une robe. Une robe mauve à pois jaunes ! Elle le regarda de nouveau. Il attendait son approbation. C'était une robe affreuse. Jamais elle n'oserait la porter. Mais ce n'était pas la robe. C'était le geste. Elle le vit dans un magasin de femmes en train de chercher une robe pour elle.

— Jack, tu n'aurais pas dû. Merci. Merci beaucoup.

Elle l'embrassa sur la joue. Il eut une petite pointe d'accélération, ralentit avant qu'elle ne proteste. Il était heureux. Ça se voyait. Tous ses doutes revinrent. Jack la voulait. Point. Elle voulait lui dire que non, que plus jamais ils ne seraient dans les bras l'un de l'autre comme avant. Il suffisait de le regarder et les mots ne venaient pas. « Continuons, Jack. Ne nous arrêtons plus. Partons d'ici. Sans jamais regarder en arrière. Plus de passé. Juste la route devant », elle

129

eut envie de lui dire. Les mots lui démangèrent les lèvres un moment. Assez pour qu'elle soit presque fâchée de les avoir conçus, fâchée d'être grisée par eux, fâchée que tout à coup elle puisse envisager l'impossible.

— C'est ici !

Il prit le petit chemin du bois trop vite et elle dut s'accrocher à la portière pour ne pas être projetée sur lui. Les arbres formaient tunnel et elle voyait son visage de biais dans la pénombre. Un éclat dément dans son œil. Puis, ils arrivèrent sur le plateau dans le soleil aveuglant. Elle ne vit rien jusqu'à ce qu'il freine sec. « Il m'emmène dans le bois ! » Non, c'était autre chose. Elle le vit qui sortait de l'auto et venait lui ouvrir la portière. Il la prit par la main doucement. Ils marchèrent jusqu'au bout du cap. On pouvait voir la rivière en bas. Il lui montra le paysage d'un geste silencieux. Elle devinait qu'elle devait deviner quelque chose, mais quoi ? Il la fit se retourner, lui indiqua le fond de la clairière.

— La maison va être dans le fond là-bas. Ton père et moi, on va la bâtir.

Et devant son silence :

— Qu'est-ce que t'en penses ? Si tu n'aimes pas, il y a d'autres places, mais quand j'ai vu ici, je me suis dit : « C'est la place qu'elle voudrait. »

Il étudia son silence.

— Mais je peux me tromper.

« Pourquoi une maison ? Qu'est-ce qui te prend ? Penses-tu pour une minute que... » Il l'attira contre lui. Il la serrait très fort et elle sentit son cœur qui battait, battait. Il trouva ses lèvres, les écrasa d'un baiser. Ses mains lui pétrirent les seins. Elle sentit ses jambes qui se dérobaient sous elle. Il fouillait sa bouche. Ils glissèrent sur le sol. Il relevait sa robe. Il la déboutonnait. Elle ne résista même pas. Elle n'avait pas la force de lutter. Il la prenait de force et elle ne luttait qu'avec des bribes de mots qu'il mangeait dans sa bouche. Elle savait qu'elle le regretterait. Elle savait qu'il ne comprendrait pas. Elle savait qu'elle aurait dû fuir. Fuir ! Elle savait qu'elle fuirait après. Mais pour le moment, elle était à lui et elle ne voulait pas qu'il arrête. Il lui faisait mal. Il lui faisait bien. Il était sauvage. Il était doux. Il pouvait lui faire n'importe quoi.

Après, elle resta longtemps étendue sur le sol. Elle se dit qu'elle ne pourrait jamais lui dire, qu'elle était perdue, qu'il ne comprendrait jamais, qu'il n'accepterait jamais. Et puis, il se pencha sur elle et la réalité reprit son cours.

— Faut s'habiller, on soupe chez ton père ce soir.

Elle sut alors qu'elle trouverait bien un moyen. Elle n'avait qu'à être patiente. Attendre le bon moment.

— D'abord, faisons les choses comme du monde. Ça se fait pas d'arriver ensemble.

———— · ————

— Oui, mademoiselle Mercier ! Oui ! Craignez pas, je vais lui parler. Oui !

Fernand la regardait de côté. Valérie avait une grosse veine qui lui palpitait le long de la gorge. Il vit du triomphe dans son visage alors qu'elle se tournait vers lui.

— Lilianne s'est sauvée de l'école. Elle était punie et, au lieu de se rendre chez le directeur, elle s'est sauvée de l'école. Je te l'avais dit qu'elle est incorrigible. Elle pense que tout lui est permis. Il va falloir la mater. Mademoiselle Mercier exige des excuses.

Fernand ne dit rien. Il se doutait que la manière de Valérie ne marcherait pas non plus. Il regarda l'horloge. Six heures.

— Elle doit avoir rappliqué chez Betty.

— J'ai invité Marc et Betty, annonça Fernand. Jack... Monsieur DePaul n'a pas de famille. J'ai pensé qu'un souper avec nous lui plairait.

Fernand l'avait appelé Jack puis s'était repris. Il lui cachait quelque chose. Bien sûr ! Il devait savoir depuis le début, depuis qu'elle était partie se faire opérer. C'est pourquoi il n'avait pas insisté pour que la police fasse plus de recherches. Il savait qu'elle

131

reviendrait. Il savait qu'elle reviendrait guérie de sa jambe. C'était un faible. Il acceptait tout. Il avait suffi que Jeanne le regarde pour qu'il la laisse tomber sans une once de remords, sans même dire : « Je m'excuse, Valérie. » Il avait brisé sa vie à jamais. Elle le haïssait. Elle le haïssait à le tuer. Non, c'était Lilianne qu'elle haïssait.

Fernand vit Valérie qui pressait ses tempes de ses deux mains.

— J'ai une migraine affreuse. Tu devrais appeler Marc pour savoir si Lilianne est là au moins...

Valérie alla se caler dans le fauteuil. Elle avait besoin de s'asseoir. Qu'est-ce qu'elle faisait là ?

C'est alors que Lili entra. Valérie retrouva tous ses moyens.

— On en apprend des belles sur toi ! Mademoiselle Mercier vient d'appeler. On fait l'école buissonnière ? Hein ? Explique-toi ! Nous sommes tout ouïe ! Non, tu ne peux pas te sauver dans ta chambre.

— C'est une vieille chipie, Mademoiselle Mercier ! Elle m'aime pas.

— C'est toujours de la faute des autres avec toi. Regarde-toi l'air. Où t'as traîné depuis ? Va dans ta chambre te changer. T'es chanceuse qu'on reçoive ce soir parce que, à partir de maintenant, c'est dans ta chambre à sept heures jusqu'à la fin du mois, pis ton père va te reconduire à l'école puis te ramener matin et soir. C'est compris, ça ?

— Oui, fit-elle faiblement.

— Et demain, tu vas t'excuser à Mademoiselle Mercier devant toute la classe.

Elle attendit. Rien. Même pas une pause de Lili alors qu'elle montait les marches.

— Folle comme sa mère !

Lili vira de bord.

— Là, vous, plus jamais, vous entendez, vous allez parler en mal de ma mère. Un mot contre ma mère et je sors d'ici à jamais. À jamais.

C'était le ton. L'implacable ton de Jeanne. Jeanne et ses colères. Valérie essaya de se maîtriser. Lili était repartie :

— As-tu vu ? As-tu vu comme elle me traite ? Il va falloir que tu lui parles, Fernand. Je pense même qu'elle devrait être privée de soup...

— Non.

Elle le regarda. Il avait un sourire. Non ! Il n'avait pas hésité. Il n'avait pas peur. Il n'allait pas plier. Elle n'avait pas de prise sur ce non et elle ravala sa bile si furieusement, si haineusement lucide qu'elle se sentit soudain toute pleine d'énergie. Elle saurait attendre.

————— · —————

Lili était couchée sur son lit. Elle ne pensait pas à Valérie ni à l'école. Elle avait encore Jack dans le corps comme quelqu'un qui revient de la mer brûlé par les vents et le soleil. Elle était nue et ses seins qu'il avait mordillés lui faisaient mal. Dans sa tête, elle se sentait froide comme glace. Elle savait ce que Jack voulait. Il voulait sortir de sa vie. Il voulait être respectable. Avoir une famille. Une maison. Un travail. Il voulait se nicher au creux d'elle comme un oiseau trop blessé, un boxeur trop frappé. Il voulait un refuge et il la voulait dans ce refuge. Il la voulait comme on veut une bouée de sauvetage. Il allait être là bientôt. Il serait gentil, charmeur. Il avait déjà mis Fernand de son bord et Valérie ne demandait qu'à se débarrasser d'elle. Mais Lili ne voulait pas de Jack. Il voulait l'enfermer comme tous les autres. Elle ragea de lui avoir cédé. D'avoir joué son jeu. Il fallait l'arrêter ou elle ne serait jamais libre. Elle n'aurait même pas été capable d'expliquer pourquoi elle voulait être libre ou ce qu'elle voulait faire de sa liberté. Tout ce qu'elle voulait, c'était être libre de Jack. Elle attendit le souper, furieusement calme. Elle sortit son journal, mais le goût était passé.

L'ombre de Valérie devant la porte.

— Ah ! comme ça, t'écris un journal. Ta mère aussi avait un journal.

— Ma mère, un journal ! Il serait où ?

— Ah ! ça, demande à ton père.

« Tu peux toujours chercher. C'est moi qui l'ai et tu l'auras jamais. »

10

FERNAND FIT LES PRÉSENTATIONS. Ça remuait entre les silences.

— Vous connaissez Valérie, ma belle-sœur.

« Il me présente comme sa belle-sœur, il a peur qu'on me prenne pour sa femme ? »

— Voici Marc.

« C'est qui, ce gars-là ? Ça fait des années que personne a été invité à la maison... sauf Conrad... »

— Sa fiancée Betty.

« C'est lui, Jack ! Une chance que Marc sait pas. Il ferait une syncope. »

— Parlez pas tout le monde ensemble, fit Fernand. Comme d'habitude, notre Lilianne se fait attendre. Lili ! Asseyez-vous ici, Jack !... Lilianne !...

Betty eut un sourire.

— Faites-vous-en pas. Lili aime faire ses entrées.

Marc ajouta :

— Ouais, ça on le sait ! Comme ça, vous voulez vous installer dans la région, monsieur DePaul ?

— Appelez-moi Jack.

— Vous êtes d'où, au juste ?

« Il a une tête de bagarreur. »

— De Montréal.

— Et vous faites quoi dans la vie ? continua Marc.

— Marc, arrête de faire ta police ! l'interrompit Betty.

« Marc l'aime pas. Moi je l'aime bien. »

— Si on ne peut plus poser de questions.

Betty eut un sourire pour Jack. « Voyez comme il est, Marc. Ne le prenez pas au sérieux. »

Jack lui fit un sourire plein de chaleur. Le temps que Betty — « Je fais encore de l'effet » — se rende compte qu'il ne la voyait pas, qu'il regardait à travers elle vers l'escalier.

— Bonjour, tout le monde.

« C'est elle qu'il regarde. » Si Valérie avait eu des doutes, ils se seraient évanouis à voir le visage de Jack s'ouvrir à la vue de Lili.

— Lilianne, ma fille. Jack DePaul.

— Mon nom, c'est Lili.

— Mademoiselle.

— Je ne sais pas pourquoi tu insistes pour te faire appeler Lili. C'est tellement commun. Tandis que Lilianne, c'est doux, ça glisse sur les lèvres. N'est-ce pas, monsieur DePaul ?

Jack regarda Valérie qui quêtait son approbation.

— Je préfère Lili.

— Chacun ses goûts.

« Même pas le bon sens de faire semblant d'être d'accord. Pas diplomate, le monsieur. Pas diplomate du tout. »

— Bon ! On mange ? fit Marc, qui plongea sans cérémonie.

Fernand avait placé Jack devant Lili, et elle ne pouvait le regarder en face. Elle voulait lui dire d'arrêter de la fixer. Marc, pour une fois, fut utile.

— Pis, Lili, j'ai entendu dire que tu traites Mademoiselle Mercier de vieille chipie.

— C'en est une.

— Sois plus gentille avec ton professeur, Lilianne, paterna Fernand.

Mais Lili ne voulait pas laisser faire.

— Elle n'est pas gentille avec moi. Je ne vois pas pourquoi je ne lui rendrais pas la pareille !

— Parce que avec l'autorité faut faire semblant ou vous êtes toujours perdant.

Tout le monde regarda Jack. Qui avait presque parlé pour lui-même et qui se retrancha dans un sourire gêné. Lili rougit.

— Je n'ai pas envie de faire mon hypocrite !

« De quoi il se mêle ? Qu'est-ce qu'il a à intervenir ? Il veut se rendre intéressant ? »

— Et je ne reçois pas de conseil de quelqu'un qu'on vient juste de me présenter !

Valérie intervint.

— Lili, sois polie ! Si t'étais ma f...

— Je m'excuse, fit Jack.

Lili était lancée.

— On s'excuse pas quand on pense qu'on a raison. Ou alors c'est qu'on parle pour parler. C'est rien que du vent !

— Comme vous voyez, Jack, ma fille est en forme ce soir, tempéra Fernand.

— J'apprécie toutes ses paroles et j'en prends bonne note.

Il allait la faire enrager. Ce n'était pas le Jack qui l'avait traînée sur la piste de danse. Le Jack qui se promenait avec une arme sous l'aisselle. « Et Betty qui le regarde avec un sourire en coin et Marc qui ne comprend rien comme d'habitude. »

— Alors, Fernand, tu nous disais que Jack va se bâtir une maison. Généralement, quand on se bâtit, c'est qu'on pense au futur. On ne bâtit pas une maison pour y vivre seul. À moins que vous ne soyez un original, fit Valérie.

— Vous êtes très observatrice, madame. J'ai quelqu'un en vue. Je vais faire ma demande bientôt.

Betty prit son air innocent.

— Quelqu'un de la région ?

— Non, Brenda habite Montréal, mais je veux la convaincre de venir vivre à la campagne.

Il dévisagea Lili.

« Brenda, mon œil ! » pensèrent simultanément Valérie et Betty.

« Qui est cette Brenda ? Une autre invention ? Il me regarde. Je n'aime pas ça. »

Lili lui rendit son regard et lança :

— Est-ce que vous lui avez parlé de vos projets ?

— Oui, je lui en ai parlé !

— Et quelle a été sa réponse ?

Jack toussa. Il n'aimait pas ce jeu.

— Comment trouvez-vous mon poulet ? s'enquit Valérie.

— Pour quelqu'un accoutumé à la nourriture de restaurant, c'est comme monter au ciel.

— Elle ne vous fait pas la cuisine, Brenda ? Et vous n'avez toujours pas répondu à ma question !

Lili ne le lâchait pas.

— Non. Je pense qu'elle ne saurait pas faire cuire un œuf. Mais je m'en fous. Je l'aime et je la veux ! Et sa réponse a été oui !

— Oui à vos projets ou oui à vous ? fit Lili, impertinente. Il y a une différence. Lui avez-vous fait visiter la région ?

— Pas encore.

— Autrement dit, vous décidez tout et elle n'a qu'à suivre. Lui avez-vous demandé si elle veut de vous ? Peut-être qu'elle ne veut pas de vous.

« Digère ça, Jack ! »

Jack blanchit. Imperceptiblement. Elle le vit.

— Lilianne, c'est assez. Tu passes les bornes ! fit Fernand, en colère.

— Ouais, si tu continues, Jack se rendra pas jusqu'au dessert, fit Betty.

— C'est quoi le dessert ? fit Marc.

— Je lui demanderai quand je la verrai, fit Jack.

Elle était méchante avec lui, mais c'est lui qui avait voulu cette mascarade.

« Attends qu'on soit tout seuls. Attends qu'on se parle ! »

Fernand se dit que ce n'était peut-être pas une bonne idée, ce souper.

Valérie jouissait. « Ces deux-là ont du vécu ensemble. »

Betty était jalouse. « Elle les a tous à ses pieds et elle fait la fine gueule. Elle va tomber de haut. »

Marc se dit que, tout compte fait, il n'aimait pas ce Jack DePaul.

Fernand s'assombrit. « Il est vraiment mordu de Lili. J'espère qu'elle va comprendre. Ce n'est pas le genre de gars qui plie. »

De sorte que tout le monde fut d'accord, sans le dire, que la soirée avait été très intéressante même si tout le monde était resté sur sa faim intérieure.

———— . ————

Fernand essaie de se rappeler si c'est lui qui a eu l'idée du souper ou Valérie. Quelque chose l'a frappé ce soir. Qu'il avait toujours su, mais qu'il avait oublié. Comme par enchantement. « La vérité est que Lili est trop jeune. Elle ne veut pas de Jack. Et même si elle le voulait. Trop jeune. Jack est parti avec un air perdu aussitôt que Lili, prétextant la fatigue, s'est éclipsée. Doit avoir le cœur en compote. Pourquoi il faut la marier ? Tu le sais. Jeanne. Trop comme Jeanne. Un péché. Un péché de la recréer comme Jeanne. Pour toi seulement. » Il ne pensait pas à cela avant. Quand elle était infirme. Tout est changé. Laisser agir Valérie. Valérie. Ce soir à table, il l'a presque appelée Jeanne. Pourquoi ? Si proche de Valérie que... Et si Valérie l'aime encore. Est-ce juste ? Est-ce qu'il doit payer pour Valérie ? Il lui a volé sa vie et maintenant elle est là. Elle veut contrôler Lili. Lili qui lui rappelle Jeanne. Il ne sait plus et prie pour que le sommeil vienne.

———— . ————

Valérie se demande ce qu'elle fait là. « La belle-sœur, c'est tout ce que je suis. Je l'ai vu ce soir. Ce n'était pas ma famille. Jeanne m'a enlevé ma famille. Elle continue à gagner. Je ne suis que le fantôme de Jeanne. Il m'a appelée Jeanne ce soir sans s'en rendre compte. La première fois, il s'est arrêté, mais la seconde fois, il ne s'en est même pas rendu compte. Je ne suis pas Jeanne. Je suis Valérie! VALÉRIE! Tu m'as volé ma vie. Je te hais. Pourquoi m'as-tu regardée? Pourquoi m'as-tu désirée? Pourquoi m'as-tu prise alors que tu ne pensais qu'à Jeanne? Je divague. Il ne connaissait pas Jeanne. Et s'il la connaissait avant. S'il... Est-ce qu'il s'est servi de moi? S'il s'est servi de moi, il paiera. Il paiera, je le jure! Comment savoir? Et ELLE! ELLE! Qui fait sa Jeanne devant ce Jack qui ne fait pas le poids. Il est comme elle. Instable. Pas pour elle. Il lui faut un homme pesant, sans imagination, un homme sans passe-droit qui sera capable de la caser, de la mater, de lui enlever sa morgue. »

Elle va garder les yeux ouverts toute la nuit.

———— • ————

Betty envie Lili. Elle trouve que Marc a l'air d'un gros veau. Il l'a coincée sous son bras dans le lit et elle n'arrive pas à se dégager. Elle ne veut pas le réveiller. Quand elle le réveille, il ne peut plus se rendormir et l'empêche de dormir. Des illusions. Des illusions que tout va s'arranger à cause du bébé. Comment est-ce qu'elle a pu être si conne? Tant pis. Elle le réveille d'un coup de coude brutal.

Marc ne dort plus. Il se dit que tout le monde avait l'air de savoir quelque chose ce soir, sauf lui. Pourquoi Betty le traite-t-elle d'idiot? Lili n'a que dix-sept ans. Personne ne veut la marier. Il faut juste qu'elle se calme. Qu'elle arrête de courir les hôtels comme... comme une guidoune. Avant, elle était si gentille, si douce, si raffinée. Maintenant, elle est vulgaire, revêche. Ce n'est plus elle. « Je ne peux même plus lui parler. Elle me regarde comme si elle me méprisait. Comme si elle savait. Elle sait que je ne suis pas d'accord. On ne change pas sa vie. On ne joue pas avec ce qui vous est donné. Elle n'est pas bien. Elle n'est pas bien dans cette nouvelle vie. »

— Betty, je n'arrive plus à me rendormir!

Lili pleure dans son lit. Son pied qui lui fait mal la rassure. Elle sait d'où elle vient. Elle sait ce qu'ILS veulent faire. ILS, c'est le monde entier, qui pour l'instant ne dépasse pas le cercle de sa famille. « ILS veulent tous se débarrasser de moi. Je pensais qu'ils seraient contents. Je ne suis plus une infirme. Je ne suis plus à charge. Je vais m'en aller. M'en aller où plus personne ne me connaît. Où plus personne ne se rappelle de moi avant. Traîne-la-jambe ! Ils m'appellent Traîne-la-jambe ! Il va falloir que je m'excuse. Devant toute la classe. Je ne veux pas. Je ne veux pas. » Mais elle savait qu'elle le ferait. Il lui fallait sa paix. Elle savait aussi qu'elle parlerait à Jack. Qu'elle lui dirait tout. « Jack, Je ne te dois rien. RIEN ! Tu ne peux pas me forcer à t'aimer ! » Elle ne savait pas quand elle lui dirait. Elle savait qu'elle avait peur d'être devant lui seule. « C'est dans un lieu public qu'il faut le rencontrer. » Mais elle le voyait qui secouait la tête d'incompréhension, ses yeux qui tournaient au mauvais. « Il doit y avoir un moyen. Un moyen de lui faire comprendre. » Et puis, une idée germa dans sa tête et elle ferma les yeux. Le sommeil vint immédiatement.

Jack ne voulait pas dormir. Il n'avait pas besoin de dormir. Sa colère le galvanisait. Il se sentait de fer. Il sentait ses mains chaudes de force. Aussitôt sorti de chez les Rimbaud, il avait monté la décapotable à cent trente à l'heure, tombeau ouvert, vers Saint-Georges. Dieu était de son bord. Il sentait ses réflexes si aiguisés, si en accord avec sa rage, qu'il aurait voulu une auto plus puissante encore pour aller plus vite. Plus vite encore, car rien ne pouvait l'arrêter.

Il s'installa dans un bar et tenta de se soûler. Impossible. Il voulut partir une bataille. Il en avait besoin. Rien n'y fit. Il dut se résigner à se parler à lui-même. Ça sortait de lui comme une litanie. Il avait trouvé son leitmotiv, qu'il se marmonnait sans arrêt comme un clou qu'on enfonce à petits coups : « Finies les folies ! Fini d'être fin ! F-I-FI-N-I-NI ! FINIES LES FOLIES ! Je suis en train de me laisser embarquer et ça fera. Ça fera ! »

141

Et cette autre voix en lui :

« Oui, mais tu la veux, Jack !

— Pas à ces conditions-là !

— C'est elle qui décide, Jack. C'est pas une auto que t'achètes !
Tu voudrais pas quelqu'un de soumis.

— Attends qu'on se retrouve tout seuls. Attends ! »

Et la voix de Brenda :

« Viens pas me dire que t'es amoureux ! »

« Je lâcherai pas cette fois. JE LÂCHERAI PAS ! »

Toutes ces voix, il le sentait bien, l'usaient. Il n'avait plus que
son orgueil. Et sa blessure. Il la voyait avec ses joues si roses.
« Peut-être qu'elle ne veut pas de vous. » Il sentit quelque chose
d'humide sur sa joue et il balaya d'une main tout ce qui était sur la
table. Il y eut un silence dans le bar. Il attendit que quelqu'un
vienne. Personne ne vint. Puis les conversations reprirent. Il se leva,
laissa vingt dollars sur la table. Sortit. Dehors, deux policiers sortaient de leur auto. Ils ne le virent pas. Lui se disait que ça faisait
longtemps qu'il ne s'était pas offert une bonne bataille avec des
policiers. « Exactement ce qu'il faut faire pour la perdre. Parce que
tu lâches pas. Tu lâcheras pas. Même s'il faut l'enlever. Oui !
L'enlever ! »

Ça le fit sourire. Qu'est-ce qu'il avait à s'inquiéter ? Rien n'était
perdu. Tout commençait et il n'avait rien à craindre. Il était sûr
comme la mort. Sûr qu'il était prêt à tuer ou à être tué pour elle !
Quand vous êtes sûr comme cela, qu'est-ce qui peut vous arrêter ?
Rien. Absolument rien. Il monta dans son auto. Rien ne pouvait
l'arrêter. « Sauf elle, à qui tu as donné ton cœur. »

— *Fuck you, Brenda!* cria-t-il au ciel et aux étoiles, qui se
contentèrent d'enregistrer.

———— • ————

Jos ne pouvait que se blâmer lui-même. Il se l'avouerait plus
tard. Avec les femmes, il n'avait jamais joué de chance. Ou il était
trop là ou il n'était pas assez là. De sorte que seul dans son apparte-

ment en train de boire, au courant — courtoisie de Betty — que l'homme à la décapotable blanche soupait chez les Rimbaud, il pouvait encore se réfugier dans l'idée que ça ne dépendait pas de lui. Il était en train de perdre Lili. Il eut la prémonition que s'il ne faisait pas quelque chose, toute sa vie se résumerait à blâmer les autres de ne pas être là au bon moment. Malheureusement, l'alcool l'endormit sur sa chaise avant que son idée ne se transforme en action. Le lendemain, il faisait partie du plan de Lili et il fut surpris qu'elle l'appelle et lui demande de l'accompagner pour son anniversaire. Surpris, emballé et trop heureux pour se poser des questions.

——— · ———

— Je m'excuse, mademoiselle Mercier.

— Je ne vous entends pas, jeune demoiselle. En fait, personne ne vous entend. L'avez-vous entendue ?... Classe ?

— NON, MADEMOISELLE MERCIER.

— JE M'EXCU-CU-CUSE MADE-MADEMOI...

« Pourquoi je bégaye ? »

— Vous riez de moi, mademoiselle Traîne-la-jambe ?... Classe ! avez-vous entendu Mademoiselle Traîne-la-jambe ?

Lili se retourna.

— NON, MADEMOISELLE MERCIER, fit la classe en chœur, des mots que Lili reçut comme un souffle froid d'hiver quand une fenêtre s'ouvre sous la force du vent.

Elle se tourna lentement vers Mademoiselle Mercier et, la voix chevrotante, dit :

— Je m'excuse, mademoiselle Mercier.

Mademoiselle Mercier avait des yeux rouges de lapin.

— Vous vous excusez de quoi ? De dire non à Jack ?

Et la classe en entier de scander dans son dos :

— DE DIRE NON À JACK ! DE DIRE NON À JACK ! DE DIRE NON À JACK ! DE DIRE NON À JACK !

À en faire trembler les murs. Lili se boucha les oreilles.

— C'est pas bien, Lili, fit Jack.

Silence dans la classe. Total.

— Qu'est-ce que Jack fait ici ?

Mademoiselle Mercier était devenue Jack et Jack pointait son arme sur elle.

— Dites que vous voulez de moi !

Et la classe, soudain pleine de petites Mademoiselle Mercier.

— Dites que vous voulez de lui !

Lili cria non ! Vit Jack qui appuyait sur la gâchette. La balle sortit très lentement ; elle avait le visage de Jack. Lili commença à hurler.

— Lili, réveille-toi !

Elle ouvrit les yeux. Son père était près d'elle. Valérie était à côté de la porte.

— Tu devais faire un mauvais rêve.

— C'était plutôt un cauchemar.

— Je me rappelle pas, fit Lili.

Mais elle se rappelait tout.

Ce matin-là, elle fut un modèle d'excuses pour Mademoiselle Mercier. Il avait raison, Jack : il faut faire semblant de.

——— • ———

Benoît Marchand entra au *Balmoral* et fit un sourire à Betty.

— Tiens, un revenant.

— Scotch. Double.

— T'as presque une nouvelle face, mon Benoît. Ça te donne du caractère.

— Ris pas de moi. J'aimerais pas ça. Je m'en souviendrais longtemps.

— Prends pas tes airs de dur avec moi. Moi, qui allais te payer un verre. Je me suis ennuyée de toi.

— Paraît que tu vas te marier bientôt.

Betty fit la moue.

— Oui. Pis je compte bien m'amuser un peu avant. Parce que, après...

— C'est vrai que, mariée à une police! Les gars vont faire attention autour de toi.

— As-tu peur de Marc?

— J'ai peur de personne.

— Ah oui, et le gars qui t'a fait ça?

Benoît cala son scotch. Elle remplit son verre.

— Je voudrais juste l'avoir en face de moi, l'hostie de traître!

— T'as encore eu un *black-out*? Un jour, tu vas te réveiller mort.

— Tu veux le faire où, ton amusement?

— Je vais à Saint-Georges en fin de semaine avec Lili. Au *Colibri*.

— La belle Lili. Paraît qu'elle s'est trouvé un *chum.*

— Non. Elle, y va falloir courir longtemps avant de l'attraper. Elle est trop libre.

— Sers-moi-z-en un autre.

Il la regarda partir. Elle roulait des hanches pour lui. Pas aussi belle que Lili, mais à cheval donné... Il avait beaucoup pensé à Lili ces derniers temps. Il la voulait et se disait qu'il avait autant de chances qu'un autre. C'est vrai qu'elle était trop indépendante. Elle avait besoin d'une leçon. Il regarda son visage dans le miroir du bar. Il avait encore des points de suture sur le front. Il n'était pas beau à voir. Ça le fit sourire. Il croqua la glace dans son verre.

Lili avait besoin d'une leçon.

11

UNE BELLE JOURNÉE ENSOLEILLÉE DE SEPTEMBRE, LILIANNE RIMBAUD SE LEVA, GLORIEUSEMENT BIEN. Dix-huit ans. Le premier jour du reste de sa vie. Elle se dit qu'elle allait être gentille avec tout le monde, même tante Valérie. Fernand entra et l'embrassa sur les deux joues.

— Bonne fête, ma fille, ma grande fille !

— Papa, je t'aime tellement.

Elle se serra contre lui. Il était chaud et doux et sentait le tabac.

— C'est le plus beau jour de ma vie.

— Garde-toi de la place pour d'autres.

Ils descendirent déjeuner. Valérie lui avait préparé des crêpes. Elle engloutit tout, faisant hocher Valérie de la tête.

— Tellement d'appétit, ma fille. La jeunesse ! Tu me rappelles ta mère. T'es belle comme ta mère.

— Merci, tante Valérie.

Elle l'embrassa sur la joue. Valérie eut l'air surprise.

— Bon, v'là Marc qui arrive, dit Fernand.

Puis il tendit une petite enveloppe à Lili.

— Dépense pas trop.

Elle se sentit coupable. Il lui restait mille deux cents dollars de Jack dans sa sacoche. La peur que Valérie découvre son secret était plus forte que la peur de se promener avec une aussi grosse somme.

147

— Ce que je veux vraiment, papa, c'est le journal de maman. Tante Valérie m'a dit qu'elle écrivait un journal.

— Les choses de ta mère, je crois que c'est à Valérie que...

— Mais tante Valérie me dit que...

— C'est peut-être à Montréal, suggéra Valérie.

Dehors, Marc écrasait le klaxon.

— Allez! Vas-y, fit Fernand.

Elle bondit dehors. Ils la regardèrent monter dans l'auto de Marc et disparaître. Un moment, ils se sentirent un couple. Fernand mit sa main sur l'épaule de Valérie sans s'en rendre compte. Elle le regarda de biais. Il était encore beau. Usé mais beau.

— Fernand, je crois qu'il va falloir que je parte, sinon les gens vont commencer à jaser.

— T'es heureuse ici?

— Bien sûr... oui...

— Alors, reste. Qu'y jasent.

— Ce n'est pas si simple.

Elle le regarda droit dans les yeux.

— Jeanne, tu la connaissais avant de me rencontrer.

— Non, je l'ai connue après.

Il la regarda droit dans les yeux.

— M'as-tu pardonné?

Elle entra dans la maison, commença à desservir. « Je ne te le pardonnerai jamais. » Et, de dos à lui :

— Je vais rester encore un peu parce que c'est pas Lilianne qui va s'occuper de toi, mon pauvre Fernand. Je vais rester jusqu'à ce que Lilianne soit casée.

Fernand ne dit rien. Il ne savait plus si caser Lili était une bonne chose.

— Le journal de Jeanne, c'est toi qui l'as. C'est toi qui as réglé ses affaires.

— Oui, mais j'ai tout donné. Je vais regarder quand je vais retourner à Montréal, mais je promets rien.

— Lili est à l'âge où elle voudrait bien se comparer à quelqu'un. Pis comme sa mère est pas là...

———— • ————

— Tiens.

Marc avait son beau sourire.

— Marc, t'aurais pas dû.

Lili regarda la petite boîte. L'ouvrit. C'était une de ces petites chaînes dorées avec un petit cœur.

— Je ne savais pas quoi t'acheter.

— Merci, Marc.

Elle l'embrassa sur la joue. Jeta la boîte par la fenêtre. Il n'aima pas le geste.

— C'est une belle, belle journée ! Envoye, pèse sur le gaz. Allons, cent milles à l'heure. Allons, cent cinquante milles à l'heure ! Deux cents !

Il n'accéléra pas.

— Tu ne veux pas ? Correct.

Elle lui prit le bras, se nicha contre lui.

— J'ai dix-huit ans. Tu vas me montrer à conduire.

— On verra.

— Tu conduisais quand t'avais quatorze ! T'es pire que papa ! Je ne suis plus une petite fille !

— C'est ce que j'ai entendu dire... au *Balmoral*.

— C'est juste des accroires. C'est Betty qui m'entraîne. Aujourd'hui, on magasine, puis champagne au *Balmoral,* offert par la maison, ensuite Saint-Georges ! On va danser toute la nuit.

— T'as changé, Lili. Je ne te reconnais plus.

— Toi, tu n'as pas changé. Je ne suis plus ta petite sœur infirme. Je n'ai plus besoin de protection.

— Au contraire.

Qu'est-ce qu'il voulait dire ? Qu'elle n'était pas capable de se débrouiller toute seule ?

— Occupe-toi de toi, Marc.

149

Qu'est-ce qu'elle voulait dire ?

— C'est une belle journée. C'est pas le temps de devenir sérieux. Hein ! Hein ?

Elle ferma le poing et lui racla les côtes.

— T'es encore chatouilleux !

— Lili ! Arrête ! Arrête ! Tu vas me faire avoir un accident. Liiilli !

———— · ————

— Elle est partie pour la journée, Jack. C'est sa fête. Je sais qu'elle soupe à Saint-Georges ce soir.

Jack eut un grand soupir.

— Je voulais lui parler. Je voulais vous parler.

— Mais entre, Jack. Entre.

— Non, il faut que je lui parle avant. Je peux pas vous parler tant que...

Il eut un geste de la main comme si une mouche l'agaçait. Il recula, manqua presque la marche. Il marmonna quelque chose, mais Fernand ne pouvait entendre.

— Avec Lili, il faut être patient, Jack.

Jack était déjà assis dans la décapotable.

— La vie est trop courte, monsieur Rimbaud.

Il écrasa l'accélérateur.

Valérie vint rejoindre Fernand à la porte.

— Je pense qu'il est ben gros amoureux d'elle, commença-t-il.

— Elle n'en veut pas.

— Tu sais ça !

— Elle est comme Jeanne. Elle veut dominer. Avec lui, elle ne pourrait pas.

— Il n'est pas comme moi.

Valérie cacha son sourire.

———— · ————

« Elle savait. Elle savait que je viendrais. Elle ne voulait pas me voir. Elle m'a évité toute la semaine. Elle m'a vu l'attendre devant l'école, mais elle a pris l'autobus. Elle se sauve de moi. ELLE SE SAUVE DE MOI. »

————— • —————

Lili n'allait laisser personne lui gâcher sa fête. C'était une trop belle journée. Même s'il y avait eu des ratés.

D'abord, Betty qui voulait aller à la vente de liquidation du magasin de Conrad Brault.

— C'est toi la propriétaire, tu vas pouvoir me faire des prix.

Lili lui expliqua patiemment que tout était sous le contrôle du notaire et qu'elle ne toucherait pas un sou. Pas un traître sou de Conrad Brault.

— Jamais. Jamais je ne remettrai les pieds dans ce magasin. Jamais !

Ensuite, le champagne au *Balmoral.*

Demers leur expliqua qu'il venait de recevoir un appel du chef Lacasse et que, s'il voyait une mineure boire au *Balmoral,* il fermerait la place.

— Désolé, Lili. Regarde-moi pas comme ça, Betty.

— Si c'est comme ça, on part pour Saint-Georges tout de suite. Benoît ? Ta minoune marche, j'espère.

Lili s'interposa.

— Mais Marc et Jos ?

— Ils nous rejoindront bien.

— Bon, on y va ? fit Benoît, impatient.

Lili regarda Benoît et ses points de suture.

— Ça fait mal ?

— Je te fais peur ?

« Oui, tu me fais peur. »

— Non. C'est triste, se faire attaquer.

— J'ai la couenne dure. En passant, bonne fête.

Il voulut l'embrasser sur les lèvres. Elle tendit sa joue.

— Bon ! Grouillez-vous, fit Betty, sèche.

————— • —————

L'auto de Benoît puait l'essence. Elle était derrière. Devant, Betty était collée tout contre Benoît. Lili voyait bien que ça allait un peu trop bien entre Benoît et Betty. Elle ne voulait pas voir. Elle ne voulait pas penser à Marc. Elle trouvait que ce que Betty faisait n'était pas bien. Elle voyait que la vie avec Betty serait dure pour Marc. Betty n'était pas bien dans sa peau et Benoît en profitait. Lili n'osait rien dire, se disait que ce n'était pas de ses affaires, mais elle ne pouvait s'empêcher de les voir.

— Où on va?

Benoît venait de tourner sur un petit chemin de travers. La forêt était si dense des deux côtés de la route qu'on se serait soudainement cru en pleine nuit.

Ils débouchèrent brusquement dans une petite clairière pleine de lumière et elle eut le temps de voir le lac Saint-François, alors que Benoît freinait brutalement.

— Qu'est-ce qu'on fait ici? demanda Lili.

— Ici, c'est le promontoire du Chevreuil, et tu fais ce que tu veux. Nous autres, on sait ce qu'on va faire. Hein, Benoît? Tu peux regarder si tu veux.

Betty mit la radio à fond. Benoît commença à la caresser. Lili sortit de l'auto, s'avança vers le promontoire. Quelqu'un qui ne connaîtrait pas l'endroit et serait arrivé ici à pleine vitesse aurait plongé directement dans le lac. Elle vit un petit sentier qui conduisait en bas. Elle le descendit, poursuivie par la chanson à la radio. « Dors, mon amour, ma princesse endormie dans sa tour. »

Ce n'était pas bien ce que Betty faisait. Arrivée au bord du lac, Lili n'entendit plus la radio. Le lac était nimbé de soleil et le vent ridait sa surface. Elle s'installa sur une roche plate, se laissa chauffer par le soleil. Ne pas y penser. Le lac se froissait sous la brise, puis redevenait lisse comme un miroir. « Au diable Betty. Elle ne va pas gâcher ma journée. » Elle enleva ses souliers, pataugea dans l'eau. « C'est leur affaire. » Elle pensa à Jack. Pourquoi était-ce si compliqué? « Je ne t'aime pas, Jack. Restons bons amis. » Mais elle voyait déjà son visage se fermer et cette expression butée sur son visage. Elle le savait capable de tout. C'est pour cela qu'elle avait appelé Jos. S'il la voyait avec un autre, il comprendrait. Il avait besoin de comprendre graduellement. Il se ferait peut-être à l'idée. Elle l'espérait sans y croire vraiment. Jos. Elle voyait comme il la regardait. Il était doux. Trop doux. Trop rentré en lui-même. Il n'était pas comme Jack. Il se suffisait à lui-même. Il n'avait besoin de personne. Elle le chassa de ses pensées. C'était une trop belle journée. Elle eut envie de se baigner.

— LILI! LILI! criait Betty sur le bord du cap.

Lili revint lentement par le sentier. Betty et Benoît étaient appuyés contre l'auto, en train de fumer. Ils la regardaient, l'air moqueur. Elle ne dit rien, monta dans l'auto en claquant la portière. Elle vit Benoît qui se dirigeait nonchalamment vers le bois. Betty monta dans l'auto. Elle était toute démaquillée. Ses joues étaient rouge feu. Elle avait l'air grotesque et ses yeux étaient méchants.

— C'est entre toi et moi ce qui s'est passé avec Benoît. Si jamais t'en parles, je vais te le faire regretter, c'est clair?

— Ce n'est pas correct.

— Et toi qui invites Jos pour que Jack te laisse tranquille, c'est correct?

— Ce n'est pas la même chose. Je ne suis pas à la veille de me marier, moi!

— Justement! La fidélité, c'est après, pas avant, la coupa Betty, sèche.

— Parce que...

— Qu'est-ce tu penses? Une fois mariée, dans un trou comme ici, tu n'es plus sur le marché. Je veux juste un peu de liberté avant.

— Je comprends.

Lili savait que ce n'était pas correct pour autant. Betty la scrutait.

— C'est les secrets qui font les amis.

Elle voulait être sûre qu'elle ne parlerait pas.

— Tes secrets, je n'en parle pas. Tu ne parles pas des miens, d'accord ?

Elle y mit juste assez de menace et lui tendit sa main.

— D'accord ?

Elles se serrèrent la main.

— On trinque !

Ça faisait partie de la poignée de main. Lili but. S'étouffa. Benoît montait dans l'auto.

— Remonte ton *zipper* au moins, Benoît, railla Betty. Envoye, Lili, une autre gorgée pour arrêter de t'étouffer. C'est ta fête !

Lili se força à boire.

———— · ————

« Tu as des yeux plus vieux que ton âge. On s'en approche et on ne veut pas y plonger, car ils sont trop profonds. » Jos Campeau allait lui dire cette phrase le soir de sa fête. Juste avant de l'embrasser pour la première fois.

———— · ————

Quand ils arrivèrent à Saint-Georges, elle était déjà pompette et plus rien ne l'inquiétait. Betty loua une chambre au *Colibri,* pour elle et Benoît. Lili en profita pour se changer rapidement et alla s'installer sur le bord de la piscine. Elle se sentait un peu mal à l'aise, mais cela ne dura pas longtemps. Deux gars de Saint-Georges l'invitèrent à prendre un verre. Elle leur dit qu'elle fêtait ses vingt et un ans ; alors, POOP POOP PI DOO ! Presto le champagne surgit. Elle en fut presque gênée comme si dans sa tête elle ne méritait pas tant d'attention. Elle, qu'on ne voyait pas il y a à peine trois mois, elle était assise à une table avec deux — non, ils étaient quatre — garçons en train de boire du champagne. Dans sa lucidité ordinaire, elle avait encore de la difficulté à y croire mais, le champagne aidant, elle oublia tout. De sorte que lorsque Betty, après avoir encouragé Benoît à disparaître des alentours, arriva à la piscine, elle n'eut aucune difficulté à trouver Lili. Betty serra les lèvres, noire d'envie. Tout lui était si facile. Lili la présenta à ses nouvelles connaissances et mentionna qu'elle ne savait pas nager.

Vers la fin de l'après-midi, elle pouvait traverser la piscine sur sa largeur et on célébra avec une autre bouteille de champagne. Vers six heures, Betty, qui veillait au grain, s'éclipsa avec Lili, qui protestait, pour aller rejoindre Jos et Marc au restaurant.

Marc et Jos étaient sobres et un peu guindés. Ils ne le restèrent pas longtemps. L'occasion se prêtait aux libations. Et puis, Betty les avait inscrits à un concours de danse. Betty se considérait comme une danseuse hors pair. Elle avait gagné des concours. Marc n'était pas mal. Mais il était dit que c'était la journée de Lili. Entre elle et Jos sur la piste de danse, ce fut la chimie. Fred Astaire et Ginger Rogers. Pour une fois, Jos se lâchait et Lili brillait de tout son bonheur. Un *happening,* comme disaient les *hippies.* Un *happening* qui laissa Betty bilieuse — c'était la faute de Marc. Jos et Lili, seuls sur la piste de danse, brandissaient leur trophée de pacotille. Lili venait de découvrir Jos. Le trop silencieux Jos n'attendait que cette occasion. Il pouvait être très loquace quand on s'intéressait à lui. Il avait beaucoup lu. Il savait des choses. Leur triomphe aidant, il lui parla de poésie et lui récita des poèmes à voix basse, dans le creux de l'oreille. Marc n'en revenait pas et n'arrêtait pas de les interrompre. Il trouvait que Jos était trop proche de Lili. Betty, qui ne pouvait supporter Lili et Jos en ce moment, emmena Marc sur la piste de danse et Jos put réciter son poème au complet. Ce ne fut pas le poème qui conquit Lili. Elle se rendit compte qu'elle n'avait jamais regardé vraiment Jos et qu'il y avait deux hommes en lui. Quand on lui parlait, quand il commençait à se sentir en confiance, un voile se levait. Il était poète, tombeur, incorrigible. Il voulait tout savoir, tout faire, tout goûter. Il était doux, attentionné, sensible. On l'oubliait deux minutes et il redevenait cet homme fermé. Il fallait lui parler, aller le chercher de nouveau.

Elle fut abasourdie de le voir plonger en elle avec ses yeux si libres, si pleins de jeunesse. Ils se fixèrent un instant. Elle n'arriva pas à soutenir son regard et éclata de rire. Elle était heureuse.

— T'es un moyen bonhomme, Jos Campeau! Pourquoi tu te caches tant?

Il ne répondit pas, lui prit la main.

— Lili ! je...

Elle eut un geste nerveux et renversa son verre de vin sur sa robe.

— Il faut mettre du sel.

— Il faut surtout que je me change.

———— • ————

Ni Betty ni Marc ne les virent s'éclipser.

En marche vers le motel, Jos lui prit la main. Il avait la main douce et il était comme un enfant.

— Jos !

— Ne dis rien ! Regarde-moi. Regarde-moi. Avec ton sourire de fraise des bois. Pirouette ! Tu entends la musique. Dansons.

Il la fit tournoyer.

— Quand tu danses, tu es la vie qui bat, tu es la lune qui brille, tu es la lumière sur le monde. Quand tu danses, tu es comme le soleil, tu es comme la nuit, tu es poème et clarté, et chanson d'amour et rires dans le lointain. Quand tu danses, tu es la vie.

Il la faisait tourner doucement. Il s'intoxiquait avec ses paroles. Il en mettait trop. Il se sentait si bien, si bien. Il voulait lui parler pour l'éternité, laisser son cœur sortir le trop-plein de toutes les belles choses qu'il gardait en lui dans l'espoir de les donner un jour. Ils s'arrêtèrent sur le pas de la porte.

— Tu as les yeux plus vieux que ton âge. On s'en approche et on veut pas y plonger car ils sont trop profonds.

Son visage était près du sien. Elle eut le goût de ses lèvres. Ils s'embrassèrent. Un long moment.

— Jos.

— Ne dis rien.

Il lui ouvrit la porte. Elle entra. Il hésita un moment. « Pourquoi ? »

— Tu peux entrer.

Il entra.

156

Quand Lili sortit de la salle de bains. Jos était encore assis sur le lit, de nouveau rentré en lui-même, et Marc cognait à la porte.

« Tu peux entrer », avait dit Lili. Et il avait figé. Non, pas comme ça.

Elle avait simplement dit : « Tu peux entrer. » Il avait compris : « Me voilà ! Complète ! Tu peux tout me faire ! » Non, pas comme ça. Et maintenant il était assis sur le lit. Le moment avait filé. Il était avec elle dans la chambre. Il aurait pu l'embrasser de nouveau. Il aurait pu...

Il se rappellerait ce moment toute sa vie. Ce n'était pas le baiser qui avait compté, mais l'hésitation.

———— · ————

Jack, lui, ne vit que le baiser. Tout le monde parle de la réalité. Qu'est-ce qui est réel ? Qu'est-ce qui ne l'est pas ? Est-ce que c'est réel d'être assis dans une auto qui est une masse d'atomes en mouvement posée sur une planète qui tourne sur elle-même tout en filant dans l'espace à une vitesse folle vers une destination encore inconnue ? La réalité, elle vous prend où vous êtes. Elle vous déchire sur place et recrache les morceaux en vous mettant au défi de les recoller.

Pour Jack, en train de voir Lili embrasser Jos, la réalité était qu'il venait de recevoir un coup de masse comme ces bœufs à l'abattoir. Il était encore debout. Il allait tenir le coup plus longtemps que le bœuf, mais la réalité, si on la voit comme manger et être mangé, était évidente. Il venait de se faire manger. Cloué sur place. Lui qui était un homme d'action vit Lili qui entrait et Jos qui suivait, la porte qui se refermait. Maintenant, il bougeait. Maintenant, il était dehors. Maintenant, il claquait la portière de l'auto. Il fit quelques pas, revint. Il avait oublié son revolver. Déjà, il était trop tard. Il ne savait plus que faire. Non. Il savait. Il allait lui régler son compte au Jos. Oui ! Il allait lui montrer. Non. Il fallait qu'il attende, et pour lui, attendre, c'était la mort. « Si tu attends, tu n'es pas sûr. » Il sentit une pression énorme sur ses tempes, au point qu'il se prit la tête entre les mains. Soudain un déclic, il eut un sourire. C'était fini. Il se sentait bien. Avant, il demandait. Il lui avait donné le contrôle. Il était prêt à tout faire, à tout supporter. Un imbécile ! Maintenant, il allait prendre. Il allait redevenir Jack. Il allait redevenir lui-même. *Yes sir* ! Il allait prendre ce qui lui appartenait. Point.

————— . —————

Elle avait encore le goût de son baiser sur ses lèvres. Si doux. Elle voyait ses yeux grands ouverts, presque insupportables. Elle avait ouvert la porte. L'avait regardé. « Tu peux entrer. » Une ombre dans son regard. Il hésitait devant la porte. Il entra, mais comme gêné. Pourquoi ? Il ne voulait plus l'embrasser ? Il était différent. Il ne voulait plus être là. Elle se réfugia dans la salle de bains.

Maintenant, il y avait des coups sourds à la porte et elle entendit la voix agressive de Marc.

— Qu'est-ce qui se passe ici ?

Marc avait bien vu que Betty le manœuvrait. Qu'elle n'avait pas envie de danser. Qu'elle lui en voulait d'avoir perdu le concours. Il vit que Lili et Jos n'étaient plus là, s'arrêta.

— Les tourtereaux sont allés se trouver un nid.

Marc était sorti du bar en trombe.

— Lili a taché sa robe.

Jos était assis sur le bord du lit. Lili sortait de la toilette. Elle était furieuse. Il la surveillait !

— C'est ma fête, Marc Rimbaud. Ma fête ! Sors d'ici !

Elle fonça sur lui, le poussa dehors, referma la porte.

Marc resta planté là. Le visage rouge. Revint vers le bar.

— Je vais lui parler, fit Jos.

Il était encore assis sur le lit.

— Qu'est-ce qu'il a à se mêler de mes affaires ? Je ferai bien ce que je veux ! Dis quelque chose, Jos !

Mais il ne disait rien. Il se leva comme pour s'en aller.

— Dis-moi pas que tu as peur de lui !

— Ce n'est pas une question de peur. Je m'en fous de ton frère. C'est entre toi et moi. Oui je te veux, mais pas ici, pas comme ça ! Viens ici, Lili. Viens. Assieds-toi ! C'est ta fête. Laisse personne te l'enlever. Dis-toi que ce n'est pas si grave...

Elle se blottit contre lui. Il avait sa main dans ses cheveux et lui caressa la nuque un moment. Il n'avait plus de mots. Elle releva la tête. Il y avait des larmes sur son visage et elle approcha ses lèvres des siennes. Elle l'embrassa sans qu'il réponde vraiment à son baiser.

« Qu'est-ce qui m'arrive ? »

— Serre-moi fort.

Il la serra dans ses bras, se pénétrant d'elle. Il la tint longtemps, mais il n'était pas en paix. Il avait la tête en feu de ne pas être bien avec elle. Non. De ne pas prendre avantage d'elle. Il n'avait qu'à relever sa tête et à l'embrasser. Il n'avait qu'à se laisser glisser sur le lit. « Pas comme ça. » Puis, il la sentit qui se dégageait.

— Je voudrais être seule, Jos.

Elle avait un drôle de sourire. Il ne voulait plus partir, mais il était trop tard. Elle le regarda sortir. Il lui fit un sourire. Elle se coucha sur le lit et s'étira. Elle se sentait bien, ridiculement bien. Elle avait envie de rire et de chanter. Tout son corps vivait à cent à l'heure. Elle saisit son journal dans sa sacoche.

———— • ————

Bonjour à toi.

« Tu as des yeux plus vieux que ton âge. On s'en approche et on ne veut pas y plonger, car ils sont trop profonds. »

Comment est-ce que vous savez que vous vivez en cinquième vitesse ? Personne ne vous dépasse.

———— • ————

Elle sourit, s'installa sur le lit, les bras en croix. Si bien. Si bien. Elle vit la porte du motel qui s'ouvrait lentement. « Jos revient ! Je suis d'accord. »

— Bonsoir, Lili, fit Jack. Toi et moi, faut se parler, Lili. Finies les folies !

—————— . ——————

Marc revint à la table avec son air fermé, cala sa bière d'un coup, en commanda une autre.

— Tu vois ce qui arrive quand tu laisses pas ta sœur tranquille ?

— Ferme ta gueule, Betty !

La façon qu'il l'avait dit et le geste... comme s'il avait voulu chasser un moustique qui bourdonnait autour de lui.

— Je vais faire mieux que ça !

Il la vit qui se levait et se dirigeait vers une table. Il la vit qui parlait et riait avec un homme. Il ne fit rien. Même quand elle traîna l'homme sur la piste de danse. Cela insulta Betty encore plus que s'il s'était levé pour l'arrêter. Si elle ne pouvait plus le faire réagir au doigt et à l'œil, qu'est-ce que ce serait avec le bébé ? Elle se colla contre l'homme et le laissa glisser sa main le long de son dos.

Marc n'en avait cure. Lili était allée trop loin. Maintenant qu'elle n'était plus infirme, elle allait trop loin, comme s'il fallait qu'elle se prouve qu'elle était... normale ! Il le voyait. Pour elle, normal n'était pas assez. L'autre côté du pendule. Il se sentit assez satisfait de s'être expliqué les choses. Il leva la main pour faire venir le serveur. Il allait lui parler. Il parlerait et à Lili... et à Jos !

Mais Jos le devança.

—————— . ——————

Jos était devant lui, le souffle court.

— Tu te mêles de mes affaires une autre fois, tu vas avoir affaire à moi !

Marc ne l'avait jamais vu fâché. Il ne dit rien.

— Ta sœur est libre. Si elle veut de moi, je vais sortir avec... et je vais la marier. Tu m'entends !

Il lui mit la main sur l'épaule et Marc sentit toute son énergie nerveuse.

160

— Et au lieu de t'occuper des autres, occupe-toi de toi, bonhomme. Regarde du côté de ta femme. Compris, ça aussi ? Là, je pars avec Lili. Compris ?

— Qu'est-ce qui se passe ici ?

Betty avait vu l'échange. Elle voyait Jos qui tenait Marc par l'épaule. Marc était blanc comme un drap.

— Rien !

— Comme d'habitude ! fit Betty.

— Je m'en vais avec Lili. Je m'en vais loin de vous autres. Loin de toi, Betty. Avant que tu décides de me draguer comme t'as dragué tous les gars qui ont croisé ton regard à soir.

Marc se leva, mais Jos lui avait déjà tourné le dos.

— Qu'est-ce qui lui prend ? Il a trop bu. Tu me laisses insulter comme ça ?

Avant que Marc puisse dire quelque chose, elle le planta là. Marc eut un mouvement pour rattraper Jos, hésita. « Occupe-toi de ta femme ! » Il se retourna, cherchant Betty. Elle était sur la piste de danse avec un gars. Il se rassit. Ce n'était pas sa soirée.

———— • ————

— J'avais oublié. Bonne fête !

Jack conduisait, le pied collé sur la pédale. Elle avait peur. Son sourire lui faisait peur.

— Jack, si tu veux me parler, arrête l'auto et on va se parler... Attention !

Elle se cramponna à la portière alors qu'il doublait une auto dans une courbe. Ils étaient éblouis par les phares d'une voiture en sens inverse qui klaxonnait à n'en plus finir, mais Jack n'en avait cure. Elle ferma les yeux.

— Pas besoin d'avoir peur. On se tuera pas à soir.

Le danger était passé. Il la regardait d'un air moqueur.

— Jack, ramène-moi, s'il te plaît.

— Je connais un endroit que tu vas aimer...

— Mon frère va me chercher. Il faut que tu me ramènes.

— J'ai quelque chose pour ta fête.

Il sortit une petite boîte de sa poche et la lui tendit. Elle ne regarda même pas, lança la boîte au vent.

— Ramène-moi à Saint-Georges!... Je veux que tu me laisses tranquille! Je veux que t'arrêtes de te faire des idées. Des idées dans ta tête qu'on serait bien ensemble. Ça arrivera pas. Ça arrivera pas!

— Quand tu parles comme ça, je te tuerais, Lili. Moi, tout ce que je veux, c'est t'aimer!

— Tu me mets dans le trouble avec tout le monde si tu ne me ramènes pas. Attends-toi pas que mon père te laisse sortir avec moi quand il va savoir que...

— T'as pas besoin de retourner à la maison.

« Il m'enlève. Il est en train de m'enlever! »

Elle aurait dû crier quand il la traînait vers sa voiture. Elle aurait dû se débattre.

— Nous y voici.

Il tourna dans un chemin de terre. La noirceur les aspira. Ils traversèrent une forêt. La route montait, montait. Interminable. Elle se retourna. Sur la droite, on pouvait voir les lumières de Beauce-ville.

« Il faut lui faire face, l'arrêter. » Ils arrivèrent dans une petite clairière sur un plateau où un chalet se dessinait dans la lumière des phares. Il arrêta l'auto. Coupa les phares. Ils furent écrasés par le silence. Des nuages vinrent obscurcir la lune. Le noir complet. Elle l'entendit qui sortait de voiture. Puis plus rien. Puis, lui qui était tout près d'elle de l'autre côté de l'auto et qui lui ouvrait la portière. Il prit sa main, l'aida à sortir de l'auto. La lune se dégagea.

— Notre cachette. Personne ne nous trouvera jamais ici.

D'un mouvement, il la souleva de terre et la porta dans ses bras vers le chalet. Il lui fit passer la porte comme on le fait à une jeune mariée.

12

MARC ET JOS N'ÉTAIENT PAS BEAUX À VOIR. Ils étaient à la fois en colère et impuissants, les tripes mangées parce qu'ils ne pouvaient qu'attendre, tout en se cassant la tête à se demander ce qui s'était réellement passé. Marc avait fait tous les hôtels de Saint-Georges. Betty était furieuse.

— On l'attendra pas jusqu'à la fin du monde. Moi, je suis tannée. Je veux rentrer. T'entends, Marc?

Marc n'entendait pas Betty.

— Mais où est-ce qu'elle peut être, bon sang!

— C'est simple, elle est allée se promener. Elle est probablement aussi tannée de vous voir que je le suis.

— C'est ça! À pied dans Saint-Georges! Comme ça!

— J'ai pas dit qu'elle était partie toute seule.

« Oh! ça! ils aiment moins. » Betty commençait à s'amuser. Marc et Jos avaient l'air de deux gros chiens ne sachant plus où se gratter. Ils se doutaient bien qu'il y avait du Jack là-dessous, c'était la seule explication. Le bar ne servait plus depuis une demi-heure. Ils étaient les derniers et on attendait ostensiblement qu'ils trouvent le chemin de la porte.

— On peut garder la chambre... Si elle revient...

— Ça peut vous coûter cher. La dernière fois qu'elle est disparue, elle est revenue au bout de deux mois... trois mois?...

Jos regarda Betty, irrité.

— T'as l'air contente !

— Elle, au moins, elle fait ce qu'elle veut.

Elle dévisagea Marc, qui se contenta de dire :

— Allons-y, elle est peut-être retournée à la maison.

Dans un sens, Marc était soulagé. Cette fois-ci, elle était allée trop loin. Surtout si elle était partie avec ce Jack DePaul. Fernand ne lui pardonnerait pas.

——— • ———

Tout ce qu'il y avait dans le chalet, c'était un lit à deux places, une petite table, des chaises, un poêle et un foyer. Jack sortait des vivres d'un gros sac d'armée. Elle se dit qu'il y avait beaucoup de vivres. Comme s'il se préparait à rester longtemps. Il sortit une radio à piles. La musique des Platters, *Only You,* résonna étrangement dans cet endroit. Il se tourna vers elle, les yeux brillants.

— Tu vois comme tout fonctionne pour qu'on soit ensemble. Viens.

Il ouvrit les bras.

— Viens danser.

Et comme elle ne bougeait pas, il commença à danser lentement.

— Tu m'enlèves et tu penses que je vais avoir envie de danser avec toi ! Mon père va être mort d'inquiétude. Il est cardiaque. Je veux que tu me ramènes. Que tu me ramènes tout de suite.

Elle eut un frisson. Elle était au bord des larmes. Il enleva sa veste de cuir et l'emmitoufla dedans.

— Jack, ça n'a pas de bon sens ce que tu fais. Tu ne peux pas me forcer à t'aimer.

Il ne dit rien, sortit des draps de son sac d'armée, les jeta sur le lit.

— On est ici pour longtemps, Lili. On est ici pour se donner une chance.

La radio jouait maintenant *Rock Around The Clock.*

Elle chercha en vain le bouton d'arrêt, saisit la radio pour la jeter par terre. Il la lui enleva des mains.

— Ce bouton-là ! fit-il, ironique.

Ce fut le silence. Elle alla s'asseoir sur le lit. Les poings serrés. Elle allait avoir Marc et Jos et son père et tout le monde après elle. C'est elle qu'on blâmerait, elle en était sûre.

— Qu'est-ce qu'il faut que je fasse pour sortir d'ici ?

— Est-ce que tu m'aimes ?

— Non !

— Quand tu répondras oui, tu pourras sortir.

Elle chercha son regard. Il était calme. Supérieur.

— O.K. Oui, je t'aime.

— Mieux que ça, faut que j'y croie.

— Tu es fou, complètement fou.

— C'est ce qui est merveilleux. Je suis fou. Fou de toi. Tu m'as touché là, Lili, là.

Il avait la main sur le cœur.

— Ma vie n'est plus la même. Tu es partout avec moi. Toujours. Toutes mes pensées. Tous mes sens. Tout me ramène à toi.

— Tu ne m'empêcheras pas de partir, Jack.

Il s'approcha d'elle. Elle se leva. « Ne pas reculer. » Il eut un sourire. Elle pensa qu'il voulait lui enlever sa veste de cuir, mais il plongea la main dans la poche et en sortit les clés de l'auto.

— Pour que tu ne te sauves pas avec...

— Va falloir que tu dormes...

Un autre sourire. Il sortit une paire de menottes de police du sac d'armée. Elle sentit ses jambes qui l'abandonnaient. Elle se laissa tomber sur le lit. « Il va gagner, il va me casser ! Non ! Non ! Non ! » Elle se raidit. La colère l'envahissait comme une vague. Elle se sentit pleine de haine pour lui. « Tu ne m'auras pas. »

——— • ———

Quatre heures du matin. Assis dans le salon avec Valérie à attendre, Fernand était incapable de dormir. Il avait eu des mots très durs pour Marc et Jos, qui étaient restés muets, dansant sur place comme des gamins. Personne n'avait remarqué la douleur qu'il avait à la poitrine. Il les avait chassés. Le matin pointait déjà. Il aurait aimé que Valérie parle pour une fois, mais rien. Pas un mot, ni pour ni contre. Il la vit qui se levait et montait l'escalier. Il eut envie de se lever et de la suivre. Il était las, si las. Il eut une prière pour Lilianne. Elle avait voulu changer de vie et la vie était en train de la rattraper.

———— • ————

Malgré toute sa résolution, Lili s'endormit comme une chandelle qu'on souffle. Jack la regardait. Il s'alluma une cigarette. Il l'avait enfin toute à lui. Il pouvait s'abreuver d'elle. Elle dormait comme une rose fraîche. Elle était son trésor. Il ne vit pas la nuit passer. Il la regardait dormir. Il se dit qu'il ne lui en voulait pas. Il règlerait le compte de Jos à sa manière. Si elle le lui demandait, il le laisserait tranquille. Ça prouverait à Lili qu'il était raisonnable. D'abord, elle le haïrait. Elle crierait. Elle pleurerait. Elle tempêterait. Elle trépignerait. Puis, petit à petit, elle comprendrait. Elle comprendrait son amour.

———— • ————

Jos était incapable de dormir. Il se rongeait les sangs de ne pas être resté avec Lili. C'était sa faute ! Elle l'avait embrassé. Il ne lui avait pas rendu son baiser. Pourquoi ? Quelle idée se faisait-il d'elle ? S'il était resté avec elle, rien de tout cela ne serait arrivé. Qu'est-ce qui s'était passé au juste ? Elle était partie seule ? Où ? Pourquoi ? Avec quelqu'un ? Ce Jack DePaul ? Il fallait que ce soit cela. Il fallait qu'elle soit partie avec lui sinon elle serait revenue. Est-ce qu'elle l'aimait ? « Imbécile ! Tout est à cause de toi ! » Il était accablé par le sentiment qu'il avait manqué sa chance. Il l'avait dans ses bras. Il n'avait qu'à continuer. Pourquoi ? Il s'était fermé à elle. Il ne tenait plus en place. Être logique. D'abord, la trouver. Il se rendit au poste de police et fit ce que tout bon policier fait quand il cherche quelqu'un. Il téléphona à Montréal pour savoir si la police n'avait pas quelque chose sur Jack DePaul.

Lili restait étendue sur le lit, tournant le dos à Jack. Il ne pouvait voir qu'elle avait les yeux grands ouverts. Il allait la garder combien de temps ? Marc devait être en train de la chercher. Pensait-il qu'elle était partie seule ? Personne ne l'avait vue partir avec Jack. « Quand tu répondras oui, tu pourras partir. » On ne peut pas forcer quelqu'un à aimer quelqu'un. Est-ce qu'on peut ? Que faire ? S'enfuir comment ? Il allait la menotter s'il voulait dormir. Elle n'osait tourner la tête. Il était là en train de la regarder. Elle ferma les yeux, vira de bord comme si c'était dans son sommeil, attendit un moment. Ouvrit les yeux, à peine.

— Bonjour, Lili. Bien dormi ?

Il était assis sur sa chaise, dans la même position que lorsqu'elle s'était endormie. Elle en avait assez.

— J'ai soif. Je voudrais de l'eau.

Il se leva, se dirigea vers le lavabo. Elle bondit vers la porte, mais il avait prévu son geste et elle se retrouva devant lui. Elle essaya de le contourner, mais il la saisit et la ramena vers le lit. Elle se débattait encore quand il sortit la paire de menottes.

— Si tu me forces, je vais te mettre les menottes.

Elle s'arrêta, le souffle court. Son arme ? Où était son arme ? Dans le coffre de l'auto.

— J'ai envie. T'as prévu ça, j'espère.

— Il y a une cabane dehors, mais fais-toi pas d'idée.

Il l'accompagna. Tout baignait dans la rosée du matin. Elle était pieds nus dans l'herbe. Elle s'enferma dans la cabane. Elle y serait restée s'il n'y avait eu les mouches et les odeurs. Quand elle sortit, elle vit qu'il était sur la petite galerie. Il se tenait de biais à elle, comme s'il voulait lui montrer qu'il ne la surveillait pas. En bas, la vallée s'étendait. Là-bas, ce devait être Beauceville. Un feu ! Un feu amènerait du monde ! Il avait beau feindre de l'ignorer, elle savait qu'il observait ses moindres gestes. Elle marcha lentement vers lui, frôla la voiture. Il ne s'occupait même pas d'elle. « Si son arme était dans le coffre à gants... » Elle bondit à l'intérieur, ouvrit le coffre. Rien.

— C'est ça que tu cherches?

Il avait l'arme en main. Il savait d'avance ce qu'elle allait faire. Il l'avait laissée faire.

— Tu n'avais qu'à le demander.

Et, d'un geste, il lui lança l'arme. Elle l'attrapa comme une patate chaude, l'échappa, la reprit.

— Le chargeur est plein. Tu vois que je te fais confiance.

Elle leva l'arme vers lui.

— Tu me ramènes à la maison tout de suite.

Elle avait l'arme pointée sur son cœur.

———— · ————

Jos raccrocha le récepteur abruptement. Marc le regardait sans rien dire. Comme un aigle sur sa faim.

— Ils envoient des policiers de Montréal. Il est recherché pour vol à main armée. C'est un braqueur de banques. Il a passé plus de temps en prison qu'en liberté.

Marc se laissa couler sur une chaise.

— Si elle est avec lui...

— On ne peut pas prendre la chance du contraire. Il faut la trouver avant que le monde de Montréal arrive. Marc, tu m'entends? Il faut appeler tous les motels, tous les hôtels.

— Tu penses qu'il serait assez bête pour s'installer dans un motel? Dans son chalet dans le rang des Sapins, il pouvait voir venir de loin. Il a dû se trouver le même genre de place.

— Il faut envoyer le signalement de son auto, dit Jos.

— Mais Lili là-dedans? Si on le trouve, est-ce que...

— D'abord la trouver.

Jos savait qu'il parlait pour ne rien dire, qu'il parlait avec dans sa tête l'image de Lili et de Jack ensemble. Dans les bras l'un de l'autre.

———— · ————

Jack ouvrit les bras en croix. Ses yeux brûlés dans les siens.

— Vas-y ! Tire ! Si tu veux partir, c'est le seul moyen. Veux-tu que je m'approche ? Non, c'est vrai, tu sais tirer, c'est moi qui t'ai appris. T'as d'autres choses à apprendre.

Il descendit l'escalier. Elle recula.

— Première règle : Quand tu pointes une arme sur quelqu'un, tu dois être décidée à tirer ou ça ne te sert à rien d'avoir une arme.

Il était tout près d'elle. Calme. Sans peur. Il aurait pu la toucher. L'arme était lourde dans ses mains. Inutile. Elle ne pouvait tirer. Il tendit la main.

— Tu me la donnes maintenant.

Il lui prit l'arme gentiment, presque avec respect. Elle était comme hypnotisée. Puis, ça mordit dans sa tête. Elle avait cédé. Elle recula.

— Viens.

Elle se tourna vers le chemin, commença à courir. Courir de toutes ses forces. Fuir avant que. Elle sentit son pied qui roulait sur une pierre. Elle faillit tomber, le vit qui descendait lentement vers elle, sans se presser. Son pied lui faisait mal. Elle était à bout de souffle. Elle s'arrêta sec. Il arrivait derrière le soleil, comme une ombre géante. « Il me veut. Il va m'avoir. » La sueur piquait ses yeux. Son pied lui faisait mal.

— Tu vois. Tu t'es coupée.

Il se pencha pour regarder son pied, puis la souleva de terre. Elle mit ses bras autour de son cou. Il la portait comme une enfant blessée. Tant qu'elle ne serait pas à lui, il serait sûr de lui, sûr de ses droits. Elle nicha sa tête dans son cou, l'embrassa. Il lui saisit la tête par les cheveux pour la regarder. Elle le surprit en l'embrassant sur les lèvres, mollement. Il se dégagea. Elle lui sourit, le regard mutin.

Il détourna la tête.

— Pas un mot à mon père sur Jack DePaul, il pourrait avoir une attaque. Nous dirons que nous n'avons aucune nouvelle et que nous allons émettre un avis de recherche.

Marc et Jos descendirent de l'auto. Fernand s'échinait sur un énorme madrier qu'il traînait vers son atelier.

— C'est intelligent! fit Marc, saisissant le madrier avec Jos.

Fernand était en sueur.

— Toujours pas de nouvelles?

— Non, il faut émettre un avis de recherche, l'informa Marc.

— Lili n'est pas une criminelle.

Jos intervint :

— Si Lili est avec ce Jack DePaul...

— Merde! veux-tu fermer ta gueule! ragea Marc.

— Bien sûr qu'elle est avec lui, fit Fernand. Ça ne prend pas un sorcier pour deviner ça!

— On ne sait pas de quoi il est capable, monsieur Rimbaud.

— Jack ne ferait jamais de mal à Lili. Il l'aime trop.

Jos en pâlit.

———— • ————

Il finissait de panser son pied. Il ne l'avait plus regardée en face depuis qu'elle l'avait embrassé. Elle mit son autre jambe sur son épaule, se forçant à paraître décontractée. Elle lui sourit, cherchant son regard. Elle se sentait froide comme pierre.

— On est bien ici!

Elle voulait le tester. Elle faisait semblant. Il se dégagea avec plus de brusquerie qu'il ne l'aurait voulu.

— Voilà! Tout pansé! Tout propre!

Elle se leva, voulut le prendre par le cou. Il saisit ses deux mains, la repoussa.

— Qu'est-ce qui se passe, Jack?

— Je te connais. Tu fais semblant.

Lili sourit.

— Tu m'amènes ici de force. Tu menaces de me menotter au lit. J'ai passé toute la nuit à réfléchir. J'ai voulu me sauver. J'avais le revolver, j'ai pas pu tirer. Ça fait réfléchir. C'est toi qui as raison. Tu me veux, je suis à toi. On part ensemble! Où tu veux!

Elle fut surprise d'y avoir mis autant de conviction. Jack fléchit presque. Il voulait la croire. Dieu qu'il voulait la croire !

— Nous restons ici.

— Comme tu voudras. Viens. Embrasse-moi !

Elle lui prit la main, l'entraînant vers le lit. Il se laissa tirer. Il n'était plus sûr de rien.

— Qu'est-ce que t'as ?

Elle commença à se défaire de sa robe, de son soutien-gorge... Elle s'étendit sur le lit.

— J'ai envie de toi.

Il s'approcha. Ses yeux étaient deux billes noires. Il se forçait à sourire. Il s'étendit près d'elle, trouva ses lèvres. C'était à qui serait le plus violent. Ils s'attaquèrent un moment comme deux personnes prises d'un froid intense qui ont besoin de chaleur à tout prix. Elle cherchait à le monter. Elle était en train de déchirer sa chemise. Il sentait déjà ses griffes sur sa peau. Ce n'était pas elle. Elle était différente. Qu'est-ce qui lui prenait ? Elle était dans ses bras. Elle prenait ! Elle était tout offerte ! Il lui laboura le cou, la retournant comme un fétu et s'écrasant sur elle. Il n'avait pas encore enlevé ses jeans qu'elle gémissait déjà !

— Oui. Prends-moi. Prends-moi ! Oui !

Il allait lui montrer. Il allait la prendre. Il se redressa pour enlever ses jeans. Elle ouvrit les jambes.

— Vite ! Vite !

Elle le saisit, voulut le guider en elle. Il se dégagea, se jeta sur elle, pris par l'urgence du moment. Dans sa tête, plus rien n'allait.

— C'est le plus beau jour de ma vie, Jack.

Il la pénétra durement. Il voulait lui montrer, la clouer, mais elle devançait tout. Il orgasma presque immédiatement, mais ça lui fit mal. Ça lui fit mal comme s'il se vidait de sa vie. Comme s'il perdait quelque chose. Ce n'était pas ce qu'il voulait. Ce n'était pas elle.

— Non. Reste en moi. Reste en moi !

Il se dégagea violemment, leva le bras. Il voulait la frapper, lui dire : « Tu triches ! Tu n'as pas le droit ! » Il resta sur le bord du lit, la tête entre les mains.

— Tellement bon, mon chéri !

Il se retourna, comme touché par un fer rouge.

— Si j'ai besoin d'une putain, je te le dirai.

Il mordait à son jeu. Dur. Elle ajouta :

— Mais Jack, je t'aime !

— Tu penses que je vois pas ce que tu veux faire ! Tu penses que je vais te croire !

— Mais croire quoi !

— Tu... tu... je te vois faire. Tu fais semblant pour que je te laisse partir.

C'était le moment.

— Jack, si tu ne me crois pas quand je me donne à toi, si tu n'es pas capable de faire la différence quand je suis sincère ou non, tu ne sauras jamais.

Il resta silencieux.

— Ça ne fait rien. Tu apprendras à me croire. Reviens. J'ai encore envie de toi, moi !

Elle se tordit comme si un vent chaud la traversait. Il se détourna d'elle, sortit nu sur la galerie. Quelque chose en lui se défaisait. C'était un poids énorme comme si un robinet était ouvert en lui et que quelque chose allait éclater. Tout ce qu'il savait, c'est qu'il n'avait pas la force de garder le bouchon sur la peine, sur la rage ! Son ventre lui faisait mal à s'en tordre. Il voulait la tuer ! La tuer ! Elle l'avait sali. Elle avait sali son amour. Elle ne l'aimait pas. Elle ne l'aimerait jamais ! Elle aimait l'autre, mais elle était prête à se prostituer avec lui. Il l'avait, mais il ne la posséderait jamais. Il ne serait jamais capable de lui prouver son amour. Jamais !

Il hurla. Il hurla au soleil. Son cri courut dans les arbres et se répercuta dans la montagne. Des larmes chaudes le surprirent.

Elle aurait pu prendre l'arme posée sur la table, mais elle était paralysée. Son cri prolongé la touchait au plus profond d'elle-même. Le cri d'un animal blessé. Elle était allée trop loin. Non ! il ne fallait pas aller vers lui. Il l'avait voulu. Puis, ce fut le silence. Elle retint son souffle. Le chalet était sombre sauf pour une coulée de soleil qui par la petite fenêtre venait danser au pied du lit. Pas de bruit. Rien. Elle ne voulait pas aller voir. Elle colla sa tête contre l'oreiller, le regard rivé sur la porte. Elle sentit ses paupières lourdes. Elle sentit qu'elle allait dormir. Son esprit se rebella un instant, comme s'il était écrit quelque part qu'elle ne devait pas dormir, mais il était déjà trop tard. C'est ainsi que Jack la vit en entrant. Elle dormait nue sur le lit. Comme si rien ne s'était passé. Comme s'il n'était pas là. Comme si elle se suffisait à elle-même. Elle était plus forte que lui. Il était vide et elle était pleine. Il s'habilla. Il était calme. Il s'installa près d'elle sur une chaise. L'écouta respirer. Les rayons du soleil progressaient lentement sur son corps. Elle n'avait plus de prise sur lui. Il avait fait son choix. Il était en fin de course. Il ne voyait pas la vie sans elle, mais il ne pouvait être avec elle. Elle voulait qu'il sorte de sa vie. À jamais. Il était d'accord. Mentalement, il vit sa vie qu'il ne voulait plus. Il avait besoin de froid. Elle avait besoin de liberté. Tout était si simple. Jamais il n'y aurait pensé sans elle. Il eut envie de toucher ses cheveux. Il prit doucement une mèche, la caressa entre ses doigts. Elle ouvrit les yeux. Ses yeux durs.

— Pas une chance au monde, hein !

— Pas une chance au monde, répondit-elle, sans tristesse.

— Sûr. Sûr. Sûr.

— Sûr.

— Habille ! Je te reconduis.

Il sourit presque de la voir s'habiller si rapidement. Elle lui présenta son dos pour qu'il remonte la fermeture éclair de sa robe. Il le fit délicatement. Il pouvait sentir son parfum. Elle marcha jusqu'à la porte. Lui, resta là. Elle se retourna. Elle était impatiente, sa Lili. Elle voulait en finir. Il sortit avec elle, l'empêcha d'ouvrir la portière de l'auto. Il voulait le faire pour elle. Le soleil pointait et la décapotable était comme un four.

— Attention de te brûler les fesses.

Il ne souriait pas. Il prit son temps pour faire le tour de la voiture comme s'il jetait un dernier regard à tout. Il prenait son temps. Il prenait le temps de regarder le soleil, le temps de mettre ses lunettes, de s'asseoir, de la regarder, de démarrer l'auto, de la regarder de nouveau. Il embraya au neutre et se laissa rouler sur la pente. Elle commençait à y croire, mais c'était trop facile. Il était trop calme... Et s'il décidait de ne pas aller à Thetford ? S'il décidait de l'emmener à Montréal ?...

La voiture s'arrêta à la croisée de la route. Jack se tourna vers elle.

— De quel côté, Lili ?

————— . —————

Marc et Jos étaient en train de manger au café *Giguère*. Benoît Marchand, en salopette de garagiste, fit son entrée. Il s'assit près d'eux. Ils l'ignorèrent.

— J'ai entendu dire que Lili était pas revenue de son *party* de fête.

— Qu'est-ce que ça peut te faire à toi ? rétorqua Marc.

— À moi, rien ! C'est vous autres, la police.

— Comment tu sais ça qu'elle est pas revenue de son *party* ?

— Disons que je suis passé à l'hôtel.

Il avait le sourire en sortant. Marc évita le regard de Jos, qui pensait, comme lui, que Betty avait tout raconté. Il parlerait à Betty. De ça et de Benoît Marchand.

————— . —————

« Un bref instant. On prend la route, la grand-route, puis on revient jamais en arrière. Toi et moi, Jack. Un bref instant. »

— On va à Thetford.

Il reprit après elle :

— Thetford.

Puis il prit la direction du village. Ils étaient un couple normal qui se rendait à Thetford en décapotable. Elle était belle. Il était jeune et fort. Elle portait une robe rouge défraîchie. Il portait un revolver sous son aisselle. Il l'aimait. Elle le voulait hors de sa vie. Le soleil brillait. Une belle journée d'automne avec les arbres bigarrés de couleurs comme pour une fête. « Ma fête. Aujourd'hui, je me fais plaisir. » Il enleva ses verres fumés pour regarder Lili. Elle était de plus en plus mal à l'aise. Elle ne pouvait croire qu'il allait abandonner si facilement. Il était trop calme, quelque chose qu'elle ignorait. Ils s'approchaient de la maison. Elle pensa à son père et à Valérie. Ils devaient être furieux ! Et Marc ! Ça promettait. Sauf qu'il passa tout droit.

— Jack !

— Tu as dit Thetford !

Il jouait avec elle comme au chat et à la souris.

— Je veux descendre.

— Encore quelques minutes. T'es bien pressée de te débarrasser de moi.

— J'oublie pas ma dette. Tiens. Il doit rester mille deux cents. Je te dois huit cents.

— C'est ça, crache sur moi.

Il prit l'enveloppe, la tira dans le vent.

———— · ————

La voiture prit la rue principale. Il y avait l'église, le café *Giguère,* le garage où Benoît Marchand travaillait, la banque, le bureau de poste, le magasin de Conrad Brault. Marc s'étouffa dans son café quand il vit Lili passer en décapotable.

— Terminus, fit Jack en passant devant le garage, où Benoît Marchand les vit tourner dans le stationnement de la banque.

Jack s'arrêta, laissa le moteur en marche. Lili le regardait, de plus en plus inquiète. La banque. Lui ! La banque !

— Non !

— Il faut que je fasse un retrait.

Il était déjà hors de l'auto.

— Tu peux t'en aller. Tu voulais ta liberté. Tu l'as.

— Pas ça, Jack. Fais pas ça !

— Tu n'as plus de pouvoir sur moi. Je te conseille de ne pas rester ici.

Il se dirigea d'un pas lent vers la banque.

Benoît Marchand le vit qui entrait. Du coin de l'œil, il enregistra Marc et Jos qui sautaient dans leur auto de patrouille. Il vit Lili. Elle était encore dans la décapotable. L'auto de patrouille passa devant Benoît, faisant crier ses chapeaux de roues et vint freiner brutalement devant la décapotable, lui coupant tout espoir de sortie. Il vit Marc sortir et s'approcher de Lili, la saisir par le bras, la traîner hors de la décapotable. Il vit qu'elle criait quelque chose. Il vit Jos qui dégainait son arme. Il entendit l'alarme de la banque retentir. Il vit Marc, tenant toujours Lili par le bras, qui se retournait vers la banque. Il vit Lili qui se dégageait. Et il vit Jack, Jack qui sortait de la banque l'arme au poing ! Jos criait quelque chose. Marc, immobile. Jos qui se déplaçait, car Marc était dans sa ligne de tir. Jack qui pointait son arme sur Marc. Plus tard, il jura que Jack avait le sourire. Puis, un camion passa. Pendant ce court instant où Benoît ne vit rien, Jack eut le temps de mourir d'une balle au front et Marc ne bougea pas d'un pouce. Plus tard, Benoît jura qu'il avait tout vu.

———— • ————

Lili vit Jack qui entrait dans la banque et, avant qu'elle puisse sortir de l'auto, Marc qui arrivait sur elle, rouge comme une pivoine et sa main brandie qui tremblait dans l'air. Puis, il lui saisit le bras et la traîna hors de l'auto.

— Es-tu folle ? Qu'est-ce que t'as à disparaître ? Ça se fait pas, Lili. Ça se fait juste pas.

— Marc, il est dans la banque, fit Jos, le plus calmement du monde, mais sa voix était tendue.

Il voyait que Lili savait. C'était à la façon dont elle regardait vers la banque. À la façon dont ses yeux couraient de Marc à la banque, de la banque à Jos. De Jos à la banque. Il sortit son arme.

— MARC, C'EST PAS LE TEMPS !

Marc le regarda, incrédule. La sonnerie d'alarme le cloua alors qu'il était à demi tourné vers la banque. Jack qui sortait de dos en tenant son arme pointée sur la porte. Lili qui criait à côté de lui. Jack pointait son arme vers lui et il voyait le canon. Le canon énorme de son arme. Il le visait en plein front, en plein dans le trou où il avait sa cicatrice. Jack souriait. Jack tirait, mais la balle ne sortait pas. La balle était dans le front de Jack. Un tout petit trou. Presque pas de sang. Jack tombait. Jack tombait vers lui. Son arme encore pointée sur lui. Avait-il tiré ? se demanda Marc. Était-ce lui qui avait reçu la balle ? Qu'est-ce que Lili faisait à vouloir prendre Jack dans ses bras ? « Qu'est-ce que Jos a à tirer après moi ? C'est parce que je suis blessé ? » Jos le fit asseoir dans l'auto de police. Il cria dans la radio : « Vol de banque. Mort d'homme ! Thetford ! Thetford ! »

Marc, à côté :

— J'ai mouillé mon pantalon.

———— • ————

Jack était dans la banque. « Ridicule comme c'est facile », pensa-t-il. Il avait suffi de montrer son arme. La caissière était devenue blanche comme un drap, ses lèvres une ligne de cire exsangue. De la cire molle. Il prit ce qu'il voyait d'argent. Il n'avait pas besoin de beaucoup. Le destin marchait avec lui. Il avait vu l'auto de police devant le café *Giguère*. Il garda son arme pointée, recula dans la porte. La sonnerie d'alarme retentit comme un coup de tonnerre. Il était déjà dehors dans le soleil. Il savait qu'il allait l'avoir en face, mais quand il pivota tout était clair devant lui. Lili dans sa robe rouge et Marc, son frère, avec les yeux exorbités de peur ; et l'autre, le Jos, avec son revolver sorti et ses yeux calmes. Il marcha sur Marc. Il appuya sur la détente. « Bang ! Je t'ai eu, le Marc, en plein front. » Et puis, la tête lui explosa. Il ne vit pas Lili lui fermer les yeux, mais on peut dire, et les journaux en rajoutèrent, qu'il mourut dans les bras de la femme qu'il aimait.

———— • ————

Pour Lili, qui voyait Marc arriver en colère, Marc sortir du nuage de poussière provoqué par son freinage brutal comme un ange vengeur, le temps s'était arrêté. Jack allait sortir de la banque. Il ne fallait pas que Marc soit là. Il ne fallait surtout pas. Jack allait tuer Marc. Il allait tuer Marc et Jos. Elle s'entendit dire : « Il est dans la banque !» mais sa voix n'était qu'un filet et n'arrivait pas aux oreilles de Marc, qui lui brisait le bras. « Il ne comprend pas. Il ne comprend pas. Regarde ! Jack va sortir. Jack vole la banque. Il faut que tu partes. Il ne faut pas que tu sois ici. Regarde Jos ! Il comprend, lui. Il comprend. » La sonnerie d'alarme de la banque lui perça les oreilles avec un boum comme si elle avait été dans un avion qui monte trop rapidement. Jack, comme un gars dans un western, sortait l'arme au poing et pivotait sur Marc. Marc, gelé sur place. Jack, avec son grand sourire, le revolver pointé sur Marc et son doigt qui pesait sur la détente. Lili fit un geste vers lui. Elle vit le trou de la balle. Un moment, Jack recula sous l'impact puis continua à avancer. Il tomba à ses pieds. À genoux devant elle. Elle sentit son bras qui serrait sa taille. Elle tomba avec lui. Ils roulèrent dans la poussière. Il avait ses yeux rivés sur elle. Ses yeux qui la regardaient. Ses yeux qu'elle devait fermer, mais qui resteraient toujours ouverts sur elle. « Pas une chance au monde, Jack. Pas une chance au monde avec moi. » Elle avait sa tête entre ses mains. Sa tête lourde de mort. La douleur la saisit. Une douleur physique qui ouvrait une brèche en elle. Une brèche qui ne se fermerait jamais. « C'est moi qui l'ai tué. » Elle le serra contre elle. Fort. Fort à vouloir lui donner la vie. Fort à vouloir crier jusqu'à en perdre le souffle. C'est à ce moment que Gaétan B. Tremblay, le photographe, prit les photos qui allaient la mettre en première page de tous les journaux du pays.

« LA FEMME EN ROUGE »

Lili venait d'acquérir la célébrité.

Lili releva la tête. Ils étaient tous là autour d'elle. Tous ces visages avides qui la regardaient. Tous ces visages qui brûlaient dans sa mémoire avec dans leurs yeux quelque chose de froid et de dur, une satisfaction. Elle aurait voulu leur crier de s'en aller, leur cracher au visage. Ce fut Benoît qui la souleva de terre, l'arrachant à Jack, et fendit la foule en la portant dans ses bras. Elle se rappelait son odeur âcre d'essence et de sueur. Elle ne voulait plus voir. Elle ne voulait plus entendre. Elle ne voulait plus sentir. Elle ne voulait plus vivre. Une partie d'elle était morte avec Jack. Elle se voulait morte, mais son vœu ne fut pas exaucé.

Il lui restait trop de vie.

—— · ——

Bonjour à toi.

Jack est mort. C'est toi qui l'as tué. Pas une chance au monde, Jack. Pas une chance au monde avec moi.

Fini le journal. J'ai assez de peine comme ça sans essayer de me les rappeler. La vie n'a plus de sens.

—— · ——

Ce fut la dernière mention de Lili dans ce journal. Commençait une période noire. Jamais plus elle n'aurait de journal. Pensait-elle.

DEUXIÈME PARTIE

Lilianne Marchand

Une jolie fleur dans une peau de vache.
Une jolie vache déguisée en fleur.
Georges Brassens

1

BENOÎT N'AIMAIT PAS SE RÉVEILLER. Aussitôt la colère le prenait comme si un voile invisible s'était abattu sur lui. Il pouvait vivre avec ça. Il couvait sa colère. Sa colère contre le monde. Sa colère contre Lili. Pardon. Lilianne! Elle ne voulait plus qu'on l'appelle Lili depuis le jour de la banque. Il dorlotait sa colère. Elle le faisait vivre. Il la préférait aux fois où il se réveillait sans rien. Rien qu'un vide. Un trou dans sa tête et la nuit précédente qui n'existait pas. Il ne se souvenait pas de s'être couché. Il faisait un effort. Hier? Hier? Il était au *Balmoral,* comme d'habitude, mais il ne s'en souvenait pas. Il se rappelait être entré au *Balmoral,* mais pas d'en être sorti. Oui! Il avait parlé à Betty. Chiante comme pas une, celle-là. Le bébé ne l'avait pas changée. Elle avait recommencé à travailler un mois après. Marc n'avait rien dit. Il ne disait plus grand-chose, le Marc, depuis le jour de la banque. Dire qu'avant, il avait peur de lui. Alors! Il était au *Balmoral* à six heures. Après. Après, rien! Un grand trou noir qui l'oppressait. On le connaissait, le Benoît. On l'accostait au *Balmoral,* en lui demandant de rembourser l'argent qu'il avait emprunté. Ça marchait toujours. Il avait toujours cet affreux moment d'hésitation — est-ce que c'était vrai? — puis il voyait qu'on se moquait de lui, mais ce n'était pas important. Ce qui était important, c'était reconstruire. Reconstruire le temps perdu. Le temps que Lili lui volait!

— Lili !... LILI !

Elle entra dans la chambre.

— Arrête de m'appeler LILI !

Avec cette pointe d'exaspération qu'elle avait toujours quand elle lui parlait. Elle était en collant noir, avec un chemisier jaune déboutonné. Elle n'avait pas de soutien-gorge. Ses seins s'étaient alourdis depuis...

Il ne voyait ni ses seins ni son visage, juste la femme qui l'avait trompé. Trompé.

— Où est mon linge ?

— Tu t'es déshabillé en bas.

— Hein ! Je te crois pas !

— Fais ton innocent ! Des fois, je pense que tu te souviens de tout. Tu fais juste semblant de ne pas te rappeler.

Des fois, c'était vrai. Il la vit sortir. Elle commençait à être pas mal indépendante. Il allait devoir lui parler entre quatre-z-yeux. La dernière fois c'était ?... Il ne se rappelait pas. Ça l'irrita sans bon sens. « Si je me rappelle pas, c'est que ça fait longtemps, trop longtemps. » Il fouilla dans sa chambre pour trouver quelque chose à se mettre.

— On ne trouve rien ici !

— Toutes tes affaires sont dans la garde-robe, cria-t-elle d'en bas.

Quand il descendit l'escalier, elle était assise à la table de cuisine en train de jouer au solitaire. Elle jouait beaucoup au solitaire. À tel point qu'elle achetait un nouveau paquet de cartes tous les mois, ou même plus souvent. Il mit ses grosses mains sur les cartes et froissa le tout en une masse informe.

— Ce que je veux, à matin, c'est mon déjeuner et savoir quand je suis rentré.

— Je ne sais pas. Je dormais.

— Lilianne !

— Je n'ai rien entendu.

Elle mentait. Elle ne dormait pas. Elle préférait risquer qu'il se fâche que d'avoir à lui dire tout ce qu'il avait fait en rentrant. « J'ai fait ça !... J'ai fait ça ! » Il restait éternellement surpris de ses trous de mémoire. Ça devenait lassant parce qu'on ne savait plus quoi lui dire ou comment lui dire qu'il n'y avait pas de différence entre sa conduite avec les trous et sans les trous. Il était aussi plat, aussi ombrageux, aussi stupide que quand il était pleinement conscient. Avec une différence : quand il était dans ses trous, il était moins dangereux que quand il était conscient parce qu'il se dirigeait invariablement vers son lit. Parfois, il s'effondrait dans l'escalier, y restait un moment mais trouvait toujours le chemin de son lit. Lili le savait et entretenait chez lui l'idée contraire, pour le culpabiliser. Il buvait trop. Il avait pris énormément de poids. Il buvait comme un homme qui se noie. Il devait de l'argent à tout le monde. Il fallait que quelque chose se passe ou... Elle savait que rien ne se passerait. Elle savait qu'elle endurerait tout. C'était correct. Un juste retour des choses. Elle s'appelait Lilianne Marchand désormais. « Tu aurais pu t'appeler Lilianne Campeau. » Elle croisait Jos parfois et ne pouvait supporter son regard. Son regard d'homme qui la voulait. « Je t'ai fait une faveur, Jos. Je sais que je suis pas bonne. Je sais au moins ça. Celle par qui le malheur arrive. Alors, moi et Benoît on s'égale. Ton défaut Jos, c'est que je te détruirais. »

Benoît était comme une sangsue qui ne lâche jamais.

— Tu sais que j'aime pas ça quand tu me mens.

— Je te mens pas.

— Comment tu sais que je me suis déshabillé en bas ?

— C'est moi qui ai tout ramassé ce matin.

— Lilianne, ça fait longtemps qu'on s'est pas parlé entre quatre-z-yeux. Pousse-moi pas.

Son cœur battit un peu plus vite, mais elle le regarda sans ciller.

— J'ai rien entendu. Point.

— Tu commences à me parler d'un peu trop haut, Lilianne Marchand.

Elle s'alluma une cigarette. Ça s'en venait. Ça s'en venait comme une tempête à l'horizon qui roule vers vous avec de gros nuages noirs et qui sera là bientôt. Vous allez avoir le temps de fermer les fenêtres, de rentrer le linge, d'aller fermer les vitres de la voiture. Vous allez avoir le temps de vous protéger. Mais comment se protéger de ce qui rôdait dans le trop-plein de colère des phrases de Benoît ? Comment fermer les fenêtres ? Où se réfugier ?

— Tu me parles de trop haut. Tu te rappelles la dernière fois. Moi pas. Ça fait que ça doit faire longtemps qu'on s'est pas parlé entre quatre-z-yeux.

Elle se rappelait la dernière fois. Elle se rappelait toutes les fois. Y compris la première. Entre quatre-z-yeux.

———— . ————

La première fois, c'était la fois de sa nuit de noces et elle le méritait. Elle s'était mariée en novembre. Un mois après Marc et Betty. Elle n'était pas allée à la réception de Marc et Betty. Il avait suffi qu'elle entre dans l'église... Tous ces regards qui se tournaient vers elle comme une vague. Tous ces regards. Fernand la sentit s'arrêter. Il voulut lui prendre le bras, mais elle était déjà repartie. Il voulut la suivre, Valérie le retint. Elle déboucha dans le soleil, ne sachant où aller. Pas au café *Giguère*. Elle chercha du côté du stand de taxi de Monsieur Labrecque. Il n'était pas là.

— Tu veux que je te reconduise, Lilianne ?

C'était Benoît. Benoît était là pour elle. Il le lui avait dit, après qu'il l'eut sortie de la foule amassée devant la banque. Il le lui avait dit pendant qu'il la reconduisait chez Fernand.

— Je serai toujours là pour toi !

Il la reconduisait une fois de plus.

— Qu'est-ce qu'on dit sur moi ?

— De mémoire de Thetford, il ne s'est jamais passé quelque chose comme ça. Alors, les commérages n'arrêteront pas de sitôt. Il faut garder la tête haute, ne pas les regarder, ne pas les écouter.

— Je ne serai jamais capable, jamais.

— Tu vas voir. Un mois déjà ! Dans trois mois, plus personne pensera à ça.

Il se pencha pour lui donner un baiser amical. Il avait de beaux yeux. Elle voulait le croire.

Elle s'était confinée dans sa chambre, n'en sortant que pour manger. Elle ne parlait ni à Fernand ni à Valérie. Tout le monde voulait lui parler, mais aucun journaliste ne réussit à franchir la porte. Fernand s'était trouvé une énergie à défendre sa fille qu'il ne se connaissait pas. Même le chef Lacasse n'eut pas le droit de parler à Lili. Jack était mort. Le chef n'avait pas besoin de parler à Lili pour éclaircir ça ! Qu'il demande à Jos ou à Marc. Fernand ne voulait pas penser à Marc. Vers la mi-octobre, Jos vint cogner à la porte mais Lili refusa de le voir.

— Vous comprenez, Jos, elle me dit de vous dire qu'elle ne veut pas vous voir. Il est encore trop tôt. Elle veut oublier. De vous voir lui rappellerait tout.

Jos comprit.

——— • ———

Personne ne savait trop ce qu'il y avait vraiment eu entre elle et Jack DePaul. Jos choisit de penser qu'il y avait quelque chose, qu'il avait tué l'homme qu'elle aimait. Il mentit pour elle. Il lui devait bien ça. « Elle s'en allait vers le trottoir quand nous sommes arrivés. Elle fut aussi surprise que nous d'entendre la sonnerie d'alarme. » Sans ce témoignage de Jos, le chef Lacasse n'aurait pas pu protéger Lili de l'escouade spéciale qui était arrivée de Montréal en fin d'après-midi. Mais toutes les déclarations du monde ne protègent pas des mauvaises langues et de ceux qui pensent qu'elle était sa complice, qu'elle avait préparé le coup avec lui ou qu'elle était celle qui l'avait dénoncé. On racontait qu'elle avait appelé Marc et Jos. Sinon, comment étaient-ils là juste au moment où Jack sortait de la banque ? Des deux côtés elle était perdante, celle par qui le malheur arrive.

——— • ———

En repartant, Jos croisa Benoît Marchand en habit du dimanche. Fernand le laissa entrer. Benoît lui demanda la main de Lili. Un nouveau nom. Une nouvelle vie. Fernand promit d'en parler à Lili. Il lui en parla au souper. Elle quitta la table.

Le lendemain matin, Valérie l'entendit alors qu'elle était prise de nausées dans la toilette. Le docteur confirma ce dont elle était sûre, que Lili était enceinte. Elle n'avait plus le choix, ce qui procura une immense satisfaction à Valérie. Elle décida d'accepter Benoît en mariage. Il vint avec des fleurs. Ils marchèrent le long du chemin. Le vent était froid, mais elle ne le sentait pas. Il mit un genou en terre pour lui demander sa main. Elle dit oui. Elle n'eut pas le courage de lui dire qu'elle était enceinte. Valérie épiait par la fenêtre. Elle triomphait. Elle avait casé Jeanne. Elle pourrait repartir bientôt.

———— • ————

La première fois qu'il la frappa, c'était sa nuit de noces. Elle voulait un mariage civil, mais Fernand et Valérie insistaient pour qu'elle n'ait pas l'air de se marier en cachette. Betty l'aida à trouver sa robe de mariée. Betty était aux anges parce que Lili était en train de passer par où elle était passée. Elle n'était plus aussi fière qu'avant. Elle savait aussi quel genre d'homme était réellement Benoît. Il ne se laisserait pas faire par Lili. Savait-il qu'elle était enceinte de Jack ? Il faudrait que quelqu'un le lui dise. Si personne ne le faisait, elle était prête à s'en charger. La réception eut lieu au *Balmoral* et fut un succès au dire de tout le monde. Sauf pour cet incident au cours duquel Benoît avait assailli Gaétan B. Tremblay, le photographe, et l'avait laissé la tête dans un bol de toilette. Personne ne sut pourquoi sauf que Benoît n'était plus le même. Il quitta la réception immédiatement avec Lili en remorque. Elle eut à peine le temps de tirer son bouquet de mariée en l'air qu'il la poussait dans l'auto. Ils disparurent dans le vacarme des boîtes de conserve accrochées à la voiture. Ils s'en allaient à Old Orchard pour leur voyage de noces.

Gaétan B. Tremblay avait trouvé une mine d'or avec ses photos de Lili tenant le cadavre de Jack dans ses bras. Il avait contacté *Allô-Police* et tous les hebdos du même acabit. Ils placardèrent la photo de Lili à la une avec des titres comme « LA FEMME EN ROUGE » et des recoupements avec la mort de John Dillinger. Lili et Jack furent même comparés à « BONNIE AND CLYDE ». Gaétan B. Tremblay flottait sur un nuage. Il pensait même à signer ses photos Gaétan Tremblay. Toute l'affaire était son ticket hors de Thetford et il ne s'était pas arrêté là. Personne n'avait réclamé le corps de Jack. On l'avait finalement enterré dans le cimetière de Thetford. Gaétan B. avait patiemment surveillé le cimetière. Il avait pris des photos de Jos Campeau. Il avait pris des photos d'une mystérieuse inconnue qui était arrivée en taxi, avait mis une fleur sur la tombe de Jack et était repartie aussitôt. C'était Brenda. Elle ne versa pas de larmes. Elle savait que Jack finirait comme ça un jour. Elle était prête. Elle se rendit chez Lili. Elle voulait la voir en personne, lui dire que ce n'était pas sa faute, mais Lilianne était chez le docteur. Elle laissa son adresse à Fernand : Brenda Roy, café *Sélect,* Montréal. Lili écoutait du haut de l'escalier. Elle ne voulait voir personne qui venait au nom de Jack, ou qui lui rappelait Jack. Jack, elle l'avait en dedans d'elle. Elle aurait dû le dire à Benoît quand il avait demandé sa main. Elle n'avait pas osé. Ce qu'elle faisait n'était pas correct. « Mais qui va te marier alors que t'es enceinte d'un bandit ? » Valérie n'avait pas manqué de le lui rappeler quand Benoît avait fait sa proposition. « De toute façon, si t'es fragile comme Jeanne, tu le rendras pas à terme, ce bébé. » Lili brûlait de savoir :

— Mais pourquoi, si elle risquait sa vie, est-ce qu'elle a voulu m'avoir ?

Valérie prit son temps.

— Jeanne était trop têtue pour accepter la finalité des choses. Ça l'a tuée.

— Vous voulez dire que c'est moi qui l'ai tuée. Dites-le !

Et dans sa tête en même temps :

« Alors, peut-être je l'aurai pas. Non, j'ai pas le droit de penser ça. »

Sauf qu'elle le pensait. Est-ce cette pensée qui la conduisit à visiter la tombe de Jack ?

Gaétan B. Tremblay s'étouffa presque, sa patience avait porté fruit. Lili Rimbaud, à la brunante, devant la tombe de Jack DePaul. Ses photos firent de nouveau la manchette. De plus, comme il était le seul photographe du village, il allait être celui qui prendrait les photos du mariage de Benoît et de Lili. Il comptait se faire une autre manchette. C'est là que s'arrêta sa chance.

——— • ———

Gaétan B. essayait vainement de rabattre le peu de cheveux qui lui restaient sur le crâne quand Demers entra dans la toilette.

— Beau mariage, fit Demers qui avait bu trop de champagne. Remarque que j'en ai vu des plus gros ! Mais lui, c'est spécial. Lili Rimbaud, c'est pas n'importe qui !

— Oui, mais elle a marié n'importe qui ! L'épais à Benoît Marchand, ça vole pas haut.

— Eh ! le monde que le monde marie !

Ils ne savaient pas que Benoît Marchand était aussi dans les toilettes. Benoît écoutait distraitement. Il était heureux comme un pape. Il avait marié la plus belle femme du village et la plus célèbre de toute la région. Il était celui qui avait sauvé Lili Rimbaud en quelque sorte, en lui donnant son nom. Il s'enorgueillissait de son geste. Il était certain de la reconnaissance éternelle de Lili. Elle allait hériter de Conrad Brault. « Laissons parler les jaloux. Pas de problème, les gars, je vous entends pas, c'est le jour de mon mariage, mais je pourrais choisir de m'en rappeler. Il me semble que je connais cette voix-là ! »

— Le gros niaiseux à Benoît, il est à peu près le seul qui sait pas qu'elle est enceinte.

— Hein ? Je savais pas.

190

— Arrive en ville. Pourquoi tu penses qu'elle se marie à un crétin comme ça ?

— À ta place, je me promènerais pas en répétant ça au monde, fit Demers, soudain nerveux. Tu connais pas Benoît comme je le connais.

Gaétan B. haussa les épaules. Demers sortit. Benoît était encore paralysé. Il avait eu un coup de sang. Pendant un moment, il fut littéralement rivé à son siège. Il voulait bouger, mais n'y arrivait pas. Gaétan B. chantonnait en se peignant devant le miroir. Il était vaniteux, le Gaétan. Il tourna au blanc quand il vit la porte de la toilette s'ouvrir lentement. C'était Benoît Marchand. Il crâna et, le voyant avec ses yeux injectés de sang, et ses gros poings serrés et la ligne blanche de ses lèvres, il essaya de se sauver mais Benoît l'accrocha par le cou et le projeta dans la toilette. Il se mit à hurler avant que Benoît ne puisse lui faire trop de dommages. Les toilettes se remplirent d'hommes qui maîtrisèrent Benoît. Il se calma aussitôt qu'il fut hors de la pièce. « C'était donc ça ! La chienne ! La maudite chienne ! »

———— • ————

Lili le vit qui s'approchait d'elle. Il était pâle comme la mort. Ses lèvres étaient exsangues. Ses cheveux ébouriffés. Sa cravate défaite. Et son regard. Ses yeux étaient comme vides, défaits.

— Benoît, qu'est-ce que t'as ?

— On s'en va !

Il lui prit la main, l'arrachant presque. Elle le suivit de force, cachant son affolement. Personne n'intervint.

— Benoît, tu me fais mal.

Ils étaient déjà dehors. La voiture des mariés était avancée. Il la traînait toujours. Elle n'eut que le temps de lancer son bouquet de mariée. Elle vit Betty qui avait un drôle de sourire, puis Benoît la poussa dans la voiture. Il démarra en trombe et plusieurs se dirent que quelque chose se passait, mais ça s'expliquait par l'urgence des nouveaux mariés de se retrouver enfin seuls.

— Benoît, tu me dis ce qui se passe ?

Benoît se força à sourire. « La chienne ! La chienne de menteuse ! »

— Rien ! Je suis tellement nerveux. Tu m'excuses. C'est Gaétan B. J'ai vu rouge quand il m'a dit qu'il voulait repartir les journaux avec notre photo de mariage.

— Benoît, ralentis ou on ne la verra pas, notre nuit de noces.

— T'as raison. C'est juste que je suis tellement fâché.

— C'est toi qui m'as dit que c'était juste une question de temps. Maintenant, je suis Lilianne Marchand. Lili, c'est fini. Je suis une nouvelle personne.

— Lilianne. Au motel, on va se parler entre quatre-z-yeux.

— J'espère, fit-elle, mutine.

Elle voyait bien que ça tombait à plat. Il ne dit plus rien et elle ne dit plus rien. Elle sentait que quelque chose n'allait pas. Il n'était plus pareil, comme si quelque chose venait de se fermer en lui. Ça lui faisait drôle. Elle se dit qu'elle ne le connaissait pas vraiment, mais qu'elle allait le connaître. Elle était toute pleine de ce qu'elle allait être. Lilianne Marchand. Nouveau nom. Nouvelle vie. Elle n'était pas heureuse, mais elle se promettait de l'être. Ce soir, elle allait lui dire. Elle allait lui dire pour le bébé. Mais Benoît avait d'autres plans pour sa nuit de noces. Il s'était arrêté juste après la frontière, pour s'acheter une bouteille de gin. Il buvait au goulot, de grosses lampées. Il ne la regardait pas. Il ne lui en offrait pas. Il buvait sec. À se faire venir des larmes aux yeux. Elle le regardait sans comprendre. Elle voulait intervenir, mais elle ne savait pas comment. Tout ce qu'elle savait, c'est qu'il lui faisait peur, mais elle ne pouvait pas lui dire ça. Comme elle ne pouvait lui dire qu'elle ne l'aimait pas mais qu'elle serait quand même une bonne épouse.

Quand ils arrivèrent au motel, la bouteille de gin était vide et Benoît en avait acheté une autre en route. C'était un motel de cabines. Ils avaient une cabine presque sur la plage. Une grosse Américaine avec une dent en or leur donna la clé, regardant d'un œil attendri Benoît qui prenait Lili dans ses bras — *Newlyweds, it's so beautiful!* — pour lui faire passer le pas de la porte.

— Tu peux me poser, Benoît, dit-elle d'un rire nerveux... Benoît ?

Il lui serrait le cou trop fort. Son visage était empourpré, dur. Ses yeux étaient des trous noirs.

— On va se parler entre quatre-z-yeux maintenant.

Il la projeta sur le lit. Elle perdit un soulier. Elle le vit qui défaisait la ceinture de son pantalon.

— Quand t'allais me le dire que t'es enceinte ? Dans un mois ? Pour que je croie que c'est le mien ? Pour que je croie qu'on l'a fait dans notre lit d'amour aux États ?

Elle eut le temps de murmurer : « Benoît » avant que la ceinture siffle, lui pinçant le bras qu'elle avait levé pour se protéger. Il saisit sa jambe et barra son genou dans le creux de son autre jambe. Il plia la ceinture en deux, d'une seule main, et commença à frapper, frapper et frapper. Lili se débattit. Il était trop pesant.

— Tout le village le sait. Tout le village le sait que t'es enceinte de lui. Tout le village ! On riait de moi à la noce. « Le gros niaiseux de Benoît ! » Ben, tu vas apprendre que quand on me cherche, on me trouve !

Il s'arrêta, essoufflé. Elle ne bougeait plus. Sa robe s'était déchirée. Son dos était strié de zébrures rouges, certaines jusqu'au sang. Elle chialait, secouée de sanglots. Il se laissa tomber à terre.

— Va-t'en dans la salle de bains. Je veux plus te voir. Tu sortiras quand je te le dirai.

Elle se leva péniblement.

— Tu marches pas, tu rampes ! Tu te traînes comme une traînée que t'es. Grouille ou je recommence !

Elle se traîna sur les mains. C'était la première fois. La première d'un chapelet d'autres fois.

Elle s'y était presque accoutumée. La violence de Benoît était si grande que pour s'en protéger il fallait se mettre du côté de cette violence et l'excuser. En fin de compte, c'était elle qui l'avait trompé. C'était elle qui n'était pas bonne. Elle était rendue tellement de son bord qu'elle ne lui en voulut même pas de lui avoir fait perdre le bébé.

——— . ———

Elle était rendue à son quatrième mois. D'avoir cette vie en elle la consolait de tout. Ce serait un garçon, avait dit le docteur Lepage. Il avait l'air soucieux, le docteur Lepage. Elle comprenait qu'elle avait un bassin trop étroit. Que cette naissance serait difficile. Qu'il fallait éviter tout effort. Elle était presque sereine. « Peut-être je vais l'avoir et mourir. Comme ma mère. Je suis comme Jeanne, qui avait décidé qu'elle n'avait pas peur de la mort. Moi non plus je n'ai pas peur de la mort. D'ailleurs, je te dois bien ça, Jack. » Pour la première fois de sa vie, elle se sentait en communion avec ce qu'elle était. Elle était comme Jeanne. Elle refaisait son chemin. Ce qui était correct. Folle comme Jeanne. « Vous pouvez le crier sur les toits, tante Valérie. Ça ne me fait plus mal. »

Benoît était muré dans son silence. Il s'était excusé après la première fois. Il avait pleuré dans ses bras. Elle n'avait rien dit. Ils avaient fait l'amour. Elle n'avait rien senti. Il lui avait dit qu'il lui pardonnait. Elle passa sa lune de miel à se laisser faire, dans un état de terreur sournoise et de dégoût. Il était cruel, le Benoît, et hypocrite.

En public, il était toujours le plus doux, le plus attentionné des hommes. Tout le monde était trompé par son jeu, sauf Betty qui le connaissait trop. Et Fernand, qui ne savait pas mais voyait bien que Lili n'était pas heureuse. Elle n'avait rien dit à personne. À personne. Même la seconde fois, quand elle se retrouva avec une marque au visage, elle trouva un mensonge pour expliquer son bleu. Après, il fut plus prudent et ne la frappa plus au visage. En privé, il laissait tomber le masque. Il devenait silencieux. Il ordonnait. Il lui laissait voir sa hargne.

On était en mars et Lilianne le harcelait parce qu'on leur avait coupé le téléphone. Il n'avait pas payé le compte.

— On a besoin du téléphone, Benoît. Reculés comme on est du village, qu'est-ce qui se passerait si j'avais besoin du docteur ?

— Je suis là. Je suis toujours là.

— Je sais.

— Ça veut dire quoi ?

— Que depuis que t'as perdu ta job au garage Sylvain, t'es toujours là.

— C'est de ma faute, je suppose ?

— J'ai pas dit ça.

— Ouais, tu dis pas grand-chose.

— Benoît, arrête de boire !

— Tu me dis pas ce que j'ai à faire dans ma maison ! C'est clair ça, ma belle Lilianne... ou veux-tu qu'on se parle entre quatre-z-yeux ?

Il ne fallait pas qu'elle ait l'air d'avoir peur. Ça le fâchait encore plus. Elle lui sourit.

— C'est ça, t'es mieux de sourire.

Elle sentit quelque chose se déchirer en elle.

— Benoît. Le bébé !

Elle vacilla, s'accrocha à lui. Il l'aida à s'asseoir sur le divan.

— Je pense que ça s'en vient.

— Ça se peut pas, on est juste au...

Elle émit un cri rauque, pliant sous la douleur.

— Je vais chercher la voiture.

— Dépêche-toi !

Il s'habilla. Dehors, le vent soufflait en bourrasques. Déjà la neige tombait dru et on ne voyait rien à quinze pieds. Il jura entre ses dents :

— Qu'est-ce que t'as à te dépêcher ? Ce bébé est pas à toi. Tout le monde le sait.

Il se rendit avec difficulté à la voiture. « Une chance. Un peu plus tard et la tempête nous bloque icitte... » Il s'arrêta sec, puis il monta dans la voiture. Surtout ne pas l'étouffer. Il fallait la faire démarrer du premier coup, puis donner des petits coups sur la pédale pour ne pas noyer le moteur. Il avait l'habitude. Il vit son sourire dans le rétroviseur avant d'écraser l'accélérateur de son pied. C'était un sourire tout croche, un rictus. Il noya le moteur immédiatement, tournant la clé jusqu'à ce que la batterie ne soit plus qu'un murmure impuissant. Il revint dans la maison en courant.

— L'auto part pas ! L'auto part pas !

Lili ne l'entendit même pas. Elle se tordait sur le divan. Une grosse tache brune grossissait entre ses jambes.

— J'ai mal. J'ai mal !

— Écoute, la voiture part pas. Je vais aller chez Lapointe téléphoner. T'inquiète pas, je me dépêche !

Dehors, il ajusta sa casquette, ouvrit les bras pour prendre une grande respiration, prit soin de bien attacher ses bottes. Il partit d'un pas allègre, s'arrêtant pour compter les poteaux et revenant sur ses pas pour recompter quand il considérait qu'il en avait manqué un. Même avec la meilleure volonté du monde, Benoît aurait mis vingt minutes à se rendre chez les Lapointe. Dans les circonstances, il mit deux heures. Le docteur Lepage mit une autre heure à traverser la tempête en motoneige. Il fut capable de sauver Lili, mais pas le bébé.

Benoît était inconsolable. Fernand le gratifia d'un regard qui doutait, mais Valérie lui avait dit : « Ce bébé-là, c'est le malheur. Elle serait mieux si elle le perdait. » Elle avait raison, la Valérie.

— Tu vas comprendre, Lilianne, un jour, que c'est mieux ainsi.

— Vous semblez contente pour moi. Me demandez-vous comment je me sens ?

— Toi, tu vas vouloir faire comme Jeanne. Vouloir un autre enfant.

— Le docteur Lepage vous a pas dit ? J'aurai plus d'enfant. Je peux plus en avoir !

« La meilleure chose qui peut t'arriver », pensa Valérie.

— Ma pauvre petite fille. Au moins, il te reste un mari, fit sa tante, satisfaite.

——— · ———

À quelque chose, malheur est bon, on lui avait redonné sa job au garage. Benoît se dit que les choses étaient égales et que sa vraie vie avec Lili allait commencer. Il se sentait même un peu coupable, mais se répétait que si elle avait été honnête avec lui depuis le début tout cela ne serait pas arrivé. Il était temps de repartir à neuf, d'oublier le passé. Il lui fit de nouvelles promesses, lui jura amour et fidélité, lui offrit des fleurs. Elle s'était fait couper les cheveux sans le lui dire et il ne le lui reprocha même pas.

Et à sa fête ! Pour ses dix-neuf ans, il lui avait offert un médaillon dans lequel il avait fait insérer la photo de sa mère, Jeanne. Il avait dû faire rephotographier la photo à Saint-Georges. Il n'avait pas l'argent mais un jour elle allait hériter de Conrad Brault ! Ils ne parlèrent jamais du bébé. Jamais. Il céda à son désir de vouloir apprendre à conduire une auto. Il ne la laissait conduire que quand ils visitaient Fernand. Il la laissa même passer son permis. « C'est le genre de bon gars que je suis. » Parfois, il prenait soin d'étouffer ostensiblement la voiture quand elle montait avec lui. « Pour que tu sois sûre que j'ai pas fait exprès pour le bébé. » Cela devint même une habitude chez lui quand il ne voulait pas que Lili sorte. Et il le voulut de moins en moins.

——— · ———

Jos s'était donné une autre année. Un an, jour pour jour, à partir de la journée qu'il avait gravée dans la mémoire, la journée du vol de banque. Du jour au lendemain, il était devenu un héros. Il avait abattu un dangereux bandit et sauvé un confrère. On passa sous silence le fait que l'arme du bandit n'était pas chargée. Il eut droit au respect de ses supérieurs, à l'admiration de ses confrères et à la reconnaissance de tous, même de gens qu'il ne connaissait ni d'Ève ni d'Adam. Tout cela n'était que de la merde de chat pour l'homme qui se levait chaque matin et devait se regarder dans le miroir. Il savait qu'il avait tiré délibérément. Il savait qu'il avait tiré parce qu'il voulait que l'autre meure. L'homme dans le miroir repassait le film des événements dans sa tête. Jack souriait. Il le défiait de tirer. Il visait Marc, mais son doigt n'était pas sur la détente. Pas sur la détente. Et Lili, il la voyait du coin de l'œil qui courait vers Jack comme si la balle et elle étaient dans une course folle pour arriver en premier. L'homme dans le miroir avait un goût âcre dans la bouche. Il se regardait et ne s'aimait pas. Il faisait un effort pour maintenir les apparences, mais chaque tape dans le dos, chaque poignée de main qu'il devait accepter lui pesait. Autre chose le rongeait. En tuant Jack, il avait perdu Lili. C'était tellement clair qu'elle n'avait pas voulu le voir lorsqu'il lui avait rendu visite. Il n'était pas homme à demander des comptes et il savait que son témoignage avait innocenté Lili. Il lui devait bien ça. Dans sa tête, il avait tué l'homme de Lili, son homme. Il aurait dû insister pour voir Lili, mais il était un homme qui accepte les choses. Dans un an, il verrait. Il verrait si Lili était encore avec Benoît. Le véritable décompte, ce n'était pas à partir du jour de la mort de Jack mais du jour du mariage. Elle n'avait pas eu le choix. « Tu penses tout croche, Jos. Elle en a marié un autre. Ça peut pas être plus clair. Un an. Peut-être que l'impossible arrivera. Que ce sera clair qu'elle n'a pas marié le bon. Dans la dérive des sens, tout peut arriver. »

———— · ————

Marc était en enfer. Il était la risée du village, un peureux, un pissou, un couard, un sans couilles, un jaune, un lâche. On l'avait mis dans un bureau à recevoir les appels. Jos avait un nouveau partenaire. On laissait Marc à lui-même. On faisait comme si tout était oublié. Le chef Lacasse avait essayé de lui parler, mais sans succès. Marc n'était plus sur la même longueur d'onde. Il était un homme grimpé au bout d'une échelle qui ne peut ni continuer ni descendre. On le laissa tranquille. Lui, Betty et le bébé, Jeanne Élisabeth Marie Rimbaud.

Betty était livide de frustrations. La petite Marie lui avait pris toutes ses forces et la tenait éveillée nuit et jour. Parfois, Marc l'aidait, mais la plupart du temps il dormait d'un sommeil de plomb d'où il était impossible de le sortir. Tout le monde était poli avec Betty. Personne ne mentionnait jamais l'incident, mais elle le sentait dans leurs regards. Comment on se sent d'être Madame Betty Rimbaud, la femme du policier le plus peureux de la région ? Elle n'allait plus au *Balmoral*. S'il y avait un début de bataille, on criait tout de suite d'appeler le jaune à Rimbaud. Elle avait essayé de l'aider. Elle avait essayé autant qu'elle pouvait. Quelque chose était cassé en lui. Il ne buvait pas, ne fumait pas. Il était gentil avec elle, attentionné pour le bébé. Il lui donnait tous ses chèques de paye. Elle ne pouvait rien lui reprocher et il la rendait folle. Il était absent, il lui fallait toujours une pleine seconde pour rejoindre le monde. Il avait développé un tic. Il se grattait le milieu du front de l'index de la main droite. Parfois, il restait l'index collé au milieu du front, comme s'il l'avait oublié là. Elle n'en pouvait plus. Si au moins la petite Marie l'avait réconfortée, mais non. Elle ne savait pas y faire. Elle maudissait tous ceux qui lui avaient parlé de l'instinct maternel. Elle aurait étranglé le bébé sans remords si elle avait été sûre de s'en tirer. Sa seule consolation, c'étaient les malheurs de Lili. Elle le connaissait, le Benoît. La raclée qu'il avait servie à Gaétan B. Tremblay dans les toilettes, c'était parce qu'il savait. Lili était toute pâle au retour de leur voyage de noces. Elle avait l'air terrorisée. Et Benoît qui était si plein d'attentions avec elle que ça vous dégoûtait, elle savait ce que cela cachait. Il savait donner le change, le Benoît. Et le bébé qui était mort parce que le moteur de sa voiture s'était étouffé. Benoît, qui faisait le plus clair de son argent à faire démarrer les autos des autres. Personne n'avait trouvé ça étrange. « Tous des imbéciles ! Tous ! Et moi la plus grande des connes ! Marie en train de me rendre folle et Marc qui ne dit rien. Qui pleure la nuit. » Elle tomba malade. On engagea une fille de Tring-Jonction, une fille de fermiers, Rolande, qui avait un bec-de-lièvre, pour venir s'occuper de Marie. Rolande ne repartit jamais. Betty en profita pour reprendre du collier au *Balmoral*. Loin de Marc, loin de Marie. Elle avait du temps à rattraper. Benoît vint lui rôder autour.

— Comment ça se fait qu'on ne voit plus Lili au *Balmoral* ?

— C'est Lilianne qu'elle s'appelle. Faut croire que le *Balmoral* lui rappelle des mauvais souvenirs.

— Je pensais que c'était la banque qui lui rappelait des mauvais souvenirs.

— Niaise-moi pas. Lilianne aime pas sortir, un point c'est tout.

— Ou t'aimes pas qu'elle sorte. Je l'ai vue sur la rue, avant-hier. Elle faisait encore tourner les têtes. Elle parlait à Jos Campeau.

— Avant-hier ! Impossible.

— Demande-lui.

Elle le vit qui finissait son verre, contrarié. Betty se dit qu'elle aurait peut-être dû se la fermer, mais que « Lilianne » était parfaitement capable de se débrouiller toute seule.

———— • ————

Fernand donna les valises de Valérie au chauffeur d'autobus.

— Tu es sûre, Valérie ? Tu sais, la maison est grande et, sans Lili...

C'était bien lui, à la dernière minute, alors qu'elle était presque dans l'autobus.

— C'est mieux ainsi... Je te fais une faveur, Fernand. Maintenant que Lili est casée, il n'y a plus rien pour moi. Je me retournerais contre toi.

Elle l'avait senti aussitôt après le départ de Lili qu'elle n'avait plus sa place dans la maison. C'était sa haine de Jeanne qui maintenait tout en place. Lili partie, elle ne pouvait que regarder Fernand et le détester. Il était faible et Jeanne le tenait encore. Jeanne ! Il fallait qu'elle parte d'ici. Hors de cet endroit et de ses souvenirs. Hors de lui qui lui rappelait que rien n'était changé.

Elle lui fit un dernier sourire. « Tant qu'à manquer ma vie, autant la manquer toute seule. »

2

LILI SE LA COULAIT DOUCE. Benoît avait fini par lui installer un hamac dans la cour. Elle lisait un Agatha Christie. Elle se berçait dans le soleil. Toute la matinée, elle avait été nerveuse, comme si quelque chose couvait en elle, mais elle ne pouvait mettre le doigt dessus. Elle aurait pu, mais elle ne voulait pas. La dernière fois qu'elle s'était sentie comme ça, c'était la fois où Benoît l'avait battue, et la fois avant... Chaque fois, elle se disait que c'était un signe et qu'il ne fallait pas oublier, pour la prochaine fois. On était à la prochaine fois et elle avait encore oublié. Elle vit sa voiture arriver, juste un peu trop vite. Il freina durement, soulevant un nuage de poussière grise qui resta étrangement immobile dans l'air humide. Elle savait déjà.

Il sortit de la voiture, claquant la portière qui refusa de se fermer. Il la laissa ouverte. Lili se sentit glacée malgré le soleil. La cloche d'alarme sonnait, mais trop tard. Il avait son air des mauvais jours. « Va falloir se parler entre quatre-z-yeux ! » Non ! Non ! Non ! Elle y croyait presque. Elle croyait que c'était fini, ce temps. Elle faisait tout ce qu'il voulait. Elle s'était mise à la cuisine, au nettoyage. Elle ne sortait plus. De toute façon, il ne voulait pas. Aussitôt qu'elle parlait de sortir seule, il voulait l'accompagner. Il n'y avait qu'avec Fernand qu'il la laissait aller sans rien dire. Même là, il l'interrogeait. Il l'interrogeait sur tout.

Elle le vit qui entrait dans la maison. Elle n'allait pas le suivre. Elle essaya de lire, mais la page se brouillait sous ses yeux. Il ressortit presque aussitôt, la bouteille de gin en main. Il s'assit sur les marches et but une longue rasade.

— Comme ça, tu sors dans mon dos.

C'était injuste ! Injuste ! Elle n'allait pas se laisser faire.

— On avait besoin de lait. Mon père s'est adonné à passer. Il allait au village. J'ai embarqué !

— Je bois pas de lait. Toi non plus.

— J'ai commencé à en boire ! Pis je vois pas ce qu'il y a de mal à faire un tour de voiture. Je sors jamais d'ici !

— Tu sors jamais parce que quand tu sors t'as le don de te mettre dans le trouble, alors tu sors pas.

— Bon ! Je sors pas. Je sortirai plus. Je vais sortir rien qu'à ton bras ! C'est ça que tu veux ?

— À qui t'as parlé ?

C'était ça. Il savait. Il savait pour Jos. Maudites commères ! Pas moyen de mettre le nez dehors.

Elle sortait du magasin général. Il était là, devant elle. Il s'était arrêté.

— Bonjour, Jos !

Il avait enlevé sa casquette de police. Il s'était laissé pousser la moustache, mais il n'avait pas changé. Il avait toujours ses yeux d'enfant.

— Bonjour, Lili.

« Elle n'a pas changé sauf qu'il y a quelque chose de dur dans son visage. J'ai entendu dire que Benoît la battait. »

— Bon, faut que j'y aille.

— Faudrait trouver un moyen de se voir.

Elle se retourna pour lui sourire tristement. « Oublie ça, Jos. » Il entra dans le magasin. Il avait oublié pourquoi il était venu. Il s'était dit : « Un an jour pour jour. » Le temps approchait. Il la vit partir avec son père. Dans la voiture, elle se regarda dans le miroir.

Il l'avait regardée comme si elle avait changé. C'était vrai. « Faudrait trouver un moyen de se voir. »

Benoît aboya.

— Je t'ai demandé à qui t'as parlé !

— J'ai parlé à Fernand. Il voulait savoir si j'avais envie d'aller au camp de pêche. Je lui ai dit que je t'en parlerais. J'ai parlé à la caissière du marché. Elle s'était trompée sur la facture.

— Lili ! tu me cherches !

— Et en sortant, j'ai croisé Jos Campeau. Il m'a dit bonjour. Je lui ai dit bonjour. C'est tout ! Appelle mon père si tu me crois pas !

— Pourquoi tu lui as dit bonjour ?

— Est-ce que j'étais pour me sauver ?

— C'est drôle.

Elle le vit qui défaisait sa ceinture.

— Le jour où tu sors, tu t'adonnes à le rencontrer. Tu trouves pas ça drôle ?

— Benoît Marchand, je t'avertis.

— T'avais juste à pas lui répondre.

Il s'avançait sur elle.

— Si tu me frappes encore, je m'en vais. Je m'en vais !

Elle s'entendait crier. Sa voix se cassait, hystérique.

— Tu commences à me parler de pas mal haut, je trouve. Tu veux t'en aller ? Avec lui, je suppose !

Il faisait siffler la ceinture. Elle fendait l'air avec un bruit de hibou la nuit.

— Benoît, si tu me frappes, Marc va le savoir.

— Ton jaune de frère, y a plus grand monde qui a peur de lui. Appelle-le.

— Non ! NON ! ragea-t-elle.

Elle reculait déjà. Ses larmes lui brouillaient la vue. Elle ne voyait plus que son ombre dans le soleil. Les coups commencèrent à pleuvoir. Elle était comme un canard. À gauche ! Woosh !... Clac ! À droite. Woosh !... Clac ! Il était partout. Elle voulut se sauver dans la maison, mais... Woosh ! Clac ! Il l'avait attrapée au visage, avec la boucle. Elle porta la main à sa joue. Du sang. Plein de sang ! Elle eut un cri qui venait de loin. De très loin. Assez pour qu'il s'arrête. Il la vit qui ramassait une roche. Elle la brandit.

— Tu t'approches, je te tue ! Tu m'approches, je te tue, mon enfant de chienne ! Je te tue !

Il n'approcha pas. Il recula même vers son auto et partit. Ce soir-là, il resta au *Balmoral* toute la veillée. Il se ramassa avec Betty et ils allèrent au *Colibri* à Saint-Georges. Ils firent l'amour, mais cela ne les apaisa ni elle ni lui.

———— • ————

C'est Betty qui lui en parla la première. Toute la ville savait que Benoît battait Lili. Marc avait choisi de ne pas l'entendre.

— C'est sa femme, répliqua-t-il faiblement.

La vérité était qu'il ne voulait pas y penser. Il ne se sentait pas le courage d'affronter ses problèmes, encore moins ceux de Lili. D'ailleurs, ses problèmes ne venaient-ils pas de Lili et de sa conduite outrancière ? Il en avait entendu parler dans une conversation entre deux policiers au gymnase où il s'entraînait chaque jour. Il avait acheté poids et haltères — tout le système Ben Weider — et était en train de se monter un gabarit impressionnant de muscles. La conversation lui était destinée et il se surprit à pencher du côté de Benoît :

— Si ça avait été si grave, elle m'aurait appelé.

— Marc, j'ai pas de sympathie pour Lili. Elle a le mari qu'elle mérite, mais il y a des limites que tu dépasses pas. Quelqu'un va devoir lui dire, insista Betty.

Il se voyait arriver devant Benoît. « Tu pètes moins haut qu'avant, le Marc ! » Benoît n'avait plus peur de lui. Personne n'avait peur de lui.

— Marc, si t'es pas capable de le faire, je peux demander à Jos.

Elle voulait le secouer. Il avait son doigt dans le front. Il se grattait.

— Marc, si t'as pas le courage de défendre ta sœur, vas-tu avoir le courage de défendre ta femme ? Est-ce qu'il te reste quelque chose quelque part ? Vas-tu te tenir debout ? Marc ! Parle !

— Parler de quoi ?

Il évitait son regard.

— C'est ça, continue à te faire des muscles. À quoi y te servent, tes muscles ? À faire peur à qui ? Marc, si tu fais pas quelque chose, moi, je te quitte. J'ai pas envie d'être mariée au lâche du village.

— Je suis pas un lâche.

Enfin une réaction.

— T'es un jaune, Marc Rimbaud.

— Je suis pas un jaune ! Compris !

Il avait le feu aux joues. Le plus vivant qu'elle l'avait vu depuis la banque.

— Prouve-le !

Elle le vit qui vacillait. Il vacillait ! Il était comme une chandelle dans le vent et le vent soufflait trop fort.

— Mais qu'est-ce que je vais lui dire ? C'est-tu de ma faute si Lili le rend malheureux ?

Betty leva les bras de dépit, sortit de la pièce. La chandelle était éteinte, mais le feu couvait. Il cherchait encore à comprendre. Il cherchait encore. Il n'avait pas bougé. Il n'avait pas été capable. Il avait vu Jack se tournant vers lui avec cet air dément dans ses yeux et son immense, son IMMENSE revolver, pointé sur lui. Il avait senti ses pieds cloués au sol, ses bras inutiles qui ne répondaient plus, la sueur qui pissait sur son front. Il se sentait comme mort. Tout le monde autour de lui bougeait lentement. Jack qui pesait sur la détente. Jack avec un trou au front, qui tombait vers lui, le revolver encore pointé sur lui ; Lili sur la droite, Jos sur la gauche. Plus tard, les gens attroupés autour de la voiture, leurs mains collées sur la vitre, et qui semblaient si loin, si loin. « Pourquoi ils sont là ? Pourquoi ils me regardent ? » Tout le monde était gentil avec lui, mais il savait que c'était pour donner le change. Ne pas le brusquer.

Comme s'il était soudainement devenu quelqu'un de fragile qui pouvait se casser à n'importe quel moment. Il ne se promènerait plus jamais au volant d'une voiture de police. Rayé des lignes actives. Au passif, le Marc Rimbaud ! « Toute une famille ! Le père en concubinage avec la sœur de sa femme ! Elle a eu le bon sens de partir. La fille ! On n'en parle plus. Sauf qu'elle a trouvé chaussure à son pied. Un brutal, le Benoît, mais avec une fille comme ça ! Et maintenant l'autre ! Qui a peur de son ombre. Quant à Betty, elle a compris vite. Abandonner son bébé pour aller courir à Saint-Georges. Y paraît même qu'on l'aurait vue avec Benoît ! Ça reste dans la famille ! » Marc eut soudainement une crampe, serra les poings. Son ventre lui faisait mal. Mal ! Il se leva et, d'un seul élan, mit son poing à travers le mur. Il cria de douleur, mais continua à frapper jusqu'à ce que ses deux mains fussent démolies. Ça lui faisait du bien. Il était en train de se monter une rage. Une rage ! Il allait leur montrer. Leur montrer tous ! Il plongea ses poings meurtris sous l'eau froide du robinet. La douleur le libérait. Il cria de nouveau. Plus tard, il pansa ses plaies. Il se sentait mieux. Il sentait sa rage sortir de lui. Il allait leur montrer. Benoît d'abord.

Mais Jos le prit de court.

———— • ————

Dimanche matin. Dix heures. Le garage n'ouvrait que pour la pompe à essence et c'était Benoît qui était de corvée. Souvent, il abandonnait vers midi. Il était en train de se dire qu'il avait été trop loin avec Lili. Il allait devoir se tenir tranquille pour un temps. Le temps que tout se calme. Il avait le temps pour lui. Quelques fleurs. Une sortie au *Balmoral*. Un souper à Saint-Georges. Pour lui redonner confiance. Il entendit la cloche du poste d'essence. Se remua lourdement. Sauf que celui qui voulait de l'essence était déjà de l'autre côté de la porte et la refermait derrière lui. On voyait mal dans l'ombre du garage, mais il aperçut l'homme qui virait la pancarte « OUVERT » à « FERMÉ ». Il ne se demanda pas qui avait l'audace de fermer le garage. Il venait de reconnaître Jos.

— Salut, Benoît, je suis venu te parler de Lili.

Jos s'approchait sans hâte. Benoît saisit une barre de fer.

— Je suis capable de me défendre.

— Ça ne me dérange pas. Ce n'est pas une visite de la police, Benoît. C'est juste toi et moi. Te fourrer une volée, pas intéressé. Un gars comme toi, ça compte plus les coups que ça a reçus. C'est pour ça que tu t'en prends à plus faible que toi. Ça soulage. En plus, tu bois comme un trou, alors, des fois, tu t'en souviens même pas. Il paraît même que la moitié du temps tu te rappelles pas ce qui s'est passé le soir d'avant. Qu'est-ce qui se passerait si un de ces soirs où t'as trop bu et tu te rappelles rien, on trouvait, cachées dans le garage, des télés volées ? Tu pourrais même pas dire que c'est pas toi, tu te rappellerais pas. Alors, vois-tu, à ta place, je ferais bien attention à Lili parce que, si tu lui fais mal encore, tu vas te re-trouver en prison. On se comprend, Benoît ?

Jos lui prit la barre de fer des mains, la jeta sur le sol.

— J'espère que t'as compris.

Il sortit du garage, replaçant le signe « OUVERT ». Benoît avait les jambes molles. Il se laissa choir sur une chaise. Il avait été trop loin. Jos était capable de mettre ses menaces à exécution. Très ca-pable. « Alors, entre lui et Lili, il y a quelque chose. La chienne ! »

———— · ————

Labrecque vit Jos sortir du garage puis Benoît qui fermait. Il pensa qu'il était un peu tôt pour fermer. Les gens allaient sortir de la messe. Sylvain, le patron, allait être furieux. Il avait dû se passer quelque chose. Labrecque se doutait parfaitement de quoi.

C'est lui qui avait conduit Lili chez le docteur Lepage.

Cette fois-ci, elle voulait qu'on sache. Que tout le monde l'ap-prenne ! Et il y avait assez de commères chez le docteur pour que ça fasse le tour du village comme une traînée de poudre.

Elle était revenue à la maison encore toute chargée d'adrénaline, prête à pleurer dans les bras du premier qui viendrait aux nouvelles. Mais personne ne vint. Son père ne vint pas. Marc ne vint pas.

Personne n'appela, sauf Betty. Elle savait pour Benoît et Betty. Comment ne pas savoir... Son porte-monnaie avec son permis de conduire, qu'elle n'arrêtait pas d'oublier. Son parfum sur les chemises de Benoît. Les mégots avec son rouge à lèvres dans le cendrier de la voiture. Benoît ne s'en cachait même pas. Elle savait et ne disait rien. Occupé avec Betty, Benoît la laissait tranquille. Betty était sa bienfaitrice, mais Lili ne lui faisait plus confiance car elle était du côté de Benoît.

———— • ————

Les choses se mirent à aller mieux. Elle ignorait pourquoi mais Benoît ne la cherchait plus. C'est tout ce qu'elle demandait. Même Marc vint la voir. Avant qu'il fasse des poids et haltères, il était beau, élégant. Là, il était disproportionné, son cou et ses épaules n'allaient plus avec la grâce de son corps. Elle ne lui en parla pas. Elle était trop contente de le voir, de voir qu'il ne l'avait pas exclue de sa vie à jamais. Elle était prête à tout lui pardonner. Qu'est-ce qu'il avait à se gratter le front? Et ses yeux, ses yeux si sombres, comme si la lumière derrière avait été soufflée.

— Et toi, ça va? Tu t'es fait mal?

— Oui, j'ai manqué une marche en sortant. Tombée en pleine face.

— Va falloir que tu fasses plus attention, ou je vais venir t'aider à sortir.

— Tu ferais ça?

— T'es toujours ma petite sœur. Un jour, ça va compter. Parce que j'ai mes limites. Mais pense pas que je pense pas à toi. Tiens.

Il sortit une petite chaîne, avec un pendentif en forme de chat, de sa poche.

— Tu vois, j'ai pas oublié ta fête. Même si je suis en retard.

Elle se serra contre lui et elle pleura.

— On est toute une famille!

Elle n'avait pas besoin de sa protection. Elle méritait tout ce qui lui arrivait. Ce qu'elle voulait, c'était qu'il redevienne son grand frère. Avec le sourire qu'il avait avant. Il fut content qu'elle pleure dans ses bras. Elle était de nouveau sa petite sœur. Oui ! il allait la protéger. Sa rage montait lentement. Il savait qu'il y avait de la peur derrière les manières de Benoît. Il ne s'agissait plus que de rétablir l'équilibre des choses. Benoît ne toucherait plus jamais à Lili. Il était en train de se retrouver. Tout le monde allait être très surpris.

3

LE CALME AVANT LA TEMPÊTE. Benoît avait recommencé à boire. Il voyait Lilianne de plus en plus rarement. Entre deux cuites. Il ne se posait plus de questions sur ce qu'il avait fait la nuit d'avant. Parce que Lili avait la langue de plus en plus rapide. « Ça fait longtemps qu'on s'est pas parlé entre quatre-z-yeux. » Il avait encore le souvenir de la visite de Jos. Il y avait aussi Betty. Elle s'était pris une chambre au *Balmoral.* Il aimait bien Betty, qui le lui rendait à sa manière. Ça équilibrait. Ce qu'il ne faisait pas à Lilianne, il le faisait à Marc.

Betty avait abandonné pour Marc. Avait abandonné pour Marie. Elle n'avait jamais retrouvé sa taille après sa grossesse. Elle se trouvait laide. Le pire, c'était que Marc faisait son possible. Elle voyait bien qu'il était plus tendu, plus nerveux. Elle l'avait vu se retourner sur un éclat de rire dans son dos. Des jeunes. Il s'était approché.

— C'est de moi que vous riez ?

Elle avait vu la peur sur le visage des jeunes. Pas le respect, la peur. Et Marc qui s'en nourrissait. Elle l'avait pris par le bras avant que ça dégénère. Il lui en avait voulu.

Betty avait sermonné Benoît d'avoir frappé Lili et de boire comme un trou.

— Fais attention, je pourrais te faire la même chose.

— Je voudrais bien voir ça. Tu te réveillerais sans tes petites boules.

Ce soir-là, il était venu la rejoindre dans sa chambre au *Balmoral* et était resté jusqu'au matin. Au matin, elle avait pris la chambre en permanence. Betty s'était même rendue chez Lili. Elle voulait voir l'air qu'elle avait. Lili l'avait reçue froidement. Lui avait rendu son porte-monnaie. Avait refusé toutes ses invitations. Pour qui se prenait-elle? Betty était repartie offusquée. « Si je baisais pas ton Benoît, tu penses que tu pourrais le traiter au lit comme tu le traites? »

Jos avait trop tergiversé. Il s'était donné un an. Bientôt, il lui faudrait se décider. Il n'y avait plus rien ici. Ni ici ni dans la police. Il attendait cependant, se disant qu'il serait mieux de ne pas attendre, qu'il était temps de partir. Où? Et pourquoi? Pour quelle vie? Il ne savait rien faire. Il n'était pas sociable. Et il continuait, énumérant les pour et les contre de sa position. Ce faisant, la journée passait. Il vivait ainsi, au jour le jour, mais toujours convaincu que le lendemain il prendrait sa grande décision. Il avait entendu dire pour Betty et Benoît. Ça le réconfortait. Peut-être que Lili serait libre de nouveau. Peut-être que son tour s'en venait. C'était une bonne raison d'attendre.

——— · ———

Marc-c'est-de-moi-que-vous-riez? était de plus en plus agressif. Il savourait ses petites victoires. On venait d'installer des parcomètres et il avait sauté sur l'occasion de sortir du bureau. Comme toute personne sans force, l'intransigeance était sa sécurité. Pas de passe-droit. Même le maire avait reçu une contravention. Le chef Lacasse l'avait payée de sa poche. Il avait hâte de prendre sa retraite, le chef Lacasse. Il avait décidé de ne rien faire pour Marc, de laisser le problème à son successeur. Marc devait démissionner. Il le prendrait très mal, car il n'arrêtait pas d'importuner le chef Lacasse pour reprendre le service actif.

— Parles-en à Jos, pour voir ce qu'il en pense.

Le chef Lacasse ne voulait pas se compromettre.

Parler à Jos. Oui. Il fallait qu'il s'explique avec Jos un jour. C'est Jos qui avait calmé Benoît. Marc s'en était offusqué. Il avait oublié qu'il aurait trouvé un moyen de ne pas parler à Benoît. Après tout, il ne lui parlait même pas pour Betty.

— Ris-tu de moi, Jos?

Jos le jaugea. Marc avait sa plaque rouge au milieu du front. Il avait l'air sérieux. Il était debout devant Jos, les poings fermés. Il suait.

— C'est à moi à parler à Benoît.

C'était ça. Un peu en retard, le Marc. Il ne s'agissait pas de le brusquer. Pour une fois qu'il voulait lui parler.

— T'as raison, Marc. La prochaine fois, ce sera ton tour.

— La prochaine fois?

Il n'y avait pas pensé et ça le désarma. Jos lui dit :

— Benoît est comme une bouilloire. Tu peux ôter de la pression, mais ça continue à bouillir. Il va se tenir tranquille un certain temps, mais il va recommencer un jour ou l'autre.

— À l'avenir, je m'en occupe.

— Sais-tu, je te regarde, t'es rendu pas mal musclé.

— Le système Ben Weider.

Il gonfla sa poitrine.

— Comment va la patrouille?

— Ah! comme d'habitude. Des gars chauds. Des débuts de bataille. Rien de bien excitant à Thetford depuis...

Jos ne finit pas sa phrase.

— Depuis Jack DePaul, fit Marc avec un demi-sourire.

Jos était content qu'il puisse au moins en sourire. C'était peut-être le temps d'en parler.

— On devrait prendre une bière ensemble un de ces soirs.

— Ouais, j'ai pas mal de temps libre depuis que Betty s'occupe ailleurs.

Jos le regarda à deux fois. Il était différent, le Marc. Il le surprenait. Peut-être que c'était vrai que le temps efface tout, mais il y avait quelque chose dans le ton de Marc : « Qu'est-ce que t'en penses ? Est-ce que je devrais faire quelque chose ou laisser courir ? »

—— · ——

Fernand avait découvert la solitude. Plus personne avec lui. Beaucoup de travail. L'amour du bois poli et dur sous votre main. Réel. Ils faisaient tous leur vie et avaient leurs problèmes. Il n'avait pas parlé à Marc depuis la naissance de la petite. C'était correct. Il voyait Lili une fois la semaine, parfois une fois par mois, et c'était correct aussi. Il la reconduisait en ville pour ses achats, lui demandait si tout allait bien. Elle répondait que oui. Elle n'ajoutait rien d'autre. Il ne demandait rien d'autre. Il ne parlait pas de Benoît. Il ne parlait pas de ce qu'il entendait dire parfois au sujet d'elle et de Benoît. C'était sa vie. Pendant un certain temps, elle ne l'appelait même plus. Il était d'accord. Il ne voulait plus de questions et il ne voulait plus de réponses. Une lampée de gin. Le parfum du soir qui lui rappelait Jeanne. Il était content pour la première fois de sa vie.

—— · ——

Lilianne avait lu tout ce que la bibliothèque de Thetford Mines avait à offrir. Elle s'ennuyait ferme, mais elle était en paix. La maison était son royaume en l'absence de Benoît et elle ne s'en plaignait pas. Elle l'avait convaincu de lui réparer la bicyclette qui traînait dans la grange et elle pouvait se promener toute seule. Elle adorait. Elle n'allait au village que pour le strict minimum. Le reste du temps, elle l'évitait. Elle avait un plan depuis qu'elle avait vu une petite annonce pour une voiture à vendre en passant sur le chemin Morgan. C'était une Chevrolet quatre portes. Grise avec un toit pêche. Ça l'avait impressionnée. Une voiture, c'est la liberté. Avec une voiture, elle pourrait se trouver un petit emploi à Saint-Georges.

Elle gardait tout ça secret. Elle savait que Benoît ne voudrait jamais. D'abord, la voiture. Elle téléphona à Fernand, qui promit d'aller voir si c'était un bon achat.

———— . ————

La goutte qui fait déborder le vase. Benoît était en train d'actionner la pompe à essence quand il vit la petite fille, dix ans à peine, glisser sa bottine dehors. La bottine était lourde avec des tiges de fer. Le pied était sanglé dans une bottine de cuir et tout le côté était déformé par la polio comme si une grosse larme avait voulu s'échapper par là. Ça lui fit un effet bœuf. Lilianne avant. De toute la journée, il ne put chasser cette bottine de ses pensées. Il ne savait pas qu'une idée germait en lui.

Fernand reçut l'avis que l'héritier de Conrad Brault, qui avait fait toutes sortes de tracasseries judiciaires pour faire annuler le testament de Conrad, abandonnait les procédures. Lili valait vingt mille dollars. Elle pouvait s'acheter une auto neuve si elle le voulait.

Si elle acceptait de changer d'idée...

Marc aperçut la voiture de Benoît stationnée devant une borne-fontaine. Il lui émit une contravention double. Il eut même la satisfaction de voir Benoît qui sortait de la quincaillerie. Il plaça la contravention bien en vue, eut un petit salut poli pour Benoît et remonta dans sa voiture, le sourire fendu jusqu'aux oreilles.

Le chef Lacasse fit venir Jos dans son bureau, lui demanda de fermer la porte. On avait besoin d'un homme à Saint-Georges. Ça lui permettrait de sortir de Thetford, où il n'y avait pas d'avenir pour un homme comme lui. Jos fut surpris de la candeur du chef Lacasse. Il promit d'y réfléchir. Il devait donner sa réponse dans les vingt-quatre heures.

———— . ————

Lili reposa le récepteur du téléphone. Vingt mille dollars ! Elle ne voulait pas de cet argent. C'était le passé. Elle l'avait déjà donné aux œuvres du presbytère. Vingt mille dollars ! Elle ne put

s'empêcher de rêver. Après tout, c'était son argent. Elle pourrait...
Non. Benoît voulait cet argent. Il n'arrêtait pas de pester contre la
lenteur des procédures. Il était criblé de dettes. Déjà, cet argent
n'était plus à elle. Ce serait la guerre entre elle et Benoît. Elle ne lui
donnerait pas un sou.

Elle reprit le téléphone. Fernand tenta bien de la dissuader, mais
il en fut incapable. C'était sa décision. Il appela le notaire. La secré-
taire, Mademoiselle Lalancette, eut tôt fait d'ébruiter la nouvelle, qui
fit sensation. Betty l'apprit à Benoît vers huit heures.

Marc donna une contravention à Demers, qui marmonna dans
son dos :

— Tu serais mieux de t'occuper de ta femme.

Marc se retourna vers lui, le visage cramoisi, comme un coq
prêt à foncer.

— Es-tu en train de rire de moi, Demers ?

Demers ne cilla même pas. Il en avait assez.

— Tout le monde rit de toi, Marc.

Et comme Marc restait figé, il le tassa de son chemin et partit,
le laissant là sur le bord du trottoir. « Tout le monde rit de toi,
Marc. »

Betty fut surprise que Benoît le prenne si calmement. Il se commanda un double gin et elle le perdit de vue dans le *rush* du soir.
Quand elle put respirer un peu, elle vint s'asseoir près de lui. Le gin
était encore dans le verre et la glace avait fondu.

— T'as fait vœu de sobriété ?

Cela ne le fit pas rire.

— À soir, je veux me rappeler tout.

— À soir, je ne peux pas.

— Je ne parlais pas pour toi.

Il eut un sourire en cul-de-poule, presque un rictus, qui lui plissa
les lèvres jusqu'à ce qu'elles deviennent blanches. Betty l'évita le
reste de la soirée.

Lili se réveilla en sursaut. La porte d'en bas venait de se fermer avec fracas. Elle entendit son pas lourd. Elle l'entendit marcher dans la cuisine, heurter la table, ouvrir la porte du frigidaire. Onze heures ! Il ne rentrait jamais avant deux heures du matin. Quand il rentrait. Elle entendit un bruit sec, CLAC ! qui se répéta. Il était dans le couloir. Il montait à l'étage. CLAC ! Il s'en venait. Sa chair se hérissa. CLAC ! Le bruit de sa ceinture. Il avait enlevé sa ceinture ! Elle se leva, mit sa robe de chambre. Il y eut un silence. Il était devant la porte. Il l'ouvrit d'un coup de pied. Il avait sa ceinture en main. Il n'était pas soûl. Il était calme et cela lui fit encore plus peur. Il frappait les rebords de la porte avec sa ceinture, négligemment, presque doucement. Il restait devant la porte, lui bloquant toute sortie.

— Longtemps qu'on s'est pas parlé entre quatre-z-yeux.

Il ferma la porte derrière lui. Se tira une chaise, s'installa.

— J'ai pensé, Lilianne. J'ai pensé toute la journée à toi. Je t'ai laissée tranquille. J'ai été fin avec toi. J'ai arrangé ta bicyclette. Tu fais ce que tu veux !

— C'est toi qui...

Il se dressa, énorme, trop calme.

— Silence. À soir, c'est moi qui parle. Moi ! Tu la fermes ! Chaque fois que je t'entends, un coup de ceinture ! C'est clair ! C'est moi qui parle ! Je vais me vider le cœur à soir.

Il respira lourdement, se rassit.

— Où j'étais ? Tu vois, c'est toi ça. Tu me fais perdre le fil de mes idées.

Elle s'était reculée dans le coin, coincée entre la commode et le mur. Les jambes faibles. Qu'est-ce qu'il avait ? Qu'est-ce qu'elle avait fait ? Les larmes vinrent comme une pluie soudaine.

— C'est ça, pleure ! Tout pour me déranger. Tout ! Je sais pas ce qui me retient de te la donner tout de suite. Tu vois que je suis patient. Même quand j'entends des choses sur toi et Jos Campeau. Même quand Jos Campeau me dit que si je te bats encore, il va s'occuper de moi. Fais pas ta surprise ! Je reste calme. Patient. Un homme modèle. Je te demande même pas de faire ton devoir conjugal. Ton frère, le jaune, me donne un ticket de vingt piastres, je dis rien. J'ai été bon avec toi. Je t'ai ramassée quand personne voulait de toi et que t'étais en famille. Ça, on n'en reparlera plus. Ce que je veux savoir, c'est comment tu me remercies. Comment tu me remercies pour tout ce que j'ai fait pour toi ? Je vais te le dire. Tu t'en vas donner ton héritage à l'Église. L'argent sur lequel je comptais pour ouvrir mon garage ! Devenir mon propre *boss*. Te donner une nouvelle maison en ville. Non. Mademoiselle donne le tout à l'Église ! Sans même m'en parler ! C'est ça ton problème, Lilianne. T'es trop indépendante.

Il se leva, s'approcha d'elle. Tout près d'elle. Elle protégea sa tête avec son bras. Elle ne pleurait plus. Cette fois-ci était pire que toutes les autres fois. Il n'était même pas soûl ou hystérique. Il lui faisait si peur qu'elle était calme.

— Je me rappelle de toi quand t'étais infirme. T'étais pas indépendante. T'étais contente de ton sort. Maintenant tu te penses mieux que tout le monde. Juste parce que tes jambes sont correctes. Tu sais, un accident, ça arrive vite ! Regarde-moi ! J'ai dit : « Regarde-moi ! » C'est peut-être ça qu'il te faut. Hein ! Hein !

Il laissa la ceinture se défaire dans sa main. La boucle du ceinturon lui courait entre les jambes, le long de sa jambe. Elle réagit comme touchée par un choc électrique. Il avait le gros sourire. Il voyait qu'elle avait peur. Son front était moite.

— Tu dis rien.

Sa jambe ! Il voulait... Sa jambe ! Il voulait faire quelque chose à sa jambe. Elle serait comme avant.

Elle sentit en elle l'adrénaline qui pompait. Ça pompait et c'était si fort. Si clair ! La rage. La rage montait en elle, la libérant. C'était si fort qu'elle serra les poings.

— Ce sera pas long, Lili. Après, tu vas être à ta place.

— Tu touches à ma jambe. Je te tue.

Il eut un rire.

— Est-ce que j'ai dit que je toucherais à ta jambe ? Coudon, tu me donnes une idée !

— Benoît, arrête ! Arrête ! Ça passera pas ! Je me laisserai pas faire.

— Tu vois comme t'es indépendante. Penses-tu qu'y t'aimerait, ton Jos, si tu boitais d'une jambe ? Un accident, ça arrive vite ! Pis moi, avec mes trous de mémoire... Betty l'autre jour disait : « Si tu fais pas attention, un jour tu vas la battre à mort et tu t'en souviendras même pas. »

Elle le laissait parler. Tant qu'il parlait, il n'agissait pas. La porte. Arriver à la porte. Puis, la salle de bains. Parce qu'elle n'arriverait pas à se sauver de lui, même si elle arrivait dehors. La porte de la salle de bains était ancienne et lourde, avec un pêne en fer qu'on laissait retomber. Si la porte de la salle de bains ne tenait pas, il y avait la fenêtre. Elle pouvait passer par la fenêtre, pas lui.

Il fallait le repousser. Non. Il était trop lourd et elle était coincée contre le mur. Elle devait attendre une ouverture. Il reculerait pour la frapper. Il ne se rendait pas encore compte parce qu'elle n'avait pas soutenu son regard. Elle se mit à hoqueter et pleurer, l'observant derrière ses larmes. Prête.

— Pleure pas, Lilianne. Je t'ai toujours aimée, mais c'est dur de t'aimer. C'est dur parce que tu connais pas ta place. Viens. Viens prendre ta médecine.

Il recula, bloquant la porte !

— Approche ! Approche ! Si tu viens pas, je vais me fâcher. Là, je suis encore calme.

CLAC ! La ceinture frappa le mur.

— Approche !

CLAC ! La ceinture sur la commode.

CLAC ! La ceinture sur le mur.

Il s'arrêta. Quelque chose dans ses yeux. Elle ne tremblait plus, ne pleurait plus. Elle l'attendait ! Elle l'attendait de pied ferme. Il eut un sourire incrédule. « Maintenant ! » Elle fonça sur lui, le frappant en pleine poitrine avec sa tête. Ses mains battirent l'air. Il partit par en arrière, déséquilibré, essayant de se retenir à quelque chose. Le lit l'arrêta. Il se rattrapa au montant, arrêtant sa chute. Elle eut le temps de filer vers la porte et de l'ouvrir. Il se jeta sur elle comme un joueur de football, et de sa main tendue lui attrapa la jambe au moment où elle arrivait dans le corridor.

— Ah ! tu veux te battre !

Il riait ! Elle lui referma la porte sur le bras. Il hurla de douleur, lâcha prise. Elle se réfugia dans la salle de bains, bloqua le loquet. Silence.

— Là, t'as passé les bornes, Lilianne. T'as vraiment passé les bornes ! Moi qui voulais juste te faire un peu peur ! Je commence à comprendre que tu seras jamais raisonnable. Tu vas ouvrir, Lilianne. Pis peut-être que je te battrai pas. Peut-être que je vais tout oublier. Tu vois comme JE suis RAISONNABLE, MAIS TOI, TU PASSES LES BORNES ! LES BORNES ! OUVRE OU TU VAS PAYER ! TU VAS PAYER ! OUUUUUUUVVVRE !

Il se jeta sur la porte, la frappant de ses poings et essayant de l'enfoncer à coups d'épaule. La porte trembla, mais ne céda pas. Lili était déjà à la lucarne, essayant de l'ouvrir. La porte tremblait sous les coups. La fenêtre de la lucarne était bloquée par une couche de peinture. Elle tira de toutes ses forces. La porte allait céder ! Elle était coincée. CRACKKK. La fenêtre s'ouvrit comme si la maison venait avec elle. Silence derrière la porte.

— Lilianne, qu'est-ce que t'es en train de faire ? Tu veux jouer ? On va jouer.

Elle l'entendit. Il était parti. Elle l'entendait descendre l'escalier. Elle n'était pas sûre. « Idiote ! Tu perds du temps. Tu ne peux pas sortir d'ici. Il t'attend ! Derrière la porte ou en bas. Il t'attend ! » « Je pourrais te tuer, même pas m'en souvenir. » Elle grimpa sur le bol de toilette. Elle pouvait se passer la taille par la fenêtre, mais après... Après, il lui fallait une prise pour se retrouver sur le toit ou se laisser glisser et espérer que la pente n'était pas trop raide, trop glissante. Il pleuvait. Ce n'était pas le temps. Elle était coincée. Elle entendit Benoît qui revenait. Elle l'entendit. Il était devant la porte. WHACK! Le bruit d'une hache...WHACK! Il allait défoncer la porte. Il allait la pulvériser. Il allait entrer et ce serait fini pour elle!

Elle se hissa par la fenêtre.

— Aussi bien ouvrir, Lili. J'ai pas envie de briser la porte, mais si tu me forces... J'AI DIT : OUUUUVRE!

Rien. Elle ne répondait pas. Elle était à mi-corps dehors, les mains sur les bardeaux d'asphalte, regardant vers la descente du toit et le noir, le noir du vide qui attendait. Elle se laissa glisser. Elle écarta les pieds et les jambes en croix pour éviter de rouler, resta là pantelante, n'osant bouger.

Il frappa de nouveau avec la hache. Le bois céda. Il pouvait ouvrir.

— J'ARRIVE!

La porte s'ouvrit sur la salle de bains. Oh! oh! Vide. Il resta un moment hébété. La pluie entrait par la petite fenêtre. Il s'approcha. Il ne pouvait rien voir. Elle était sortie par la fenêtre. Il ne pouvait pas la suivre. Elle était pleine de ressources. Il fallait lui donner ça. Le grenier. Il pouvait passer par la lucarne du grenier. Non. Il l'avait lui-même condamnée. Un à zéro pour Lili. Il s'assit sur la toilette. Elle pouvait aussi bien se tuer là-haut. Il aurait l'air fin. Il ne pourrait jamais expliquer pourquoi sa femme était passée par une étroite lucarne pour aller se jeter vers sa mort.

— Lilianne! Lilianne! Reviens. Tu vas attraper ton coup de mort là-haut. LILIANNE!

Elle ne l'entendait même pas. Elle avait commencé à se tourner pour revenir vers le centre du toit. Elle rampait sans hâte, furieusement concentrée. Encore un peu, sa main attraperait le bord de la corniche et elle pourrait se hisser le long du petit toit de la fenêtre. Un pouce de plus. Enfin. Elle pouvait souffler.

Benoît faisait lentement le tour de la maison avec une torche électrique. Elle n'était pas tombée. Il avait vu juste pour Lili. Son point faible, c'était sa jambe. Il allait la laisser poissonner sur le toit. Elle allait être obligée de rentrer. Il allait s'excuser, ramper s'il le fallait. Il allait l'endormir. Il avait trop parlé. Il avait ouvert son jeu. Il allait devoir endormir sa méfiance. Le temps qu'il faut. Autant de temps que ça prendrait. Un bon soir d'hiver. Un accident est si vite arrivé quand on fend du bois ou qu'on monte une échelle. Il remonta à l'étage, se hissa la tête à travers l'ouverture de la fenêtre.

— Lilianne, je m'excuse. Je m'excuse. Je sais pas ce qui m'a pris. Je vais m'en aller. Je pars avec la voiture. Tu vas me voir partir. Je reviendrai demain. Je m'excuse. Je t'aime, Lilianne.

Elle resta sur le toit bien longtemps après avoir vu les phares de la voiture de Benoît disparaître. Elle venait d'imaginer un plan. Elle savait qu'elle devait agir avant lui. Elle le connaissait. Il allait le faire. Il en voulait à sa jambe. Il attendrait. Il serait gentil. Un soir, il le ferait. Elle avait un plan pour lui. Il ne la toucherait plus jamais. Plus jamais.

4

« TEMPS DE TE DÉCIDER, JOS. » Jos se disait que Thetford ou Saint-Georges, c'était la même chose. Ça ne réglait rien. Il serait le même à Saint-Georges, un homme qui flotte. Il ne voulait plus être policier, mais il voulait savoir dans quoi il sauterait avant de sauter. Finalement, à Saint-Georges, il ne serait pas loin de Lili. « Arrête ça, Jos, tu parles comme si tes sentiments étaient partagés. Elle est mariée, mal mariée. Tu n'as rien fait pour empêcher ça, sauf te laisser éconduire par son père. Alors, arrête de fonctionner comme si elle allait soudain t'appeler, te dire : « Jos, je me suis trompée. J'ai besoin de toi. » C'est de la grande illusion que tu te fais. Ça ne te mène nulle part. »

Le téléphone retentit.

— Lili ?

— Jos. Comment t'as deviné ?

— C'est pas important.

— Jos ! Est-ce qu'on pourrait se voir ? Cette semaine ?

— Quand tu veux, Lili. Maintenant si tu veux.

— Après-demain, mercredi à midi. Tu pourrais passer me prendre ? Jos, c'est important. Tu vas venir ? Moi et Benoît, ça va très mal. J'ai peur, Jos.

— Je peux être là dans quinze minutes.

— Non. Faut que je raccroche. À mercredi.

Jos posa le téléphone. OUI ! Voilà que Saint-Georges semblait une très bonne idée. Sortir Lili des griffes de Benoît, c'était ce qu'il y avait de mieux à faire. Il avait averti Benoît. Il se voyait déjà courir au secours de Lili.

———— • ————

Benoît avait couché au garage sur un banc d'auto. Au matin, il était allé se laver et se raser chez Betty, au *Balmoral*. En sortant, il lui avait dit que lui et elle, pour un temps, ça allait être la grève parce que Lilianne avait tout découvert. Elle lui avait fait une crise.

— Sors d'ici. Je suis pas en *stand-by*, pour quand t'as un besoin. Des gars comme toi, y en a à la pelle.

— Sauf que le tien a pas de couilles.

— Benoît, tu parles pas contre Marc.

— Si j'allais y dire à Marc, ou bien est-ce qu'il le sait ?

— T'es un maudit écœurant.

— Pis toi, t'es la putain du coin.

Elle le poussa hors de la chambre. « Le maudit écœurant. Le maudit. » La traiter de putain. Elle se dit que tant qu'à se donner gratuitement, elle ferait mieux de commencer à charger. L'idée ne la quitta pas de la journée.

———— • ————

Benoît se dirigeait déjà chez le fleuriste. Sylvain, le proprio du garage, allait être furieux mais il fallait qu'il s'occupe de Lilianne. Ça urgeait. Comme il ne voulait pas qu'elle prenne peur en le voyant arriver, il prit la peine de téléphoner pour lui dire qu'il s'en venait et de ne pas avoir peur, qu'il n'entrerait pas dans la maison tant qu'elle ne le voudrait pas.

— D'accord, Lilianne ?

Elle raccrocha sans répondre. Elle n'avait pas le choix. Il fallait qu'elle fasse comme si elle lui faisait confiance. Elle s'installa devant son miroir. Elle ne savait pas comment c'était arrivé, mais elle avait un début d'œil au beurre noir. Elle se mit du rouge à lèvres et enfila sa robe la plus suggestive, celle qu'elle portait le jour de la mort de Jack, sa robe rouge. « Folle comme ta mère. Qu'est-ce que je suis en train de faire ? Si t'avais été là aussi, maman. Si t'avais été là. À quoi bon me donner la vie pis t'en aller ? T'as pas été juste. Tu savais que t'allais mourir, que tu pourrais pas prendre soin de moi. »

— Chérie, je peux entrer ?

Il était assis sur la galerie depuis trois heures. Il entendait de la musique de la cuisine, genre cha-cha-cha. Il parla plus fort, serrant les fleurs d'une main.

— Chérie, donne-moi une chance.

Pas de réponse. Il eut envie d'entrer, mais se retint. Il fallait qu'elle lui fasse confiance. Il fit le tour de la maison pour se rendre à la porte de la cuisine. Il monta l'escalier de la petite galerie, risqua un œil par la vitre. Elle était en train de danser le cha-cha toute seule ! Verre à la main. Des verres fumés à l'intérieur. Robe rouge. Elle avait l'air en pleine forme. Il se hérissa. Quelque chose de pas correct là-dedans. Il cogna doucement à la porte. Elle le vit, stoppa la radio, recula dans un coin de la cuisine, le téléphone en main.

— Tu restes là, Benoît. Si t'essaies d'entrer, j'appelle la police !

Il fit un sourire contrit, montra ses fleurs.

— Lilianne, je sais pas ce qui m'a pris. J'ai perdu le contrôle hier soir. Ça n'arrivera plus, je le jure. Je sais que je te l'ai déjà dit mais, hier soir, quand j'ai vu que t'étais rendue sur le toit, je me suis dit : « Mon Dieu, si elle tombe. Mon Dieu, ça va être ma faute. »

— Je ne te crois plus, Benoît.

— Lilianne, dis-moi ce que tu veux. Tu vois, j'entre pas. Tu n'as rien à craindre de moi.

— Je veux que tu restes là. Retourne à l'hôtel ! Va vivre avec Betty Bilodeau.

— J'ai cassé avec Betty. C'est la première chose que j'ai faite hier soir. Fini Betty. C'est toi que je veux, Lilianne. Je vais m'amender, tu vas voir. Je te frapperai plus jamais.

— Tu n'entres pas.

— Correct, Lilianne. J'attends. Est-ce que je peux te donner mes fleurs ?

— Tes fleurs, tu peux les mettre à la poubelle.

Il la vit qui se servait un verre de gin. Elle buvait sa bouteille de gin !

— Lilianne, je sais que t'es fâchée, je sais que je suis impardonnable, mais il faut que tu me donnes une chance. Une toute, toute petite, petite, chance, s'il te plaît, Lilianne.

Elle remit la radio. « Elle exagère. »

— Des fois, je t'aime trop, Lilianne. C'est ça qui se passe. Je te regarde. Je te trouve tellement belle que ça me serre la gorge. J'ai peur de te perdre pis je vire jaloux du monde entier. Tu vas voir, je vais changer. On va commencer à sortir. On va s'amuser. On va s'amuser comme dans le temps. Si tu veux, à soir, on sort danser.

— Je danse là. J'ai pas besoin de sortir.

— Oui, mais on irait à Saint-Georges.

— J'ai pas envie d'aller à Saint-Georges.

— Où tu veux ! Si tu veux aller au *Balmoral.*

« Pourquoi elle voudrait aller au *Balmoral* ? »

— Tu vois, Lilianne, je suis patient. J'attends que tu me dises d'entrer.

— Ben, attends !

Il y avait *Put Your Head On My Shoulder,* de Paul Anka, à la radio. Elle commença à se déhancher. Il était comme un voyeur qui découvre ce qui se passe chez lui. Elle était superbe. Dieu du ciel ! si elle ne se décidait pas à le laisser entrer, il allait défoncer la porte et lui fourrer la volée de sa vie. « Calme, Benoît. Calme. Ce n'est pas le moment. C'est exactement ce qu'elle veut. Elle a l'air en forme. Un peu trop même. Qu'est-ce qu'elle prépare ? »

— Lilianne, mon petit pain en sucre, s'il te plaît, tu me donnes des idées à danser comme ça.

Elle ne l'écoutait même pas.

— Lilianne, tu me connais. Je suis gentil, mais j'ai mes limites. Ouvre, mon petit sucre.

Elle s'approcha de la porte, ôta ses verres fumés, lui présentant son *shiner*. Il ne se rappelait pas l'avoir frappée.

— Lilianne, c'est toi qui as raison. Je m'en vais. Je suis dangereux pour toi, mais, crois-moi, Lilianne, c'est du passé. Si j'avais voulu t'attaquer, la première chose que j'aurais faite, c'est couper le fil du téléphone. Je comprends que c'est trop tôt, tu peux pas me pardonner, mais j'ai besoin de toi, moi. Je peux pas vivre à l'hôtel. J'ai pas envie de retomber dans les bras de Betty.

C'était le moment. Elle ouvrit. Il resta devant la porte, surpris un peu. Elle retourna vers la table de cuisine, se servit un autre verre. Lui en versa un. Il entra, comme un chat qui se méfie mais qui est attiré par la nourriture.

— Non, Lilianne, la boisson, faut que je coupe. Tu as parfaitement raison là-dessus. Regarde-toi, c'est moi qui t'ai fait ça. Pardonne-moi, Lilianne.

Elle prit ses fleurs, les mit à la poubelle.

— Benoît, tu prends ton verre. On n'a pas assez de *fun* ici. J'ai décidé qu'on allait s'amuser. Je suis tannée de t'attendre à la maison.

— Tu sais ce qui arrive quand je bois, osa-t-il, sans conviction.

— Ça, je sais, mais à soir, on oublie tout. Comment tu me trouves ?

— Ah ! ça. Ça fait longtemps que je t'ai pas vue en forme comme ça.

Elle lui tendit son verre.

— Justement, je veux qu'on soit tous les deux en forme.

Benoît cala son verre. Il n'y croyait pas encore. Il lui restait un grain de bon sens qui lui disait que ça allait trop beau, trop vite.

— T'es sûre que tu m'en veux pas trop ?

Elle lui servit un autre verre.

— Oui, je t'en veux mais, après hier soir, j'ai décidé qu'avec toi je ne pourrai jamais gagner. Je suis tannée qu'on ne se parle pas. Je veux m'amuser. Je veux qu'on sorte ensemble. Santé !

Il but son deuxième verre. « Pourquoi pas ? Hier soir, elle a eu la peur de sa vie. » Elle s'étouffa en buvant, renversa du gin sur sa robe, fut prise d'un fou rire. Benoît eut envie de pousser un long hurlement. Il y avait quelque chose de changé dans l'air. Ça, c'était la Lilianne qu'il avait connue. La Lilianne qu'il voulait. Celle qui faisait l'envie de tous. C'était Betty qui allait rire jaune à soir.

Elle lui servit un autre verre.

— Tu me fais pas marcher là, Lilianne.

— Je te fais pas marcher, je te fais danser.

Elle releva ses cheveux sur sa nuque à la Brigitte Bardot et lui fit une moue sensuelle qui l'acheva. Ses derniers doutes s'envolèrent. De toute façon, tant que ça allait bien, pas de raison de se fâcher.

Benoît fut heureux jusqu'au *Balmoral.* Après, ce fut le noir.

——— • ———

Jos ne s'attendait pas à trouver Lili au *Balmoral.* Après son coup de téléphone, il avait résisté à l'envie de filer chez elle immédiatement. Il fallait s'occuper de Benoît. Il pesta contre lui-même de ne pas s'être occupé de lui immédiatement. Il fit un téléphone. Casseau Guenette lui devait une faveur, et il n'aimait pas Benoît. Guenette assura Jos que mercredi soir, ou jeudi matin, il trouverait tout ce qu'il fallait dans le garage pour faire accuser Benoît Marchand de recel. Jos se rendit donc au *Balmoral,* la conscience tranquille, certain qu'il avait fait ce qu'il aurait dû faire depuis longtemps. Il fut surpris d'y voir le Benoît. Il y avait plus de monde qu'à l'habitude et un attroupement autour de la piste de danse. Il vit Lili de loin. Elle dansait avec Vézina, le fils du maire. Une tête brûlée, bon danseur et la touche avec les femmes. Il remarqua les verres fumés, mais ce qui l'arrêta c'était sa robe rouge, la robe qu'elle portait devant la banque.

— Au *Balmoral* et en civil! Une coïncidence ou tu viens pour elle?

Betty le toisait, moqueuse.

— Qu'est-ce que je te sers?

— Scotch sur glace.

Benoît était affalé dans un coin, la tête basse d'un homme assommé par la boisson qui ne résiste plus.

— Benoît a pas l'air en forme.

— Surtout qu'il l'a perdue la minute où elle est entrée. Il file un mauvais coton. Je m'approcherais pas de lui.

— C'est pas ce qu'on dit en ce qui te concerne.

— Ça, c'est mes affaires!... Ça va être toute une soirée. Surveille le fils Vézina, il va se faire planter avant la fin de la veillée.

— T'aimerais ça!

— Coudon, me cherches-tu? Parce que tu vas me trouver.

— Ça me coûterait trop cher.

Betty eut un petit rire dur. La danse se termina. Lili regarda du côté de Benoît, qui dodelinait de la tête. Elle suivit le fils Vézina à sa table. Jos se dit qu'ils avaient l'air de s'entendre à merveille et éprouva un pincement de jalousie. Elle riait alors qu'il lui parlait à l'oreille. C'est alors qu'elle le vit. Elle eut l'air troublée, finit son verre, se leva et se dirigea vers lui.

— Jos. Je suis contente de te voir. Tu m'embrasses pas?

Elle lui présenta sa joue. Il eut le temps de sentir sa fraîcheur contre sa peau et son parfum. Elle resta collée à lui, lui parlant dans l'oreille, conspiratrice.

— Je voulais te dire que je ne peux pas te parler ici, mais mercredi ça tient toujours?

— AIWE! AAAIIE! Qu'est-ce qu'y faut faire ici pour avoir une bière? Sucer la *waitress*?

Benoît claironnait tout en frappant sa bière sur la table. Betty envoya l'autre serveuse lui porter une bière.

— LILIANNNNE? OÙSQU'EST LILIANNNNE?

Lili eut un petit sourire alarmé pour Jos.

— Rien au monde ne pourra m'empêcher d'être là!... Faut que j'y aille!

Jos se commanda un autre scotch. Lili faisait un signe de la main au fils Vézina et se dirigeait posément vers Benoît. Elle ne s'assit pas.

— Où que t'étais passée?

— Qu'est-ce que ça peut te faire, tu dors!

— Tu penses que je te vois pas faire, hein! Envoye! Assis!

— Non, Benoît, j'en ai assez de me chicaner avec toi. J'ai envie de m'amuser, moi.

Elle pivota sur ses talons et retourna à la table du fils Vézina. Benoît était trop soûl pour la suivre.

— Hé! ma femme, REVIIIIENS ICITTTTTE!

Betty vint se planter devant lui.

— Baisse le ton, Benoît Marchand, ou tu vas te retrouver dehors. Pis si tu me fais du trouble, je te barre du *Balmoral*. Tu iras boire à Saint-Georges.

Benoît ne dit rien. Il avait la tête lourde. Il essayait de reprendre ses esprits. Il avait trop bu. C'était elle! Elle l'avait fait boire et elle riait de lui en plein *Balmoral*. Elle voulait s'amuser, mais avec d'autres. Il renversa la bière qu'il voulait saisir. Depuis quand il était au *Balmoral*? Il était quelle heure? Il eut un rire que lui seul comprenait. Demain, il ne se rappellerait rien. Il s'arrêta sec. Il voulait se rappeler. Il voulait se rappeler tout ce qu'elle lui faisait. Il ne voulait pas l'apprendre par les autres. Il la voyait de loin en train de danser. Un autre maudit cha-cha-cha. Il voulut se lever, mais ses jambes ne répondaient pas. Jos vit du coin de l'œil Marc qui entrait. Il enregistra que Marc n'était pas là pour le plaisir. Il avait les poings serrés et un air perdu. Il se dirigea vers Benoît. Jos décida de l'intercepter. Il le saisit par le bras alors qu'il passait devant lui sans le voir.

— Marc ! Quelle surprise. Semble bien qu'on va avoir notre bière plus tôt que prévu.

Marc le regarda sans le voir.

— Tu m'excuses. Faut que je parle à Benoît Marchand.

— Il est soûl mort. Il t'entendra même pas. Assieds-toi.

Marc flotta un moment. Jos lui commanda une bière, la lui mit dans la main et se déplaça pour lui fournir un siège au bar.

— Pis, c'est de quoi que tu voulais me parler ?

Marc s'assit comme à regret, les yeux encore sur Benoît. Jos lui dit :

— Fais-toi-z-en pas, il ne perd rien pour attendre.

— Il est à moi ce coup-ci, Jos.

Jos ne dit rien. Il ne pouvait pas lui annoncer qu'il ne le laisserait pas faire. Il savait que Marc voulait exploser mais que, s'il le faisait, il risquait d'aller trop loin, trop fort et de le regretter le reste de sa vie. Tout ça à cause de la règle non écrite voulant qu'un homme est supposé être un homme et ne pas pisser dans ses culottes face à la mort.

Betty avait vu Marc entrer bien avant Jos. Décidément, Lili les attirait comme les mouches le miel. Ce n'était pas une soirée ordinaire. Marc venait pour Benoît, elle en était sûre. Ce n'était pas elle qui allait l'arrêter. Benoît avait besoin d'une bonne leçon et Marc avait besoin de prouver qu'il était l'homme qui pouvait la lui donner. La musique se tut brusquement dans un crissement qui laissa tout le monde silencieux. Benoît venait de débrancher le juke-box et s'était écrasé entre les tables par la même occasion. Il se releva, mauvais comme un chien enragé, un filet de bave au coin des lèvres. Il se dirigea d'un pas lourd vers Lili sur la piste de danse.

— Fini la danse, on s'en va.

Lili retint le fils Vézina, qui n'avait pas l'air content, et lui fit face.

— Moi, ça me tente pas.

Au bar, Marc se leva, l'œil sombre.

— Aie, t'es ma femme ! Tu pars avec moi !

— Ou quoi, tu vas me battre ?

Elle enleva ses verres fumés. Tout le monde vit son œil au beurre noir.

— Tu veux me faire un autre œil au beurre noir ?

— Le tabarnac ! explosa Marc, qui fila vers la piste de danse. Suivi par Jos. Ils n'eurent pas le temps d'arriver. Le fils Vézina, qui faisait six pieds deux mais n'avait, de mémoire de Thetford, jamais frappé personne, envoya un direct au menton de Benoît qui s'effondra comme une poche de ciment tombée d'un gratte-ciel. Tout le monde applaudit spontanément, longuement. Betty rebrancha le juke-box. Elle voyait Marc, devant Benoît étendu de tout son long, qui était privé de sa colère, qui ouvrait et serrait les poings comme un homme qui cherche de l'air. Jos le prit par le bras. Il se dégagea violemment, commença à frapper Benoît du pied. Jos le saisit dans une prise d'ours.

— Non, je le veux. Y est à moi ! À moi !

Jos le repoussa. Il tomba entre les tables. Se releva.

— Tasse-toi, Jos.

— Non, Marc. Je ne me tasserai pas.

— Vas-y, Marc ! Laisse-toi pas faire ! cria Betty.

— Si tu veux te battre contre moi, fit Jos.

— Attends au moins qu'y dessoûle, fit une voix.

— Y a peur qu'y se relève !

Marc eut beau se tourner, menaçant — comme un lutteur dans le ring, houspillé par la foule — vers ces phrases de nulle part, il y eut des rires. Il vacilla.

— Viens, Marc.

Marc ne regarda même pas Jos. Il sortit du *Balmoral*. Jos chercha Lili. Deux serveurs sortaient Benoît du bar. Lili les suivait.

— C'est ça, viens mettre le trouble pis crisse ton camp ! J'espère que, quand il va se réveiller, il va te fourrer la volée de ta vie, cracha Betty.

— C'est toujours ce que t'as voulu, Betty.

— C'est vrai, Lili. T'es mieux de ne pas partir avec, intervint Jos.

Elle lui fit un sourire.

— C'est mon mari. Peut-être plus pour longtemps, mais je lui dois au moins ça !

Elle semblait résignée. Jos la suivit dehors. Il vit qu'on chargeait Benoît dans la voiture.

— Lili. Mercredi, on va se parler de choses importantes. On va se parler de ce qui s'est passé au *Colibri*. C'est une porte qui ne s'est jamais fermée.

— Je sais. Pour moi aussi.

Elle lui fit un sourire, l'embrassa.

— Fais-moi ton beau sourire.

Il la vit ouvrir la portière. Il la regarda disparaître dans la nuit. Il était gonflé d'espoir. « Fais-moi ton beau sourire. »

5

BENOÎT S'ENTÊTAIT À RESTER COUCHÉ. Peine perdue. Il devait
être midi, disait l'horloge dans sa tête, car le soleil le frappait de
plein fouet par la fenêtre. « Lilianne n'a pas fermé les rideaux... Elle
le fait exprès. Lilianne ! Dans sa robe rouge en train de danser. Pourquoi elle danse ? Elle danse dans la cuisine. Elle boit. Oui, ça me
revient. Maudit soleil ! » Il mit sa main devant ses yeux, la main
qu'il avait pendante au bout du lit et qui touchait le sol. La main
devant les yeux comme si on pouvait empêcher le soleil de vous
déranger quand il veut vous déranger. « Lilianne n'a pas fermé les
rideaux. Quelque chose d'humide et de collant qui me descend entre
les doigts. Quoi encore ? » Il ne voulait pas se réveiller. « Un
homme ne peut pas dormir tranquille dans sa maison. » Il roula de
côté, se sortant du soleil. Oui, mais collant. « Quoi, collant ? Collant.
Le lit est collant. Trop chaud. Non, collant différent. Collant. » Il
ouvrit un œil. Le referma. Le soleil inondait la chambre. Pas de rideaux. PAS DE RIDEAUX. C'est impossible. Il ouvrit l'œil de nouveau, puis l'autre. Il mit son bras, main ouverte, devant le soleil. Sa
main. Son œil s'accoutumait. Sa main était rouge dans le soleil. « Le
soleil est rouge. » Non. Sa main. Il la rapprocha lentement. Sa main
était rouge. Il y avait du liquide rouge au bout de ses doigts comme
s'il les avait trempés dans... Rouge ! Rouge comme du sang. SANG !
SANG ! Son propre sang ne fit qu'un tour. Une seconde, il était

couché. L'autre, il était assis sur le bord du lit, regardant sa main, rouge de sang. Son cœur battait à se rompre. Le plancher! Le plancher était visqueux. Il avait les pieds dans une mare rouge. Il voulut bouger. Il n'aurait pas dû. Il glissa sur la mare rouge. Un instant, il fut comme un patineur de cirque qui fait semblant d'être désespérément en train de tomber et qui tombe, tombe, tombe dans le sang. LE SANG! Il voulut se relever, glissa encore, se lança sur le lit où il atterrit avec un floc! humide. Plus de draps, juste le matelas plein de sang. « Plus de draps. Où sont les draps? » Il sortit par l'autre côté, s'accrochant au montant du lit. Le matelas était rouge de sang au centre. Il y avait des déchirures. Des déchirures comme si quelqu'un s'était amusé à le percer à coups de couteau. Il se vit devant le miroir de la commode. Il était plein de sang. Il se tâta. Son sang? La commode était au centre de la chambre. Quelqu'un l'avait fait glisser. Il pouvait voir les marques sur le plancher. Dans l'espace laissé par la commode, il y avait plein de sang, comme si on avait frappé quelqu'un couché dans le coin. Il vit sur le mur la trace d'une main ensanglantée. Une petite main. « Lilianne? Mon Dieu. » On avait traîné quelque chose sur le plancher. Cela laissait une trace rouge qui menait hors de la chambre. Il la suivit qui s'en allait dans le couloir vers la salle de bains. « Lilianne! J'ai fait quelque chose à Lilianne! » Il entra dans la salle de bains. Rien. Non. Le rideau de douche n'était plus là. Juste les crochets qui pendaient. Un morceau rouge accroché à la fenêtre de la lucarne. Un morceau de la robe rouge de Lili. Et dans le mur. Dans le mur, des cheveux blonds pris dans un trou. Un trou dans le mur. Non. Pas un trou mais comme si on avait enfoncé une tête dans le mur.

Benoît commença à crier. Il cria sans arrêt en courant dans la maison, faisant une chute presque fatale dans l'escalier. Il vit la porte de la maison défoncée et il vit la cuisine avec les chaises renversées et le frigidaire. Il y avait du sang sur la porte du frigidaire et un gros couteau de cuisine fiché en plein centre de la porte.

— LILI! LILI!

Il courut vers l'entrée et arriva dehors. Il continua à crier jusqu'à s'érailler la gorge. Il se calma par la force des choses. Sa tête était une jungle. « Je l'ai tuée ! » Il se prit la tête à deux mains comme si c'était un citron qu'il voulait presser pour en extraire sa mémoire. Rien. Il se rappelait hier. « Dans la cuisine, elle danse. Et après. Il faut que tu te rappelles. Il faut ! Qu'est-ce que j'ai fait ? Mon Dieu, qu'est-ce que j'ai fait ? » Il commença à frissonner, entendit une voiture qui s'en venait dans le rang. Il se vit en caleçon, presque nu, se dépêcha de rentrer. C'était juste une voiture qui passait devant la maison. Benoît respira. Si quelqu'un était venu le voir, on se serait aperçu que la porte était brisée. La sonnerie du téléphone le fit sauter sur place, comme quelqu'un mordu par un serpent. Il se voyait répondre : « Non, Lilianne n'est pas là. Non, je ne sais pas où elle est. Je lui dirai, oui. » Et si c'était Sylvain ? Le téléphone arrêta de sonner au moment où il allait le saisir. L'auto ? Il retourna dehors. Son auto n'était plus là. Qu'est-ce qu'il avait fait avec sa voiture ? Il y avait une vieille mangeoire à chevaux pleine d'eau près de la grange. Il s'y dirigea comme un automate et s'y laissa tomber. Il ne sentait plus le froid. Il ne sentait rien. Il reconstruisait le vide. « La porte. La porte est enfoncée. J'enfonce. Elle court vers la cuisine. La table. Le frigidaire. Elle a pris un couteau. » Il sortit ruissclant de la mangeoire et rentra dans la maison. Il prit le couteau fiché dans le frigidaire. « Elle se sauve vers l'étage, la salle de bains. Je l'attrape. Je l'assomme contre le mur. Elle se débat, fuit vers la chambre. La chambre. Je la coince contre la commode. La frappe. La frappe. Le lit. Les coups de couteau dans le matelas. Les draps pour envelopper le cadavre. Je la traîne dans la salle de bains. Mais les traces de sang qui viennent du coin ? Je la roule dans le rideau de douche. Plus de sang. Descends l'escalier, la mets dans la voiture. L'abandonne quelque part. Il faut retrouver cette voiture. Mais comment le couteau s'est retrouvé fiché dans le frigidaire ? Où est-elle ? Mes vêtements. Où sont mes vêtements ? Ma salopette ? Où j'ai laissé la voiture ? Peut-être au *Balmoral*. Oui, le *Balmoral*. Elle voulait aller au *Balmoral.* » Il se vit dans le miroir. Il avait une ecchymose au menton, une longue égratignure au visage et une coupure qui partait du milieu de sa poitrine et qui remontait vers son épaule. Ses côtes lui faisaient mal. Il avait une plaque rouge sur son côté droit. Alors, ce sang. Tout ce sang ne pouvait être son sang. Il l'avait tuée. Il l'avait tuée et on allait découvrir sa voiture et venir le chercher et lui mettre les menottes et le juger et le pendre ! « Je ne me rappelle pas, Votre Honneur. Non. C'est un trou noir. Je vous le jure, je ne me rappelle rien. Je pense que j'étais au *Balmoral.* »

Il se dirigea vers la salle de bains et prit une douche froide. Il y resta longtemps. Quand il en sortit, il lava la salle de bains soigneusement, ramassa le pan de robe. « Réparer le plâtre défoncé. La porte. Remplacer le rideau de douche. Mais d'abord, la porte d'entrée. La voiture n'est pas là. Si quelqu'un vient, je ne suis pas là. Ça ne répond pas à la porte. Lili n'est pas là. Appeler Sylvain au garage. Suis malade. Malade. Et c'est vrai, je suis malade. J'ai tué ma femme et je ne m'en souviens plus. L'auto. Où est ma voiture ? » L'énormité de la chose lui apparut soudain. Il allait faire disparaître toute trace de ce qui s'était passé dans la maison, mais à quoi bon ? Sa voiture était quelque part avec Lili dedans. À moins que... à moins qu'elle se soit sauvée...

— C'est ça ! en prenant le rideau de douche avec elle.

S'il avait voulu se débarrasser du corps de Lili, pourquoi est-ce qu'il n'était pas revenu avec sa voiture ? Il commença à s'activer comme un diable pour redonner à la maison une apparence de normalité. Son esprit marchait à la vapeur, à chercher dans ce grand trou noir qui ne lui donnait aucune réponse. « Si je me suis débarrassé de la voiture... Un accident ? On serait déjà à ma porte. Donc personne n'a rien trouvé. Dans l'eau. Dans le lac ! » Il y avait plusieurs endroits d'où on pouvait jeter une auto dans le lac. « Oui. Mais comment être sûr ? Tu n'as qu'à t'en souvenir. » Il empila les guenilles avec lesquelles il avait tout nettoyé, le tapis qu'il ne pouvait laver, le matelas, le pan de robe rouge et la porte de la salle de bains qu'on ne pouvait réparer. Il arrosa le tout d'essence et attendit le soir pour qu'on ne remarque pas la fumée. Personne n'était venu. Pas de téléphone. Demain, il lui fallait un nouveau rideau de douche. Il avait réparé la porte d'entrée, collé une note sur la porte du frigidaire qui masquait le trou du coup de couteau. Changer le frigidaire. Faire une valise de ses choses ! Comme si elle était partie. « Oui. Elle est en voyage. Sa tante à Montréal. » Il jeta des choses dans sa valise. Des bas, des sous-vêtements, des robes. Il jeta le tout dans le feu. Le matelas ne brûlait pas assez vite. Il avait l'air d'un diable autour du feu. « Où j'ai pu conduire la voiture ? Où ? ME souvenir ! Arrrrrgggggggg ! Ne me souviens de rien. Je n'ai qu'à chercher autour du lac. Une auto. Il me faut une auto ! Betty ! » Il appela au *Balmoral.*

— C'est sa journée de congé, répondit Demers. Pis, mon Benoît, tu dois avoir la mâchoire qui te fait mal aujourd'hui !

— Ouais, répondit-il, complètement paniqué.

Il raccrocha. « C'est vrai que la mâchoire me fait mal. » Qu'est-ce qui était arrivé à sa mâchoire ? Qu'est-ce qu'il avait fait au *Balmoral* ? Il se dit qu'il valait mieux descendre au *Balmoral,* en apprendre le plus possible. En plus, il pourrait parler du voyage de Lili, planter l'information. Il ne pouvait appeler le chauffeur de taxi Labrecque. Il pouvait prendre la bicyclette de Lili ! Il la chercha en vain. Il partit à pied. Cela lui prit une heure en marchant vite et en se cachant quand des voitures passaient, mais il ne fut pas assez rapide pour la voiture de Lapointe, qui l'attrapa dans la lumière de ses phares. Benoît Marchand, à pied, dans le rang, à onze heures du soir !

———— • ————

Benoît emprunta la dépanneuse du garage et se rendit au *Balmoral.* Il fallait qu'il sache, mais il ne fallait pas qu'il attire trop l'attention. Cette fois-ci, il devait savoir. Si Betty avait été là ! Il n'y avait pas grand monde au *Balmoral,* ce mardi soir. Il eut toute l'attention de Demers, qui commença par lui mettre sous le nez l'addition de la veille.

— T'étais au scotch, mon Benoît, scotch et bière. Tu marchais pas, tu naviguais.

— Tu prends pas avantage de moi et du fait que je ne me rappelle rien, hein, Demers ? Parce que je vais vérifier, pis si tu me montes une facture...

— Vérifie tant que tu veux. En attendant, paye !

— Comme ça, j'étais pas beau à voir. Lili devait être fâchée.

— Lili ? Elle n'avait pas besoin de toi. Un cavalier attendait pas l'autre. Ils étaient en ligne pour danser avec, mais le meilleur c'est quand... Excuse.

Il alla servir au bout du bar. Alors, elle dansait avec tout le monde. C'était ça. C'est pour ça qu'elle l'avait fait boire. Elle voulait l'humilier en public.

— Le meilleur, c'est quand t'as voulu l'empêcher de danser avec le fils Vézina. Elle a enlevé ses verres fumés et montré son *shiner* à tout le monde. T'as été chanceux parce que Marc Rimbaud était là, pis je l'ai vu partir en ligne droite vers toi.

— C'est Marc Rimbaud qui m'a frappé ?

— Laisse-moi finir. Non, c'est le fils Vézina, qui était avec Lili, qui t'a accroché d'un direct. Les deux pieds t'ont levé de terre. Tu t'es jamais relevé. Marc Rimbaud te donnait des coups de pied pour que tu te relèves. Je te conseille de faire attention ! Il était pas beau à voir. C'est Jos Campeau qui l'a arrêté.

— Marc Rimbaud ! J'aurais voulu être conscient.

— Si tu veux un conseil, quand tu bats ta femme, ne laisse pas de marques visibles, parce qu'il y a ben des gars ici qui aiment pas ça, un gars qui bat les femmes. Si t'avais été ici, à soir, quand les deux gars de Pit Tremblay étaient là... Comme ça, tu te rappelles rien ?

— Pas rien, juste des bouts.

Elle voulait que tout le monde sache qu'il la battait. « C'était ça, son plan. Elle voulait que quelqu'un me fourre une volée. Marc Rimbaud. Jos Campeau. Elle a dû les appeler. Un peu plus, son père aurait été là aussi. Lui aussi va apprendre ce qui s'est passé. » Il commanda un autre verre à Demers, mais il n'avait pas soif.

— Ouais. Il s'en est passé des choses. Avec qui elle est partie ?

— Avec toi ! On t'a mis dans ton char, pis elle t'a ramené à la maison comme une grande. T'es aussi bien de t'en occuper, mon Benoît, ou tu vas la perdre vite.

— Ouais, je sais. On s'est parlé à matin. Je lui ai passé la voiture. Elle est allée voir sa tante à Montréal. Ça va lui faire changement. À moi aussi. Bon, mets ça sur ma note.

— Benoît... protesta Demers.

— Je t'ai toujours payé, écœure pas.

— T'es *blood* de la laisser partir toute seule à Montréal, mon Benoît.

Qu'est-ce qu'il avait à sourire ?

——— • ———

Benoît se promena une partie de la nuit avec la dépanneuse, essayant de trouver où il aurait jeté une auto dans le lac, si c'est ça qu'il avait fait. « T'as voulu me mettre dans le trouble avec tout le monde. Ben, ça s'est retourné contre toi, Lilianne. Où est la bicyclette ? » Il se dirigea à tout hasard vers le cap Chat, qui donnait sur la carrière et le lac. Un lac artificiel très profond. Une auto là-dedans, on ne la trouverait jamais à moins d'engager des plongeurs. La bicyclette pour revenir? Alors, elle serait à la maison. Peut-être qu'il avait eu une crevaison, l'avait laissée quelque part en cours de route. Où? Il revint à la maison. En sortant de la dépanneuse, il pila sur le soulier rouge de Lili. Il l'avait oublié ! Qu'avait-il oublié d'autre? Il le jeta dans les cendres fumantes, l'enfonça pour être certain qu'il se consume. Il décida qu'il ne voulait plus être là. Ce serait toujours la maison où... Elle lui avait fait ça aussi. Il coucha au garage. Demain, il allait commencer à être douze heures par jour

241

au garage. Personne à la maison. Pas de visite. Il achèterait des rideaux pour la chambre. Elle s'était accrochée aux rideaux. Le matelas. L'acheter à Saint-Georges.

Au matin, Sylvain le vit déjà en train de travailler. Il avait des choses à lui dire. Benoît le devança.

— Monsieur Sylvain, j'ai pris des décisions. J'arrête la boisson. Lilianne est à Montréal chez sa tante. Plus de dérangement. Plus d'absences. Je suis prêt à travailler. Donnez-moi une chance.

Il prit son air peiné.

— T'es chanceux que j'aie besoin de toi à matin.

— Merci, monsieur Sylvain, vous le regretterez pas.

Il lui fit un sourire en reniflant. « Va chier, mon gros crisse ! »

———— • ————

Après la soirée au *Balmoral,* Betty avait décidé de se donner une dernière chance avec Marc, qui faisait vraiment trop pitié. C'était par bon cœur, mais elle aurait été surprise de l'apprendre. Pour elle, c'était une question de bon sens : la situation de Marc la rendait ridicule. Ses bonnes intentions ne durèrent pas longtemps. Aussitôt qu'elle eut passé le pas de la porte de la maison, Marie commença à brailler. Seule Rolande pouvait la calmer et Betty se sentit jalouse d'elle. Marc était aux petits soins, mais il n'était plus le Marc qu'elle avait connu. Son Marc, un peu bonne sœur, recti-ligne et plein de vie, ce Marc-là, « va-t-il falloir lui couper le doigt pour qu'il arrête de se gratter le front? », était blessé dans son âme. Il était encore un homme, mais il n'y croyait plus. Il y avait de la peur dans son regard, de l'empressement dans sa peur. Ses yeux avaient perdu leur belle insouciance. Il évitait toujours de vous regarder en face. Il éteignait la lumière avant de se coucher près d'elle dans le lit. Ce Marc-là aussi était différent. Tendu à se rompre, il se crispait au moindre effleurement. Où commencer? Elle n'était pas psychologue et elle ne voulait pas jouer à la mère. Elle en avait assez de Marie, qui ressemblait déjà trop à Marc. Elle en avait assez. Assez. Elle essaya quand même, alluma la lampe sur la table de nuit. Marc fixait le plafond, les yeux ouverts. Il ne la regarda pas.

— Marc, demain tu vas aller voir le chef Lacasse. Tu vas lui dire que t'as besoin de voir un psychologue. Regarde-moi. Tu m'as comprise? Il te faut quelqu'un qui sait ce qui se passe dans la tête de quelqu'un qui a vécu... ce que t'as vécu.

— Comme quoi?

— Préfères-tu que je m'habille puis que je parte? Je peux le faire si tu veux parler en niaiseux.

— Tout le monde est après moi comme si j'avais un problème. J'ai pas de problème.

— Sauf que quelqu'un a pointé un revolver sur toi, pis que t'as gelé, pis que t'as pissé dans tes culottes... Arrête de te gratter le front, tu me rends folle !

— Je suis pas un lâche. Et puis, si Vézina m'avait pas devancé, c'est moi qui lui aurais servi une leçon à Benoît Marchand.

— Pour prouver quoi?

— Rien prouver. Juste qu'y te laisse tranquille.

— Y est un peu tard pour ça.

— Je veux plus que tu le voies et je veux que tu reviennes à la maison.

— Je suis à la maison !

Dans la chambre à côté, Marie commença ses pleurs. Marc fut instantanément debout. Betty avait envie de pleurer, de crier. Elle se leva et s'habilla.

— Je retourne à l'hôtel.

Il avait Marie dans ses bras. Il ne la voyait pas.

— Je m'en vais retrouver Benoît.

Rien. C'était fini. À l'hôtel, Demers lui conta pour Benoît et Lili. « Est partie vite pour quelqu'un qui prend des vacances. »

——— · ———

Jos fut là à midi pile, mercredi. Il était fraîchement rasé et nerveux comme un homme amoureux qui sait que c'est sa dernière chance. Il monta sur la galerie. Il n'aimait pas cette maison qui faisait négligé du dehors. C'eût été un château, pas de différence. C'était la maison de Benoît Marchand. Lili devait quitter cette maison. Il cogna à la porte. Pas de réponse. Il cogna plus fort. Il tourna la poignée. Fermée à clé. Il fallait qu'elle soit là. Son regard, l'urgence dans sa voix. Il cogna encore. Fort.

— Lili! LILI!

Il essaya de nouveau d'ouvrir la porte. Le bois était craqué autour de la serrure. Il y avait une odeur de... mastic... Cette porte avait été réparée récemment. Jos se pencha. Oui. Les vis étaient encore brillantes. De nouvelles vis. Une appréhension l'envahit. Il fit lentement le tour de la maison. Elle était peut-être derrière. Il regarda par la fenêtre de la cuisine. Cogna de nouveau. « Bon, elle n'est pas là. Où peut-elle être? Chez son père? » Vu l'incident au *Balmoral,* peut-être qu'elle s'était réfugiée chez son père. Si elle l'avait appelé chez lui, il était à Saint-Georges hier. Il redescendit l'escalier de la galerie. « Qu'est-ce qu'il a brûlé, bon Dieu? Un matelas? Du tapis? » Elle avait tellement insisté. Elle voulait tellement le voir. Il ne put se départir de son appréhension. Quelque chose n'allait pas. Elle avait dit qu'elle serait là. Il était profondément déçu. Tous ses doutes étaient revenus. Il fila directement chez Fernand Rimbaud. Il voulait savoir.

———— • ————

Benoît cherchait un rideau de douche vert pâle. Il ne se rappelait plus s'il y avait des fleurs sur le rideau. Il n'avait jamais remarqué.

— Est-ce qu'on peut t'aider, Benoît? fit Madame Boivin, qui l'observait du coin de l'œil.

C'était la première fois qu'elle le voyait ici.

— Euh!... Je cherche un rideau de douche... vert. Vert pâle.

— Uni ou avec des motifs floraux?

— Euh!...

— De toute façon, j'ai pas de vert. Rien que des teintes de bleu.

— Bon... je vais laisser faire... merci.

Est-ce qu'elle le regardait curieusement? Il sortit rapidement de là. « Même pas capable de te rappeler la couleur du rideau de douche. Pour les rideaux de la chambre. Comme ceux de l'autre fenêtre. Blanc? Jaune? La hauteur? La longueur? Pas à Thetford. Ici, t'as l'air d'un chien dans un jeu de quilles. Des rideaux, c'est une affaire de femmes. Le monde va se poser des questions. Même à Saint-Georges! Betty! J'ai besoin de Betty! »

———— • ————

— Qu'est-ce qui me vaut le plaisir, Jos?

À la façon dont Fernand l'accueillait, Jos voyait bien que Lili n'était pas là.

— Entre! Entre! Un petit café?

Il ne voulait plus rester, mais Fernand était en manque de monde. Il n'avait vu personne depuis une semaine.

— Je cherchais Lili. Je pensais qu'elle pouvait être ici.

— Ici! Lili est chez elle! Elle ne sort pas beaucoup.

— J'en reviens.

— Elle a dû sortir avec Benoît. Ou elle a pris sa bicyclette et elle est allée se promener.

Il n'avait pas vu de bicyclette. De toute façon, elle ne serait pas partie en bicyclette alors qu'elle l'attendait.

— Quelque chose qui vous chicote?

— Non. Non.

Il mentait mal, car Fernand prit le téléphone et composa le numéro de Lili.

— Non. Elle est pas là. Si je la rejoins, je lui dis quoi?

— Elle m'a appelé lundi. Elle voulait me voir. Puis ensuite, au *Balmoral,* je...

— Lili au *Balmoral*! Qu'est-ce qu'elle faisait là?

— Elle était venue avec Benoît.

— Ah!

Il y eut un silence, que Jos se dépêcha de rompre :

— Bon. Je vais y aller.

Fernand le regarda partir. Jos avait été la voir chez elle. Il était venu jusqu'ici dans l'espoir de la trouver. « Il voulait vraiment la voir. Ce n'est pas de tes affaires, Fernand. » Il se sentit drôle. Jos lui avait communiqué son inquiétude. Assez pour qu'il se dise qu'il était temps de faire un tour en ville. Peut-être d'aller prendre de l'essence chez Sylvain.

———— . ————

— Regarde qui revient en rampant.

Betty était contente. Elle se préparait à aller faire un tour au garage, histoire de voir Benoît par hasard.

— Hé ! Avec Lilianne partie à Montréal, j'ai eu le temps de réfléchir.

— Qu'est-ce qui s'est passé pour qu'elle parte à Montréal?

— À toi, je vais le dire. Elle est partie à Montréal pour rester. Puis, quand elle est montée dans la voiture, c'est les deux yeux au beurre noir qu'elle avait. Alors, je m'attends pas à ce qu'elle revienne. C'est fini, je repars à zéro.

« De mieux en mieux », pensa Betty. Devait-elle lui dire?

— Moi aussi, je repars à zéro. J'ai quitté Marc, puis je m'en vais d'ici. Le *Balmoral,* je ne suis plus capable.

« De mieux en mieux », pensa Benoît. « C'était le temps. »

— Ah ! si t'as besoin d'une place en attendant.

— Viens ici. Viens ici, grand fou.

Il vit Betty qui se tordait sur le lit, les jambes ouvertes, les yeux brillants. Ils avaient tous les deux frappé dans le mille et ils baisèrent comme si tout recommençait, insensibles au fait que ce n'était qu'une illusion.

6

MARC VOYAIT MÊME LES MANCHETTES :

« SUICIDE DE MARC RIMBAUD
UN POLICIER SE TUE
AVEC SON REVOLVER DE SERVICE

Lili Rimbaud frappe encore. On n'a pas fini de compter les tristes conséquences de l'implication de Lili Rimbaud, la femme en rouge, dans la mort de Jack DePaul. On se souvient que son frère Marc était présent au moment de la mort du bandit et qu'il en portait encore les lourdes séquelles.

LES FUNÉRAILLES DE MARC RIMBAUD
COMPROMISES

Il ne peut être enterré dans un cimetière catholique. »

Il suçait le canon bleu acier de son revolver de service. Il était nu devant son miroir. Il regardait ses gros muscles. Rolande était sortie faire des courses. La petite Marie dormait. Lui était au bout du rouleau, en train de s'imaginer ce qu'on dirait de lui, en train de prétendre que ça lui faisait quelque chose. Rien ne le rattachait à rien. Il était marqué. Il avait sa marque en plein front, comme Caïn. Non. Ce n'était pas dans la bouche qu'il devait se tirer, mais dans le front. Il allait avoir le dernier mot. C'était bien connu. Un lâche ne se tue pas. Il tient trop à la vie. Il ferait n'importe quoi pour vivre. Il n'était pas un lâche. Il sortit le revolver de sa bouche, le mit contre son front, juste sur la plaque rouge de son front. Il vit la balle qui sortait, qui s'enfonçait à travers l'os et éclatait dans sa tête dans un océan de lumière, le libérant, le libérant enfin. Oui. Il se regarda dans le miroir. Il allait le faire. C'était la chose correcte. « Vous ne rirez plus de Marc Rimbaud. » Il se leva. Il voulait mourir debout. Ces choses-là comptent. Un dernier regard pour Marie. Il passa dans la chambre à côté. Elle était si belle. Il posa un baiser sur son front. Marie remua dans son sommeil. Sa menotte entoura le doigt de son père et le retint. Il resta là, ne voulant pas briser la petite étreinte de sa fille. « Si le coup de feu la réveillait? » Il fallait attendre que Rolande revienne. « Ce n'est qu'une question de temps », pensa-t-il. Après, Betty passa pour lui dire qu'elle déménageait chez Benoît Marchand. Ce fut un moment pénible et il oublia de se suicider. Il n'avait plus qu'une idée en tête : « Où est Lili? »

———— • ————

Fernand était lent et méthodique. Une chose à la fois. Il devait passer à la cour à bois, à l'épicerie et, après, aller voir Benoît. Il n'aurait pas l'air alarmé, juste curieux :

« Coudon, Lili était supposée venir me voir mardi. J'ai téléphoné, pas de réponse. »

Benoît ne trouverait pas qu'il avait l'air de ne pas se mêler de ses affaires.

Fernand n'avait pas prévu que le départ de Lili était déjà connu de tous. Fecteau, à la cour à bois, lui demanda direct :

— Comme ça, ta fille s'est tannée du beau Benoît, elle est rendue à Montréal?

— Première nouvelle.

— Tu sors pas assez, Fernand.

Qu'est-ce que c'était que cette histoire encore? Lili à Montréal? Est-ce que Jos le savait quand il était venu le voir?

À l'épicerie, ce fut pire. Madame Boutin était au tiroir-caisse.

— Remarquez que je lui donne raison. Un homme qui bat sa femme ne mérite pas de la garder. Il paraît qu'elle avait un moyen œil au beurre noir, lundi soir, au *Balmoral,* quand Benoît s'est battu avec le fils Vézina et votre Marc... Ça va faire douze et trente-trois...

Il sortit. Tout remué.

— Hé! monsieur Rimbaud, vous oubliez votre épicerie!

Qu'est-ce qu'il avait fait à sa fille? Il ne se cachait même plus. Marc en train de se battre avec Benoît. Lili, partie à Montréal. « Tu t'énerves pas. Lili a le don de disparaître soudainement. Tu le sais. »

Il sortit de la voiture aussitôt qu'il fut au garage. Benoît vint le servir. Il le vit sortir, gros nonchalant. Il le vit qui le voyait. Il le vit s'arrêter un moment, puis repartir vers lui. Il avait son air jovial.

— Bonjour, le beau-père. Je vous remplis ça?

Il cachait quelque chose. Il le voyait bien. Fernand sentit son poing qui se refermait.

— Où est Lili? Pis pas d'histoires, je veux savoir.

— Oh! montez pas sur vos grands chevaux.

« Il sait. C'est pour ça qu'il est là. »

— Benoît, j'ai regardé à côté pour ben des affaires. Là c'est fini, ce temps-là. Où est Lili?

Benoît haussa les épaules.

— Elle vous a pas appelé? C'est bien elle, ça. Aucune considération pour sa famille. D'un autre côté, peut-être qu'elle ne voulait pas vous inquiéter.

— Tu veux dire, elle ne voulait pas que je la voie avec un bleu dans la face? Osti de chien sale!

— Oh! mesurez vos paroles! Je sers du gaz. Je ne suis pas obligé de me faire insulter.

Fernand le prit au collet. Il était rouge, congestionné.

— Où est Lili?

— Elle est allée à Montréal. Je lui ai passé la voiture. Elle voulait aller voir sa tante.

— Valérie?

— Oui. Pis lâchez-moi. Je sais pas ce qui vous prend, mais une chance que vous êtes mon beau-père... Ça va faire dix piastres.

Fernand prit appui sur son auto. Sa tête bourdonnait. Ça n'avait pas de sens.

— Elle déteste Valérie ! Pis avant que tu lui passes ton auto...

— Elle a pas demandé la permission. Si c'était pas ma femme, j'aurais appelé la police. Elle est partie sans avertir, sans rien dire.

— Comment tu sais qu'elle est allée chez sa tante si elle t'a rien dit?

— Elle en avait parlé dimanche. Je savais pas qu'elle partirait avec mon auto.

— Menteur !

Fernand essaya de l'attraper de nouveau, mais son bras gauche lui faisait mal, mal. Il se saisit le bras.

— Hé ! êtes-vous correct?

Fernand le saisit, mais pour s'accrocher à lui alors que ses jambes défaillaient et que sa poitrine... Le mal dans sa poitrine. Comme une barre de fer qui vous broie.

—————— · ——————

Jos ferma lui-même la porte de l'ambulance. Marc tenait la main de son père. On lui donnait de l'oxygène. Puis la sirène se fit entendre, intimant aux curieux de s'écarter pour laisser passer. Jos ne regardait déjà plus de ce côté. Il cherchait Benoît.

Benoît s'était réfugié dans le garage. Il y faisait sombre. Il s'était glissé sur le siège à l'arrière d'une voiture. Ça ne pouvait arriver à pire moment, cette crise de Fernand. C'était comme s'il avait pris un porte-voix et clamé que sa femme était partie un peu soudainement mais qu'il n'y avait pas de rapport avec le fait qu'elle s'était chicanée avec lui en public dernièrement. On allait s'inquiéter pour Lili. Peut-être qu'il devrait lui aussi s'en aller pour quelque temps. Il avait la bouche sèche. Il avait besoin de boire. Et si Fernand Rimbaud crevait? Tout le monde allait s'attendre à voir arriver Lili en pleurs. Ça commençait à faire trop de si pour lui. « Inviter Betty chez lui n'était plus une bonne idée. Tout le monde allait le trouver pas correct. À moins que. » Il eut presque un sourire. Puis, il vit une ombre qui se penchait sur la voiture. La portière s'ouvrit. Jos monta à côté de lui.

— C'est bien, ici. Personne va nous déranger. On a besoin de se parler, Benoît. T'as pas été correct et tu caches quelque chose. Tu ne sortiras pas d'ici tant que je saurai pas ce qui se passe avec Lili. Fais-toi-z-en pas, j'aurai pas de crise cardiaque, moi !

Le pire, c'est qu'il était tout calme. Presque souriant. Mais ses yeux. Il avait les yeux de quelqu'un qui vous a à la gorge, de quelqu'un qui va vous faire votre affaire, de quelqu'un qui a passé la ligne.

— Je t'écoute. Prends ton temps. Mens pas. S'il te plaît, mens pas... J'attends... Veux-tu une cigarette?... Mauvaise égratignure que t'as là. C'est Lili qui t'a fait ça? Une vraie lionne, hein !

Benoît prit la cigarette. « Pour qui il se prend? Il ne peut rien me faire. »

— Ça dépend de ce que tu veux savoir. Je pense pas que j'aie des comptes à te rendre.

— Où est Lili?

— À Montréal chez sa tante. Elle a pris mon auto.

— Ta vieille auto? C'est bon pour les rangs. On se rend pas à Montréal avec ça.

— Ça, c'est son problème.

— Elle est partie quand... pour Montréal?

— Mardi matin.

— Elle t'a reconduit au garage, puis elle est partie, c'est ça?

— Je suis pas allé travailler mardi.

— C'est vrai que tu avais pris une moyenne cuite. Étais-tu content de la voir partir? Je dis ça parce que tu passes pour un moyen jaloux... et tout d'un coup, ta femme t'annonce qu'elle part pour Montréal.

251

— O.K., ça n'a pas été l'accord parfait, mais vu les circonstances...

— Quelles circonstances?

— Ben, son œil au beurre noir. Je me suis dit que peut-être une petite vacance serait bonne pour nous deux.

— Tu ne trouves pas curieux qu'elle n'ait pas appelé son père avant de partir?

— Ça, c'est ses affaires.

— On voit le résultat. Fernand Rimbaud est à l'hôpital. Il est venu te voir parce qu'il voulait savoir pour Lili?

— C'est de sa faute à elle. Si elle l'avait appelé aussi.

Jos sourit. Il avait envie de sortir son revolver et de le lui mettre sur la tempe. Il savait qu'il pouvait le faire. Il savait qu'il pouvait tirer. Ça lui permettait de rester calme.

— Sais-tu, Benoît, t'es un moyen snoreau. T'en dis pas plus qu'il le faut. Vous avez pas continué à vous chicaner après l'hôtel?

— Je sais pas. Je me rappelle rien. C'est un trou. Ça m'arrive quand je bois. Je me souviens même pas d'avoir été au *Balmoral,* lundi soir.

— Tu te souviens de t'être réveillé mardi matin ? Lili devait être en train de faire ses valises ?

— Oui, ses valises.

— Une valise ou deux ?

— Une. Écoute, j'ai du travail à faire. J'ai pas d'affaire à répondre à tes questions. C'est à Lili qu'il faut les poser. C'est elle qui est partie sans...

— Sans ?...

— Est partie sans rien dire.

— Comment tu sais qu'elle est allée à Montréal ?

— Elle en avait parlé dimanche.

— Comme ça, tu te lèves, elle est pas là, tu supposes qu'elle est partie pour Montréal. Elle t'a pas laissé de note ?

— NON ! Pis, si tu veux savoir, bon débarras ! Qu'elle revienne jamais si elle veut ! Ça doit te faire plaisir.

Jos ne se laissa pas ébranler.

— Comme ça, dimanche, tu savais qu'elle allait partir. Pourtant, tu viens de me dire que vous en avez parlé mardi, qu'elle avait une valise... Là tu me dis qu'elle était partie quand tu t'es réveillé. T'as dû la chercher ?

— Sans auto, tu cherches pas longtemps. Aie ! Veux-tu me dire pourquoi tu me poses toutes tes questions ?

— Si Fernand Rimbaud meurt, on va te poser beaucoup de questions. Pas rien que moi. Marc, lui, va être un peu plus physique, un peu plus fâché que moi. Moi, je vais vérifier ce que t'as dit.

— Tu me crois pas, c'est tes affaires, mais quand elle va revenir, elle va s'apercevoir que je reste avec Betty.

Benoît sortit de la voiture. Il était trempé de sueur. Jos ne fit rien pour le retenir. Il n'avait pas parlé de son rendez-vous avec Lili. Il n'avait pas parlé des cendres fumantes derrière la maison de Benoît. Demain matin, il fouillerait le garage et ensuite il arrêterait Benoît pour recel. « Rien au monde ne pourra m'empêcher d'être là ! » Le lièvre se sentait encore en sécurité, il ne fallait pas le débusquer. Et s'il téléphonait à Valérie et que Lili était là, alors tous ses soupçons s'envoleraient et il serait le premier à lui annoncer que Benoît ne voulait plus d'elle. Il alla au poste téléphoner à Marc. Fernand était déjà sur la table d'opération. Marc lui donna le numéro de Valérie. Jos composa le numéro cinq fois. Pas de réponse.

———— • ————

Betty était à Saint-Georges. Il n'avait pas perdu de temps, le Benoît, pour lui donner sa liste. Il voulait remplacer tous les rideaux, acheter du tapis, un rideau de douche, un frigidaire. C'était la première chose qu'elle avait remarquée en entrant. Le frigidaire coulait. Elle aimait l'idée d'entrer dans la maison et de faire disparaître la présence de Lili. Ça lui faisait une fleur. Ça compensait pour toute la jalousie qu'elle ressentait pour Lili. Ce qu'elle remarqua, c'est qu'il manquait un rideau dans la chambre à coucher, que le rideau de douche allait avoir besoin de nouveaux crochets, qu'il n'y avait plus de porte à la salle de bains, plus de draps, plus d'oreillers, plus de matelas. Boisseau et fils en livrèrent un neuf pendant qu'elle était là. « Il aurait pu l'acheter à Thetford, il y avait justement une vente. » Toutes ses impressions, elle les mit dans une petite case, à examiner plus tard. Elle se sentait trop bien pour s'interroger sur les motifs de Benoît. Elle avait l'impression qu'une nouvelle vie commençait et qu'elle n'aurait pas trop de difficulté à sortir Benoît de Thetford. Pour une fois, les choses avaient l'air d'avancer et elle souriait presque d'imaginer la tête de Lili quand elle reviendrait. Jos la fit changer d'état d'âme. Sa voiture était devant la maison de Benoît quand elle arriva de Saint-Georges. Il était en train d'examiner les cendres du feu que Benoît avait allumé.

———— · ————

Fernand était aux soins intensifs.

— C'est une bonne nouvelle ?

— Non, Marc, son état est très grave. Je serai franc avec toi. S'il passe les prochaines vingt-quatre heures, je vais être surpris. S'il passe les prochaines quarante-huit heures, il a une chance, mais même là, ses artères sont finies. On lui a fait un double pontage. Il est très faible.

Le docteur Lepage hocha la tête. Marc dut s'asseoir.

— Ça ne se peut pas.

— C'est un homme fort. C'est sa seule chance. Ça et son désir de vivre. Tout est là, le désir de vivre. Nous, les docteurs, on peut réparer les corps, mais on n'a pas encore trouvé une façon de donner le désir de vivre. Tu n'es pas obligé de rester, il est inconscient. Va chez vous, on va t'appeler si son état change.

— Je reste.

Le docteur Lepage ne dit rien. Il ne parla pas de Lili. Il savait qu'elle n'était pas là. Il était content pour elle. S'il avait eu vingt ans de moins, il aurait parlé à Benoît. Il lui aurait parlé de Ti-Lou

Marchand qui battait sa femme et ses enfants. Il lui aurait dit qu'il n'avait pas à suivre le chemin de son père, mais que s'il voulait continuer à être une brute il serait traité comme une brute. Il se chargerait lui-même de le fouetter en public.

— T'es pas obligé de rester.

— Je suis le seul.

C'était le ton. Comme si Lili était coupable de ne pas être là. Qu'est-ce qu'ils avaient tous contre elle ? Marc regarda le médecin s'en aller. Il voulait pleurer, mais les larmes ne venaient pas. Il avait honte de lui, honte d'avoir voulu prendre sa vie alors que son père se battait pour la sienne, honte de ne pas avoir été voir Benoît avant son père. Il s'en rendait bien compte : Lili ne comptait plus pour lui. Elle avait fait son lit et elle couchait dedans. Pourquoi était-il si sévère avec elle ? À côté de Betty, Lili était un ange. Où était-elle ? Était-elle vraiment partie à Montréal ? Une autre de ses escapades. Ou elle en avait eu assez de Benoît. Qu'est-ce qu'il attendait pour lui parler ? Qu'est-ce qu'il avait à perdre puisqu'il voulait en finir de toute façon ? Il n'était rien. Il était plus bas que bas. Il restait ici parce qu'il ne voulait pas aider Lili. Elle était plus courageuse que lui. Elle n'était pas résignée, elle. Elle se battait encore. Elle ne se voyait pas comme rien. « Je suis rien. Je suis moins que rien. » Les larmes coulèrent sur ses joues. Il fut secoué de rage comme si tous les vents du monde soudain l'attaquaient et qu'il n'y avait pas de place pour fuir. Pas de place pour fuir.

— J'en ai assez. J'en ai assez ! ASSEZ. ASSSSEZ ! DIEU ! J'EN AI ASSEZ !

Il se rendit compte qu'il criait mais il n'y avait personne pour l'entendre, sauf un petit vieux assis dans un coin qui était sourd de toute façon. Le petit vieux lui fit un sourire.

— Vous avez pas une cigarette ?

Marc sourit. Il lui dit non. Le petit vieux se mit la main à l'oreille. Marc alla lui acheter un paquet. Ensuite, il alla aux toilettes s'asperger le visage d'eau. Il se vit dans le miroir, hocha la tête devant la plaque rouge sur son front.

— Fais-toi-z-en pas, Lili ! Avant de partir, je vais régler le problème Benoît. Ça, je le jure sur la plaque que j'ai là. Et il s'envoya le poing sur le front, pouce en premier, si fort que le sang jaillit, et il le laissa couler jusqu'à ses lèvres.

———— . ————

Jos était sûr que Benoît cachait quelque chose. Il l'avait vu à sa nervosité dans la voiture. Il s'était contredit. D'abord il avait raconté qu'il l'avait vue partir, ensuite qu'elle était partie à la sauvette. Il rappela chez Valérie. Toujours pas de réponse. Ce qui clochait, c'est que Lili était partie sans prévenir personne. Ou c'était délibéré, ou elle n'avait pas eu le temps. Une fuite ? Benoît trop brutal. Elle se sauve au matin. Elle aurait prévenu son père. Un simple oubli ? Avec Fernand à l'article de la mort, elle va s'en vouloir longtemps. Et moi. Mercredi midi. Urgent. Elle me l'a répété au *Balmoral.* « Ils se sont chicanés. Elle s'est sauvée. Elle va appeler aujourd'hui. » Il n'était pas policier pour rien. « Ou elle n'est pas partie. » Il voyait encore les restes du matelas que Benoît avait brûlé. Pourquoi le brûler ? Était-ce un vieux matelas ? Était-ce leur matelas ? Entre le départ de Lili et maintenant, Benoît avait jugé important de brûler leur matelas. C'était porter le dépit un peu loin. Jos se rendit donc chez Benoît. La porte toujours fermée à clé. Personne ne fermait sa porte à clé à la campagne. Il passa à l'arrière, examina les cendres. « Il a brûlé du tapis, une porte. Quelle porte ? » Il y avait un gallon d'essence vide. « Il a arrosé le tout d'essence, probablement plusieurs fois, pour arriver à brûler ça. Il devait y avoir beaucoup de fumée. Il faudrait demander aux voisins. Et ça ? Une serrure, celle de la porte ? Non. Trop petite. Comme une serrure de valise ?... » Il laissa courir ses doigts entre les cendres, sentit quelque chose de dur sous sa main. Il inspecta l'objet. Un talon de soulier. Un talon haut de soulier de femme ? Il sentit un frisson courir dans son dos. Et si Benoît n'avait pas voulu qu'elle parte ? « Wo, Jos ! faut pas sauter aux conclusions. » Mais l'idée n'allait pas le lâcher. Surtout après qu'il eut regardé dans la grange. Il y avait là une pile de vieux matelas, qui n'avaient pas été brûlés, eux.

Jos entendit la voiture de Betty sur le gravier du chemin. Il la vit qui entrait dans la maison avec des paquets, jetant un regard curieux sur sa voiture. Il était temps de parler à Betty. Lili s'en va. Betty est là, le jour après. Un peu trop rapide à son goût. Est-ce que Benoît savait que Lili ne reviendrait pas? « Si Betty emménage, alors tout le monde ne s'attend plus à revoir Lili pour un bout. »

— Tout ce que Benoît m'a dit, c'est qu'ils s'étaient chicanés. Elle est partie et bon débarras. La connaissant, elle ne restera pas longtemps toute seule à Montréal.

— J'espère que t'as eu le temps de laver les draps de lit ou bien c'est que t'aimes ça coucher dans son odeur.

— Nouveaux draps. Nouveau matelas. Nouveaux rideaux. Y a bien des choses qui vont changer ici. Pis, regarde-moi pas comme ça. Pourquoi tu penses que t'es ici? T'aimes tes femmes de loin, Jos Campeau. Il suffit que Lili s'en aille pis tu rappliques. Où t'étais avant, quand elle était là? Tu te morfondais! Tu rongeais ta queue de dépit. Ben, trouve-la si t'en as tant envie. Elle est libre maintenant.

— Elle est peut-être plus libre que tu penses. Tu ne trouves pas curieux que Benoît éprouve le besoin de brûler son matelas, une porte, du tapis? La porte en avant a été défoncée. Fraîchement réparée. Et sa voiture? Tu vas me dire qu'elle ne vaut pas grand-chose, mais il se retrouve à pied. Qu'est-ce que t'es allée faire à Saint-Georges? Des achats pour des affaires qui manquent dans la maison. Tu vas me dire qu'elle est partie avec les rideaux et les draps?

— Est-ce que je sais, moi? Demande à Benoît.

— Ah! je vais lui demander. Mais s'il est arrivé quelque chose à Lili, ce n'est pas rien qu'à Benoît que les questions vont être posées. C'est aussi à toi. À bon entendeur!

Il sortit, laissant Betty désemparée et furieuse. Il avait planté une graine dans sa tête.

———— • ————

Jos joignit Valérie vers huit heures. Elle savait pour Fernand. Marc venait de lui téléphoner. Elle prenait le prochain autobus pour Thetford.

— Et Lili ?

— Si elle est à Montréal, elle n'a pas donné signe de vie. Je laisse un mot sur la porte, mais je n'ai pas l'impression qu'elle va passer. De toute façon, je ne la recevrais pas. Je pensais qu'elle était casée, celle-là.

Jos raccrocha. À tout hasard, il alla s'informer s'il y avait eu un accident de voiture impliquant une vieille De Soto 1953. Rien. Il visita Armand Lapointe, le voisin immédiat de Benoît, pour lui demander s'il avait vu de la fumée venant de chez Benoît dans la journée de mardi. On lui dit que non, mais il apprit que Benoît avait été vu marchant dans le rang vers onze heures mardi soir. « Il a fait son feu durant la nuit. Pour ne pas éveiller la curiosité. Il te faut plus que ça, Jos. On va rire de toi, surtout avec la réputation de Lili. » Il alla donc s'asseoir au *Balmoral,* devant Demers, qui lui conta les divers trous de mémoire de Benoît et comment il ne se rappelait rien de la nuit de lundi, même pas que Vézina l'avait frappé.

— Il pourrait faire semblant.

— Croyez-moi, il avait l'air trop perdu pour faire semblant.

Jos alla s'asseoir dans un coin du bar. Où pouvait-elle être ? La version de Benoît, selon laquelle elle était partie librement avec son auto, pouvait facilement devenir la version officielle. Elle n'était pas partie librement. Si on la retrouvait morte dans son auto, à la suite d'un accident, ou encore au fond du lac, personne ne pourrait accuser Benoît, qui déjà ne se rappelait plus rien. Jos se rendit compte qu'il venait de se dire que Lili pouvait être morte. Non. C'était impossible. Il fallait que ce soit une fugue.

———— · ————

Betty fit le tour des tiroirs. Lili était partie sans ses bijoux. Sans sa montre. Même la petite chaîne avec le cœur que Marc lui avait donnée pour ses dix-huit ans était là. Elle n'avait pas pris de souliers. Tous ses articles de toilette étaient encore là. Partie sans sa brosse à dents, sans sa trousse de maquillage. Seules les boucles d'oreilles de sa mère manquaient. Et le médaillon avec la photo de sa mère. L'odeur du matelas neuf dans la chambre incommodait Betty souverainement. Pourquoi un matelas neuf ? Et le rideau qui manquait. La pôle était encore croche. Et la commode ? Elle avait été déplacée récemment. Le plancher de bois franc était tout égratigné. Non. Quelque chose n'allait pas mais elle ne voulait pas mettre le doigt sur ce quelque chose. Elle ne voyait pas non plus comment elle allait en parler à Benoît. Elle posa le rideau de douche et se rappela que la salle de bains avait une porte avant. « Pourquoi il a brûlé la porte de la salle de bains ? Et plus important, pourquoi suis-je ici ? Pourquoi il m'invite maintenant ? Parce que Lili est partie, niaiseuse. Parce que Lili est partie ou parce que Lili est partie pour toujours ? » Dans quoi s'était-elle embarquée ? « C'est Jos ! Jos et ses idées ! Il n'a jamais aimé Benoît. J'ai besoin d'un verre, moi. »

Dans la cuisine, elle se rappela qu'il n'y avait pas de glace. Maudit frigidaire. Elle vit le papier collé sur la porte. Avec rien d'écrit dessus. Elle l'enleva. Ce trou ? Comme si une lame de couteau avait traversé la porte de la glacière de bord en bord. Le téléphone la fit sursauter. Elle décrocha après un temps.

— Betty ? fit la voix de Marc. Papa est mort. Dis à Benoît que j'arrive...

Clic ! Elle ne remplit qu'une valise. Elle ne resterait pas une minute de plus ici. Elle était en train de sortir de la maison quand Benoît arriva dans le taxi de Labrecque, à qui il avait conté que Lili était allée à Montréal rejoindre un homme.

———— • ————

Jos passa au poste de police et fit placer la De Soto de Benoît sur la liste des autos recherchées. C'est là qu'il vit qu'il avait un message demandant de rappeler le docteur Lepage à l'hôpital de Beauceville.

— Oui, monsieur Campeau. Fernand Rimbaud est mort ce soir, vers neuf heures. Je vous appelle parce que Marc Rimbaud a quitté l'hôpital aussitôt qu'il l'a su. Je ne suis pas psychiatre, mais il semblait fortement dérangé. Il faudrait que quelqu'un s'occupe de lui avant qu'un malheur n'arrive. Vous n'avez toujours pas de nouvelles de Lili ?

Jos raccrocha après l'avoir assuré qu'il s'occupait de tout. Il était dix heures. Il savait où était Marc. Marc était chez Benoît. Il téléphona, mais pas de réponse. Cela l'inquiéta encore plus. Il fila toutes sirènes dehors vers la maison de Benoît, demandant l'assistance d'une voiture de police en cours de route. Gaétan B. Tremblay se trouvait au café *Giguère* avec le chauffeur de taxi Labrecque qui venait de lui conter qu'il revenait de chez Benoît Marchand.

———   ·   ———

Benoît donna cinq piastres à Labrecque.

— Parlez de ça à personne qu'elle est allée à Montréal rejoindre un gars. J'ai ma fierté.

— Ah ! moi, je vois rien. J'entends rien ! sourit Labrecque.

Benoît se redressa. Tout le village le saurait. Ce qu'il aimait moins, c'était de voir Betty en train de mettre une valise dans son auto. Labrecque ne perdait rien de la scène et fit demi-tour très lentement. Benoît eut envie de lui crier : « Vous voulez faire une visite de la maison aussi tant qu'à y être ? » Il attendit que Labrecque sorte de la cour puis il se dirigea vers Betty. Qu'est-ce qu'elle avait ? Rester calme.

— Fernand Rimbaud est mort. Marc s'en vient.

Benoît soupira presque d'aise. Il pensait qu'elle savait pour Lili, qu'elle avait deviné.

— J'ai pas peur de Marc. On va s'expliquer.

— Moi non plus, j'ai pas peur de Marc, mais le jour où il va exploser je ne veux pas être là.

— Betty. Moi qui me réjouissais à l'idée de passer la soirée avec toi, dans notre nouveau nid d'amour.

— Benoît, je ne reste pas ici ce soir. J'ai peur.

— Tu t'énerves pour rien. Il se passera rien. Marc Rimbaud est comme un gros coq qui va faire beaucoup de bruit, puis il va trouver le tour de s'en aller.

— Parfait, tu t'en occupes.

Elle voulut monter dans son auto. Il s'interposa.

— Je pensais qu'on était ensemble, nous autres. Tu ne peux pas une journée être avec moi, l'autre te sauver. Ça marche pas comme ça avec moi.

— Écoute, on n'est pas mariés, tu me feras signe quand...

Elle n'acheva pas sa phrase.

— Quand quoi...

— Quand Lili aura fini de déménager. Elle va au moins revenir pour son linge.

— Qu'elle va trouver dans des boîtes sur la galerie. C'est ça qu'on va faire à soir.

— À ta place, je ferais pas trop comme si elle n'allait plus revenir.

— Quoi ? De quoi tu parles ? Parle-moi direct, Betty. On se connaît, nous deux. C'est quoi qui te chicote ?

— Jos Campeau est venu vers six heures. Il fouillait dans ton feu. Il trouvait curieux que t'aies brûlé et ton matelas et la porte de ta salle de bains. Il va revenir, c'est sûr.

— Aïe ! le gars a un bandage mouillé sur Lili depuis qu'il est à Thetford. Sûr qu'il va revenir. Sûr qu'il se dit qu'elle est partie vite ! Sans même lui parler. Tout le monde au village placote sur le départ de Lili. Moi-même, je suis inquiet, mais pas pour elle. Ça regarde mal pour moi parce que, depuis lundi soir au *Balmoral,* tout le monde sait que je la bats.

Il voyait qu'il avait toute son attention.

— Alors, de là à supposer que je lui ai fait un mauvais parti, il n'y a pas un grand pas à faire. C'est ça qui te fait peur ? Toi aussi, tu penses ?... C'est quoi ? Est-ce qu'il y a quelque chose qui t'a fait penser que...

Elle hésita.

— Non, mais Jos Campeau, lui, tu peux être sûr qu'il le pense... En tout cas, moi je ne reste pas.

Il lui prit ses clés des mains.

— Betty, j'ai besoin de toi. Faut que tu me dises ce que tu penses. Faut que j'aie confiance en toi. Regarde-moi ! On va se parler dans le blanc des yeux. Si tu penses que j'ai pu faire du mal à Lili, tu vas me dire pourquoi, parce que si tu penses que je suis ce genre de gars-là, je le prends pas. Je le prends pas du tout.

— Donne-moi mes clés, Benoît.

— Tu veux tes clés ! Va les chercher, tes clés.

Il tira le paquet de clés de toutes ses forces dans le champ. On n'entendit même pas le bruit des clés tombant dans les hautes herbes. Comme si elles avaient été aspirées par le noir.

— Maintenant, tu vas rentrer dans la maison, tu vas me préparer un bon verre de scotch avec de la glace, pis on va se parler.

— Tu me fais pas peur, Benoît Marchand. Je vais m'en aller à pi...

Il la frappa d'un coup au plexus. Ses jambes fléchirent. Il la ramassa d'un bras, la transportant comme un fétu dans la maison.

— Betty, tu vas finir par me faire fâcher. Je ne suis pas beau fâché. Tu demanderas à Lili.

Il entra dans la maison, la laissa tomber sur le divan du salon. Elle avait encore du mal à reprendre son souffle.

— Veux-tu que je te dise, t'es comme elle. Vous êtes toutes pareilles. Prêtes à vous sauver quand ça va mal. As-tu pensé que bien des choses vont mal qui te concernent ? Avec qui je couche depuis six mois ? Qui profite si Lili s'en va ? Qui est allé acheter le rideau de douche, les rideaux, les draps de lit ? Qui a reçu le matelas ? Qui vit ici depuis que Lili est partie ? T'es avec moi Betty, que tu le veuilles ou pas. Tout ce que j'ai à faire, c'est dire que tu m'as aidé !

Il la saisit par la nuque.

— L'aimes-tu encore, ton Benoît ? Je l'ai fait pour elle, Votre Honneur. J'ai toujours envie d'elle. C'est elle qui m'a poussé, Votre Honneur !

Il la repoussa sur le divan, commença à tirer sur son chemisier, le déchirant. Il l'écrasait de son poids. Elle entendit sa jupe se déchirer. Tout ce qu'elle pouvait penser, c'est qu'il l'avait piégée. Il l'avait piégée et il n'y avait pas de sortie. Elle essaya de le mordre, de le griffer. Il lui tendit son cou. Il riait.

— Toi et moi, Betty. Tu trouves pas qu'on fait un beau couple ?

Il se leva brusquement.

— Envoye, déshabille-moi ! Montre ce que tu sais faire ! BOUGE !

Elle le déshabilla. Il la tenait par la nuque, lui tordant le cou.

— Tu m'aimes ? Dis que tu m'aimes !

— Je t'aime.

Il la coucha sur le divan, délicatement.

— Tu vois, quand on s'aime, c'est comme ça.

Elle le laissa faire. Soudain, ça allait trop vite pour elle et le barrage de ses sens éclata. Elle s'abandonna comme jamais elle ne s'était abandonnée avant. Ils n'entendirent même pas la voiture de Marc arriver.

7

« DIS À BENOÎT QUE J'ARRIVE... » Marc descendit de la voiture. La nuit était striée d'éclairs. Il pleuvait. Il ruisselait déjà, mais ça ne le touchait pas. La maison était dans l'obscurité. Une faible lumière dans le salon. La voiture de Betty était là. D'abord Benoît. S'il réglait Benoît, et il allait régler Benoît, Betty verrait. Elle verrait qui est l'homme.

— Je suis désolé, Marc, son cœur a finalement cédé, avait dit le docteur Lepage.

Il avait voulu mettre sa main sur l'épaule de Marc, mais Marc avait repoussé cette main comme on repousse une tarentule qui marche sur votre épaule. Et puis, il commença à dodeliner de la tête, de gauche à droite, de plus en plus rapidement. Le docteur Lepage entendait les vertèbres de son cou qui craquaient.

— Marc ? Ça va ?

Il avait une vilaine ecchymose au front.

— Veux-tu que je mette un pansement là-dessus, Marc ?... Marc ?

Marc ne le voyait pas. Il vira de bord et, toujours poursuivant son mouvement du cou, il marcha sans hâte vers la sortie. « Fin de route, papa. » Il se sentait léger comme l'air. Il ne s'était pas effondré. Il n'avait rien senti. Pas un pincement. Pas une larme. Il se sentait fort. Terriblement fort. Comme si on avait enlevé le poids qu'il avait sur la poitrine. Dehors, le tonnerre grondait. « Regarde-toi. Tu es calme. Tu as la situation en main. C'est un signe. » Il ouvrit les bras pour recevoir la pluie. Il se sentait naître, et il avait le fou rire. Il monta dans son auto. Destination Benoît. « Qu'est-ce que tu as fait à ma sœur, Benoît ? Qu'est-ce que tu as fait à ma femme ? Qu'est-ce que tu m'as fait à moi ? Temps de régler nos comptes. D'homme à homme. »

Il monta sur la galerie. Cogna à la porte. Trois fois. Trois coups secs et forts. Pas d'hésitation ici. Rien. Silence.

— C'est Marc.

Benoît fit signe à Betty de rester silencieuse. Marc cogna plus fort encore, pour se donner bonne mesure. Benoît enfila son pantalon. Il avait le sourire.

— BETTY, C'EST MARC. BETTY ?

La porte d'entrée s'ouvrit en grinçant. Betty vit Benoît qui disparaissait dans la cuisine. Elle réalisa qu'elle était nue. S'accrocha aux restes de ses vêtements déchirés.

— Allô ! Il y a quelqu'un ? Je viens dire bonjour à Benoît. Benoît Marchand, es-tu là ? C'est Marc Rimbaud. Je viens te parler de...

Il venait de voir Betty. Betty nue sur le sofa. Betty comme il ne l'avait jamais vue. Betty échevelée, les yeux exorbités, son maquillage qui coulait. Betty qui essayait de cacher ses seins. Betty qui avait peur. Peur de lui.

— Ce n'est pas toi que je suis venu voir, Betty. Où est Benoît ?

Elle eut un regard paniqué vers la cuisine.

— Tu peux te montrer, Benoît. J'ai des questions à te poser.

Betty était en train d'enfiler les grosses godasses de garagiste de Benoît.

— Viens au moins mettre tes souliers.

Il entendit un petit rire qui venait de la cuisine. Benoît entra dans le salon, actionnant la lumière du plafonnier. Betty eut un geste de vampire qui veut se protéger de la lumière.

— De la grande visite. Qu'est-ce que je peux faire pour toi, Marc ?

— Mon père est mort. Il te fait dire un dernier bonjour.

— Mes condoléances, Marc. Je l'aimais bien.

— C'est pour moi que vous vous êtes déshabillés ?

— On vient de faire l'amour, Marc. Ce n'est pas vraiment le temps de nous visiter. On est encore tout chauds.

Marc était trop calme. Benoît resta à bonne distance.

— Betty ! Franchement, un peu de tenue. Va t'habiller !

— Oui, Betty, Benoît et moi, faut se parler, fit Marc.

Betty se leva.

— Mes souliers, demanda Benoît.

Betty trébucha hors des godasses, s'étala de tout son long. Elle se releva, fila vers l'escalier. Cela fit sourire Marc. « Comme un rat qui décampe. » Benoît était debout à côté du sofa. Il enfilait ses souliers. Ses pieds étaient énormes et sales.

— Marc, je suis désolé pour ton père, mais c'est pas ma faute.

— Tu n'as pas répondu à sa question, Benoît. C'est pour ça qu'il est mort. Où est Lili ?

Marc était trop calme. Une chance qu'il avait une assurance. Il avait pris un pic à glace dans la cuisine et l'avait dissimulé contre le sofa.

— Je vais te dire la même chose qu'à ton père. Elle est partie pour Montréal avec ma voiture voir sa tante. En fait, je l'ai mise à la porte parce que Betty et moi, on va vivre ensemble... comme tu peux le voir.

— Lili a toujours détesté Valérie. Elle ne peut pas la sentir.

— Ça, vos affaires de famille, je les connais pas.

— Jos Campeau m'a dit que c'était curieux qu'elle soit partie parce qu'elle devait le rencontrer mercredi midi.

« C'était donc ça. Elle et Jos Campeau. »

— Quelque chose n'est pas correct, ici, Benoît. Je ne sais pas ce que c'est, mais Lili ne se serait pas sauvée comme ça.

— Elle l'a déjà fait.

— Benoît, je vais te le demander encore, où est Lili ?

Benoît en avait assez. Il était en train de couler ; ça le rendait mauvais et imprudent.

— Je ne le sais pas... Bats-moi. Ou sors ton revolver. Tu te sens brave avec un revolver ?... Vas-y, bats-moi ! Montre que t'es pas le jaune de la place. Betty ! viens voir ton mari, il va se fâcher.

Marc fit deux pas en avant. Benoît ne s'y attendait pas.

— Penses-tu que j'ai peur de toi ?

— Je m'en fous, répondit Marc simplement.

Son poing fendit l'air. Il toucha Benoît en plein nez. Marc entendit le nez de Benoît craquer. Benoît resta debout, stupéfait. Le sang pissait.

— Et j'ai pas besoin de mon revolver. Où est Lili ?

Benoît s'élança, mais Marc vira de côté et Benoît se retrouva au bout de son élan. Marc, le coude levé, le rabattit sur sa poitrine. Le coup lui coupa les jambes. Il roula sur le tapis.

— On peut continuer toute la nuit, si tu veux. Dis-moi où est ma sœur.

— Marc, non ! cria Betty

Elle était dans l'escalier. En train de s'habiller.

— On ne sait pas où est Lili. Elle est partie sans dire un mot.

Marc tourna le dos à Benoît.

— Il y a quelque chose de pas correct, Betty. Pourquoi tu le défends ?

Derrière lui, Benoît se redressait, mais Marc l'attendait. Il le frappa du pied sur une rotule. Benoît battit des bras. Marc l'expédia sur le divan d'une droite. Benoît saignait du nez et de la bouche.

— Il y a quelque chose de drôle qui se passe, Betty. Je n'ai plus peur. C'est fini, ce temps-là. Viens. Viens me voir. Pourquoi tu restes là ? Je sens que t'as peur. Dis-moi ce qui se passe.

— Marc, je ne sais rien.

— Voyons, Betty. Tu mens mal. C'est la première fois, d'ailleurs. Benoît, à ta place, je resterais sur le divan. Je commence à y prendre goût.

Il l'avait dans le coin de l'œil. Il se sentait si bien. Il était en contrôle. Personne ne riait de lui ici. Betty cria :

— MARC, ATTENTION !

Le temps d'enregistrer le cri et le visage alarmé de Betty. Le temps de sentir Benoît qui bougeait vers lui. Le temps de se demander « Qu'est-ce qu'elle a à avoir peur ? Je n'ai plus peur. » Le temps de se retourner pour faire face à Benoît. Le temps de voir le pic à glace qui descendait. Descendait...

Il resta debout. Il avait le pic à glace dans le front au moment où il se tourna de nouveau vers Betty. Il y avait quelque chose dans son regard. Le pic à glace était fiché au milieu de son front, là où il se grattait toujours. Il tomba à genoux. Il essayait de se gratter le front. Il eut un petit rire, puis tomba face contre terre, finissant d'enfoncer le pic à glace jusqu'au manche. Dont la pointe lui sortit par le derrière du crâne.

———— · ————

Jos n'arrivait pas seul. Il ne s'en était pas rendu compte, mais ses sirènes avaient ameuté tout le monde au café *Giguère*. Le suivait Gaétan B. dans le taxi de Labrecque. La serveuse appela Demers au *Balmoral,* qui laissa le bar à Binet et partit avec les frères Bélanger. Le fils Vézina leur emboîta le pas. Il se passait quelque chose chez Benoît Marchand, et ce n'était pas de la petite bière parce que ça concernait Lili Rimbaud. Et Lili Rimbaud, c'était la célébrité locale. Elle était en passe de devenir une légende, mais ça, tout le monde l'ignorait encore.

———— · ————

— Tu l'as tué. Tu l'as tué. Tu l'as tué ! Tu L'AS TUÉ ! TU L'AS TUÉ ! TU L'AAAAAAS TUUUUUUUUUUUÉÉÉÉÉÉ !

La voix de Betty s'éraille. Elle fut prise d'une quinte de toux. Elle était affalée dans l'escalier. Elle se tenait le ventre.

— TU L'AS TUÉ !

Benoît se dressa devant elle, menaçant, le regard fou.

— Tu la fermes ou je te fesse. ON l'a tué.

— C'est toi qui l'as tué ! Toi ! J'ai rien à voir là-dedans.

— T'es sa femme, niaiseuse.

Betty le regarda, interloquée. Elle était en état de choc. Benoît était devenu fou. Il avait tué Marc. Il fallait qu'elle s'en aille. C'est elle qu'on blâmerait. On dirait que c'était à cause d'elle. Mais ce n'était pas à cause d'elle, c'était à cause de Lili. Benoît marchait de long en large, survolté.

— C'est sa faute. Sa faute. Il est venu chez nous m'attaquer. Je me suis défendu. TU VAS LEUR DIRE QUE JE ME SUIS DÉFENDU. TU VAS LEUR DIRE QUE C'EST LUI QUI A PRIS LE PIC À GLACE. NON. ÇA MARCHERA PAS. TROUVER AUTRE CHOSE ! AUTRE CHOSE.

Il se tourna vers Betty.

— CHERCHES-TU ?

Betty avait la tête entre les deux jambes. Elle était malade.

— C'EST BEAU. C'EST BEAU. C'EST BEN LE TEMPS D'AVOIR UNE PETITE NATURE. INUTILE. TOTALEMENT INUTILE. FAUT LE SORTIR D'ICI. LE SORTIR D'ICI.

« Parce que si tu le sors pas d'ici, t'es cuit. Cuit doublement. Des deux côtés. Parce que, s'ils le trouvent ici, ils vont chercher Lili. »

— Aide-moi. Viens m'aider, Betty ! On va le mettre dans son char pis on va le jeter dans le lac.

Il s'arrêta un moment. « Première affaire qui m'est venue à l'idée. Le jeter dans le lac. Ça fait que Lili... Mon char est dans le lac. Ça va faire deux chars dans le lac. »

— Betty ! grouille-toi ! Tu vas me suivre avec ton char. Betty !

— T'as jeté les clés.

— BEN, QU'EST-CE T'ATTENDS ? TROUVE-LES.

Il l'attrapa par le bras, la tira de force vers la porte, la poussa dehors. Elle resta là, sans bouger. Il sortit dehors, la gifla à palme ouverte, des deux mains.

— Si tu ne te grouilles pas, je vais leur dire que c'est toi qui l'as tué.

Il vit que Betty revenait à un semblant de réalité. Elle le regardait avec haine.

— C'est ça, haïs-moi, mais grouille !

Il vint pour la gifler de nouveau. Elle l'arrêta.

— Maudit Benoît Marchand !

Il se dégagea, la gifla.

— On fera nos comptes plus tard. Cherche tes clés !

— Es-tu fou ? On voit rien.

Il monta dans la voiture de Marc, la fit reculer pour la pointer vers le champ, alluma les phares.

— C'est-tu assez clair pour toi ?

Il retourna dans la maison. Betty commença à chercher ses clés. Elle ne le faisait pas pour Benoît. Elle voulait se sauver, se sauver le plus loin possible. L'herbe trempée mouillait ses jeans. Elle ne voyait rien. Les phares de la voiture faisaient ombre. Il fallait qu'elle se tourne et fasse face à la lumière. Elle ne les trouverait jamais. Elle allait couler avec lui. La voiture de Marc. En marche ! Elle courut vers la voiture. Benoît sortait de la maison, traînant le cadavre de Marc. Il la vit dans la voiture, laissa tomber Marc. Elle était déjà en marche arrière.

— BETTY !

Il s'accrocha à la portière, l'ouvrit. La voiture continuait à reculer. Il cherchait à saisir Betty. Elle freina sec. Cela suffit pour qu'il perde prise. Elle mit en première, appuya sur l'accélérateur, freina. Nez à nez avec la voiture de Jos. Ni elle ni Benoît n'avaient entendu les sirènes. Derrière la voiture de Jos, en contrebas, la route était une procession de phares. Betty verrouilla toutes les portières de la voiture, se coucha sur le banc, ferma les yeux. Elle refusa d'ouvrir. Pendant la nuit, on remorqua la voiture jusqu'au poste de police. Au matin, on ouvrit la portière de force et on conduisit Betty en cellule.

———— • ————

Jos sortit de son auto. Il était aveuglé par les phares de la voiture de Marc. Ce n'est qu'alors qu'il se rendit compte qu'une procession d'autos derrière lui éclairait la nuit. Il n'avait pas le temps de s'occuper de ça. Il fila vers la porte de la voiture de Marc. Il essaya d'ouvrir. Qu'est-ce que Betty faisait dans la voiture de Marc?
— Betty?
Et puis il vit. Le balaiement des phares d'auto lui fit apercevoir Marc, abandonné sous le porche, la tête renversée sur la première marche et qui vous regardait, à l'envers, un manche de pic à glace lui sortant du front. Jos vit aussi, du coin de l'œil, une ombre qui filait vers la grange. Il courut vers Marc. Des cris résonnaient dans l'air, des portières claquaient. L'autre voiture de patrouille faisait tourner son gyrophare et actionnait sa sirène pour qu'on la laisse passer. Jos s'approcha de Marc. Il prit sa veste et lui couvrit le visage et les épaules. Il s'assit près de lui. Ça arrivait de partout. Les autos avaient contourné la sienne et celle de Betty. Jos baignait dans la lumière. Des ombres grotesques s'approchaient de la maison, formant cercle autour de lui. Gaétan B. Tremblay prenait des photos. Plus le cercle autour de lui se resserrait, plus le silence se faisait. Deux agents percèrent le cercle. Jos leur dit d'appeler des renforts, de rester près de Marc, de ne laisser personne entrer dans la maison. Il sortit du cercle d'un pas tranquille et, profitant des poches de noirceur, il se rendit discrètement jusqu'à la grange. Il ferma les portes de la grange derrière lui et sortit son revolver. Il s'appuya contre les portes, laissant à ses yeux le temps de s'habituer à la noirceur d'encre.
— Je sais que tu m'entends, Benoît. Je sais que t'es ici. C'est fini, Benoît. C'est fini pour Marc et c'est fini pour toi. Tu es aussi bien de te rendre parce que, si le monde qui est dehors te trouve

avant moi, tu pourrais y passer tout de suite... Comme dans l'ancien temps, un arbre, une bonne corde. T'entends-tu, Benoît ? Une bonne corde, c'est ça qui va t'arriver.

Jos parlait sans se presser, tout doucement, pendant que son oreille guettait un signe de mouvement quelque part. Il s'arrêta parce qu'il voulait entendre. Sur la droite, dans le noir, un bruit de respiration ? Il n'était pas sûr. Il changea de place.

— Je commence à t'entendre, Benoît. Tu fais pas de bruit. Je suppose que c'est ta peur que j'entends. Qu'est-ce ça te fait d'être pris comme un rat ? Tu peux sortir, je ne te ferai rien. Je ne te ferai rien parce que je veux savoir ce que t'as fait à Lili. C'est Lili qui te garde en vie, sinon j'ouvrirais les portes de la grange et je crierais : « Y est là ! » Dis-moi ce que t'as fait à Lili.

La lune sortit dans le ciel, assez pleine pour donner une forme aux ombres dans la grange, assez forte pour clouer Benoît dans son geste. Benoît, avec une bêche à foin, à six pieds de Jos. Il ne s'arrêta qu'une seconde, fonça vers Jos, criant : « EST MORTE, TA LILI ! » Jos n'eut que le temps de se baisser pour éviter la bêche. Il était déséquilibré, et tomba contre les portes de la grange, qui s'ouvrirent lentement sous l'impact de son corps. Benoît se dressait de nouveau, bêche en main. Jos tira deux coups, à l'aveuglette. Le dernier fit de la marmelade avec une rotule de Benoît, qui s'écroula en criant. Les coups de feu ameutèrent tous les curieux, qui se ruèrent vers la grange. Gaétan B. Tremblay en profita pour tirer sur la veste de Jos et photographier Marc. Puis il courut, comme un enfant heureux, vers la grange, où le cercle s'était reformé autour de Benoît. Il arriva en même temps que les renforts de police. Ils eurent tôt fait de repousser la foule qui, excitée par les lumières, le sang et le bruit, voulait s'en prendre à Benoît. Gaétan B. eut la satisfaction de photographier Benoît alors qu'il perçait la foule, soutenu par deux agents.

— Chacun son tour, mon Benoît !

On emporta le cadavre de Marc. Personne ne savait plus où était Jos. Il était entré dans la maison par derrière. Il avait refermé la porte d'entrée. Il resta assis dans le salon, jusqu'à ce qu'il n'y eut plus que le silence de nouveau. Il pensait à Lili. Il ne pouvait croire qu'elle était morte. « EST MORTE, TA LILI ! » Il se prit la tête entre les mains et pleura.

———— · ————

Au matin, il commença à faire un examen minutieux des lieux, un examen de police, pour ne pas avoir à penser. Il prit même des notes, sur tout ce que Benoît avait remplacé, sur ce qu'il y avait dans les tiroirs. « Qu'est-ce que tu fais ? EST MORTE, TA LILI ! » Il s'assit sur le matelas tout neuf. La tête lui tournait. Il entendit une voiture s'arrêter devant la maison. La voix du chef Lacasse lui parvint, qui engueulait Poitras de ne pas être entré dans la maison.

— T'as jamais entendu dire que, dans un cas de meurtre, il faut protéger la scène du crime ?

Jos sortit sur la galerie.

— Elle est protégée, la scène du crime, parce qu'il n'y a pas que Marc de disparu, il y a sa sœur Lili.

— Elle est à Montréal. Tout le monde le sait à Thetford, lui lança Lacasse sans y croire.

Le ciel lui tombait sur la tête, juste avant sa retraite.

———— · ————

Jean-François Letarte avait été réveillé vers trois heures du matin. Letarte était le procureur de la Couronne et le candidat conservateur aux prochaines élections provinciales. C'était un grand maigre, tout en bras et en gestes, avec une voix enrouée de crieur de foire. Homme ambitieux, il savait reconnaître une bonne affaire. Il avait manqué son coup à l'occasion de la mort de Jack DePaul. Il voulait inculper Lili, mais le chef Lacasse avait mis son veto. Cette fois-ci, personne ne lui mettrait des bâtons dans les roues. Il interrogerait Benoît Marchand lui-même. Il le fit directement transférer au poste de police de Saint-Joseph. Betty Bilodeau allait suivre vers midi.

À huit heures du matin donc, Maître Jean-François Letarte était en face de Benoît Marchand, dans l'infirmerie du palais de justice, qui servait aussi de prison.

Au même moment, à Beauceville, Valérie arrivait à l'hôpital et apprenait la mort de Fernand, celle de Marc et celle probable de Lili, ainsi que l'arrestation de Benoît Marchand et de Betty Bilodeau.

À midi, le cadenas fut mis sur la porte de la maison de Benoît.

À deux heures, les recherches commencèrent officiellement pour trouver le cadavre de Lili Rimbaud.

En fin d'après-midi, les journaux du soir explosèrent :

« L'AFFAIRE LILI RIMBAUD
LE MEURTRE DE LA FEMME EN ROUGE »

Passé neuf heures, Demers avait loué ou réservé toutes les chambres du *Balmoral*. Il était débordé et avait dû engager du monde.

Le maire Vézina avait mis le gymnase Saint-Cœur-de-Marie à la disposition de la police, qui se préparait à faire une battue de toute la région pour retrouver le corps de Lili Rimbaud. Plus personne ne doutait qu'elle était morte.

TROISIÈME PARTIE

Le plan de Lili

Mon âme [...]
Ouvrira largement ses ailes de corbeau.
Léo Ferré chantant Baudelaire

1

LE PLAN DE LILI ÉTAIT SIMPLE. Et naïf. Elle voulait donner une leçon à Benoît. Lui faire si peur qu'il n'oserait plus jamais la toucher. Il s'agissait de lui montrer ce qu'il était capable de faire. Il s'agissait de lui faire croire qu'il avait commis l'irréparable. Il s'agissait qu'il se réveille un matin d'une de ses cuites dont il n'avait plus le souvenir et qu'il la croie morte. Plus encore. Il devait croire qu'il l'avait tuée dans un accès de rage et qu'il s'était débarrassé de son cadavre. C'était un plan simple, mais il se compliqua très vite. Il était facile de faire boire Benoît Marchand. Passé un certain point, il oubliait tout. Il fallait du sang. Beaucoup de sang. Facile. Dans ses promenades à bicyclette, elle passait devant l'abattoir des frères Carter. Personne ne la vit passer par la brèche dans la clôture.

Elle se dit qu'elle était folle. Si on la prenait à voler du sang, qu'est-ce qu'elle leur dirait ? Qu'elle avait envie de faire du boudin ? Elle faillit abandonner. Personne ne la vit. Elle avait son sang, dans deux pots géants de beurre d'arachide Kraft. Elle avait déjà téléphoné à Jos, qui serait là mercredi. C'était une autre partie du plan. Elle voulait que Benoît souffre, qu'il passe mardi à se demander ce qu'il allait faire. Mercredi, quand Jos arriverait, il ne pourrait pas expliquer son absence. Et s'il y arrivait, il vivrait alors dans la terreur d'être découvert ; parce qu'elle avait l'intention de ne revenir que dimanche. Simple. Elle se cacherait dans le vieux chalet des Lacasse. Elle savait que Monsieur Lacasse n'y allait plus depuis la mort de sa femme. Une dizaine de milles à vélo. Pas loin du lac Saint-François. Là où Betty et Benoît Marchand avaient fait l'amour le jour de ses dix-huit ans. Fini ce temps d'innocence. Ils s'en étaient chargés tous deux. Et si elle restait absente plus longtemps ? Peut-être même qu'on poserait des questions à Betty, puisque tout le monde était au courant de sa liaison avec Benoît. Un plan simple et efficace. Elle mettrait la bicyclette dans le coffre de la voiture. Parce que son plan incluait la voiture. Si elle partait avec la voiture, il aurait une terreur de plus. Qu'il s'était débarrassé d'elle avec la voiture. Que si on trouvait la voiture, on trouverait aussi son ca-davre. Peut-être même qu'ils l'auraient arrêté dans l'intervalle. Sur-tout si un coup de téléphone anonyme leur indiquait où retrouver sa voiture abandonnée, avec plein de sang dedans. Alors, Benoît Mar-chand devrait répondre à beaucoup de questions. Et ce qui était bien, la cerise sur le *sundae*, c'est qu'il ne se rappellerait rien. Jamais plus il ne la battrait. Elle reviendrait pour le faire libérer et elle ne lui devrait plus rien. Elle partirait avec Jos. S'il voulait encore d'elle. « Adieu, Benoît. » Simple.

Tout marcha comme sur des roulettes. Elle savait qu'il revien-drait avec des fleurs. Elle savait qu'il ne demanderait pas mieux que de boire, qu'il ne serait pas difficile de le traîner au *Balmoral* et, une fois là, de le faire rager et boire en dansant avec tout le monde. Elle n'avait pas prévu que Jos serait là, que Marc serait là, ni que Vézina allait planter Benoît, mais quand elle sortit du *Balmoral,* avec Benoît inconscient à l'arrière de la voiture, son plan fonctionnait à mer-veille. Elle le laissa dans la voiture. Quelques coups d'épaule contre la porte d'entrée et le bois vermoulu de la serrure céda. « Explique pourquoi tu as défoncé la porte de ta maison, Benoît. » Elle devait faire vite. Il était probablement endormi pour la nuit, mais on ne savait jamais. Elle vida les pots de sang sur le lit, jusqu'à ce que ça passe à travers le matelas et commence à pisser sur le plancher. Puis, elle se trempa les mains dans le sang et laissa des traces partout dans la chambre, arrachant le rideau, déplaçant la commode. Ensuite, elle arracha tous les draps du lit et roula les oreillers dedans. Elle traîna ce cadavre improvisé, créant une piste sanglante, jusqu'à la salle de bains, où elle jeta le tout dans le bain, puis arracha le rideau de douche, s'arracha quelques cheveux qu'elle colla sur le mur avec du sang. « Pas réel. » Elle retourna dans la chambre, enleva le pommeau en métal de la tête du lit. Un bon coup dans le mur, juste où étaient le sang et les cheveux. Comme ça, on croirait qu'on avait enfoncé une tête dans ce mur. Elle alla replacer le pommeau dans la chambre, revint examiner la scène dans la salle de bains. La lucarne ! Elle déchira un pan de sa robe rouge, ouvrit la lucarne et l'y accrocha. Puis, elle repartit avec le paquet formé par les draps et le rideau de douche et le reste du sang qu'elle vida à l'extérieur du plastique. Elle traîna ce paquet jusqu'en bas, ruinant le tapis de l'escalier, puis dehors jusqu'au coffre de la voiture, dans lequel elle jeta le tout. Elle revint dans la maison, laissant des traces dans la cuisine et rinçant les pots de sang soigneusement. Puis, elle prit un couteau dans le tiroir, le plus gros. Elle se rendit dans la chambre à coucher pour percer le matelas, puis revint planter le couteau dans la porte du frigidaire. Elle se rendit alors dehors pour traîner Benoît dans la maison. C'est là que ça commença à se gâter. Benoît pesait une tonne. Elle réussit à le sortir de la voiture, le traîna jusqu'à la galerie. Elle eut l'idée de le déshabiller et jeta ses vêtements dans le coffre de la voiture.

Elle faisait tout sereinement et avec méthode, avec un calme qui la surprenait. Elle abandonna l'idée de le traîner jusque dans la chambre à coucher. Si elle le laissait au pied de l'escalier, ce serait suffisant. Elle le prit par les bras et commença à le traîner. Les pieds lui virèrent. Elle enleva ses souliers à talons hauts. Les laissa dans l'herbe. Il les trouverait demain. Elle le traîna jusque dans la maison, le laissa au pied de l'escalier qui menait à la chambre. Il ronflait.

Elle se dépêcha de sortir. Elle alla fermer le coffre de la voiture. S'installa au volant. La bicyclette ! Elle sortit la chercher. Elle n'entrait pas totalement dans le coffre. Pas question de circuler avec le coffre ouvert. De peine et de misère, elle réussit à introduire l'engin sur le banc arrière. Elle retourna s'asseoir au volant. Elle se vit dans le rétroviseur. Elle avait du sang au visage. Elle eut un petit rire. « T'as vraiment l'air de quelqu'un qui vient de se faire tuer. » Elle avait du sang partout. Elle avait tout prévu, mais elle avait oublié sa robe rouge ! Elle avait oublié de se changer. Elle n'allait pas rester toute la semaine avec cette robe rouge sur le dos. Elle n'avait même pas de chaussures. Il fallait qu'elle se prenne une valise. Non. Toutes les valises devaient rester à la maison. Il fallait qu'elle retourne dans la chambre à coucher prendre ses choses. « Idiote ! Pars ! Ne retourne pas dans la maison. » Il lui faudrait passer par-dessus Benoît qui ronflait au bas de l'escalier. Elle ne pourrait jamais.

Elle entra dans la maison. Première surprise : Benoît n'était plus au bas de l'escalier. Où était-il ? Il devait s'être traîné dans la chambre à coucher. Elle monta silencieusement, le cœur à se rompre, le moindre craquement dans l'escalier la faisant se crisper, et conjurant l'image de Benoît se réveillant et la cherchant. Le bruit de ses ronflements l'apaisa. Il s'était jeté sur le matelas plein de sang, sans rien sentir. « De mieux en mieux. » Elle se dirigea silencieusement vers la garde-robe. Une chance. Il y avait aussi son vieil imperméable et ses souliers de tennis. Elle n'avait jamais joué, mais elle aimait porter des souliers de tennis. Elle se fit un paquet avec une robe, des bas, un chandail chaud. Quoi d'autre ? Le médaillon et les boucles d'oreilles de sa mère. Son journal ! Elle allait recommencer son journal parce que, ce soir, sa vie recommençait. De la commode, qu'elle avait déplacée, le miroir renvoyait l'image de Benoît, étendu sur le lit. Lorsqu'elle referma le tiroir, le cœur lui manqua. Benoît n'était plus dans le lit. Il était contre elle. Sa main se refermait sur sa poitrine. Ses lèvres cherchaient sa bouche. Il la soulevait, retombait avec elle sur le lit. Il voulait lui faire l'amour et ses gestes étaient brutaux. Elle avait oublié que certains soirs elle devait se cacher quand il rentrait ivre. Il la prenait et jurait le lendemain qu'il ne se rappelait plus. Elle était certaine qu'il était encore dans son état second, mais que si elle résistait... Elle essaya de se soumettre, de combattre la nausée qui l'envahissait. Ce fut plus fort qu'elle. Elle ne pouvait pas. Elle le griffa au visage, le repoussa. Elle bondit hors du lit, s'attendant à ce qu'il la poursuive. Elle n'attendit pas son compte, saisit son paquet. Ce n'est qu'en passant la porte qu'elle le vit qui dormait de nouveau. Survoltée, elle faillit débouler l'escalier.

Dehors, elle reprit son souffle, mit ses souliers de tennis, enleva sa robe rouge et son soutien-gorge, les jeta dans le coffre de la voiture. Une robe, un imper, un chandail, son sac à main étaient dans l'auto, ses boucles d'oreilles, son médaillon, son journal... Le minimum pour une fille en fuite. Elle l'avait fait. Elle fuyait Benoît. Elle avait réussi. Elle attrapa un de ses souliers à talons hauts et le jeta dans le coffre, laissant l'autre bien en évidence. À la place où Benoît chercherait son auto demain, il ne trouverait qu'un soulier, le soulier de la femme qu'il avait tuée. Simple.

— Qu'est-ce que tu penses que tu fais là ?

Benoît était debout sur la galerie. Il se frottait les yeux. Il marcha vers elle, menaçant. « Mon Dieu ! Il va me tuer. »

———— • ————

Jean-François Letarte ne faisait plus péter ses bretelles. Il regarda sa montre. Déjà trois heures du matin. Benoît résistait encore.

— Reprenons, Benoît. On t'a déjà pour le meurtre de Marc Rimbaud, un policier. Ça va chercher la chaise, la chaise électrique, mon Benoît. Alors, tu sors pas d'ici. Je vais aller me coucher dans cinq minutes parce que je suis tanné de te voir la face, mais le sergent Langelier ici va continuer. Ensuite, ça va être le sergent Richard et, vers deux heures, ça va être moi, tout frais, tout rose. Alors, tu vas parler, Benoît. Tu vas finir par parler. Pourquoi ? C'est à ton avantage. Tu nous aides, on t'aide. Tu parles, tu peux aller dormir.

Ils l'avaient assis dans un fauteuil roulant, avec un support pour sa jambe droite. Il avait un pansement sur le nez. Il n'était pas beau à voir, et encore ce n'était que le dehors. En dedans, il y avait un petit homme qui ne pouvait même plus crier de peur. Benoît voulait les aider. Il voulait tout dire. Il voulait se confesser pour pouvoir aller dormir. Il était plus terrifié que Maître Letarte ne le pensait, car lui savait. Il savait qu'il ne se rappelait rien. Il savait que personne ici ne le croirait.

— Alors, on reprend. Dans la nuit de lundi à mardi, tu as tué ta femme, tu l'as mise dans ta voiture et tu es allé te débarrasser du cadavre. Un. Tu t'es débarrassé et de la voiture et du corps. Deux. Tu as enterré le corps quelque part et tu t'es débarrassé de la voiture ailleurs. Je penche pour la solution numéro un, mais je veux que tu me le dises. Où est-elle ? Demain, on va draguer le lac. Soulage ta conscience, Benoît.

— Je vous l'ai dit, je ne me rappelle rien. À cause de la boisson. Je veux me rappeler, mais je ne le sais pas. C'est un grand trou.

— Bon ! Sergent Langelier, je vous le laisse.

Maître Letarte sortit, furieux. Il avait convoqué une conférence de presse pour la fin de l'après-midi et avait dû la reporter deux fois pour finalement abandonner. Il n'avait pas eu plus de chance du côté de Betty Bilodeau, qui criait son innocence. La mort de Marc n'était rien. C'était de la mort de Lili Rimbaud qu'on voulait entendre parler. Il sortit dans le grand hall. Il y avait encore des journalistes. Il prit sa meilleure face de poker, pour leur faire croire qu'il savait quelque chose de plus qu'eux.

———— · ————

Valérie n'arrivait pas à dormir. Elle était couchée dans le lit de Fernand. Le docteur Lepage l'avait amenée en voiture. Ils avaient été chercher Rolande et la petite Marie. Elle entendait le bébé chigner dans la chambre à côté. « La pauvre petite. Je suis sa seule famille maintenant. Je ne peux pas m'occuper d'un bébé. Pas à mon âge. Pas avec mon arthrite. » Elle regarda sa main aux phalanges tordues. « Une main de sorcière. Ce n'est pas moi la sorcière, c'est Jeanne. Je n'ai jamais rien fait de mal moi. Fernand ! Fernand c'est toi qui es chanceux. Tu es parti avant de voir tout cela. Ton fils, ta fille. Toute la famille Rimbaud. Il ne reste que moi et Marie. Qu'est-ce que je vais faire ? C'est bien toi, Fernand. Me laisser avec tout ça. C'est bien dans ton caractère. Comme c'était dans le caractère de Lili de finir mal. » Marie commença à pleurer plus fort. Valérie entendit Rolande se lever. Marie. Elle savait à qui elle ressemblait, celle-là. C'était au-dessus de ses forces. Elle ne pourrait pas. Marie ressemblait trop à Jeanne.

———— • ————

Jos s'était loué une chambre de motel à Saint-Georges. Au *Colibri.* Il avait insisté pour avoir la même chambre que le soir de la fête de Lili. Il avait besoin de réfléchir. Il n'avait pas remis son rapport, n'avait parlé à personne. Personne ne savait où il se trouvait. Il prendrait le temps qu'il faut. Il remettrait son rapport en même temps que sa démission. Plus rien ne le rattachait à la police ni à Thetford Mines. Il avait fait son temps. Il ne savait pas ce qu'il ferait. Tout ce qu'il savait, c'est qu'il allait remettre sa démission. Plus rien ne le rattachait à rien. « Lili. » Toujours le souvenir d'elle et de son sourire. Il la porterait en lui. Toujours.

Il était étendu sur le lit. Il avait besoin de faire quelque chose. Dans sa tête, il commença à reconstituer le scénario du crime.

Ils mettent Benoît inanimé dans son auto. Il est sur le perron du *Balmoral.* « Fais-moi ton beau sourire. » Il la regarde monter dans la voiture. Partir. Il aurait dû la suivre. « Imbécile. » Ils arrivent à la maison. Elle le laisse dans la voiture... Elle essaie de le réveiller. Non. Elle n'est pas si bête. Elle le laisse dans la voiture à cuver sa boisson. Il se réveille. Le froid. La pluie. Pleuvait-il ? Il entre dans la maison. Il est furieux. Elle est couchée. Il entre dans la chambre. Il la bat. Elle se réfugie dans la salle de bains. Il défonce la porte. Elle se débat. Arrive à s'échapper. Fuit dans la cuisine. Prend un couteau. Il le lui enlève. Perce la porte du réfrigérateur, la manquant de peu. Ou la blessant. Elle cherche à sortir dehors. Il la rattrape. L'assomme. La traîne en haut. La tue. Sang sur le matelas. Les draps. La traîne dans la salle de bains. L'enveloppe dans le rideau de douche. La traîne hors de la maison. Part dans la nuit. Cherche un endroit où se débarrasser du corps. « Pourquoi il n'enterre pas le corps ? » S'il la laisse dans la voiture... On trouve la voiture. Il est automatiquement coupable. Donc, il n'a pas le choix. Elle saigne dans la voiture. Ou quelqu'un le voit. Il doit se débarrasser de la voiture avec elle dedans. Doit revenir à pied. Donc, la voiture ne doit pas être très loin. Un rayon de dix milles. Dans son état. Quelqu'un l'aurait vu. Le vélo ! Fernand lui a parlé du vélo de Lili. Il va falloir qu'il retourne là-bas. Benoît revient avec le vélo. Alors, il savait qu'il ne reviendrait pas avec la voiture. Pas de sens. Ce n'est pas un crime de sang-froid. Il a brûlé le matelas, la porte de la salle de bains, le tapis. Il devait y avoir du sang partout. Et la valise. Jos sortit la barrure qu'il avait trouvée dans les cendres. Pour montrer qu'elle est partie. Il a brûlé une valise avec des vêtements. Était-elle en train de partir ? Il l'aurait surprise. Il dit qu'il ne se rappelle rien. S'il ne sait pas, si c'est vrai, ses trous de mémoire, alors personne ne saura jamais. Seule Lili saurait. Elle est morte. Pourquoi elle voulait le voir ?

« Tu te tortures, Jos. Elle est morte. Non. Tu es policier. Pas de cadavre. Pas de *corpus delicti.* Pas de preuve. Si on ne retrouve pas le cadavre, Benoît va être condamné pour le meurtre de Marc. Pas pour le meurtre de Lili. Circonstances. » Elle portait des marques de coups, lundi soir. Qu'est-ce qu'elle faisait au *Balmoral* ? Elle voulait que tout le monde sache qu'il la battait. Ça s'était retourné contre elle. Elle l'avait embrassé, ici même. Il la voyait encore. Et lui, comme un idiot. S'il était resté avec elle dans la chambre. S'il avait été un homme. S'il l'avait prise au lieu de s'effaroucher. C'était lui. Lui, le responsable. Il l'avait dans ses bras. Il l'embrassait. Il avait hésité. « Regarde le résultat. Es-tu content ? Tu n'as même pas le droit d'aller porter une fleur sur sa tombe. Si jamais elle a une tombe. » Il fut pris de froid.

—————— · ——————

Jean-François Letarte fit signe à Betty de s'asseoir. Il était d'humeur massacrante. Sa conférence de presse avait été un échec. Les journalistes voulaient parler à Jos Campeau. Benoît avait-il avoué pour Lili Rimbaud ? Avait-on trouvé le cadavre ? Était-il sûr qu'elle soit morte ? Et Betty Bilodeau ? Quel était son rôle là-dedans ? Elle était la maîtresse de Benoît ? Était-elle la complice de Benoît ? Avait-elle fait une déclaration ?

Maître Letarte avait eu l'air fou. Obligé de se cantonner dans : « L'enquête est en cours », et dans : « À ce stade, nous ne pouvons divulguer cette information ». Quelqu'un avait crié : « Savez-vous si vous êtes là ? » Il avait mis fin à la conférence pour sauter sur le téléphone et engueuler le chef Lacasse, le sommer de trouver Jos Campeau.

Le chef Lacasse était dépassé par la situation. Il avait dû faire venir des renforts pour boucler le périmètre de la maison de Benoît. Des gens fouillaient dans les cendres. On ramassait le moindre objet comme souvenir. L'équipement de plongée ne fonctionnait pas et une des chaloupes qui cherchaient sur le lac Bowker et devaient casser la glace qui commençait à se former s'était renversée. Il avait failli y avoir une noyade. Le chef Lacasse lui raccrocha au nez.

—————— · ——————

— J'ai dit : « Asseyez-vous ! »

Betty connaissait Jean-François Letarte. Elle savait qu'il donnait des *partys* très privés, à *La Duchesse,* à Saint-Georges. Elle venait de passer vingt-quatre heures sans parler à personne et elle avait eu le temps de se calmer. Benoît l'avait mise dans de beaux draps. Elle n'allait pas se laisser faire. De reconnaître Jean-François Letarte la rassura.

— Je vous connais, vous. Vous vous tenez à *La Duchesse,* à Saint-Georges. J'ai une de mes amies qui travaille là !

— Vous n'êtes pas ici pour me parler de moi. J'ai l'intention de vous accuser de complicité dans la mort de votre mari, Marc Rimbaud, et de complicité dans la mort de votre belle-sœur, Lili Rimbaud. Si vous voulez pas passer le reste de votre vie en prison, c'est le temps de parler.

Il démarra l'enregistreuse.

— Je ne savais pas qu'il avait tué Lili. Il est venu me voir mercredi pour me dire qu'elle était partie et qu'il voulait vivre avec moi.

— Quand vous dites « il », vous parlez de Benoît Marchand ?

— Ben oui !

— Ne dites pas « il », dites Benoît Marchand. Continuez.

— J'ai déménagé chez Benoît... Marchand.

— Votre mari, Marc Rimbaud, était au courant ?

— Oui.

— Qu'est-ce qu'il a dit ?

— Rien. Ce qui l'inquiétait, c'est Lili. Pourquoi elle était partie sans avertir. Je lui ai dit que c'était pas la première fois.

— Pas la première fois ?

— Qu'elle disparaît sans rien dire. J'étais pas inquiète pour elle.

— Nous reviendrons là-dessus. Vous avez emménagé chez Benoît Marchand. Vous étiez sa maîtresse depuis longtemps ?

— Il s'entendait pas avec Lili. C'est un jaloux.

— Répondez à ma question.

— On baisait ensemble bien avant qu'il ne soit marié.

— Comme ça, elle vous l'a enlevé !

— J'en ai jamais voulu.

Et comme Betty ne disait rien.

— Vous aussi vous étiez jalouse d'elle, fit Maître Letarte. Venons-en à la mort de votre mari. Vous étiez là. Vous avez tout vu.

Il vit Betty pâlir.

— Marc voulait savoir pour Lili. Ils se sont battus. Benoît avait un pic à glace. Il l'a frappé. En plein front.

— Ça, je le sais. Où vous étiez quand ça s'est passé?

— Dans l'escalier.

— Pourquoi? Pourquoi vous étiez dans l'escalier?

— Je suis allée m'habiller... je redescendais d'en haut.

— Pourquoi vous étiez en haut?

— J'ai eu peur. Marc et Benoît, la chicane était prise.

— Vous étiez toute nue. On a trouvé des vêtements féminins déchirés dans le salon.

Il lui indiqua un sac.

— C'est à vous, ça?

Il sortit sa jupe, son soutien-gorge et sa petite culotte.

— Est-ce à vous ou à Lili Rimbaud?

— À moi.

— Marc Rimbaud vous a surpris en train de baiser.

— Ça s'appelait pas une baise. C'était plus un viol.

— Un viol?

— Je voulais m'en aller.

Maître Letarte se pencha vers elle, l'œil froid.

— Pourquoi?

— Parce que Marc venait de téléphoner que Monsieur Rimbaud était mort et qu'il s'en venait.

— Donc vous l'attendiez?

— J'ai voulu partir. Benoît a tiré mes clés d'auto dans le champ.

— Vous aviez peur que ça tourne mal entre Marc et Benoît.

— Oui, surtout que...

— Surtout que quoi?...

— Ben, Jos Campeau était venu fouiller dans les cendres du feu...

— Quand? Qu'est-ce que Jos Campeau vient faire là-dedans?

— Jeudi, en fin d'après-midi, il fouillait autour de la maison. Il trouvait curieux que Lili soit partie si vite.

289

— Il est venu fouiller autour de la maison ?... Quel était son intérêt ? Est-ce qu'il la connaissait ?

— Vous voulez dire dans le sens biblique ?

Betty le vit qui la brûlait du regard.

— Il a toujours eu un faible pour elle. Il y a bien des rumeurs qui circulent.

— Jos Campeau était l'amant de Lili Rimbaud ?

Betty eut un mince sourire.

— J'en mettrais ma main au feu.

Maître Letarte arrêta l'enregistreuse.

— Ce sera tout pour le moment, mademoiselle Bilodeau.

— Je n'ai pas fini. Je n'ai rien à voir là-dedans. C'est Benoît qui m'a piégée. Il m'a invitée à rester chez lui parce qu'il voulait qu'on croie que Lili ne reviendrait plus.

— Vous direz ça au procès. Vous allez être accusée de complicité dans les meurtres de Marc Rimbaud et de Lili Rimbaud.

— Vous ne pouvez pas !

— En ce qui vous concerne, je peux tout.

Jean-François Letarte sortit dans le corridor. Il voulait voir le chef Lacasse en personne. Il était heureux. Scandale dans la police. Il allait être à la une de tous les journaux. Quant à Benoît Marchand, s'il n'avouait pas où il s'était débarrassé du corps de sa femme, tant mieux. Plus cette affaire durerait, plus on parlerait de lui. Il vit le sergent Langelier qui lui faisait signe.

— Benoît Marchand est prêt à passer aux aveux.

« De mieux en mieux. »

———— • ————

Valérie n'était pas venue toute seule. Dans l'impossibilité de rejoindre le chef Lacasse, elle était allée chercher le curé Lehoux, qui était en guerre contre le chef Lacasse depuis longtemps parce qu'il refusait d'affecter un policier à la protection de ses plates-bandes constamment piétinées par de jeunes voyous. Le curé Lehoux était un véritable jardinier et il ne manquait jamais de le rappeler au chef Lacasse. Aujourd'hui, c'était plus important. Valérie voulait faire enterrer Fernand et Marc Rimbaud le plus tôt possible. Pas de salon funéraire, il y avait trop de curieux et d'étrangers en ville. Elle voulait les faire enterrer ensemble. C'était là le hic. Marc Rimbaud était policier et il avait droit à des funérailles officielles. Déjà, des délégations de policiers de toutes les villes du Québec, même des autres provinces, avaient confirmé leur venue. Les plus grosses funérailles jamais vues à Thetford Mines.

— Marc sera enterré samedi avec son père.

Elle donna un cou de coude au curé Lehoux, qui enchaîna :

— Madame Couture a raison. Le plus tôt, pardonnez-moi l'expression, ils seront sous terre, le mieux ce sera pour tout le monde.

— Marc sera enterré dimanche, affirma le chef Lacasse. Ce n'est pas moi qui vais prendre le téléphone pour appeler tous les corps de police qui ont confirmé leur participation pour dimanche.

— Dites quelque chose, supplia presque Valérie.

— Nous sommes devant le fait accompli, madame Couture. Le chef Lacasse, avec sa délicatesse habituelle, a planté son jardin sans demander mon conseil et sans tenir compte du temps. Soyez assurée que ceci ne se terminera pas ici. Je vais aviser l'évêché du peu de coopération de notre corps de police.

Le chef Lacasse prenait sa retraite dans un mois. Il ne put s'empêcher de sourire intérieurement.

— Je regrette comme vous, mais les circonstances sont telles que le tout est hors de mon contrôle.

— Des nouvelles de la pauvre Lili ? demanda le curé Lehoux.

— Rien, monsieur le curé. On drague le lac Bowker.

— Et les autres lacs.

— L'hiver est sur nous. J'ai bien peur que si Lili Rimbaud est au fond d'un lac, on ne va la retrouver qu'au printemps.

— Cette malheureuse affaire est le résultat de votre incurie. Tout le monde était au courant de la situation entre Benoît et Lili.

— Je ne peux rien faire sans plainte, fit Lacasse, neutre.

Le téléphone sonna.

— Vous m'excusez?

Il était bien content de cette interruption, mais ce qu'il entendit au téléphone le fit bondir sur sa chaise. Il avait les joues rouges, comme s'il venait de recevoir une paire de gifles. Il grogna :

— Oui j'arrive!

Le chef Lacasse sortit en laissant le curé Lehoux et Valérie dans son bureau. Ils l'entendirent gueuler dans le corridor : « TROUVEZ-MOI CAMPEAU! »

2

BENOÎT ÉTAIT DEBOUT SUR LA GALERIE. Il se frottait les yeux.
Il marcha vers Lili, menaçant. « Mon Dieu ! Il va me tuer. » Et puis
Dieu, peut-être, intervint. La nuit était froide. Benoît était presque
nu. Le frisson le prit. Une minute, il marchait vers elle. L'autre, il
repartait vers la maison.

— Fais-toi geler si ça t'arrange. Gèle jusqu'en enfer !

Et il referma la porte. Lili ne pouvait croire à sa chance. Les
jambes tremblantes, elle s'installa au volant de la voiture. Actionna
le démarreur. Rien. « Comment rien ? Qu'est-ce qui se passe ? » Ne
pas paniquer, ne pas paniquer. C'est toujours ce que Benoît lui disait
quand il démarrait la voiture. Mais il pouvait revenir à n'importe
quel moment. « Ne panique pas. » Elle actionna de nouveau le démarreur. Elle avait tiré le « tchôke », comme elle avait vu Benoît le
faire. La voiture commença à ronronner comme un vieux matou pris
de phtisie. Elle appuya sur la pédale à gaz, doucement. Son pied
tremblait. Elle n'arrivait pas à maîtriser son pied. La voiture explosa
comme le tonnerre. Il allait sortir. Elle mit en première. Trop vite.
La voiture bondit, s'étouffa. Elle avançait quand même. Elle sortit
de la cour, descendant la petite pente. Lili actionna le démarreur,
la pédale au fond. La voiture fit une embardée. Elle faillit quitter
la route, puis Lili la stabilisa. Elle avait gagné. Elle était hors de
portée ! Son cœur battait à se rompre. Elle regardait derrière elle, son

imagination produisant Benoît courant derrière la voiture, courant plus vite que la voiture, gagnant sur elle. « Arrête-moi ça, Lili, ou tu vas devenir folle. »

Elle brûla l'arrêt à la croisée des Quatre-Chemins, dut reculer. Elle respira. Elle serait au lac Saint-François dans dix minutes. À cette heure de la nuit, personne. Un point pour elle. La pluie se mit de la partie, de grosses gouttes grasses comme si un tamiseur géant ne laissait sortir que de rares gouttes qui faisaient splotch ! en s'écrasant et roulaient paresseusement sur la vitre. Elle actionna l'essuie-glace, qui avait décidé de l'énerver en ne fonctionnant plus. Puis, ce fut le déluge. Devant, il n'y avait plus rien qu'un mur d'eau. Elle ne voyait plus. Elle dut ouvrir la vitre de la portière. La bourrasque la trempa le temps de finir de descendre la vitre, comme si la pluie était un mauvais plaisantin qui vous attend avec un seau d'eau et, au moment où vous vous montrez le nez, splash ! Sauf que ce n'était pas drôle. Lili dut conduire d'une main, la tête sortie par l'ouverture de la vitre. Encore là, elle n'y voyait presque pas. Où était la route qui conduisait au promontoire ? En plein jour, elle l'aurait retrouvée facilement. Avec cette pluie, impossible. « Et qu'est-ce qui presse tant ? » Elle n'avait qu'à contourner le lac. Elle serait chez Lacasse. Elle n'aurait qu'à passer la journée au chalet. Demain soir, elle trouverait le chemin du promontoire, précipiterait la voiture dans le lac, reviendrait avec la bicyclette, téléphonerait du chalet. Simple. Elle vit la pancarte « Chasse interdite » trouée de balles. Le chemin du promontoire du Chevreuil n'était pas loin. Elle tourna au bon endroit, juste où un tuyau d'écoulement d'eau permettait de traverser le fossé, fonça à travers les hautes herbes. Un instant, elle se sentit désorientée. Elle se força à rester calme. Puis, magie, passé les buissons, c'était la route qui montait vers le promontoire et son tunnel d'arbres, puis la petite clairière. Tout marchait comme sur des roulettes.

Elle arrêta la voiture, prit bien soin de la mettre au neutre et d'activer le frein à main — elle avait peur de ne pouvoir faire redémarrer la voiture.

La nuit était froide. La pluie tournait presque au grésil. Elle boutonna son imperméable. Elle était au bout de ses peines. Elle n'avait qu'à sortir la bicyclette, à débrayer le frein à main, à laisser rouler la voiture. Simple. Elle ouvrit la portière, jeta un dernier coup d'œil afin de desserrer le frein à main, vit quelque chose qui dépassait du siège du passager. Le porte-monnaie de Betty. « Subtil, Betty, d'oublier ton porte-monnaie dans la voiture. » Elle eut envie de le laisser là, mais se ravisa. C'était Benoît qu'elle visait, pas Betty. Elle empocha le porte-monnaie. Sortit la bicyclette, et se rendit compte que la chaîne, la vieille chaîne, qu'elle pressait Benoît de lui changer, était cassée, probablement parce qu'elle l'avait accrochée alors qu'elle manœuvrait la bicyclette pour la faire entrer dans le coffre. Plus de vélo. « Pas de panique. » Le chalet de Lacasse n'était pas si loin. Il fallait qu'elle se dépêche.

Elle n'arriverait qu'au matin et on pourrait la voir. Il pleuvait de plus en plus. En finir. Elle se pencha à mi-corps dans la voiture pour desserrer le frein à main. Ce n'est qu'à ce moment qu'elle réalisa que le promontoire était en pente ascendante. Si elle débloquait le frein à main, elle n'avancerait pas, elle reculerait.

Elle mit un pied dehors, un pied sur la pédale à gaz. Non, il lui fallait ses deux pieds pour mettre en première. Il lui fallait conduire la voiture et sortir au dernier moment. Vite, car la falaise coupait sec comme si elle avait été taillée à coups de pelle géante. Vingt pieds plus bas, on entendait le bruissement de l'eau mais on ne voyait rien. Il allait falloir mettre la voiture en première et donner du gaz, foncer. « Abandonne, Lili, c'est trop dangereux. » Elle commença à frissonner. Trouver un autre endroit, elle n'en avait pas la force. Abandonner la voiture là. Ne jeter que le contenu de la valise, le ballot qu'elle avait fait avec le rideau de douche et les draps ensanglantés. « On ne les trouvera jamais. » Elle se tordit de frustration. Si près du but. « Si je laisse la voiture ici, comme elle est, ils vont se dire : « Pourquoi Benoît ne l'a-t-il pas précipitée dans le lac ? » Le sang sur les draps. Ils peuvent faire la différence entre du sang de cochon et du sang humain. » Elle réfléchissait tout croche. Son but était atteint. Elle n'avait qu'à continuer vers le chalet de Lacasse. « Faut aller au bout de ton plan, Lili, ou tu auras tout fait pour rien. »

Elle monta dans la voiture, prit une grande respiration. « Folle comme ta mère. Tu es complètement folle. » Elle savait ce qui allait se passer. Elle avait vu le film *La Fureur de vivre*. C'était avec James Dean. Lui, il aimait Natalie Wood, qui était la blonde d'un chef de gang. Il avait défié le chef, ou était-ce le contraire ? De sorte qu'ils roulaient dans deux autos, à cent à l'heure, vers une falaise. Celui qui sautait le premier était un jaune et perdait Natalie Wood. James Dean sautait à la toute dernière seconde. Le chef de gang était moins chanceux. Son blouson de cuir était resté pris dans la portière. Il n'avait pas eu le temps de sauter. Lili était le chef de gang. Elle n'aurait pas le temps de sauter. Elle se prit à rire. « Tu es folle, Lili, folle comme ta mère ! Temps de te décider. On n'est folle qu'une fois. »

Un chêne au bord de la falaise. Elle n'avait qu'à garder la portière ouverte et à sauter au moment où elle passerait devant le chêne. Simple. Elle pesa sur l'accélérateur, fonça dans la nuit noire.

———— • ————

On avait fini par laisser Benoît tranquille. Il pourrait dormir enfin. Sa jambe lui faisait mal. Le docteur lui avait dit qu'il ne pourrait plus jamais plier cette jambe. Campeau ne l'avait pas manqué. Quelle importance ? Il avait tué un policier. Il était fini. Il avait tué Lili. C'était la chaise électrique. Il n'était plus capable de rager. Il était trop vidé. « Dormir. Ne plus penser. Lili. Marc. Betty. Désolé, Betty. C'est toi ou moi. » Il ferma les yeux. Un rideau descendait dans sa tête.

— Moi, Benoît Marchand, je fais cette déclaration sans contrainte en présence du procureur de la Couronne, Maître Jean-

François Letarte, et du sergent Robert Langelier. J'ai été averti de mes droits.

— Parlez un peu plus fort, fit Maître Letarte.

— Tout ça a commencé avec Betty Bilodeau qui m'a dit un jour : « Si tu t'arrêtes pas de boire, un jour tu vas tuer Lili et tu ne t'en souviendras même pas. » Faut dire que quand je bois, j'en perds des bouts. Ça m'a fait penser. C'était vrai que Lili et moi, ça ne marchait plus. Betty et Marc Rimbaud, ça ne marchait plus. On se consolait ensemble. Betty voulait que je quitte Lili. On avait le projet de partir ensemble, mais il nous fallait de l'argent. Je comptais sur l'héritage de Lili. Elle avait hérité de Conrad Brault. Un autre qui est mort à cause d'elle.

— Venez-en à la nuit du crime.

— Betty m'a dit : « Pourquoi tu lui fourres pas une volée en public, en plein milieu du *Balmoral*? Tout le monde va savoir que ça marche pas. Elle va s'en aller d'elle-même peut-être. Pis si elle s'en va pas, on verra. Je vais lui faire son affaire, moi. »

— C'est Betty Bilodeau qui a dit ça?

— Oui. J'ai amené Lili au *Balmoral* lundi soir, mais j'avais trop bu. C'est moi qui ai mangé la volée. Après, je ne me rappelle plus. Ce que je me rappelle c'est que Betty m'avait dit : « Je vais te rejoindre après la soirée. »

Il prit une grande respiration.

— Alors là, je veux être honnête. Je ne me rappelle rien. Je sais juste que j'avais bu comme un trou. Puis, je ne vois pas comment j'aurais pu tuer Lili dans la maison et, ensuite, prendre mon auto, la conduire quelque part, me débarrasser de la voiture et revenir à pied. Il a fallu que quelqu'un m'aide. Peut-être que Betty suivait avec son auto. Je ne le sais pas. Je ne veux pas accuser Betty. Peut-être que j'ai été capable de faire ça tout seul. En tout cas, c'est elle. C'est elle qui parlait toujours comme on serait bien si on partait ensemble. Elle quitterait Marc, je quitterais Lili.

— Avez-vous tué Lili Rimbaud?

— Oui ! Mais je ne m'en souviens pas, par exemple. Il y a juste Betty qui sait.

— Si vous ne vous rappelez rien, quand est-ce que vous vous êtes dit : « Je l'ai tuée » ?

— Quand je me suis réveillé, mardi midi, et que j'ai vu le sang partout.

— C'est pour ça que vous avez brûlé le matelas ?

— Oui.

— Vous avez brûlé d'autres choses ?

— La porte de la salle de bains. Je l'avais défoncée avec une hache dimanche, quand on s'était chicanés.

— Vous avouez donc avoir essayé de cacher votre crime ?

— Qu'est-ce que vous auriez fait à ma place ?

— Répondez à la question.

— Oui, pis Betty m'a aidé. C'est elle qui est allée acheter les rideaux pour la chambre, le rideau de douche, les draps. Elle est allée à Saint-Georges pour qu'on ne se pose pas de questions à Thetford Mines.

— Et Marc Rimbaud ?

— Ça, c'est une autre affaire. Betty a pris peur. Quand je suis entré dans la maison jeudi soir, elle était au téléphone avec Marc. Elle lui disait : « Viens me chercher ! » Il est venu.

— Betty dit que vous l'avez violée.

— Si ça, c'est du viol ! J'étais fâché. J'avais peur. J'ai voulu la mettre à la porte. Elle s'accrochait à moi comme une chatte en chaleur. On a baisé, puis Marc est arrivé. Elle a commencé à crier comme un putois que j'avais tué sa sœur. Marc est tombé sur moi comme un fou. J'étais sûr qu'il allait me tuer. J'ai couru dans la cuisine. J'ai trouvé un pic à glace. Je me suis défendu. Il me l'a enlevé. J'ai reçu un coup qui m'a fait voir des étoiles. Quand je me suis réveillé, il était mort.

— Vous dites que ce n'est pas vous qui l'avez tué ?

298

— Je ne dis pas ça. Mes empreintes doivent être partout sur le manche. Tout ce que je dis, c'est que je ne me rappelle pas. Je me suis réveillé. Il était mort. Ça doit être moi. C'est moi la cause de tout ça, mais Betty était pas heureuse avec Marc. Le résultat, c'est qu'il est mort, et c'est moi qu'on accuse. Tout ce que je dis, c'est laissez-moi avec Betty Bilodeau une heure, je vais lui sortir la vérité, moi !

— Donc, vous êtes blanc comme neige ? Vous vous attendez à ce qu'on vous croie ?

— Non, monsieur Letarte. Je ne nie rien. Je dis juste qu'un gars de garage comme moi n'a pas pu faire ça tout seul.

Maître Letarte arrêta l'enregistreuse.

— Vous êtes pas mal renard, monsieur Marchand, mais c'est un peu trop tard. Tout indique que c'est vous qui avez manipulé Betty Bilodeau. C'est la position que je vais soutenir au procès. C'est vous le seul responsable.

— Pour être responsable, faut se souvenir.

— Vous direz ça à votre avocat.

Maître Letarte sourit. Il n'était plus aussi sûr. Sa déclaration contenait des éléments pour plaider la légitime défense, l'inconscience temporaire. Il avait le témoignage de Betty. Question de crédibilité. C'était la maîtresse. Il fallait les juger ensemble ou séparément ?

———— • ————

Le Soleil de Québec avait envoyé deux journalistes. L'hebdo *Police-Secours* avait consacré tout son numéro à l'affaire. Ils avaient ressorti toute l'affaire Jack DePaul. On y voyait la photo de Lili, prise par Gaétan B. Tremblay, sous la manchette.

« TRISTE SORT
D'UNE FEMME TRISTEMENT CÉLÈBRE
LE CAS DE LA FEMME EN ROUGE »

On y voyait également des photos de Lili tenant Jack DePaul dans ses bras. Trois photos de Benoît Marchand faisaient toute une page. La première avait été prise devant la banque. Il traversait la foule avec Lili blottie dans ses bras. L'autre était sa photo de mariage. La troisième montrait Benoît, menotté à un policier, qui sortait d'une voiture de police. Un article était consacré aux recherches entreprises pour trouver le cadavre de Lili. On voyait des chaloupes sur le lac, des hommes en tenue de plongée. On voyait aussi des hommes autour de la maison de Benoît, en train de faire des fouilles. L'un d'eux pointait le tas de cendres. On parlait du matelas ensanglanté. Il y avait même une photo de Fernand.

« IL MEURT EN CRIANT : « OÙ EST MA FILLE ? »
LE CŒUR D'UN PÈRE A CÉDÉ. »

Ce qui tourna l'estomac de Jos, c'est la photo de Marc, tête à l'envers, gisant dans l'escalier chez Benoît, le pic à glace encore fiché dans le front.

——— · ———

Jos était de plus en plus perplexe. Lili était morte quand ? Dans la nuit de lundi, aux mains d'un Benoît ivre mort qui se serait tout à coup ressaisi, aurait mis le cadavre dans sa voiture et se serait ensuite débarrassé du véhicule ? Pourquoi se débarrasser de la voiture ? Pour prétendre qu'elle était partie avec ? Pour se faire passer pour une victime ? Il devait savoir que sans sa voiture tout le monde allait lui poser des questions sur Lili. Était-ce voulu ? « Reprenons. Ou il l'a fait sans réfléchir, forcé par la situation — et il a été obligé d'abandonner la voiture — ou le tout est délibéré. Je reviens à la même question. » Quand était-elle morte ? Au matin, quand elle lui avait annoncé qu'elle le quittait ? Il se serait débarrassé de la voiture en plein jour ? « Il dit qu'il ne se rappelle rien. Si c'est vrai... Il la tue pendant la nuit. Il s'en rend compte au matin. Il panique, cache

300

tout, se débarrasse du cadavre et de la voiture la nuit suivante. Comment revient-il ? Le vélo ? Où est le vélo ? »

Jos avait téléphoné à Poitras, qui était de garde dans la maison de Benoît. Il lui avait fait faire le tour du terrain. Pas de vélo. Il ne voyait pas Benoît Marchand revenir en pleine nuit à vélo. « Qui a pris le vélo ? Et pourquoi ?... » Trop de questions. Une certitude : « EST MORTE, TA LILI ! » avait crié Benoît. Ça faisait trop mal.

Le chef Lacasse devait le chercher partout. Jos s'en foutait. Il ne travaillait plus pour la police. Il avait écrit sa lettre de démission, qu'il remettrait à Lacasse en même temps que son rapport. Et il partirait. Il retournerait à Montréal. Il ne savait pas encore ce qu'il ferait. Tout ce qu'il savait, c'est qu'en remettant sa démission il brûlerait les ponts. Il serait bien obligé de faire quelque chose d'autre. Il se sentait libre. Profondément triste. Il n'arrêtait pas de penser à Lili. Il ne pouvait se l'imaginer morte, ses yeux ouverts dans le vide, son visage figé par la mort. Son être se rebellait. « Plus vite tu vas accepter qu'elle est morte, plus vite tu vas retomber sur tes pattes... Et si tu ne l'acceptes jamais ?... »

———— · ————

Marc Rimbaud fut mis en terre en grande pompe, par un beau dimanche, à côté de son père, enterré le samedi, et de sa mère, Jeanne, enterrée en 1951. Valérie tenait la petite Marie, la dernière des Rimbaud. Les fossoyeurs avaient réservé une parcelle de terre pour Lili Rimbaud, qui ne tarderait pas à venir les rejoindre. Valérie avait même acheté la pierre tombale. Et qui réussit à en prendre une photo chez le marbrier ? Gaétan B. Tremblay. De sorte que la démission de Jos passa presque inaperçue, un entrefilet en deuxième page, alors que la photo de la pierre tombale de Lilianne Rimbaud occupait la une. Jos n'assista pas aux funérailles.

———— · ————

Maître Letarte n'allait pas laisser le chef Lacasse se défiler.

— Jos Campeau est un témoin direct des événements relatifs à la mort de Marc Rimbaud. Il fut le premier sur la scène du crime.

C'est lui qui a procédé à l'arrestation. Dois-je faire émettre un mandat d'arrêt pour qu'il consente à venir témoigner ?

— Vous avez son rapport.

— Un rapport ? Vous appelez ça un rapport ? Si Maître Blackburn lit ce rapport, il va me crucifier en cour. Ce n'est qu'une série de suppositions et de conjectures.

— Vous avez la confession de Benoît Marchand.

— Qui accuse Betty Bilodeau.

— Écoutez, Jos Campeau a remis sa démission de la police. Il est redevenu un simple civil. Je ne peux rien faire.

— Vous voulez dire que vous vous en lavez les mains ?

— Maître Letarte, je prends ma retraite dans une semaine.

— Vous saviez qu'il y avait quelque chose entre Jos Campeau et Lili Rimbaud ?

— Première nouvelle.

— Vous avez répondu trop vite.

Lacasse resta silencieux. Maître Letarte s'alluma une autre cigarette. Au début, il avait cru que ce serait une bonne idée de mettre en doute le travail de la police, de laisser planer un doute sur la probité de Jos Campeau. Le tout lui donnerait une image de redresseur de torts. Le hic, c'est que Blackburn avait parlé à Betty Bilodeau et avait sorti le tout avant lui, le mettant dans la position de défendre l'intégrité de la police. Le procès de Benoît Marchand s'annonçait mal. Tant que le corps de Lili Rimbaud ne serait pas retrouvé, Blackburn allait pouvoir mettre en doute le travail de la police.

— Et les recherches pour retrouver Lili Rimbaud ?

— Au point mort. Vous le savez peut-être pas, mais c'est l'hiver. On a tout juste fini le lac Bowker.

— Et le lac Saint-François ?

— Maître Letarte, la première semaine ici, ça a été la folie furieuse. Tout le monde cherchait Lili Rimbaud. La deuxième semaine, il y avait encore des curieux mais seule la police cherchait. La troisième semaine, l'hiver s'est mis de la partie. Les effectifs prêtés par le gouvernement et les municipalités sont rentrés chez eux. J'ai trois hommes sous mes ordres. Alors, au lac Saint-François, vous attendrez au printemps. Comme vous savez, il est question de centraliser la police à Saint-Joseph. Il n'y aura peut-être plus de chef de police à Thetford Mines. Alors, ne venez pas pleurer sur mon bureau que vous n'êtes pas capable de parler à Jos Campeau. De toute façon, vous n'avez pas besoin du cadavre de Lili Rimbaud pour faire condamner Benoît Marchand. Vous le tenez pour le meurtre de Marc Rimbaud. Vous allez m'excuser, j'ai des choses plus importantes à faire, la panne d'électricité d'hier a fait geler les tuyaux chez moi.

——— . ———

On ne l'appelait jamais Pierre Blackburn mais Blackburn Pierre. Il était petit, avec une face longue et pâle, un grand nez aquilin et des yeux de fouine. On disait : « Il n'est pas beau, mais il gagne ! »

— Benoît. Benoît Marchand ! Quand je te parle, tu m'écoutes, sinon tu peux te chercher un autre avocat. Remarque que tu ne trouveras pas meilleur que moi. Aussi, je te suggère de m'écouter comme si ta vie était suspendue à mes paroles. Je me fous de qui tu es ou de ce que tu as fait. Tu peux fourrer ton chat tous les soirs, ça ne me fait rien. La seule chose qui m'irrite souverainement, c'est quand le client que je défends me traite comme si je n'étais pas de son bord. Tu n'as jamais eu quelqu'un de ton bord comme Blackburn Pierre. Tu as tué un policier, Benoît ? Peine capitale. Dis-toi que tu marches dans un long corridor. Plus tu avances, plus tu distingues à l'autre bout une chaise. C'est une chaise comme les autres, sauf qu'elle a des sangles de cuir et un petit casque en fer comme dans les comiques et aussi des petites fioritures bleues qui ressemblent à des antennes de Martien. Ce sont des électrodes pour une chaise sur laquelle on met le courant une fois que tu es attaché dessus. Tu as juste le temps de savoir ce que le *bacon* ressent dans la poêle avant de passer de l'autre bord. Regarde-moi ! Dans ce corridor qui est comme un tapis roulant, tu avances constamment et de plus en plus vite. La seule personne qui peut empêcher... Regarde-moi ! Dans les yeux. La seule personne au monde qui peut empêcher qu'on t'attache sur cette chaise électrique et qu'on actionne la manette, c'est moi. Alors, tu me dis tout et j'ai peut-être une chance de te sortir du trou. Je ne t'éviterai pas la prison, faut pas rêver, mais je vais t'éviter la chaise électrique. Pour ça, j'ai besoin d'aller dans ta tête. Compris ?

— On est deux, fit Benoît.

Devant l'air perplexe de Blackburn Pierre, Benoît fut pris d'une crise de rire qui fit penser à Blackburn Pierre qu'il ne fallait surtout pas que Benoît témoigne en sa défense. Il avait jusqu'à présent gagné toutes ses causes contre Maître Letarte et il s'était empressé d'accepter celle-là. Il se dit que cette fois il s'était peut-être avancé trop vite. Heureusement, et il se croisait les doigts, le corps de Lili Rimbaud restait introuvable. Sans cadavre, sans *corpus delicti*, on peut toujours introduire le doute raisonnable dans la tête des jurés. S'il fallait que l'on trouve la voiture avec elle dedans...

3

« TU DOIS LE FAIRE, LILI. » Elle n'avait qu'à garder la portière de l'auto ouverte et à sauter au moment où elle passerait devant l'arbre. Simple. Elle pesa sur l'accélérateur, fonça dans la nuit noire.

Les meilleurs plans s'effondrent à cause de la simplicité des choses. Peut-être parce que tout peut arriver au moment où, dans le feu de l'action, notre vie, ou ce qui va advenir de notre vie, ne tient qu'à un fil. La vie de Lili ne tenait qu'à un chêne solitaire, dressé sur la falaise comme s'il se prenait pour un phare. Un grand chêne qui respirait au bord de l'abîme. Une centaine de pieds la séparaient du chêne. Elle tenait la portière ouverte d'une main, prête à sauter une fois passé le chêne. L'herbe qui était toute mouillée se couchait sous les roues de l'auto comme une séductrice. Quand Lili, qui venait de défier le sort en pensant à l'accident dans le film de James Dean — elle avait roulé ses manches d'imper pour ne pas s'accrocher — se vit arriver devant l'arbre, elle freina pour se donner le temps de sortir, mais les roues arrière commencèrent à glisser sur l'herbe givrée. Lili freina à fond. La voiture était au bord du gouffre mais n'avançait plus quand Lili pesait sur l'accélérateur. L'auto dérapait comme un jouet au bout d'une corde. Il fallait reculer, foncer avec plus de vitesse, se projeter hors de l'auto au quart de seconde. Le sort se jouait de Lili. La difficulté était au-dessus de ses moyens. Elle fit reculer la voiture, frustrée. « Si près du but. C'est un signe, Lili, rends-toi au chalet de Lacasse. Tu reviendras demain soir. Ce n'est que partie remise, Benoît. »

———— · ————

Le chef Lacasse comptait les jours et les heures qui le séparaient de sa retraite. Vivement le 15 décembre. Les journaux l'avaient critiqué, vilipendé. Lui, qui n'avait jamais eu à donner une conférence de presse, s'était retrouvé sous la mitraille des questions des journalistes. On lui reprochait de ne pas avoir fait son travail, de ne pas avoir nommé d'enquêteur spécial pour coordonner les recherches sur Lili Rimbaud. Il avait l'excuse toute prête. Un hiver hâtif. La glace commençait à se former sur le lac Saint-François.

Au printemps, tout ceci ne serait que de l'histoire ancienne. Il serait à sa retraite, en train de préparer son jardin. Il vendrait le chalet. C'était sa femme qui aimait y vivre.

L'ombre de Lili vint gâcher la fête organisée pour son départ. Gaétan B. Tremblay surgit pendant la réception. Des jeunes qui faisaient du patin à glace avaient trouvé la voiture de Benoît Marchand. Elle reposait dans à peine cinq pieds d'eau, en bas du promontoire du Chevreuil. Ils avaient buté sur le toit, qui émergeait de la glace. Le corps de Lili Rimbaud n'était pas dans la voiture. Les courants étaient forts à cet endroit du lac. Il ne serait possible de retrouver le corps qu'au printemps. Que personne n'ait pensé à chercher de ce côté reflétait la négligence de la police, eurent tôt fait de commenter les journaux. Le chef Lacasse alla se réfugier dans son chalet, laissant au procureur Letarte et au sergent Langelier, de la police provinciale, le champ libre. Il vit bien qu'on avait défoncé son chalet, que quelqu'un y avait séjourné. Une chance, les tuyaux n'avaient pas gelé. Il se contenta de réparer la vitre et n'appela même pas la police.

———— · ————

Jos ne tenait plus en place depuis qu'il avait appris qu'on avait repêché la voiture de Benoît Marchand dans le lac Saint-François. Il dévorait tous les journaux relatant la découverte de la voiture. Il regrettait amèrement d'avoir démissionné trop tôt. Il voulait être là. Il voulait examiner cette voiture. Qu'avait-on trouvé d'autre ? Il avait bien essayé de parler à Poitras d'abord, et au sergent Arsenault ensuite. On lui en voulait dans la police : un, de ne pas avoir assisté aux obsèques de Marc Rimbaud, et deux, d'avoir démissionné. Il n'était plus qu'un civil et ne pouvait se mêler de l'enquête. Il était profondément malheureux. La découverte de la voiture confirmait les agissements de Benoît Marchand. La découverte de la voiture, c'était la confirmation que Lili était morte. Inéluctablement morte.

———— • ————

Jos était à Montréal chez son ami Jérôme. Jérôme Paquin, détective à l'escouade des homicides. Jos l'appelait lieutenant-détective Paquin quand il voulait le faire enrager. Entre eux, il y avait toujours eu de l'amitié. Jos, à six ans, lui avait planté une roche dans le front dans une ruelle. Jérôme avait douze ans. C'était un grand. Son front avait pissé le sang comme c'est pas possible et Jos l'avait conduit à l'hôpital sur sa bicyclette. Depuis, ils étaient comme les doigts de la main, amis sans le besoin d'être amis. Ils se perdaient de vue des années mais il suffisait d'un coup de téléphone, l'autre arrivait. Ils étaient conscients que c'était spécial, cette amitié, et aucun des deux n'aurait voulu avoir l'air de faire quelque chose pour la conserver parce qu'il ne fallait pas de calcul et si tu demandais quelque chose et que l'autre hésitait un quart de seconde, tu n'insistais plus. Cela faisait damner la femme de Paquin, Louise, qui ne comprenait rien à ces deux hommes qui se retrouvaient après plusieurs années, se serraient la main et retombaient presque aussitôt dans leur silence. Jérôme avait essayé de lui expliquer que leur amitié était comme une longue conversation et que les temps morts, les temps où ils ne se voyaient pas, n'existaient pas pour eux, mais il s'embrouillait toujours dans ses explications. Quand Louise se sentait méchante, elle lui disait que ce qu'elle sentait c'est qu'elle comptait moins pour lui que son amitié pour Jos. Jérôme ne protestait même pas.

Jos n'allait pas bien. Il avait donné sa démission de la police. Pas assez tôt, au goût de Jérôme. Il buvait trop. Jérôme savait que c'était une histoire de femme. Il savait que c'était cette femme qui avait été tuée par son mari à Thetford Mines et dont on cherchait encore le cadavre. Il ne posait pas de questions. Avec Jos, ne jamais chercher à presser les choses. De toute façon, on ne se gênait pas chez ses confrères pour commenter toute cette affaire, et Jos n'y avait pas le beau rôle. Son absence aux funérailles d'un confrère policier y était pour beaucoup et sa démission lui donnait les allures de quelqu'un qui a quelque chose à cacher. Jérôme savait que c'était faux, mais il ne pouvait défendre Jos qui restait muré dans son silence.

De sorte qu'un soir froid de décembre, assis dans une taverne, Jérôme leva son verre à la santé de Jos :

— Temps que tu me parles, Jos.

— Pose tes questions.

— Je ne saurais pas par où commencer...

— Mais ça te chatouille...

— Appelons plutôt ça une démangeaison générale.

— Doit y avoir bien du monde qui pisse sur moi...

Jérôme sourit.

— Pose pas de questions.

— As-tu déjà été amoureux, Jérôme ?... Je ne te le souhaite pas... De savoir qu'elle est morte, c'est comme si j'avais un grand trou dans la poitrine par où le froid entre. De savoir que j'aurais pu empêcher que ça arrive, ça me donne envie de me tirer une balle dans la tête. Mais je ne le ferai pas, j'aime mieux mourir de vouloir l'oublier. Elle est une rivière dans ma tête qui bat au rythme de mon cœur.

Jérôme ne cilla pas. Il ne dit pas : « Tu exagères ! » ou : « Mon pauvre Jos, avec toi, c'est toujours des histoires de femme. » Après tout, c'est lui qui avait insisté pour que Jos parle. Il voyait bien que Jos n'était pas sur la même longueur d'onde, que sa démission n'avait rien à voir avec des actions ou gestes qu'il aurait voulu dissimuler. Il posa quand même la question, parce qu'il était policier :

— Tu couchais avec ?

— Je la respectais. Tu dois me prendre pour un bel imbécile, mais en ce qui la concerne, je ne suis que l'éternel soupirant.

— Ça ne te ressemble pas.

— Est-ce que ça importe qu'on se ressemble, qu'on soit conséquent, qu'on ne gâche pas sa vie ?

— Parlant de gâcher sa vie, as-tu des plans ?... Parce que j'ai un ami qui a une agence de détectives et qui n'engage que d'anciens policiers. Je lui ai parlé de toi.

— Tu ne devrais pas te mêler de mes affaires.

— Mercredi, deux heures, à cette adresse. Tu demandes Albert Gignac... Il faut que j'y aille, Louise m'attend.

Jos resta seul. Il continua à boire. Dans sa tête, il y avait Lili. « Rien au monde ne pourra m'empêcher d'être là ! » Et Benoît. « EST MORTE, TA LILI ! »

Tout était de sa faute. « Tu peux entrer », lui avait dit Lili. Une femme qui vient de vous embrasser et vous invite dans une chambre de motel. Sa faute. « *Mea culpa.* »

Pas facile de noyer ce vide en soi. Pas facile de ne plus penser. Pour Jos, il ne s'agissait plus de boire jusqu'à l'ivresse, il s'agissait de boire jusqu'à l'oubli.

———— • ————

« C'est un signe, Lili, rends-toi au chalet de Lacasse. Tu reviendras demain soir. Ce n'est que partie remise, Benoît. »

Elle cassa une vitre avec une pierre. Le chalet de Lacasse était fermé pour l'hiver. Il y avait des provisions. Elle rétablit l'eau. Au début, elle ne voulait pas faire de feu, de peur qu'on voie la fumée. Le froid la gagnant, elle se décida à allumer le foyer. Le matin pointait. Elle avait les nerfs en boule. Elle ne pourrait plus jamais s'endormir. L'énormité de ce qu'elle avait fait, de ce qu'elle voulait continuer à faire, commençait à lui apparaître. « Mardi matin, Benoît dort. Il est sur le bord de se réveiller. Non, le connaissant, il va dormir jusqu'à midi. Le réveil va être brutal. Peut-être que tu aurais dû dire à Jos de venir mardi midi. » Non. Elle voulait que Benoît panique, qu'il la croie morte. Une chose était certaine. Il n'allait pas appeler la police. De voir Jos cogner à sa porte allait lui donner une attaque. Elle était certaine que Benoît allait essayer de cacher ce qu'il croirait s'être passé. Combien de temps avant qu'on s'inquiète de sa disparition ? Mercredi, Jos allait confronter Benoît. Il allait avertir Marc, qui ne voudrait pas inquiéter Fernand. « Je lui donne jusqu'à jeudi pour se décider à parler à Benoît. De toute façon, jeudi je fais savoir que l'auto de Benoît est dans le lac. » « Où est Lili ? » Elle voyait Benoît se tordre sous la lumière d'une lampe qui l'aveuglait alors que Jos et Marc l'interrogeaient. Elle savourait ces images. Elle savourait sa vengeance. Benoît allait la laisser tranquille parce que, après cela, il ne voudrait plus d'elle. Elle serait libre. Elle savait que Jos n'attendait qu'un signe d'elle. Elle allait lui donner ce signe. Elle était presque heureuse et le sommeil la surprit devant le feu. Elle ne se réveilla que vers quatre heures. Déjà, il faisait presque noir et il fallait s'occuper de ranimer le feu. Benoît devait nager en plein drame. « Nage, Benoît. Nage. »

En même temps, elle songea à son père. Et s'il décidait d'aller la voir ? Non. Il ne venait jamais sans qu'elle l'appelle. Et si quand même il venait ? Ce fut le début, le début du doute. D'imaginer Benoît aux prises avec les questions concernant sa disparition ne lui apporta pas de réconfort. « À situation extrême, mesure extrême », mais, déjà, il y avait des fissures dans cette affirmation. Ceux qui ne l'aimaient pas allaient continuer à ne pas l'aimer. Elle jouait avec le feu. Elle découvrait d'autres facettes, d'autres ramifications à son geste.

Dans la quiétude du chalet, le ronflement des bûches, la solitude du petit bois, elle se sentit soudain malheureuse. « À quoi ça sert ? Tu es marquée, marquée pour la vie. Comme ta mère. » Elle n'avait qu'à appeler son père, à tout lui dire, à en faire son complice. Non.

Fernand désapprouverait. L'appeler, lui dire de ne pas écouter les rumeurs. Elle chercha le téléphone. Non. Ça briserait tout ce qu'elle avait péniblement orchestré. Justement! Elle prit le téléphone et s'aperçut qu'il n'y avait pas de timbre. Si elle voulait téléphoner, elle devait prendre la voiture. Elle avait oublié la voiture. « Temps de mettre en place la dernière partie du plan. Il faut aller au bout des choses, Lili. » Elle chercha des outils pour réparer sa chaîne de bicyclette, ne trouva rien. Dehors, le temps se couvrait. Encore de la pluie, presque du grésil. Impossible de sortir. « Il ne manquerait plus que cela. Se tuer alors qu'on cherche à faire croire qu'on est morte. » Elle sentit les larmes qui venaient. Elle se roula dans une couverture près du foyer, avec une boîte de conserve de fèves Heinz. Elle mangea à même, avec ses pleurs qui ruisselaient. Le hoquet ne la quittait plus. Elle ne choisit même pas de ne pas se débarrasser de la voiture. Elle oublia de le faire parce qu'elle se sentait comme un animal blessé qui a besoin de dormir, dormir.

———— • ————

« LE CLOU DANS LE CERCUEIL : DÉCOUVERTE DE LA VOITURE DE BENOÎT MARCHAND »

titrait le très conservateur *Guide,* de Sainte-Marie. Maître Blackburn était en rogne. Il dînait comme d'habitude au *Marquis,* devant le palais de justice de Saint-Joseph. Son steak était dur comme une bottine. Il pouvait toujours se plaindre, Marquis était parti pour la Floride depuis une semaine. Il mangeait sans vraiment manger, ruminant les implications de la découverte de la voiture de Benoît Marchand. La voiture mais pas le corps. Il allait se faire tailler en dentelle. Il entendait déjà Maître Letarte employer des expressions comme « son tombeau de glace ». Plus personne ne doutait que le corps de Lili était sous la glace du lac, qu'on le retrouverait au printemps si jamais on le retrouvait. Rien pour aider la cause de Benoît

311

Marchand. Un cadavre. Une photo. Ça bouclait l'enquête. On pouvait plaider. Pas de cadavre, ça restait dans l'air. L'imagination des jurés travaillait. Que lui avait-il fait? Était-elle encore vivante quand Benoît Marchand avait poussé la voiture à l'eau? Une mort horrible, coincée dans une voiture avec l'eau qui entre de partout. Pas de sympathie pour Benoît Marchand. En plus, la bicyclette. La damnée bicyclette. Qui prouvait la préméditation. Benoît Marchand avait emporté la bicyclette. Il savait donc qu'il allait se débarrasser de sa voiture. La chaîne était cassée. Il l'avait laissée là. Même pas pris la peine de la cacher. Qu'est-ce qu'il avait dans la tête? Il croyait qu'on ne retrouverait pas la voiture? Avec sa robe, les draps de lit, le rideau de douche, un soulier. Quelque chose qui ne tourne pas rond là-dedans. Benoît Marchand aurait voulu se faire accuser du meurtre de sa femme qu'il ne s'y serait pas pris autrement. L'imbécile continuait à maintenir qu'il ne se rappelait rien. Personne ne le croirait. Il avait tout mis sur le dos de Betty Bilodeau, au point que l'avocat ne pouvait prendre sa défense et celle de Benoît en même temps. Elle s'était pris un jeune avocat, Jean-Marc Gagnon. Retors mais sans expérience. Maître Letarte ignorait que Maître Jean-Marc Gagnon était en pourparlers pour s'associer avec Maître Blackburn. Avec Maître Gagnon dans sa poche, Maître Blackburn se sentait plus en contrôle.

Il vit Jean-François Letarte entrer, accompagné de Maître Gagnon. Maître Letarte lui fit un beau sourire.

— Alors, maître Letarte, tu dois être content. Un supplément de preuve contre mon client.

— Dont je n'ai pas besoin. J'ai déjà Benoît Marchand pour le meurtre de Marc Rimbaud, un policier...

— Qui n'était pas dans l'exercice de ses fonctions...

— Ça va chercher la peine capitale. Benoît Marchand n'aura pas besoin d'un second procès... ajouta Letarte.

— Tu ne peux pas séparer le premier meurtre du deuxième.

— Tant que je n'ai pas de cadavre, c'est une preuve circonstancielle... Je vois que je ne commanderai pas le steak.

Blackburn Pierre venait de perdre ce qui lui restait d'appétit. Maître Letarte ne voulait pas du meurtre de Lili Rimbaud. En ne faisant que le procès de Benoît Marchand, accusé du meurtre de Marc Rimbaud, il pouvait se servir du meurtre de Lili Rimbaud sans vraiment avoir à le prouver. Il allait refuser toute motion pour joindre les deux accusations. « Il ne veut pas que je me serve de la réputation de Lili Rimbaud pour mettre en doute les circonstances du meurtre de Marc Rimbaud. » D'un autre côté, il restait Jos Campeau, et cette rumeur de liaison avec Lili Rimbaud. Blackburn Pierre se commanda un cognac et un cigare. Il venait d'avoir une idée, une idée toute simple. « Où est Lili Rimbaud ? »

———— • ————

Pas si folle, Betty. Elle avait droit à la cuisine du restaurant *Marquis,* et Fecteau, le serveur, était une grande gueule qui lui avait dit des choses intéressantes sur l'état de la voiture de Benoît, repêchée dans le lac Saint-François. Assez pour qu'elle se pose des questions. Betty repassait dans sa tête le film des événements depuis ce fameux lundi soir où Lili avait fait son numéro. « Elle voulait que tout le monde sache qu'il la battait. Tout le monde l'a su. Pas assez naïve pour croire que Benoît allait lui pardonner. Et que fait-elle ? Au lieu de le laisser dans sa voiture et de partir avec le fils Vézina, ou avec Jos, elle repart avec Benoît. Elle qui disait toujours qu'elle n'aimait pas conduire le soir. La voilà qui repart avec Benoît, ivre mort, pour le ramener à la maison. Comment elle a fait ? Benoît pèse une tonne. Avec ce qu'il avait bu, les chances qu'il se soit réveillé pendant la nuit pour battre Lili à mort sont minces. Donc, il l'aurait tuée dans la journée de mardi, il aurait tout brûlé, il aurait conduit sa voiture au lac Saint-François et serait revenu à pied. C'est un bon bout, le lac Saint-François de Thetford. Mais mardi vers minuit, il me cherchait au *Balmoral,* Demers me l'a dit. S'il l'a tuée, il l'a enveloppée dans le rideau de douche. Or, d'après Fecteau, ils ont

313

forcé le coffre de la voiture et n'ont trouvé que le rideau de douche, les draps de lit, sa robe, un soulier. Benoît la tue, l'enveloppe dans le rideau de douche, mais ne la met pas dans le coffre ? Alors pourquoi jeter la voiture à l'eau ? Il aurait suffi d'un bon paquet bien ficelé avec une vieille jante d'auto. Il revient à la maison avec sa voiture et on n'entend plus jamais parler de Lili Rimbaud. Je te croyais plus intelligent, Benoît, ou tu t'es fait avoir. Voyons, Betty, réfléchis, les rideaux, les draps de lit, le rideau de douche, c'est Benoît. Tu l'as vu toi-même, elle est partie avec ce qu'elle portait sur elle. C'est sûr qu'il l'a tuée. Même ses bijoux sont là. Une femme part pas sans ses bijoux. Minute, je n'ai pas vu les boucles d'oreilles de sa mère. Quoi d'autre ? Son médaillon avec la photo de sa mère. Ce n'est pas assez pour croire que... Non, ça ne se peut pas... Mais si ce n'est pas Benoît qui a jeté sa voiture dans le lac Saint-François, alors ce ne peut être que... Faut que je parle à Benoît. »

——— · ———

Lili oublia la voiture parce qu'elle se sentait trop comme un animal blessé qui a besoin de dormir, dormir. Mercredi midi. Elle se battait encore pour ne pas penser qu'elle faisait fausse route. C'était une bataille perdue d'avance, mais elle se battait vaillamment. Elle avait ouvert son journal, décidée à recommencer. Elle avait oublié sa petite clé et avait dû briser le loquet. Elle resta saisie devant la première page. Avait-elle vraiment écrit :

Vendredi 5 août 1969

Bonjour Lili.
 Aujourd'hui est le premier jour du reste de ta vie. Première ligne du premier jour de mon nouveau journal. Premier soleil. Premier nuage. Je n'ai pu dormir, je suis trop énervée. Je suis trop heureuse. Ce doit être ça, le bonheur. Benoît Marchand a téléphoné. Il veut aller en pique-nique. J'en ai envie mais j'ai

dit non. Papa est pas bien. Il faut que je le dorlote un peu. Il fait comme s'il ne s'était rien passé. Ça m'arrange. Jamais je ne pourrai lui expliquer. C'est trop dur.

Souris, Lili, tout commence aujourd'hui.

Elle ne reconnaissait pas la personne qui avait écrit ces lignes et ça la rendit triste, triste ! Elle alla immédiatement à la fin de son journal, qui s'arrêtait au 14 septembre 1969. Il était écrit :

Bonjour à toi.

Jack est mort. C'est toi qui l'as tué. Pas une chance au monde, Jack. Pas une chance au monde avec moi.

Fini le journal. J'ai assez de peine comme ça sans essayer de me les rappeler. La vie n'a plus de sens.

Elle se retint de jeter son journal au feu. Mais qu'est-ce qu'elle avait dans la tête ? Avait-elle tout oublié ? Benoît l'avait sauvée de ce cauchemar. Et voilà comment elle le repayait. « Tu n'es pas correcte. Pas correcte. » Comme un poison qui faisait irruption en elle. Le côté noir des choses quand on n'a pas la force de s'insurger contre les voix qui prennent possession de votre tête. « Pour qui tu te prends ? Benoît a tout fait pour toi. Il t'a mariée, t'étais enceinte d'un autre. Personne n'aurait voulu de toi. Lui aurais-tu dit que ce n'était pas son enfant s'il ne s'en était pas aperçu ? Tu penses que t'es un cadeau pour un homme. Folle comme ta mère. Regarde ce que tu fais. Je les entends. « Pas de surprise de ce côté-là, ça faisait trop longtemps qu'elle se tenait tranquille. » C'est Benoît qui va passer pour un saint. Ça va tout te retomber sur le dos, tu vas voir. »

Elle ne pouvait plus rester dans le chalet. Elle alla marcher sur le bord du lac. De minces plaques de glace s'étaient empilées sur la berge. Elle marchait et tout craquait sous ses pas. Elle n'entendait rien, ne voyait rien, toute prise à se haïr comme si elle découvrait qu'elle n'était rien, qu'il n'y avait pas de raison pour ce qu'elle

315

faisait. Elle avait tort, point. La nuit tomba sur elle. Elle eut de la difficulté à retrouver son chemin. Quand elle revint enfin au chalet, essoufflée, elle eut un petit rire de voir la voiture de Benoît. Elle avait pris sa décision. Demain, elle mettrait fin à tout cela. Elle allait prendre la voiture et retourner à la maison, où elle prendrait sa médecine et ne dirait rien quand Benoît voudrait la regarder entre quatre-z-yeux !

———— • ————

« Pas si fou, le Benoît. » Betty pleurait presque.

— Pourquoi tu me fais ça, Benoît ? Tu sais que je n'ai rien fait, que je ne suis pas mêlée à ça.

Il se tenait devant Betty, appuyé sur sa béquille. Ils étaient dehors, dans la cour de la prison, séparés par une clôture grillagée, surmontée de barbelés. Il faisait froid mais cela ne les atteignait ni l'un ni l'autre.

— Pourquoi tu dis que tu ne te rappelles pas ?

— Parce que je ne me rappelle pas, ni de Marc ni de Lili.

— Tu peux peut-être le faire croire à Maître Letarte, mais pas à moi. Je te connais, Benoît Marchand, tu devais avoir une bonne raison pour te débarrasser de ta voiture. Peut-être pour qu'on cherche de ce côté-là.

— Ah ! j'y avais pas pensé. De toute façon, je ne me rappelle pas.

— Peut-être parce qu'il n'y a rien à se rappeler. As-tu pensé à cela, Benoît ? Si ce n'est pas toi qui as jeté ta voiture à l'eau, c'est sûr que tu ne peux pas t'en souvenir.

Il ne disait rien. Il grattait la terre gelée avec le bout de sa béquille. Betty essaya une autre tactique :

— Pas fou, mon Benoît. Tu fais semblant de pas te rappeler, mais le jour où ils vont trouver le corps de Lili, tu vas avoir l'air fin. Tu pourras plus dire que c'est pas toi qui l'as tuée. Tu te souviens de l'avoir tuée, mais tu veux pas le dire.

— Écoute, Betty, je suis pas assez fou pour croire que je vais m'en tirer. Si je me souvenais, je le dirais. Tout irait plus vite. Peut-être même que je vais finir par dire que je l'ai fait pour avoir la paix. Mais je te jure, je me souviens de rien.

— Tu te souviens pour Marc ?

— Ça, je m'en souviens, mais rien que des bouts.

— Faut que tu leur dises que j'ai rien à voir là-dedans.

— Mais je ne le sais pas, Betty. Peut-être que Lili t'a appelée pour chialer et que tu lui as dit : « Soûle-le. Amène-le au *Balmoral*. Ça va lui donner une bonne leçon !... » Je sais pas ce que tu m'as fait.

Betty avait envie de crier.

— Tu ne peux pas ne pas te rappeler que t'as jeté ton auto dans l'eau. Avec le froid qu'y faisait, un gars dessoûle vite... Si c'est pas toi, c'est qui ?

— Ah ! tu vois, tu me fais penser. Si ce n'est pas moi, bien des choses tomberaient en place...

— Comme quoi ?

— Ben ! t'as accepté pas mal vite de venir t'installer chez moi, un peu comme si tu savais que j'allais te le demander.

— Maudit écœurant ! Je vais le dire, au procès, que je t'ai vu tuer Marc.

— En tout cas, c'était une bonne occasion pour toi de te débarrasser de lui et de me mettre ça sur le dos.

Benoît eut un sourire, s'éloigna. Betty avait une boule dans la gorge. Elle s'était entendue avec Maître Letarte pour bénéficier d'une remise de peine. Il s'agissait de faire dire à Benoît qu'il avait tué Marc Rimbaud. Toute cette mise en scène pour rien. Il se méfiait. Il devait savoir qu'elle portait un micro. C'était ça ! Et il en avait profité pour la caler encore plus.

— MAUDIT CHIEN !

Elle ne pouvait voir le sourire de Benoît, qui se disait que Betty n'était pas folle. C'était vrai que si ce n'était pas lui qui avait jeté l'auto dans le lac, bien des choses devenaient claires. Claires comme de l'eau de source. « Il faut que je parle à Maître Blackburn. » Si seulement il pouvait se rappeler. « Mais peut-être, Benoît, que tu es mieux de ne rien te rappeler. « Comme je ne me rappelle rien, maître Blackburn, elle aurait pu se sauver avant que je la tue. Elle pourrait être vivante, et je ne le saurais pas... » Pose-toi la question, Benoît. Est-elle vivante ? »

4

LILI AVAIT PRIS SA DÉCISION. Demain, elle allait mettre fin à tout cela. Elle retournerait à la maison, où elle prendrait sa médecine et ne dirait rien quand Benoît voudrait la regarder entre quatre-z-yeux.

Jeudi midi. Elle était presque heureuse. Elle se sentait lucide. Elle savait qu'elle choisissait son destin. En revenant chez Benoît, elle affirmerait que c'était fini de se sauver. Fini de résister. Elle savait que ce ne serait pas facile, mais elle avait décidé d'accepter son sort. Presque heureuse. Elle tournait le dos au futur. Le futur avec Jos. Le futur tout court. La bicyclette ? Elle avait laissé la bicyclette sur le promontoire. Un signe. Elle n'avait plus besoin de cette bicyclette. Elle éprouva un pincement au cœur. Décider de sa vie. Quelle vie ? Benoît ne lui pardonnerait jamais.

Elle mit la voiture en marche. La tête lui tournait. Elle se vit dans le rétroviseur. Elle vit surtout son œil au beurre noir. « C'est ça que tu veux comme vie ? » Elle ne savait plus. Elle était folle de retourner dans ce piège. « Tu sais ce que Benoît va te faire. Tu sais qu'il en veut à ta jambe. » Que ferait sa mère ? Que ferait Jeanne ? « Tu as trop payé pour être normale. Trop payé. De toute façon, je ne serai jamais normale. Jamais. »

La sirène du camion la sortit de ses pensées. Elle n'eut que le temps de revenir à droite. Le camion la frôla mais continua sa route.

Lili s'arrêta sur l'accotement. « Un signe. Un signe que ça ne va pas. Ça ne va tellement pas que tu viens presque de te faire tuer. Tu dis non à la vie, Lili. Non à la vie. » Il fallait qu'elle réfléchisse. « Tu as tout ton temps, Lili. Prends-le. » Elle redémarra la voiture. Revenir au chalet ? Oui. Elle chercha un endroit pour tourner. Un signe. Le restaurant *Leblanc,* où s'arrêtaient les camionneurs, surgit devant elle. Elle pourrait téléphoner, parler à son père. Il saurait quoi lui dire. Même s'il désapprouvait, il lui permettrait de faire le point.

Le restaurant du père Leblanc ne payait pas de mine. Le café était infect et la bouffe suivait de près. Le restaurant de Méthote, un mille plus loin, servait une meilleure cuisine, était plus spacieux. Pourtant, tout ce qu'il y avait de camions passant par Thetford Mines, en direction de Saint-Georges, faisait halte chez le père Leblanc, dont la fille, Yvonne, n'avait pas la langue dans sa poche et n'avait pas de misère « à déborder de la poitrine », de sorte que c'était devenu un rituel chez les camionneurs de s'asseoir devant elle pendant qu'elle minaudait : « Vas-tu arrêter de loucher ? » et provoquait des commentaires comme : « C'est parce que je me repose les yeux de la route. » De plus, le père Leblanc avait été un des premiers dans le coin à innover en mettant la télévision dans son restaurant. Pas que ça servait à grand-chose. La réception était notoirement mauvaise.

Lili avait décidé que si on la reconnaissait, ce serait un autre signe qu'elle devait revenir, mais personne ne la remarqua. Tout le monde était groupé autour de la télévision, à écouter la radio que Leblanc avait placée sur l'appareil. Elle alla s'asseoir le plus loin possible du groupe. Attendit. Yvonne lui jeta bien un coup d'œil, mais elle était trop occupée par ce qui se disait à la radio. Lili lui fit signe. Yvonne s'amena, pas contente, planta sa poitrine devant Lili, remarqua son œil au beurre noir, ne dit rien. « Cette femme-là est dans le trouble, mais c'est pas mes affaires. »

— Vous, vous avez l'air d'avoir besoin d'un bon café !
— Est-ce que vous avez un téléphone ?

— Oui, mais il ne marche pas. Y a rien qui marche icitte. Ça prend tout pour avoir la radio. Qu'est-ce que je vous sers ? Ça se peut-tu ce qui est arrivé ? L'avocat Letarte est supposé parler dans une minute.

— Je vais prendre deux œufs au miroir avec des rôties.

— Ça s'en vient.

Lili entendait bien qu'on parlait à la radio, mais les mots ne lui parvenaient pas. Pas de téléphone. Elle aurait dû aller chez Méthote. Mais la sœur de Demers y travaillait comme serveuse. Autant dire que tout le monde saurait qu'elle était revenue la minute qu'elle mettrait le pied dans la porte. Où téléphoner ?

— Alors, Maurice, nous avons le chef Lacasse en ligne dans un instant. Tout le monde à Thetford Mines est sous le choc. Marc Rimbaud était un policier aimé de tout le monde.

« Marc Rimbaud ? Ils ont parlé de Marc. Non. » Lili se leva. Elle avançait sur un nuage.

— Y a-t-il d'autres informations concernant le sort de Lili Rimbaud ?

— Non mais, vu sa réputation, on peut comprendre. J'émets une hypothèse : ce ne devait pas être facile d'être son mari.

Et une autre voix :

— La femme en rouge frappe de nouveau.

« La femme en rouge. C'est de moi qu'on parle. » Ses jambes chancelantes. Elle devait savoir.

— Je crois qu'il est trop tôt. Voici le chef Lacasse, accompagné de Maître Jean-François Letarte. Nous sommes devant le palais de justice de Saint-Joseph. Nous rappelons les faits de cette tragédie, où trois membres d'une même famille ont été décimés.

Le cri de Lili s'étrangla dans sa gorge. Elle ne pouvait plus se tenir sur ses jambes et prit appui sur une table. Le souffle lui manquait.

— Fernand Rimbaud, Marc Rimbaud et Lili Rimbaud ont trouvé la mort dans les dernières vingt-quatre heures. La nuit dernière, à

Thetford Mines, Benoît Marchand a été arrêté pour le meurtre de Marc Rimbaud et, selon toute apparence, le meurtre de son épouse, Lili Rimbaud. Quant à Fernand Rimbaud, il est mort d'une crise cardiaque au moment où il a appris la disparition de sa fille. Mais je laisse la parole au chef Lacasse...

Lili sortit du restaurant sans que personne ne la remarque, sauf Yvonne qui arrivait avec le café. La serveuse jeta un coup d'œil dehors, mais la voiture de Lili était masquée par un camion. Elle haussa les épaules. Ce qui se disait à la radio était plus important. Si elle était sortie, elle aurait vu Lili, à genoux dans le stationnement et se tenant le ventre, qui lui faisait mal, mal. Une bile verte lui monta dans la gorge, lui éclata dans la bouche. Elle en avait partout. Ça sortait comme quand on a coupé l'eau d'un robinet et que les tuyaux crachent à cause du vide d'air. Une main sur son épaule.

— Ça va, mademoiselle ?

Ce geste la fit se cabrer, comme si on l'avait piquée au vif. C'était un homme dans la quarantaine, un dénommé Hervé Maheux, qui avait vu Lili sortir du restaurant et s'effondrer. Il était plein de sollicitude, mais il comprit que cette femme avait peur de lui. Il la vit courir, éperdue, vers sa voiture. Lui aussi haussa les épaules alors qu'elle démarrait.

Lili n'alla pas très loin. Ses larmes la brûlaient. Elle avait du mal à voir. Elle était secouée de nausées, mais il ne sortait plus rien de son estomac. Elle bifurqua providentiellement dans le stationnement du restaurant de Méthote, sinon elle aurait pris le fossé. « Marc, mort ! Papa, mort ! » C'était un mauvais rêve. Ce n'était pas vrai. Elle allait se réveiller. C'était impossible. Elle reprenait son souffle. Que s'était-il passé ? Elle savait. On n'avait pas besoin de le lui dire. La chaîne des événements était si simple. Son père était venu la voir, il avait confronté Benoît quand il ne l'avait pas trouvée. Il avait eu une crise cardiaque et Marc, Marc était allé voir Benoît pour lui demander des comptes. Benoît l'avait tué. Tout était de sa faute. Elle n'avait pas pensé, pas pensé aux conséquences de ses décisions. Elle aurait dû savoir. « Tu as mal entendu. Ils se trompent. » Sa main tremblait alors qu'elle ouvrit la radio : « C'EST UNE POUPÉE, ÉÉ, QUI DIT NON, NON, NON... ON ON ON... TOUTE LA JOURNÉE, ÉÉ, ELLE DIT NON, NON, NON... ON ON ON... ELLE EST TELLEMENT JOLIE... » Elle chercha à syntoniser un poste. Rien. Derrière elle, le klaxon d'une auto. Elle bloquait l'entrée du stationnement. Elle mit la voiture en marche, fébrile. La radio n'était plus qu'un grésil. L'autre continuait à klaxonner. « Il faut que tu saches. Il le faut. » Elle écrasa l'accélérateur, faisant crier l'asphalte, qui émit une longue plainte semblant venir du fond de son ventre. Elle fila, à tombeau ouvert, vers Thetford Mines.

———— . ————

Jean-François Letarte connaissait personnellement le ministre de la Justice. Jos Campeau eut la visite de deux enquêteurs rattachés au ministère, qui lui firent comprendre qu'il avait intérêt à se mettre à la disposition de Jean-François Letarte pendant le procès de Benoît Marchand, qui allait s'ouvrir au début d'avril, sinon... une enquête spéciale pourrait être faite sur les circonstances de sa démission de la police, qui pourrait conduire à des accusations de négligence, ou autres... dans l'exercice de ses fonctions. Cette menace fit sourire Jos. Il lui restait une chose à faire en mémoire de Lili, s'assurer que Benoît Marchand allait payer pour ses crimes. Ses valises étaient déjà faites. Son ami Jérôme n'avait rien dit. Il ne le mettrait jamais à la porte, mais Jos savait que Louise était malheureuse de sa présence et qu'il était temps de partir.

———— . ————

Jean-François Letarte, comme Blackburn Pierre, ne se sentait à l'aise qu'en cour. La cour était son théâtre. Juge, jurés, accusé, audience et partie adverse n'étaient que des pions dans une arène où il se sentait le maître gladiateur, l'homme imparti d'un devoir.

— ... face à ce crime particulièrement crapuleux, le ministère public requiert la peine de mort contre Benoît Marchand. Nous prouverons qu'il s'agit d'un meurtre délibéré, commis de sang-froid, pour échapper aux conséquences d'un acte encore plus terrible...

Maître Blackburn bondit :

— Tenez-vous-en à l'acte d'accusation, maître Letarte, ce n'est pas le procès du meurtre de Lili Rimbaud que vous faites ici, mais celui de Marc Rimbaud. J'accuse le procureur de vouloir tourner ce procès en cirque !...

— Maître Blackburn, maître Letarte, on se connaît, vous n'allez pas me recommencer votre petit numéro. Je veux un peu de décorum dans ma cour, et quand je vous ai tous deux, j'ai plus l'impression d'assister à un combat de coqs qu'à un procès.

— Il est vrai que Maître Letarte aime pérorer.

— Et vous, vous aimez picosser !

— Suffit, intima le juge Ferland.

— C'est lui qui a commencé, Votre Honneur.

— N'oubliez pas que c'est moi qui finis, maître Letarte. Maître Blackburn, n'interrompez plus. Vous aurez tout le loisir de répondre à la charge de votre adversaire.

— Justement, qu'il réserve sa plaidoirie pour la fin du procès.

— Procédez, maître Letarte.

Le juge Ferland avait trop d'expérience pour s'épuiser à les rappeler à l'ordre. Il ne ferait que jeter de l'huile sur le feu. Ces deux-là, Letarte et Blackburn, se haïssaient viscéralement et cette cause ne faisait que commencer. Il était comme un professeur devant deux enfants trop turbulents. Il ne fallait pas sévir trop fortement, se garder des munitions pour les jours à suivre, sinon il se retrouverait avec une extinction de voix avant la fin du procès. Il eut un regard pour la salle, bondée à craquer. On sentait que ça poussait dans les corridors, que ça remuait autour du palais de justice. Il y avait de la fièvre dans l'air, une tension qu'on pouvait respirer.

« Pas un cirque, pensa-t-il, mais un théâtre, le théâtre de la vie quand elle est si forte qu'elle déborde dans celle des autres. »

———— · ————

Lili écrasa l'accélérateur faisant crier l'asphalte, qui émit une longue plainte semblant venir du fond de son ventre. Elle fila, à tombeau ouvert, vers Thetford Mines. Elle n'écoutait plus. Elle en savait assez pour que tout son être se torde de douleur. Elle conduisait en automate, ne tenait la route que par miracle. À la radio, le chef Lacasse commençait à voir rouge :

— Écoutez, monsieur le journaliste, donnez-nous le temps de faire notre enquête. Non, nous ne savons pas où se trouve Lili Rimbaud en ce moment. Nous ne savons pas ce qui lui est arrivé. Elle ne donne pas signe de vie. Nous avons arrêté Benoît Marchand et Betty Bilodeau pour le meurtre du policier Marc Rimbaud.

— Et Fernand Rimbaud ?

— Fernand Rimbaud est mort de sa belle mort à ce que je sache. Une crise cardiaque...

— Mais provoquée par sa dispute avec Benoît Marchand ?

— Pas à ma connaissance.

— Selon vous, quelles sont les chances qu'on retrouve Lili Rimbaud vivante ?

— Aussitôt que cette conférence sera finie, nous pourrons nous occuper de coordonner les recherches.

— On dit que Benoît Marchand battait sa femme fréquemment ?

— Cette conférence est terminée.

— Eh bien, voilà, nos policiers locaux sont sur le sentier de guerre. Ici Noël Binet en direct du palais de justice de Saint-Joseph, où les rumeurs vont bon train et où la police semble dépassée. Pour ceux qui nous joignent à l'instant, nous vous rappelons que la petite municipalité de Thetford Mines est secouée par une triple tragédie, trois membres d'une même famille ayant trouvé la mort dans...

La radio se mit à grésiller, ne crachant plus qu'un grichement qui faisait mal aux oreilles. Lili chercha le bouton d'arrêt, mais sa main tremblait. Tout son corps tremblait. Elle n'arrivait à contrôler ce tremblement qu'en serrant le volant très fort, mais la maîtrise devenait impossible. Elle réussit à conduire l'auto sur le bas-côté et, à la fin de sa lancée, l'auto alla s'arrêter contre un poteau d'arrêt. Il était temps pour Lili. Tout son corps était secoué de convulsions comme si elle était soudainement devenue épileptique. Cela dura un bon vingt minutes et elle ne protesta pas. Dans un sens, cette secousse lui faisait du bien. Cela l'empêchait de penser. Lili voulait ne plus penser, ne plus vivre. Mais aussitôt que les tremblements cessèrent, ses pensées revinrent, l'assaillant de toute part. « Ne plus vivre ! » criait une voix à l'intérieur d'elle. « Fin de parcours. Tu as fait trop de mal. Tout cela est de ta faute. Ne plus vivre. En finir. Fais la chose correcte. Tu ne peux pas expliquer. Personne ne te croira. Tout est arrivé par toi, et tout finira par toi. C'est la seule chose à faire. En finir. »

Ses derniers doutes se dissipèrent quand elle vit qu'elle était devant un poteau portant la pancarte « Chasse interdite » pleine de trous de balle dedans. Elle était tout près de l'entrée du promontoire du Chevreuil. Elle se vit dans le rétroviseur et eut un sourire. Un sourire qu'on réserve à quelqu'un qu'on ne connaît plus parce qu'on est trop loin de soi et qu'il n'y a aucune chance au monde qu'on puisse se reconnaître. Elle redémarra l'auto. Cinq cents pieds et elle tournait dans le chemin du promontoire. Elle appuya sur l'accélérateur, pas du tout inquiète qu'il n'y ait rien au bout qu'un gouffre. Elle avait fait sa paix avec le monde. Elle ne voyait rien.

Elle sentit plus qu'elle ne vit qu'elle venait de dépasser le grand chêne. Un instant, elle vit un ciel parfait, son cœur fit un grand bond dans sa poitrine comme si tout s'ouvrait en elle. « Je me sens bien. »

Le lac, l'eau noire. Elle descendait, descendait.

Le choc de la voiture frappant la glace et l'eau la propulsa en avant. Elle glissa sous le volant, sa tête heurtant quelque chose. Elle n'eut même pas le temps de crier. Même pas le temps de se dire : « J'ai mal. Ma tête. » Même pas le temps d'être étourdie. L'eau ! L'eau glacée arrivait de partout. L'eau était déjà dans sa bouche. « Je vais mourir. Je vais mourir noyée. »

Elle se débattit, luttant pour respirer. Sa tête était sous l'eau. L'eau si froide, qui la fouettait, lui donnant assez d'adrénaline pour qu'elle s'accroche au siège, remonte. Elle était dans l'auto. La porte côté chauffeur avait été arrachée. L'eau s'engouffrait. Elle se cogna la tête contre le plafond, où elle put respirer un moment. « Je vais mourir. Il faut que tu luttes, que tu luttes ! »

Un mouvement de la voiture, happée par le courant et qui se stabilisait avant de disparaître, la projeta à l'extérieur. Si froide. L'eau si froide. Elle se sentit couler. Elle flottait. Elle était bien. Jeanne lui souriait. C'était la Jeanne du médaillon ; et Fernand, et Marc. « Qu'est-ce qu'ils font ici ? Abandonne, Lili. Abandonne ! Tu es si bien, si bien. L'eau t'endort. Voilà. Tu vas t'endormir. Plus de souffrance. Plus personne pour te regarder de travers. Plus de femme en rouge. Plus de Benoît. Fais ta paix, Lili. Abandonne. »

Elle était bien. Elle coulait. Le courant l'emportait rapidement, vaisseau qui flottait. Plus rien. Elle ne sentait plus rien. « Tu ne seras plus folle. On t'aimera toujours. Tu es libre. Tu es déjà morte. Abandonne ! »

Fini le plan. Elle se sentit partir. Curieux, elle se voyait flotter sur l'eau noire. Elle se voyait disparaître dans l'eau noire, mais ce n'était pas elle. À preuve, elle ne sentait rien. « C'est ça la mort. »

——— . ———

C'était le premier jour du témoignage de Jos et Maître Letarte commençait à s'impatienter.

— Monsieur Campeau, le docteur Lepage vous appelle et vous sautez dans votre auto, foncez, sirène ouverte, vers la maison de Benoît Marchand. Vous pressentiez un malheur ?

— Ce n'était pas pour faire du bruit que j'ai mis la sirène.

— Quand vous avez entendu dire que Fernand Rimbaud s'était effondré au garage Sylvain, est-ce que vous n'êtes pas venu immédiatement et est-ce que vous n'avez pas eu une conversation avec Benoît Marchand à l'intérieur du garage ?

— Vous semblez le savoir mieux que moi.

Maître Letarte ne dit rien. Ce satané Campeau n'était pas facile à interroger. Il n'arrêtait pas de persifler et de répondre à ses questions par des questions. Maître Letarte voulait prouver la préméditation et pour cela il avait besoin de Jos, mais il ne savait pas où ça le mènerait. « De toute façon, Maître Blackburn ne le manquera pas. Qu'est-ce que j'ai à prendre des gants blancs ? Il faut le détruire avant qu'il ne me fasse du mal. »

— C'est vous qui avez prévenu Fernand Rimbaud que sa fille était disparue ?

— Je suis allé le voir parce que je voulais parler à sa fille, oui.

— Il a semblé surpris de l'absence de sa fille ?

— S'il était surpris, ça n'a pas paru.

— Monsieur Campeau, à ce moment, vous étiez encore policier à l'emploi de la Ville de Thetford. Être policier, ça demande un minimum de sens de l'observation et d'intelligence.

— Autant qu'être avocat...

— Vous lui parlez à midi. À trois heures, il est au garage Sylvain et il se dispute avec Benoît Marchand.

— Ça, tout le monde le sait.

— Ce que je veux savoir, moi, c'est si vous avez prévenu Benoît Marchand que Marc Rimbaud allait lui demander des comptes.

— Pas directement.

— Mais indirectement, vous lui avez fait comprendre qu'il serait dans le trouble quand Marc Rimbaud viendrait le voir.

— Votre Honneur, tant qu'à dicter au témoin ce qu'il doit dire, lança Maître Blackburn, pourquoi Maître Letarte ne témoignerait-il pas à sa place ?

— Soyez plus direct dans vos questions, maître Letarte...

— N'est-il pas vrai que vous aviez rendez-vous avec Lilianne Rimbaud mercredi midi ? Chez elle ?

— Oui...

— À quel sujet ?

— Comme je ne l'ai pas vue, je ne le sais pas.

— Curieux... Je vais vous poser une question bien simple. Vous répondez oui ou vous répondez non ! Êtes-vous l'amant de Lilianne Rimbaud ?

Le silence se fit dans la salle, un silence comme on en entend dans les films alors que tout le monde, estomaqué, retient son souffle pour ne pas perdre la réponse.

— Oui ou non ?

Maître Blackburn ne fit pas d'objection. Maître Letarte venait de se pendre lui-même. Crime passionnel, meurtre au second degré. Marchand allait échapper à la peine capitale. Or, Maître Letarte n'était pas homme à faire ce genre d'erreur. « Il s'en fout de Benoît Marchand et de la peine capitale. Ce qu'il veut, c'est me battre sur mon propre terrain. L'issue du procès ne l'intéresse pas. Ce qu'il veut, c'est utiliser le procès pour tirer à boulet rouge sur la police. Ça va devenir sa plate-forme électorale. »

— Non, fit Jos.

Il n'allait pas laisser Maître Letarte traîner le nom de Lili dans la boue. Il devait au moins cela à Lili. Et puis, c'était la vérité quoi qu'on puisse en penser. Sa chance, il l'avait manquée. Il ne serait jamais l'amant de Lili. Peut-être qu'il l'aimerait toujours. Une chose était certaine, il n'avait jamais été son amant, pas dans le sens biblique que laissait supposer Maître Letarte.

— Je n'ai plus besoin du témoin pour l'instant, mais je me réserve le droit de le rappeler.

—— • ——

La mort est capricieuse. Elle a le temps. De sorte que Lili, qui ne demandait qu'à couler, se retrouva sur une plaque de glace qui, tel un radeau, alla s'écraser sur une autre plaque de glace qu'elle chevaucha, laissant Lili hors de l'eau, hors des griffes de la mort qui, philosophe, attendit qu'elle gèle car elle ne bougeait plus et ne montrait aucun signe de vouloir le faire.

—— • ——

Jos était de retour à la barre, avec une différence : Maître Letarte l'avait fait déclarer témoin hostile.

— N'est-il pas vrai que dans la journée de mercredi vous êtes retourné chez Lili Rimbaud et que vous avez parlé à Betty Bilodeau ?

— Vous le savez, vous avez interrogé Betty Bilodeau hier.

— Je veux l'entendre de votre bouche. Pourquoi avez-vous fouillé les cendres derrière la maison ?

— Je trouvais curieux que Benoît Marchand ait fait un feu.

— Avez-vous trouvé quelque chose ?

— Rien que vous n'avez pas.

— Et à ce moment-là, monsieur Campeau, votre conclusion n'a-t-elle pas été que quelque chose était arrivé à Lili Rimbaud ?

— Non, parce que Benoît Marchand m'avait dit que Lili était partie à Montréal voir sa tante. C'est quand j'ai pu rejoindre sa tante à Montréal et que j'ai su qu'elle n'y était pas allée que j'ai commencé à m'inquiéter vraiment.

— Donc, quand vous avez parlé à la tante, vous avez compris que Lili était morte ?

— Non. Ce n'est que plus tard que j'ai compris.

— Quand exactement ?

Maître Letarte vit que Jos se fermait. Il était sur la bonne piste.

— Il n'y a pas de moment précis. Au moment où on a retrouvé la voiture dans le lac.

Jos n'allait pas lui dire qu'il le tenait de la bouche de Benoît Marchand : « EST MORTE, TA LILI ! » Parce que Maître Letarte sauterait là-dessus pour dire qu'il était l'amant de Lili. Jos voyait bien le jeu de Maître Letarte : Lili était une femme de mœurs légères qui avait un policier comme amant ; Benoît Marchand avait prémédité de la tuer ; et, s'il avait prémédité le premier meurtre, il pouvait en préméditer un deuxième.

— Allons, monsieur Campeau, vous voulez nous faire croire que, le soir où vous avez procédé à l'arrestation de Benoît Marchand, il ne vous a rien dit ?

— Est-ce qu'il vous a dit quelque chose à vous ?

— Répondez à la question.

— Il n'a rien dit.

— Il venait de tuer Marc Rimbaud. Il devait avoir quelque chose à cacher.

— Demandez-lui.

— C'est à vous que je le demande, monsieur Campeau ! Depuis le début de cette histoire, vous êtes celui qui est toujours le premier à savoir. Vous étiez le premier à chercher Lili Rimbaud, le premier à parler à Benoît Marchand après la crise cardiaque de Fernand Rimbaud, le premier sur la scène du crime. Et après avoir arrêté Benoît Marchand, vous avez passé la nuit dans la maison de Lili Rimbaud. Étiez-vous là pour protéger la scène du crime, ou pour des raisons personnelles ?

— J'avais tout lieu de penser que le meurtre du policier Marc Rimbaud était relié à la disparition inexpliquée de Lili Rimbaud.

— Vous vouliez savoir où était passée votre maîtresse. En fait, monsieur Campeau, si vous vous étiez préoccupé de Marc Rimbaud au lieu de sa sœur, vous auriez pu empêcher que Marc Rimbaud se rende chez Benoît Marchand, mais vous ne l'avez pas fait, avec le résultat qu'on connaît. Comment on se sent dans vos souliers, monsieur Campeau ? Je vous dispense de me répondre. Revenons à la mort de Marc Rimbaud. Nous savons, grâce au témoignage de Betty Bilodeau, que Benoît Marchand voulait se débarrasser du cadavre. Il avait donc planifié son coup.

— Si vous le dites.

— Ah ! oui. Regardez ce crayon, monsieur Campeau. Dites-vous que c'est un pic à glace. Si je m'approche de vous de façon menaçante, brandissant mon pic à glace, quelle chance est-ce que j'ai de vous le planter en plein milieu du front ?

L'avocat fit un geste de balancier avec le crayon, comme s'il voulait le planter dans le front de Jos, qui leva le main d'instinct.

Maître Letarte arrêta son geste et, content de lui, il se tourna vers le jury et dit :

— J'aurais été obligé de lui passer à travers la main ou le bras, parce qu'il m'attendait.

Et, revenant vers Jos.

— Comment Benoît Marchand a-t-il pu tuer Marc Rimbaud avec un pic à glace ?...

— En cachant le pic à glace et en le surprenant.

Pour une fois, Jos Campeau répondait comme l'avocat le voulait.

— Marc Rimbaud a été pris par surprise, n'a pas eu le temps de se défendre contre un adversaire qui l'a frappé délibérément et avec malice, avec l'intention de le tuer. Je vous pose la question maintenant : Benoît Marchand a-t-il planifié le meurtre de Marc Rimbaud ?

— De la manière que vous l'expliquez, oui. Mais il y a juste Benoît qui le sait.

— Et pourquoi vous ne le dites pas, vous, que Benoît Marchand a tout planifié ? De se débarrasser et de sa femme et du mari de sa maîtresse. Il avait planifié son coup et vous le saviez.

— Personne ne se doutait de ce qui allait arriver.

— La bicyclette. Vous êtes au courant qu'on l'a trouvée sur le promontoire du lac Saint-François ?

— Non... Faut croire que j'étais pas là le premier.

— Si Benoît a mis la bicyclette dans sa voiture, c'était pour revenir après avoir jeté la voiture dans le lac. Mais la chaîne était cassée. Il a dû l'abandonner là.

— Votre Honneur, la défense demande que le procureur Letarte pose des questions au lieu de faire un discours.

— Selon vous, la présence de la bicyclette au promontoire est-elle une preuve de préméditation ?

— Une preuve de préméditation après le fait.

— Vous, vous étiez au courant. Est-ce parce que vous vous sentiez coupable que vous avez démissionné ? Vous êtes celui qui aurait pu tout empêcher ! Vous voulez pas le dire parce que ça vous ferait mal paraître et que ça exposerait votre relation avec Lili Rimbaud, qui peut-être a mérité ce qui lui est arrivé !

Jos se retint de lui sauter à la figure. Il se leva si violemment que Maître Letarte fit un pas prudent en arrière. Jos ne voulait pas lui donner raison. Il ne voulait pas entrer dans son cirque. Il avait mal.

— Lili est morte. Vous avez votre coupable. Laissez-la reposer en paix.

Maître Blackburn intervint :

— Je m'objecte, Votre Honneur, parce que j'ai mon orgueil et là, la poursuite est en train de faire le travail de la défense. J'en conclus que Maître Letarte a perdu le contrôle de son témoin et ne vise plus que les manchettes des journaux. Il est clair qu'il n'y a pas de préméditation dans cette triste histoire, sauf après le fait, et encore, j'appellerais ça de l'improvisation et non de...

— Formulez votre objection. Là, vous plaidez, attaqua Maître Letarte.

— La préméditation !

— Silence, vous deux. Maître Letarte, vous avez d'autres questions pour ce témoin ?... Il est à vous, maître Blackburn.

— Pas de questions pour ce témoin, mais je me le réserve.

— La défense appelle Mona Boyer.

Maître Blackburn usait d'un ton qu'il voulait neutre, mais que Maître Letarte reconnut instantanément. Maître Blackburn passait à l'attaque. Maître Letarte protesta pour la forme.

— Ce témoin n'est pas sur notre liste. La Couronne n'a pas été informée de l'existence de ce témoin, Votre Honneur. Nous demandons un ajournement pour connaître la nature de ce témoignage et nous préparer en conséquence.

— Ce n'est que ce matin que nous avons été mis au courant de l'existence de ce témoin, Votre Honneur. Une copie de sa déclaration a déjà été acheminée au bureau du procureur Letarte.

— Mais je ne l'ai pas en main, maître Blackburn.

— Je peux vous en donner une copie sur-le-champ.

— Là n'est pas la question. La Couronne ne se laissera pas piéger par un témoin surprise. Je reconnais là votre touche, maître Blackburn.

Ils regardèrent le juge Ferland. Qui leur imposa le silence à tous deux d'un geste.

— Maître Letarte, je vous accorde une demi-heure d'ajournement pour prendre connaissance du contenu de ce témoignage. Maître Blackburn, à l'avenir, vous n'introduirez pas de nouveau témoin dans cette cause avant d'avoir donné vingt-quatre heures d'avis à Maître Letarte.

— Mais Votre Honneur, je proteste avec énergie...

— Gardez votre énergie, maître Letarte. C'est moi qui dirige ce procès et je ne veux pas de délai indu. Si vous n'avez jamais entendu parler de ce témoin, c'est peut-être que les critiques que vous adressez à la police depuis le début du procès ont créé une méfiance chez le citoyen ordinaire dont vous êtes maintenant la victime. Cette cause est ajournée jusqu'à trois heures.

Maître Letarte se jeta sur la déclaration de Mona Boyer, serveuse à l'hôtel *Colgan,* de Vallée-Jonction. Il n'avait pas fini de lire que déjà une migraine énorme le travaillait, comme si une calotte de fer venait d'être posée sur sa tête et vissée dans son crâne.

Jos n'avait pas la migraine mais presque. Déjà, il voyait mal comment Benoît Marchand avait planifié de revenir à vélo. Maintenant, il savait que la bicyclette n'avait pas été utilisée. Mais qui l'avait amenée sur les bords du promontoire du lac ? « Et si ce n'était pas Benoît ? Tu déparles, Jos. Lili est morte. Benoît te l'a crié en pleine face. »

Benoît n'était plus sûr de rien. « Si je ne suis pas revenu en bicycle, comment je suis revenu ? Si je pouvais seulement me rappeler. Maudite boisson ! Va falloir que tu te rappelles, ou tu vas passer sur la chaise électrique sans le contentement de savoir que tu l'as tuée. De tes mains tuée. »

5

« POURQUOI ES-TU VENU DANS MA VIE, CLÉMENT ? » Clément Dulac avait toujours été un délinquant, mais ce grand sec, poli, affable, qui ne s'énervait jamais, n'avait jamais été pris la main dans le sac. Il avait un principe simple : quand tu fais quelque chose, tu paies le prix. Après soixante-douze heures de conduite en ligne dans son camion rempli de marchandise de contrebande, il devait éviter toute inspection officielle jusqu'à sa destination. Il ne prenait pas de risques et évitait les routes susceptibles d'être contrôlées par la police. Mais la fatigue aidant, il s'était retrouvé sur une route de terre qu'il ne reconnaissait pas. Il avait pris à droite à la croisée. Droite ou gauche ? Il ne se rappelait plus. Dormir. Un autre problème. S'il n'arrêtait pas, il allait s'endormir au volant et se retrouver dans le fossé, dans un bois inconnu. Tout lui disait qu'il lui fallait s'arrêter et dormir quelques heures, mais il voulait d'abord sortir de cette route trop étroite et glissante. Il grésillait. La nuit était noire comme l'encre des yeux de Mona. Mona Boyer, avec les billes dures de ses yeux, qui s'accrochait à lui avec la frénésie d'une femme en train de se noyer, qui était trop jalouse pour que ça marche entre eux. Clément Dulac se voyait comme un homme libre.

Il devinait la masse noire d'un lac sur sa droite. « Je suis en train de faire le tour du lac Saint-François. Donc, je vais sortir sur la 17. Il faudrait que je rebrousse chemin. Où tourner ? » Ses yeux étaient lourds. Il pensa à Mona, sa dernière flamme. Il la déshabillait dans sa tête. Il la voyait rire en se glissant dans ses bras. Ses lèvres rouges. Son odeur. L'exercice ne le mena à rien. Il était trop fatigué. Un moment, il voyait Mona et sa poitrine. L'autre, il se réveillait. Son camion tirait sur la droite. Il filait sur l'accotement. Clément Dulac redressa lentement, lentement, reprit la route. Il l'avait échappé belle. C'est alors qu'il la vit. La jeune femme était au milieu de la route. Elle marchait vers lui. Elle ne semblait pas le voir ni entendre son klaxon. Il allait la frapper. Il appliqua désespérément les freins. Fit hurler son klaxon. Il allait la frapper. Elle releva la tête, chancela. Tomba devant le camion. C'est ce qui lui sauva la vie. Il la retrouva, évanouie sous son camion, presque à l'arrière. Elle avait échappé à ses roues avant et se serait fait happer par ses roues arrière si le camion ne s'était pas immobilisé. Il la transporta dans sa cabine. Dieu du ciel ! Elle était froide comme la mort. Il fallait l'emmener à l'hôpital. Qu'est-ce qu'elle faisait là à cette heure de la nuit ? Et cette vilaine coupure au front, son camion ? Non. Il n'y avait pas de sang. Et cette blessure ouverte avait dû saigner. La jeune femme était toute trempée. Il l'installa dans l'abri qu'il s'était aménagé pour dormir sur le bord de la route, monta le chauffage, à faire de la cabine un bain turc. Il lui enleva ses vêtements mouillés. Belle femme. Il lui enleva l'unique chaussure de tennis qui lui restait au pied. Où était l'autre ? Cela lui fit penser à Cendrillon, sauf qu'il n'y avait pas de carrosse et qu'il n'était pas le Prince charmant. Il l'emmitoufla comme un enfant qu'on borde pour la nuit. Remit le camion en marche. Une chose était certaine. Il n'irait pas à la police. Quelque chose lui disait que cette femme, dans cet état, dans ce coin désert, eh bien la police voudrait lui poser des questions auxquelles elle ne voudrait peut-être pas répondre. À quelle sombre affaire était-elle mêlée ? Il profita d'une décharge de vieux autobus pour tourner. Il savait où il pouvait aller avec sa passagère de la nuit. « Il n'y a qu'à toi que ça arrive, des choses de même, Clément. Mona va te tuer. Surtout qu'elle t'a prévenu de ne pas te montrer la face au *Colgan.* » Il sourit. Cette femme en valait le risque. Il jeta un coup d'œil sur elle. Elle dormait d'un sommeil agité, poursuivie par quels démons ?

—— • ——

— Prenez votre temps, mademoiselle Boyer.

Maître Blackburn se tourna vers la barre des jurés.

— Dites-nous ce qui s'est passé à l'hôtel *Colgan,* vers onze heures du soir, jeudi en huit des événements meurtriers de novembre, alors que Benoît Marchand était déjà sous la garde de la police.

Mona Boyer avait un visage volontaire, de grands yeux qui lui donnaient un air ingénu et vous laissaient penser qu'elle était facile d'approche. Mais on goûtait vite au vinaigre qui perçait derrière le miel. Mona avait une nature sombre et possessive. Elle aimait Dulac, ce qui voulait dire qu'elle allait lui enlever sa belle insouciance et mettre un terme à sa vie de bohémien. Elle le voyait comme un grand cheval fou qui aimait brouter à tous les pâturages. D'abord, elle lui avait interdit le *Colgan,* parce qu'elle ne voulait pas mettre en danger sa relation platonique avec le gérant, Maranda, qui la voyait comme sa fille et était très strict sur la moralité de ses serveuses. Ensuite, elle lui avait imposé un petit appartement en face, où il devait se rapporter aussitôt qu'il était en Beauce. Fini son petit réseau de motels et ce qui venait avec. Dulac avait accepté sans rien dire. Mona Boyer sentait confusément qu'il lui échappait encore et ça la chicotait. Elle ne l'avait pas vu depuis quatre jours, aussi, quand elle le vit entrer au *Colgan,* fut-elle d'abord heureuse, puis elle se raidit.

— Qu'est-ce que tu fais ici ?

— Des problèmes, ma belle. Je vais avoir besoin de toi. Tu te libères aussi vite que tu peux. Vous devez avoir une trousse de premiers soins ici ? Du mercurochrome, quelque chose pour faire suer.

Tiens, tu m'amènes de la moutarde en poudre. Aussi, j'ai perdu la clé de la chambre.

— Clément Dulac ! Les nerfs. Tu vas t'asseoir, me conter ce qui se passe.

— Pas le temps. Tes clés. Envoye.

— Mona ?...

C'était Maranda. « Il fallait qu'il se montre, lui. » Elle lui fit un sourire, fit semblant par gestes qu'elle donnait des directions à Dulac, lui refila la clé en douce et eut même le temps de lui glisser :

— J'arriverai quand j'arriverai. On va se parler entre quatre yeux.

Elle fit un petit sourire de bonne fille à Maranda. Elle était furieuse. Elle venait de voir un côté de Dulac dominateur, sévère, qu'elle n'aimait pas du tout. « Les nerfs, Mona. Tu savais en t'accotant avec lui que ce serait pas une partie de plaisir de le dresser. » Elle le voyait, pressé contre elle, le visage dur, en train de la déshabiller. Le reste de la soirée fut un désastre. Elle échappa un plateau, répandit le café. Maranda finit par lui intimer d'aller se reposer. Il fermerait. Elle courut jusqu'à la chambre.

— N'allume pas. As-tu le mercurochrome ?

Elle n'avait pas besoin d'allumer pour voir la femme dans son lit qui disparaissait sous les couvertes. Elle voyait aussi Clément, étendu contre elle et qui la serrait. La femme était fiévreuse. On l'entendait claquer des dents et gémir.

— Qu'est-ce que...

— Je t'expliquerai. Bouge. Donne-moi la trousse. Viens t'étendre contre elle. Bouge. D'habitude, t'es plus vite que ça.

Mona obtempéra. Quelque chose de dur chez Dulac. Elle était là pour le servir ou elle ne serait plus là. C'était aussi simple que cela. Elle s'étendit contre la femme. Dieu ! Elle était glacée.

— Tu restes là.

— Oui, Clément.

Clément ne l'entendit pas. Il était soucieux. Plus de temps il passait avec la marchandise dans le camion, plus il y avait de risques. Il n'était pas en train de faire ce qu'il fallait.

— Clément, vas-tu m'expliquer? Qu'est-ce qu'elle a? Qui c'est? Faudrait peut-être appeler un docteur.

— Appelons la police tant qu'à y être! Non. C'est clair qu'elle est gelée à mort.

— On n'est pas des docteurs.

— Non, mais y faut ce qu'y faut. Pas de docteur.

— Vas-tu m'expliquer?

— Il y a rien qu'à moi qu'y arrive des affaires de même.

Il sortit le mercurochrome. La jeune femme avait une vilaine coupure à la tête. Mona se sentait de trop. Elle voyait un Dulac qu'elle ne connaissait pas. La femme gémissait. Il caressait son front, si concentré sur elle. Si totalement absorbé par ce qu'il faisait pour elle, pour cette étrangère, que Mona sentit une boule de jalousie monter en elle.

— Comme ça, tu ne la connais même pas?

———— · ————

Mona eut un instant de panique. Tous les regards dans la cour étaient rivés sur elle. Dans quel guêpier s'était-elle fourrée? Elle aurait dû se taire. Qu'avait-elle besoin de...

— Prenez votre temps, mademoiselle Boyer, fit Maître Blackburn, encore doux. Dans la nuit de jeudi, vous avez eu une cliente... inhabituelle?

— Je venais de commencer mon chiffre de nuit quand j'ai vu une femme entrer. On en voit de toutes les sortes entrer, on les remarque même plus. Elle, je l'ai remarquée parce qu'elle semblait entrer de reculons. Elle était dans le restaurant mais elle semblait pas s'être fait une idée si elle voulait être là ou pas. Pourtant, on n'est pas le genre de place où les clients se sentent obligés de rester à l'entrée en attendant qu'on vienne les placer. Je m'en suis pas occupée plus que ça. Je l'ai perdue de vue. Je pensais qu'elle était ressortie quand je me suis rendu compte qu'elle était rendue dans le coin. Elle s'était placée sur la banquette de telle façon qu'on ne la voyait pas. Ça m'a fait drôle. Elle voulait juste un café. Elle avait une petite voix. On avait de la misère à l'entendre. Elle avait un foulard sur la tête et elle ne vous regardait même pas quand elle vous parlait. Alors je lui ai tendu le menu, qu'elle ne voulait pas, mais j'ai eu le temps de voir qu'elle avait une vilaine bosse au front et une grosse coupure. Mais c'est ses yeux. Ses grands yeux tristes comme si toutes les lumières étaient fermées dans la pièce sauf une petite veilleuse rouge à vingt-cinq watts, très loin dans le fond de la pièce. Pourquoi vous me regardez ? C'est pas mêlant, j'ai frissonné.

Toute la salle, suspendue à ses paroles, frissonna en même temps qu'elle.

— Je l'ai laissée tranquille. Quatre heures plus tard, elle était toujours là. Elle voulait même pas que je réchauffe son café. « Elle, elle file un mauvais coton », que je me suis dit. Elle m'a demandé quand l'autobus pour Montréal passait. Je lui ai dit qu'il était déjà passé. « Vous êtes sûre que vous voulez pas une soupe ? » que je lui ai demandé. C'est pas mêlant, elle faisait pitié. Pis là, il y a un camion de Beauce Transport qui est venu s'arrêter devant le restaurant. C'est là que j'ai vu son visage clairement.

— Assez clairement pour la reconnaître ? fit Maître Blackburn, onctueux.

— Ça, vous pouvez être sûr que je la reconnaîtrais n'importe où.

Maître Blackburn avait toujours eu le sens du théâtre et il faisait durer le suspense :

— Et après, que s'est-il passé ?

— Le gars de Beauce Transport a pas eu le temps d'entrer qu'elle est allée le rejoindre à sa table. Je sais pas ce qu'elle lui a dit mais, dix minutes plus tard, elle partait avec lui.

— Voyez-vous cette femme dans la salle ?

— Non. Si elle était dans la salle, je la reconnaîtrais.

— Si la photo de cette femme était sur la page couverture d'un journal, la reconnaîtriez-vous ?

Et *presto,* Maître Blackburn brandit un journal que seul Mona Boyer pouvait voir.

— Est-ce cette femme ?

— Oui, c'est Lili Rimbaud.

Maître Blackburn se tourna vers la salle, brandissant la photo pleine page de Lili et la paradant devant tous, tonitruant :

— Qu'il soit noté que le témoin a identifié Lili Rimbaud, LILI RIMBAUD ! qui a l'air moins morte qu'on pense.

Et revenant vers Mona :

— Vous jurez que la femme au *Colgan* était bien Lili Rimbaud ?

— Je le jure.

Avec l'ombre d'un sourire. « Et vlan ! Clément Dulac ! Ça t'apprendra à me laisser pour cette femme ! Compte-toi chanceux que je ne t'aie pas dénoncé. »

Maître Blackburn se promenait devant la foule en brandissant la photo de Lili. Tout le monde était debout. Maître Letarte protestait. Le juge Ferland avait beau taper sur le bureau, il n'avait plus le contrôle. Maître Blackburn s'arrêta devant Benoît et Betty.

— C'est bien la photo de votre femme, monsieur Marchand ?

Benoît avait les oreilles qui lui bourdonnaient. Dans sa tête, des pièces de son cerveau avaient changé de place si brusquement qu'il eut l'impression que sa tête était une horloge et que les roues commençaient à grincer. Il bondit.

— C'est elle, c'est elle qui a tout fait !

Et Betty de renchérir :

— Elle est vivante ! C'est elle qui nous a piégés ! La chienne !

— La maudite chienne ! rugit Benoît. Le jour où je vais la trouver, je vais avoir une raison d'être icitte.

— HUISSIER ! FAITES ÉVACUER LA SALLE ! CETTE AUDIENCE EST AJOURNÉE JUSQU'À NOUVEL ORDRE ! MAÎTRE BLACKBURN, MAÎTRE LETARTE. DANS MON BUREAU ET VITE !

Vendredi soir. La jeune femme dormait toujours. Dix-huit heures d'affilée. « Va falloir que je retourne à l'hôtel, moi. Où est Clément ? Pourquoi y veut pas appeler la police ? » Mona savait que Clément n'était pas le plus honnête des hommes. Elle n'avait pas cette illusion. Il lui avait interdit d'appeler la police. Il devait aller à Saint-Georges livrer la marchandise de son camion. Ça faisait déjà six heures. C'était à cause de cette femme-là ou à cause de lui-même qu'il ne voulait pas appeler la police ? Elle entendit un camion dans la cour. Elle se pointa à la fenêtre. « Enfin. C'est pas trop tôt. » Elle avait besoin d'une cigarette. La voix derrière elle la fit sursauter.

— Où suis-je ?

Mona se tourna vers Lili, qui tentait de s'extirper du cocon de couvertures où on l'avait enroulée.

— Enfin, c'est pas trop tôt. Je commençais à me demander. C'est Clément qui va être content. Il arrive justement.

— Clément ?... Qui est Clément ? Qui êtes-vous ?

Alors, elle ne le connaissait pas. Ça réglait une inquiétude de Mona.

— C'est plutôt à vous de nous parler.

Et comme elle ne disait rien...

— Moi, c'est Mona.

Clément fit son entrée.

— Elle vient de se réveiller.

— C'est pas trop tôt.

Lili les regardait en silence. Ils se regardaient tous. Clément eut un sourire.

— Je commence. Moi, c'est Clément Dulac. Je vous ai trouvée sur la route du lac Saint-François.

Et comme Lili le regardait sans rien dire...

— Elle, c'est Mona Boyer, ma blonde.

Toujours rien. Elle les regardait avec ses grands yeux. Des grands yeux tout apeurés.

— On ne se connaît pas. Pourriez-vous me dire qui vous êtes ?

Cette expression sur son visage. Elle cherchait une réponse qui n'arrivait pas.

— Si vous nous dites votre nom, nous allons pouvoir contacter vos proches. Quand je vous ai trouvée, vous aviez l'air de quelqu'un qui aurait eu un accident, ou quelque chose. Vous marchiez au milieu de la route et vous étiez toute mouillée par la pluie. Vous avez même pas un rhume. Vous êtes faite forte.

— Pourquoi elle répond pas ?

— Où suis-je ?

— À Vallée-Jonction, dans une maison de chambres. Bon, on recommence. Quel est votre nom ?

Il vit Lili qui hochait la tête de droite à gauche. Elle cherchait à parler, mais les mots semblaient ne pas vouloir venir.

— Elle ne se souvient pas de son nom ? Ça, c'est la meilleure.

— Tais-toi ! Vous souvenez-vous de ce qui vous est arrivé ?

— Clément, moi, faut que j'y aille.

— Ben, vas-y... Oh ! tu racontes à personne qu'elle est ici.

— Pourquoi ?

— Fais ce que je te dis sans me questionner.

— T'as besoin d'avoir des réponses quand je vais revenir.

Mona Boyer n'aimait pas du tout, mais pas du tout l'idée de laisser cette jeune femme seule avec Clément. Ça l'ennuyait même tellement qu'elle fut brusque avec tout le monde. Maranda lui amena même les journaux pendant son *break*. Elle lui dit merci du bout des lèvres, les yeux tournés vers sa maison de chambres. Elle ne jeta même pas un coup d'œil sur les journaux. Il n'était pas encore temps pour elle de reconnaître la femme dont la photo apparaissait en première page du *Journal de Québec*. C'était une photo d'avant, de Lili, la femme en rouge, la blonde capiteuse, celle par qui le scandale arrive. La femme dans sa chambre n'était que l'ombre de cette femme sur le journal.

——— · ———

343

« Si elle se rappelle pas, elle se rappelle pas. Ou bien elle se rappelle mais ne veut rien dire. Mais elle n'a pas la tête de quelqu'un qui ne veut rien dire. » Quand il s'était assis sur le bord du lit pour parler à Lili, il l'avait sentie se crisper comme si elle avait peur de lui. Quelqu'un déjà lui avait fait très peur.

Dulac était à la fenêtre. Il la sentait le dévorer du regard. Elle suivait tous ses mouvements comme un enfant sage.

— Vous devez bien vous rappeler quelque chose quand même ?

Silence. Il y avait des larmes à ses yeux.

— Je ne vous veux pas de mal. Ici, vous êtes en sécurité. Vous avez besoin de repos. Vous avez une vilaine bosse. C'est peut-être pour cela que vous ne vous rappelez pas. Attendez une minute !

Il venait de penser à son imperméable dans la cabine du camion.

— Partez pas, je reviens.

Lili n'allait nulle part. Elle sortit du lit pour aller se voir dans le miroir de la commode. Elle frissonnait. La femme dans le miroir, elle ne la reconnaissait pas. Elle retourna dans le lit. Quelque chose de pas correct, d'immensément pas correct. Le visage dans le miroir ne lui disait rien. « Qui suis-je ? » Et la réponse qui ne venait pas.

Clément fit sa rentrée, excité. Il tenait l'imperméable et un porte-monnaie qu'il brandissait, triomphal.

— Votre permis de conduire. Fin du mystère, mademoiselle Bilodeau. Betty Bilodeau.

Lili murmura : « Betty Bilodeau ». Dulac perdit son sourire. Il était évident qu'elle ne se rappelait même pas son nom. Il le vit à la façon dont elle se blottissait dans les couvertures comme si elle voulait retourner au fond d'elle-même. Loin au fond d'elle, là où les souvenirs commencent. Qui sommes-nous sans souvenirs ? Il la voyait qui tremblait de tous ses membres. Il s'étendit contre elle, la serrant malgré sa résistance, essayant de lui donner sa chaleur, quelque chose de sa vie qui la rassurerait. Il lui chanta une berceuse. Longuement. Cela lui fit tout drôle de se rappeler cette portion de son enfance où sa mère chantait. Il l'avait oubliée. Comment avait-il fait pour garder la mémoire de cette chanson ? Après tout, cette femme était comme une enfant qu'il fallait protéger. Il avait trouvé pour elle une chanson. Il se sentit heureux d'être là pour elle.

— Ne vous en faites pas. Avec moi, vous êtes en sécurité.

Mona, qui avait profité de son heure de dîner pour venir voir ce qui se passait, en eut presque une attaque, de les voir endormis l'un contre l'autre. Cela prit tout son petit change à Dulac pour la convaincre qu'il ne fallait pas y voir de mal.

———— • ————

Jos n'était pas dans la salle d'audience pendant le témoignage de Mona. Il tenait ses informations de la rumeur publique et de Demers. Le procès durait depuis déjà une semaine. Les journaux étaient déchaînés, publiant de pleines pages de l'histoire de Lili, la femme en rouge qui récidivait. Grosse manchette :

« RÉVÉLATION SENSATIONNELLE !
LILI RIMBAUD EST VIVANTE !
AVEZ-VOUS VU CETTE FEMME ? »

Une journée, on croyait dur comme fer que Lili était morte. Le lendemain, on s'interrogeait sur sa cachette et on louait l'habileté avec laquelle elle avait su disparaître. Personne ne croyait plus qu'elle était morte. Une véritable folie de témoignages s'ensuivit. On vit Lili Rimbaud partout. Et pas seulement au Québec, où on la reconnut à Val-d'Or, à Saint-Césaire, dans un autobus à Montréal et dans un motel à Sainte-Adèle, mais aussi ailleurs ; un homme, en Alaska, jura qu'il l'avait vue débarquer du train. On la vit sur un paquebot en route vers l'Australie. Il y eut même une déclaration aux Communes que la presse allait trop loin en reproduisant toutes ces rumeurs non fondées.

Jos, lui, ne se posait qu'une question. Pourquoi cette femme, Mona Boyer, aurait-elle menti ? Elle avait pris son temps avant de venir témoigner. Une femme en mal de publicité ? Une manœuvre de Maître Blackburn ? Jos le considérait comme prêt à toutes les bassesses. « Quelle importance ? Tu devrais être heureux. Tu devrais sauter de joie. On te dit qu'elle est vivante. »

Jos laissa Demers lui servir un autre scotch. « Si elle est vivante, tu sais ce que ça veut dire. C'est elle qui a jeté la voiture dans le lac. C'est elle qui voulait utiliser la bicyclette pour revenir. Mais elle n'est pas revenue. Même après la mort de son frère et de son père, elle n'est pas revenue. C'est ça ta preuve, Jos. Personne ne serait assez sans-cœur, assez cruel pour continuer à se cacher. Elle a peur. Peur qu'on la blâme ? Le mal est fait. Elle ne peut rien y changer. Elle n'est pas comme ça. Elle ne se cacherait pas. Elle est trop honnête. Trop foncièrement honnête. Qu'est-ce que tu connais d'elle ? Rien. Le bon sens veut qu'elle soit morte sinon on l'aurait retrouvée depuis longtemps. Ils disaient qu'on retrouverait son cadavre au dégel, mais on ne l'a pas retrouvé. » Il ne savait plus. Morte ? Vivante ? Il voulait une réponse. Une réponse qui l'empêcherait de souffrir. Il fit un signe à Demers, lui prit la bouteille de scotch des mains et alla se perdre au fond de la salle, dans l'obscurité.

———— • ————

— La défense appelle Jos Campeau.

Blackburn Pierre ne perdit pas de temps.

— Je vous rappelle que vous êtes toujours sous serment. Cela vous a surpris d'apprendre que Lili Rimbaud est vivante ?

— Vous n'avez pas de preuve qu'elle est vivante.

— Autrement dit, vous êtes un Thomas. Tant que vous avez pas mis le doigt dans la plaie, vous n'y croyez pas ? Pourquoi avez-vous démissionné alors ? Parce que vous vous sentez coupable de ne pas avoir fait votre travail ?

— Ma décision était prise depuis longtemps. Le chef Lacasse pourrait vous le dire.

Maître Blackburn sourit.

— J'ai parlé au chef Lacasse. On vous a offert un poste à Saint-Georges. J'appelle pas cela une démission. Pourquoi est-ce que vous n'êtes pas allé à Saint-Georges ? Trop proche de Lili Rimbaud, le grand amour de votre vie ?

— C'est vous qui le dites.

— Ce mercredi du mois de novembre jour de la mort de Marc Rimbaud, vous êtes allé la voir. Vous aviez rendez-vous ? Vous avez déclaré à Maître Letarte que vous ne saviez pas ce qu'elle voulait. Elle ne vous a rien dit quand elle vous a appelé ? Et quand vous a-t-elle appelé ?... Vous pouvez répondre.

— La semaine avant.

— Pour vous dire : « Je veux te voir. Demande-moi pas pourquoi » ?

— Presque ses paroles...

— Elle ne vous a pas dit qu'elle venait de se disputer avec Benoît Marchand ?... Non ? Mais le lundi soir au *Balmoral,* vous étiez là quand elle s'est disputée avec Benoît. Il était dans un état avancé d'ébriété à ce qu'on dit. Vous avez dû vous douter que le trouble s'en venait. Surtout quand Marc Rimbaud a frappé Benoît Marchand alors qu'il était évanoui. Un brave, ce Marc Rimbaud. Était-il dans l'exercice de ses fonctions de policier ce soir-là, et vous est-ce que vous l'étiez ?

— Maître Blackburn, fit doucement le juge Ferland, arrêtez de poser des questions dont vous ne voulez pas les réponses.

— Le témoin n'est pas parlant, Votre Honneur, et qui ne dit mot consent.

— Moi, j'ai envie d'entendre ses réponses à lui, est-ce que c'est clair, maître Blackburn ? Procédez.

— Battre sa femme, ça n'a jamais été un crime. Tout au plus, en campagne, on amène le gars derrière la grange et on lui flanque une volée. Est-ce que c'était ça que Marc Rimbaud voulait faire ?

— Il ne m'en a pas parlé.

— La rumeur veut que vous ayez parlé quelques fois à Benoît Marchand. Vous l'aviez à l'œil ?

— Ce dont je suis au courant, c'est des circonstances entourant la mort de Marc Rimbaud. Pour le reste, je vois pas ce que vous avez à me poser des questions.

— Vous voyez pas ? Vous trouvez pas que Benoît Marchand était brave de s'en prendre à sa femme, qui était la sœur d'un policier et l'amante d'un autre ? Il aimait vivre dangereusement ?

— Si vous le dites.

— Ou est-ce Lili Rimbaud qui aimait vivre dangereusement ? Vous êtes retourné chez Lili Rimbaud le jour même, après la crise cardiaque de Fernand Rimbaud. Betty Bilodeau vous a vu fouiller dans les cendres d'un feu. Étiez-vous dans l'exercice de vos fonctions à ce moment-là ? Qu'est-ce que vous soupçonniez ? Vous pouvez répondre à cette question ?

— Il m'avait dit qu'elle était partie. Je trouvais ça curieux.

— Curieux en tant que policier ? Benoît Marchand, vous êtes allé l'interroger quand ?

— C'est dans mon rapport, maître Blackburn.

— Donc, c'est en tant que policier que vous êtes allé fouiller chez lui. Aviez-vous un mandat ?

— Non.

— Vous la cherchiez ? C'est dans votre rapport que vous avez téléphoné à Montréal, du poste de police de Thetford Mines. À huit heures trois, vous avez rejoint la tante de Lilianne Rimbaud, qui vous a confirmé que sa nièce n'était pas chez elle à Montréal. Pourquoi n'êtes-vous pas allé chez Benoît Marchand alors ? Vous aviez tous les éléments pour croire que la disparition de sa femme n'était pas normale. Pourquoi n'avez-vous pas agi ?... La cour peut-elle demander au témoin de répondre ?... On attend, monsieur Campeau...

— Avant d'agir, je voulais parler à son frère.

— Autrement dit, vous n'étiez pas sûr ? Quand vous avez téléphoné à sa tante, si Lilianne Rimbaud avait été là, tous vos beaux doutes se seraient envolés.

— Ça n'a pas été le cas.

— Mais vous n'étiez pas à cent pour cent sûr. Lili Rimbaud a déjà fait des fugues de ce genre. Vous pouvez répondre par oui ou non.

— Oui...

— Elle aurait pu être cachée dans un motel, pendant que vous et son frère vous demandiez où elle était passée ?

— Ça, vous le supposez.

— Oui, mais ça vous donnait une belle occasion de régler son compte à Benoît Marchand. Il a l'air fou. Il bat sa femme, puis elle disparaît !

— Maître Blackburn pourrait-il indiquer où il s'en va ? fit Maître Letarte. Personne ne conteste le fait que Lilianne Rimbaud n'avait pas une bonne réputation.

— Lilianne Rimbaud est une fauteuse de troubles. Elle a orchestré toute la situation qui a provoqué le drame. La victime ici, c'est Benoît Marchand.

— Ce n'est pas le procès de Lili Rimbaud qu'on fait, protesta Maître Letarte.

— Comme elle est vivante et qu'elle se cache, je trouve ça drôlement important.

Le juge Ferland allait les calmer quand Jos lâcha sa bombe :

— Lili est morte. Benoît Marchand me l'a avoué.

Maître Blackburn en pivota sur lui-même. La pirouette était étudiée, destinée aux jurés.

— Où c'est dans votre rapport, cette déclaration, monsieur Campeau ?

— La déclaration n'est pas dans mon rapport, mais il l'a faite au moment où il a tenté de me tuer avec une fourche.

— Pas dans votre rapport. Quoi d'autre n'est pas dans votre rapport ? Et plus important, pourquoi ne l'avez-vous pas déclaré ?

— Ça n'avait plus d'importance. Benoît venait de tuer Marc. Avez-vous des doutes là-dessus ?

— Avez-vous vu Benoît tuer Marc Rimbaud ? Quand vous êtes arrivé à la maison, Marc Rimbaud était déjà mort.

— Il gisait sur la galerie.

— Vous ne l'avez pas vu mourir. Il aurait pu être tué par Betty Bilodeau. Vous ne le sauriez pas.

— Quelqu'un l'a tué. Ce quelqu'un est allé se cacher dans la grange, où je l'ai trouvé. C'était Benoît Marchand.

— Vous êtes arrivé avec la sirène en marche. Vous saviez que Marc Rimbaud était là. Dites-moi, monsieur Campeau, vous vous attendiez à trouver un cadavre, mais lequel ? N'aviez-vous pas plutôt peur que ce soit Marc Rimbaud qui s'énerve et s'en prenne physiquement à Benoît ? Le docteur Lepage, je peux le faire venir, vous a appelé pour vous prévenir que Marc Rimbaud risquait de s'en prendre à Benoît Marchand. Il l'avait battu lundi soir et, mercredi soir, il allait le tuer. C'est pour cela que vous êtes arrivé toutes sirènes dehors. Étiez-vous là pour lui donner un coup de main ?

Maître Letarte bondit.

— Votre Honneur, je proteste.

Mais Maître Blackburn était lancé :

— La victime, Marc Rimbaud, n'était pas en uniforme le soir de sa mort. Il est venu attaquer mon client dans sa demeure. Vous en voulez plus ? La victime, Marc Rimbaud, a trouvé sa femme, Betty Bilodeau, toute nue, dans les bras de Benoît Marchand. On appelle cela un crime passionnel, pas un crime prémédité.

— Benoît Marchand savait que Marc Rimbaud s'en venait. Il l'a attendu et l'a froidement exécuté, cria Maître Letarte.

— Le jour où on va trouver Lili Rimbaud, on va savoir qui a exécuté qui ! tonna Maître Blackburn.

— Silence ! Silence dans la cour ! aboya le juge Ferland.

— Je vous ai dit qu'elle est morte !

Jos était debout.

— Allez-vous la laisser en paix ? Vous êtes capable de gagner votre cause sans la traîner dans la boue !

— Silence ! s'érailla le juge Ferland. L'audience est suspendue jusqu'à nouvel ordre, le temps que les procureurs se calment, et moi aussi.

— Je n'en ai pas fini avec ce témoin.

— Moi, j'en ai fini avec vous pour aujourd'hui. La cour est ajournée jusqu'à demain dix heures.

Sur ce, le juge Ferland quitta la cour en vitesse. Laissant tout le monde sur sa faim.

———— · ————

Dimanche. L'hôtel *Colgan* était situé à côté de l'église. C'était l'heure de la grand-messe. Tout le monde était dans l'église.

— Essaye pas, Mona. Tu sais que l'église, j'aime pas ça.

— Bon, je vais y aller avec Betty. Maintenant qu'elle est habillée.

Ça lui faisait drôle de voir Betty dans son vieux linge qui ne lui allait pas du tout. Betty n'en semblait pas consciente. Elle ne semblait pas consciente de grand-chose. Elle entendait quand on lui parlait, mais réagissait comme si ça prenait une seconde de plus à lui parvenir que dans la normale des choses. Ce que Mona trouvait très irritant. Cette fois-ci, Betty ne sembla pas l'entendre. Dulac intervint :

— Ce n'est pas une bonne idée. Voulez-vous aller à l'église, Betty ?

Betty fit non de la tête.

— Bon. Reconduis-moi. Faut qu'on se parle.

Il fit un sourire à Betty, pour la rassurer.

— Je ne serai pas long.

Mona attendit d'être dans le stationnement.

— Clément, ça va finir quand, cette histoire ? Depuis vendredi qu'elle est terrée dans sa chambre. Est-ce que tu vas l'adopter ?

— Elle est tellement démunie.

— Trouve sa famille. T'as son nom, son adresse. C'est pas à nous de s'en occuper.

— Mona, slacke la poulie. Je suis pas sûr que si on retrouve sa famille ça va être une bonne chose.

— Ça, c'est son problème.

— J'ai essayé, Mona. J'ai appelé Québec-Téléphone. Il n'y a pas de numéro de téléphone au nom de Betty Bilodeau. Va falloir que je me rende à Thetford Mines.

— Clément, faut que tu appelles la police.

— Tu sais que moi et la police...

Ils étaient sur le parvis de l'église.

— C'est comme toi et l'église.

— Je vais la conduire à Thetford.

— Tu pars avec ?

— Aimerais-tu t'en occuper ?

— Certainement pas. Pourquoi tu fais ça ? Il me semble qu'on a assez fait de choses pour elle.

— Coudon, t'es pas jalouse par hasard ?

— Moi jalouse !

Elle tenta un sourire.

— O.K. Disons qu'elle pourrait arrêter de te regarder comme si t'étais le pape et le messie roulés ensemble.

— Bon, parce que dis-toi que cette fille-là a besoin d'être protégée. De quoi, je le sais pas. Mais de l'aider... ça me ramène plein de souvenirs d'enfance. Me croiras-tu si je te dis que, depuis qu'elle est là, j'arrête pas de me souvenir de choses de mon enfance ?

— Autrement dit, tu retombes en enfance.

Elle le vit se refermer. « Merde, Mona, t'arrêtes pas de dire les mauvaises choses. La première fois qu'il te confie quelque chose, tu lui fermes la trappe d'un coup sec. C'est elle avec ses allures de petite biche apeurée. »

— Je m'excuse... Mais mettons une chose claire. Tu vas à Thetford avec, mais tu reviens pas avec. Quand t'auras retrouvé sa famille, tu la laisses se débrouiller avec eux. En tout cas, moi je veux pas la revoir dans ma chambre. C'est clair ça, mon Clément ?

352

— Très clair.

— Tu m'aimes ?

— Je t'aime.

Il l'embrassa. Mona le regardait. Elle ne put s'empêcher de répéter :

— C'est clair. Elle ne sera plus là quand je vais sortir de la messe ?

Dulac la laissa entrer dans l'église. Il savait qu'il ne pourrait plus rester chez Mona avec Betty très longtemps. Il avait même pris ses dispositions et trouvé une petite maison de chambres discrète, du côté de Québec. Il partirait avec Betty pendant la messe. Elle aurait le temps de récupérer, de se souvenir de ce qui lui était arrivé et d'agir en conséquence. Au retour, il inventerait une histoire pour Mona, que Betty était mariée et que son mari la cherchait partout. Elle avait eu un accident d'auto. Qu'il avait eu du mal à expliquer au mari pourquoi il n'avait pas prévenu la police. Il avait préféré partir avant qu'il ne pose trop de questions. Il lui dirait que c'était fini, l'épisode Betty Bilodeau. Il savait que c'était ça qu'elle voulait entendre. Il n'avait pas prévu que Betty, une fois dans le camion, lui dirait :

— Je veux aller à Thetford, Clément. Parce qu'il faut que je me rappelle. Ça n'a pas de bon sens d'entendre son nom et de ne pas savoir qui on est.

— Ce n'est pas une bonne idée.

— Quelqu'un doit me connaître à Thetford Mines.

Il enclencha le bras de vitesse. « Pourquoi tu fais ça ? » lui avait dit Mona « Pourquoi tu hésites ? C'est normal, elle veut savoir. Oui, mais c'est à Québec que tu voulais l'emmener. Pourquoi ? Pour avoir le temps de... Le temps de quoi ?... »

6

« DISCRÉDITER JOS CAMPEAU. »

— Rebonjour, monsieur Campeau, commença Maître Blackburn. Vous insistez toujours pour affirmer que Lili Rimbaud est morte ?

— Oui, et c'est Benoît Marchand qui l'a tuée.

— Il aurait disposé de son cadavre dans le lac Saint-François, en y jetant sa voiture dans la soirée de mardi. D'après un témoin, on l'a vu à pied dans le rang vers onze heures du soir. On l'a aussi vu à l'hôtel *Balmoral,* où il recherchait Betty Bilodeau. C'est à peu près ce qui s'est passé ? Je réponds pour vous. C'est à peu près ça ? Êtes-vous au courant qu'il aurait eu d'autres activités ce soir-là ? Ou peut-être vous dites-vous : « Son temps est pas mal plein » ?

— Maître Blackburn, posez votre question ! fit le juge Ferland.

— Êtes-vous au courant qu'on a trouvé des télévisons volées dans une voiture qui appartenait à Benoît Marchand, qu'il réparait au garage Sylvain ? Saviez-vous que Benoît Marchand était aussi un voleur ?

— Ça ne me surprend pas.

— Ce qui me surprend, moi, c'est que ces télévisions ont été volées dans trois chalets, dans la soirée de mardi. Le même mardi soir où il est supposé se débarrasser du cadavre présumé de Lili Rimbaud, Benoît Marchand se permet d'aller voler des télévisions à trois endroits différents, et à une bonne distance du lac Saint-François.

— Je ne le répéterai pas, maître Blackburn, posez votre question au lieu de penser tout haut.

— Vous êtes officier de police. Du moins, vous l'étiez. Comment expliquez-vous que Benoît Marchand puisse avoir eu le temps d'accomplir tout ce qu'il a accompli ce soir-là ?

— Peut-être qu'il ne faisait que du recel de choses volées.

— Est-ce que Benoît Marchand a déjà été arrêté pour recel ?

— Non.

— Est-ce qu'il a un casier judiciaire ?

— Non.

— Curieux que...

— Maître Blackburn... gronda le juge Ferland.

— Vous êtes-vous organisé, monsieur Campeau, pour que des télévisions volées soient trouvées chez Benoît Marchand ?

— Absolument pas.

— Dans le but qu'il passe quelques mois en prison et laisse Lilianne Rimbaud tranquille ?

— Non.

— Vouliez-vous lui donner une leçon parce qu'il la battait ?

— Vous ne faites que des suppositions.

— Il fait chaud ici, hein, monsieur Campeau ?

— Il y a beaucoup de monde. C'est bon pour vous. Vous pouvez faire votre spectacle.

— Le témoin me manque de respect, Votre Honneur.

— Le témoin dit ce que la salle pense, fit le juge Ferland.

Sa remarque fit bien rire la salle, qui en avait besoin.

— Reprenons, fit Maître Blackburn, imperturbable. Le mardi on vole des télévisions, le lendemain vous alertez le père de Lilianne Rimbaud... Laissez-moi vous poser une question hypothétique. Si Fernand Rimbaud ne décède pas mercredi soir, Marc Rimbaud ne se rend pas chez Benoît Marchand. Vous, monsieur Campeau, étiez-vous sur le point d'arrêter Benoît Marchand pour savoir où était passée Lili Rimbaud ?

— J'y pensais.

— Et vous auriez fouillé la maison ?

— Probablement.

— Et son casier au garage Sylvain ?

— Probablement.

— Vous auriez fini par trouver les télévisions ?

— Je suppose.

— Et là, Benoît Marchand aurait mangé sa claque ? À qui profite ce scénario, monsieur Campeau ?

— Vous allez me le dire.

— Qui gagne à se débarrasser de Benoît Marchand ? Qui a un amant dans la police ? Qui gagne à faire penser qu'elle est morte ? Qui a jeté la voiture de son mari dans le lac Saint-François ? Lili Rimbaud. LILI RIMBAUD ! LILI RIMBAUD ET VOUS ! ELLE EST VIVANTE, VOTRE LILI, ET VOUS SAVEZ OÙ ELLE EST !

— MAÎTRE BLACKBURN, DANS MON BUREAU. L'AUDIENCE EST SUSPENDUE.

— VOTRE HONNEUR, j'ai deux témoins à citer, Hervé Maheux et Yvonne Leblanc, qui vont témoigner qu'ils ont reconnu Lili Rimbaud ! J'ai aussi Albert Labrecque.

— POUR LE MOMENT, DANS MON BUREAU... Vous aussi, maître Letarte.

Maître Blackburn suivit, prenant sa meilleure mine contrite — c'était la deuxième fois qu'il obligeait le juge Ferland à interrompre le procès — et faisant un clin d'œil à Maître Letarte par la même occasion.

———— • ————

— Reconnaissez-vous le chemin ? fit Dulac, pour briser le silence. Betty ?... Le chemin, ça vous dit quelque chose ? On est à Robertsonville.

Il voulait briser le silence, qui le rendait mal à l'aise, comme si c'était important qu'elle ne reste pas silencieuse... car quand elle ne disait rien, il avait l'impression de voir un de ces animaux blessés gisant sur le bord de la route et qui attendent la fin. La secouer.

— C'est pour voir où en est votre mémoire.

— C'est du côté du lac Saint-François que vous m'avez trouvée ? Pourriez-vous repasser par là ?

— C'est juste une route de terre. Rien de spécial. Mais c'est plein de chalets d'été. Mon père en avait un proche de la pointe. J'en ai passé des étés à me baigner avec...

Il ne finit pas sa phrase. Un tiroir dans sa tête venait de s'ouvrir. Un tiroir plein de souvenirs. Lise. L'été de ses onze ans. Lise, qui s'était noyée dans le lac. Lise, sa sœur. Des siècles que... Comment avait-il pu l'oublier ? Et voilà que...

— Avec qui ?

— Avec Lise, ma sœur.

Il lui en voulait de lui avoir fait sortir son nom, comme si de prononcer ce nom était relié à une peine, à une peine spéciale. C'était pour ça qu'il l'avait oubliée. Il chantait des chansons à Lise pour l'endormir.

— Elle vous ressemblait. Elle s'est noyée dans le lac. Et je sais pourquoi vous êtes là ! Vous ressemblez à Lise.

— Vous avez encore mal.

— Oui, cria-t-il presque, car la douleur l'attaquait comme un poignard.

Il n'arrivait pas à le croire. Si longtemps que...

— Pleurez, ça fait du bien.

Des larmes chaudes coulaient sur ses joues. Des sanglots le secouaient. Il arrêta le camion. Elle le prit dans ses bras. Et il pleura tout son soûl. Tout ce retard qu'il avait pris, car il n'avait jamais pleuré la mort de Lise.

——— • ———

— Quand le docteur Lepage vous a téléphoné pour vous annoncer la mort de Fernand Rimbaud, il vous a parlé de Marc Rimbaud. Vous rappelez-vous ses paroles ? demanda Maître Blackburn.

— Il m'a dit que Marc venait de quitter l'hôpital brusquement.

— Est-ce qu'il n'a pas employé l'expression « se dépêcher de le trouver avant qu'un malheur n'arrive ? »

— Quelque chose comme ça.

— En tout cas, assez pour que vous sautiez dans votre voiture, que vous mettiez les sirènes et que vous demandiez l'aide d'une autre patrouille ! Finalement, vous avez créé tout un événement cette nuit-là. C'était quoi votre idée : empêcher Marc Rimbaud de s'en prendre à Benoît Marchand ?

— Maître Blackburn, laissez le témoin répondre.

— C'est ça, empêcher qu'ils ne se rencontrent.

— Là, je fais de la spéculation parce qu'on sait ce qui est arrivé mais, selon vous, qui était le plus en danger ? Le simple citoyen Benoît Marchand ou le policier Marc Rimbaud ?

— Marc Rimbaud.

— Oui ?... Un agent de la paix, armé, qui entre dans la maison d'un particulier est plus en danger ?... Expliquez-nous donc. Il me manque un élément que peut-être je devrais connaître.

— Betty Bilodeau a témoigné que Marc avait appelé avant. Alors, Benoît Marchand l'attendait.

— Il n'avait pas peur de Marc Rimbaud ?

Jos lui aurait tordu le cou. « Il va sortir le passé de Marc. Il va dire qu'il était dérangé depuis... Et c'est de Lili, la femme en rouge, qu'il va parler, et de Jack DePaul. »

— Faut croire. Regardez le résultat.

— Dites-moi, monsieur Campeau, pourquoi Marc Rimbaud était-il affecté à un poste administratif depuis l'affaire Jack DePaul ?

— Posez la question au chef de police Lacasse. C'est pas de mon domaine.

— N'est-il pas vrai que Marc Rimbaud a eu une dépression après la mort de Jack DePaul ?

— Première nouvelle.

— N'est-il pas vrai qu'il aurait été dangereux pour lui de reprendre du service actif ?

— Je ne suis pas compétent pour discuter de ces questions.

— N'est-il pas vrai que tout le monde sait à Thetford, et ici, et je ne veux pas entacher la mémoire d'un homme honorable, n'est-il pas vrai que Marc Rimbaud était un homme profondément dérangé ?

— Pas plus dérangé que vous, qui vous acharnez sur un mort pour défendre une ordure comme le gars qui est assis à votre table.

— C'est moi qui pose les questions...

— Au bout, ça fait bien des si... mais tout peureux que vous dites qu'il était, il y est allé, Marc, voir Benoît Marchand pour savoir où était sa sœur... Peut-être qu'il était dérangé... mais il ne semble pas avoir perdu le nord quand il a trouvé sa femme, Betty, toute nue dans les bras de Benoît Marchand.

— Votre Honneur, voulez-vous lui demander de se taire ?

— Non. Vous allez me laisser parler. Qui est le mort ici ? Qui s'est fait planter un pic à glace dans le front ? Pas Benoît Marchand, Marc Rimbaud ! Pis vous aurez beau faire tous vos sparages, au bout, Marc s'est fait tuer par Benoît Marchand.

— Plus de questions pour ce témoin aujourd'hui.

— C'est ça, quand ça va pas de votre bord, vous vous sauvez ! Qui est le peureux ici ?

Le juge Ferland intervint :

— C'est assez, monsieur Campeau. Plus un mot, ou vous allez avoir affaire à moi. Vous êtes excusé de la barre des témoins. Cette audience est ajournée.

———— · ————

Elle roulait le nom dans sa tête. Betty. « Bonjour, Betty. Avez-vous vu Betty ? Nom et prénom ? Betty Bilodeau. » Rien. Ça n'évoquait rien. Un grand trou noir. Il n'y avait rien derrière ce nom. Pas de rires. Pas de drames. Pas de maison. Pas d'enfance. Pas de souvenirs. « Tu traverses un pont. Tu te retournes, et il n'y a plus rien, plus de ville, plus de lumières, plus de pont ; juste une brume uniforme qui ne te renvoie rien. Comme si tu lisais un nom dans un annuaire, un nom que tu ne connais pas et que tu t'accapares. » Elle avait une adresse sur son permis de conduire. C'est tout ce qu'elle avait. Si elle se rendait à cette adresse, elle saurait qui elle est. Elle observa Dulac, qui conduisait d'une main. Il était différent. Différent depuis qu'il avait pleuré dans ses bras. Tout avait été si soudain. Une minute, il parlait du lac Saint-François, l'autre, il pleurait dans ses bras, et la minute d'après, il se dégageait brusquement, murmurant : « Fini les folies ! » comme s'il était gêné d'avoir pleuré... et autre chose, une colère sourde. Ils avaient évité Thetford et pris la route du lac par Robertsonville. Il avait raison. Il n'y avait rien à voir. Rien n'évoquait rien.

— C'est à peu près ici que je vous ai trouvée.

Rien que des champs couverts de neige. Un poteau avec une pancarte « Chasse interdite » trouée de balles. Rien de ce qu'elle voyait ne suscitait un souvenir. Terre inconnue.

———— • ————

Le juge Ferland avait son air sévère.

— Monsieur Campeau, je ne tolérerai plus de sortie de votre part. Vous êtes ici pour répondre aux questions des avocats, pas pour donner votre opinion personnelle sur les faits. Me fais-je bien comprendre ? Je vous rappelle que vous êtes toujours sous serment.

Maître Blackburn s'approcha avec le sourire, une enveloppe en main.

— Une chose me chicote, monsieur Campeau. Quand vous vous êtes élevé, vaillant défenseur de votre coéquipier Marc Rimbaud, vous avez mentionné la nudité de Mademoiselle Betty Bilodeau. Est-ce une constatation *de visu* ?

— Non. Une déduction. J'ai retrouvé ses souliers à talons hauts, sa jupe, son soutien-gorge et sa petite culotte près du divan du salon. C'est dans mon rapport.

— Le rapport que vous avez rédigé dans la nuit de la mort de Marc Rimbaud, alors que vous étiez seul dans la maison de Benoît Marchand ?

— Exact.

— Je ne vous poserai pas de questions sur les raisons de votre présence dans cette maison. Je suppose que vous étiez un policier dans l'exercice de ses fonctions à ce moment-là et que vous ne désiriez pas l'intervention de vos confrères. Non, je m'interroge sur les conclusions que vous avez tirées sur...

Il sortit de l'enveloppe la petite culotte de Betty.

— C'est bien la petite culotte que vous avez retrouvée ?

Maître Letarte en avait assez.

— Votre Honneur, tout ceci est déjà au dossier. Betty Bilodeau a identifié sa petite culotte. Maître Blackburn nous fait son petit théâtre. Il ne cherche qu'à titiller l'audience.

— Titiller ?

— Maître Blackburn, pourriez-vous accélérer ? Vous tournez autour du témoin comme un gros chat qui fait semblant de pas avoir l'appétit de le manger.

— Il y a des repas qui se savourent, Votre Honneur.

— La cafétéria va fermer si vous ne mangez pas assez vite.

— Monsieur Campeau, puisqu'il a été établi précédemment que Betty Bilodeau avait des relations charnelles avec Benoît Marchand quand Marc Rimbaud a pénétré dans sa maison, dites-moi comment vous pensez que mon client, Benoît Marchand, a été capable de tuer un officier de police armé avec un pic à glace ?

— Je suppose qu'il le cachait. Qu'il a profité d'un moment d'inattention de Marc Rimbaud pour le frapper.

— L'arme de Marc Rimbaud était dans son étui lorsque vous avez trouvé son cadavre, n'est-ce pas ?

— Oui !

— Donc, Marc Rimbaud ne s'est pas servi de son arme. Il s'est plutôt servi de ses poings. Benoît Marchand avait le nez fracturé lorsque vous l'avez arrêté. Donc, ils se sont battus et Marc Rimbaud avait l'avantage. Vous qui le connaissez, est-ce que Benoît Marchand avait peur pour sa vie ? Laissez-moi rephraser cela. Vu les circonstances, Benoît Marchand avait-il raison de penser que Marc Rimbaud en voulait à sa vie ?

— Il n'y a que Benoît Marchand qui le sait.

— Justement, il a dû se défendre contre une agression qui prenait les allures d'un règlement de comptes.

— Objection, Votre Honneur, Maître Blackburn fait ses propres déductions.

— Vous, monsieur Campeau, croyez-vous que Benoît Marchand est aussi responsable de la mort de Fernand Rimbaud ?

— Non.

— Juste non ? Vous êtes laconique ! Ils étaient en train de se disputer à ce qu'on dit sur le fait que Lilianne Rimbaud semblait introuvable. N'est-ce pas la vraie raison pour laquelle Marc Rimbaud a rendu visite à Benoît Marchand ce soir-là ? En tout cas, la raison probable. Vous pouvez me concéder cela ?

— Oui, probablement.

— Marc Rimbaud ne serait pas sorti de la maison, n'aurait pas lâché Benoît Marchand tant qu'il n'aurait pas su ce qui était arrivé à sa sœur ?

— C'est à peu près cela.

— Donc, Benoît Marchand devait craindre pour sa vie, surtout s'il avait tué celle-ci et s'était débarrassé du cadavre ?

— Je suppose.

— Pour vous, elle est morte. Je ne reviendrai pas là-dessus. Mais si elle ne l'est pas, comme certains témoignages l'ont établi, Benoît Marchand, mon client, était en état de légitime défense.

— C'est vous qui le dites !

— Quel choix avait-il ? S'il ne pouvait pas dire où était sa femme — on ne peut avouer ce qu'on ne sait pas —, il se faisait battre à mort par un homme qui pouvait se cacher derrière l'exercice de ses fonctions officielles de policier.

— Marc Rimbaud avait trop de peine pour être un policier dans l'exercice de ses fonctions.

— Exactement. Un homme hors de contrôle décidé à se faire justice lui-même.

— Maître Blackburn continue à plaider avant le temps, fit Maître Letarte.

— J'en ai terminé avec ce témoin, Votre Honneur. Je vais le rappeler plus tard.

Et devant l'air surpris de Jos, il lui murmura :

— Vous ne perdez rien pour attendre.

— La défense appelle Betty Bilodeau.

Benoît Marchand fit un mauvais sourire à Betty. Un sourire qui disait : « Je vais me rappeler tout ce que tu vas dire, Betty. »

———— . ————

Qu'est-ce qu'elle avait fait ? Il avait changé. Pourquoi ? Et ce n'était pas depuis qu'il avait pleuré dans ses bras qu'il était comme ça. C'était depuis ce restaurant où ils s'étaient arrêtés, le restaurant *Leblanc*. Et cette serveuse qui n'arrêtait pas de la regarder. Elle chercha à reconstituer la scène.

Ils étaient entrés dans le restaurant, qui était presque vide. La serveuse était venue pour les servir. « Elle s'appelait Yvonne et elle me dévisageait comme si elle venait de me voir pour la première fois et que j'étais Marilyn Monroe. Tiens, je me souviens de Marilyn Monroe mais pas de moi. Ou elle m'avait déjà vue. » Et puis, Dulac était allé acheter un paquet de cigarettes au comptoir. Yvonne avait l'air de le trouver de son goût. « C'est un bel homme. » Puis, il était allé aux toilettes. « C'est ça. En revenant de la toilette, il s'est assis mais il n'a plus touché à son assiette. Il regardait sans cesse du côté d'Yvonne. Il y avait aussi un homme au comptoir qui nous dévisageait. » Et puis, Dulac avait dit : « On s'en va » en même temps qu'il se levait. Elle n'avait pas fini de manger mais, avant qu'elle puisse protester — et elle n'avait pas envie de protester —, il était dehors. Elle était sortie en faisant un sourire à Yvonne. Dehors, il avait déjà mis le camion en marche. Elle se dépêcha comme si elle sentait qu'il allait l'abandonner. Et puis, il y avait ce taxi qui entrait dans la cour du restaurant. Elle avait eu le temps de voir un vieil homme qui se grattait la tête alors que le camion passait devant lui. Elle ne posa pas de questions à Dulac, mais elle savait que quelque chose était changé.

———— · ————

Betty l'attendait, ce jour où elle pourrait enfin témoigner contre Benoît, contre Jos Campeau et contre Lili. Parce que, plus ça allait, plus elle trouvait qu'elle était la quantité négligeable dans cette histoire. Personne de sa famille ne l'avait visitée en prison. Aucun de ses frères au procès. Depuis sa tentative ratée d'enregistrer les aveux de Benoît, Maître Letarte s'était désintéressé d'elle. Il l'avait interrogée dix petites minutes à peine, lui faisant répéter les éléments de sa déposition.

— Avez-vous vu Benoît Marchand frapper Marc Rimbaud avec le pic à glace ?

— Oui, je venais de...

— Il l'a frappé une seule fois ? coupa l'avocat.

— Oui. Il est resté debout un moment, puis...

Maître Letarte s'était approché du jury.

— Le témoin déclare qu'elle a vu Benoît Marchand tuer Marc Rimbaud... Merci, madame Bilodeau. Vous êtes excusée. Votre témoin, maître Gagnon.

Mais Maître Jean-Marc Gagnon n'avait pas de questions pour sa cliente et se réservait le droit de la rappeler lorsqu'il présenterait sa défense. Le jeune avocat était maintenant assuré d'un poste chez Maître Blackburn et associés et se contentait de laisser ce dernier tirer les ficelles. La vérité était que personne n'avait besoin de Betty. C'était Lili Rimbaud ou plutôt le mystère entourant son sort qui était la vedette de ce procès. Maître Blackburn n'avait pas de questions pour Betty, dont il n'avait besoin que pour confirmer qu'il y avait une liaison entre Jos Campeau et Lili Rimbaud. L'ironie n'échappait pas à Betty. Quand elle sortait avec Lili, il n'y en avait que pour elle. Les choses n'avaient pas changé. Sauf qu'elle n'allait pas se laisser faire. Elle la voulait, son heure de gloire.

— Je pourrais vous en dire, des choses. Dans le travail que je fais, on en entend des vertes et des pas mûres, fit Betty.

— Justement, je ne vous le demande pas, coupa Maître Blackburn. Ce que je veux savoir, c'est ce qui vous permet de dire qu'il y avait une relation entre Jos Campeau et Lilianne Rimbaud.

— Tout le monde sait que, quand elle partait en bicyclette dans le rang, ça prenait pas trop de temps qu'on voyait passer la voiture de police de Jos Campeau. Ils étaient prudents, mais...

Un huissier entra précipitamment dans le tribunal, remit un message au juge Ferland, qui fit signe à Maître Letarte et Maître Blackburn. Ils conférèrent un moment.

— Vu un important développement, l'audience est ajournée jusqu'à nouvel ordre, annonça le juge Ferland.

Le nouveau développement, elle apprit très vite ce que c'était. La fonte des glaces au lac Saint-François avait permis aux chercheurs de trouver le cadavre d'une femme. Tout le monde était sûr que c'était celui de Lili Rimbaud, mais l'autopsie révéla qu'il s'agissait de celui d'une jeune fille, Christine Chassé, disparue l'été précédent, de sorte qu'on ne parla même pas dans les journaux du témoignage de Betty. Lorsque le procès reprit, Maître Blackburn déclara qu'il n'avait plus besoin d'elle, ce qui frustra Betty sans bon sens.

Betty n'était pas seule à se sentir frustrée. Maître Letarte avait remarqué que Maître Blackburn ne semblait pas dans son assiette.

— Je rappelle Jos Campeau à la barre des témoins, fit Maître Blackburn.

— Votre Honneur, j'aimerais dire quelque chose, l'interrompit Benoît Marchand.

Son intervention prit tout le monde par surprise. Benoît venait de se lever. Il avait cet air buté que Betty lui connaissait bien. Elle n'était séparée de lui que par Maître Gagnon et elle sentait son regard rivé sur elle. Elle ne voulait pas croiser ce regard. Benoît avait l'air de rire d'elle.

— Maître Blackburn, s'insurgea le juge Ferland, qu'est-ce qui se passe avec votre client?

Et voyant l'air embarrassé de l'avocat, il intima :

— Asseyez-vous, monsieur Marchand, vous aurez votre chance de parler.

— Je veux juste dire que je veux témoigner en ma défense et que, comme mon avocat n'est pas d'accord, je veux que ce soit clair que je veux témoigner.

Maître Letarte se leva.

— Ne vous en faites pas, vous aurez votre chance, c'est votre droit, répliqua Maître Letarte.

— Ceci étant clair, vous pouvez vous asseoir, monsieur Marchand, fit le juge. Procédez, maître Blackburn peut-être voulez-vous un ajournement d'audience pour conférer avec votre client?

Maître Blackburn vit bien dans son ton que le juge Ferland ne lui donnerait jamais un ajournement. Il n'était jamais bon pour un avocat de paraître ne pas pouvoir contrôler son client. La sortie de Benoît Marchand le rendait ridicule.

Maître Blackburn savait que Benoît voulait témoigner. C'était Benoît lui-même qui le lui avait annoncé. Il était alors assis dans la petite salle de conférences.

— Je vous ai fait venir parce que je veux témoigner.

— Une chance que j'ai le sens de l'humour. C'est moi qui décide ces choses-là.

— Va falloir vous faire à l'idée.

Benoît ne riait pas. Ses yeux étaient deux radars rivés sur Maître Blackburn.

— T'es tanné de la vie, mon Benoît?

— Vous m'avez compris. Je veux témoigner.

— Alors, tu peux changer d'avocat.

— Ça me dérange pas.

Benoît Marchand n'avait même pas bronché d'un cil. Il avait relevé l'esbroufe de Maître Blackburn.

— Je vous ai regardé en cour. Vous êtes trop orgueilleux pour démissionner. Vous verriez ça comme une défaite et vous n'aimez pas perdre.

— Laissez-moi y réfléchir.

— Prenez votre temps, mais dites-vous que ça va arriver.

Et il était reparti sans plus attendre vers le tribunal.

— Maître Blackburn, votre témoin vous attend, annonça Maître Letarte.

Jos Campeau était à la barre. Même lui avait un petit sourire. Maître Blackburn se sentit féroce tout à coup.

———— • ————

Il fallait qu'elle parle. Il le fallait. Parce que le camion n'allait plus vers Thetford Mines.

— Je ne comprends pas. Pourquoi on va vers Québec?

Dulac ne dit rien un moment, puis d'un ton léger :

— À part le fait que la grisaille des mines de Thetford c'est assez pour effacer les souvenirs de quiconque, vous vous rappelez au restaurant? J'ai parlé à la serveuse. Je lui ai demandé où c'était, votre adresse à Thetford. Elle m'a dit que c'était la maison des Bilodeau, mais qu'ils étaient rendus à Québec. Elle m'a même donné l'adresse.

— C'est pour ça qu'elle me regardait si drôlement?

— Ah oui? J'ai pas remarqué. Bien sûr, ça crevait les yeux. Une chance qu'on s'est pas rendus à Thetford. S'y avait fallu qu'ils débarquent à Thetford!

— Comment ils s'appellent?

— Qui?

— Mes parents?

— Je sais juste le nom de votre père, Hector Bilodeau.

— Hector!

— Ouais, Hector!

— Quelque chose ne va pas? Vous avez perdu votre beau sourire.

— J'ai peut-être perdu mon sourire, mais dites-vous que je suis de votre bord. C'est ça qui compte.

Elle ne posa plus de questions. Elle se sentait si fatiguée. Si fatiguée.

— Les yeux vous ferment tout seuls. Prenez la couchette. Dormez, je vous réveillerai quand nous serons à Québec.

— Je ne veux pas dormir...

Il vit qu'elle dodelinait déjà de la tête. Il prit l'oreiller derrière et le lui tendit. Elle n'eut pas sitôt posé sa tête dessus qu'elle s'endormit comme un bébé. « Comme Lise. Dans quoi tu t'es embarqué, mon Clément ? »

Il savait maintenant qui était Betty — sa photo faisait la une du journal dans la toilette du restaurant — et il comprenait aussi qu'il ne fallait pas dire à sa protégée qui elle était, pas encore. « Et peut-être jamais, si elle ne retrouve pas la mémoire. Parce que le jour où elle va se souvenir, ça va être le jour le plus noir de sa vie. » Il allait la protéger. Il n'avait pas su protéger Lise — il le savait maintenant —, il saurait protéger Lili, pardon, Betty.

——— • ———

Maître Blackburn se sentait féroce.

— Vous savez, monsieur Campeau, je n'ai qu'une question pour vous, qui expliquera peut-être pourquoi vous êtes un témoin si peu coopératif dans cette affaire. Voilà ma question, monsieur Campeau : êtes-vous impliqué personnellement dans cette affaire ?

— Tout le monde l'est, lui lança Jos.

— C'est pas tout le monde qui démissionne de la police.

— C'était une décision que j'avais déjà prise avant le meurtre de Marc Rimbaud.

— Ah ! je croyais que vous étiez supposé prendre un poste à Saint-Georges.

— Le poste m'a été offert. Je ne l'ai pas accepté.

— D'après le chef Lacasse, vous étiez d'accord, deux jours avant le meurtre. Qu'est-ce qui vous a fait changer d'idée ?

— La réalisation que je n'étais pas fait pour la police.

— C'est sûr que vous traînez un passé. Pourquoi êtes-vous parti de Montréal ?

— C'est de l'histoire ancienne.

— Qui vous a coûté cher. Vous avez eu une liaison avec la femme d'un haut gradé, que vous avez niée.

— Vous êtes bien informé.

— Oui, monsieur Campeau, parce que j'y vois une similitude de comportement. Vous niez toujours avoir eu une liaison avec Lili Rimbaud.

— Exact.

— Cependant, vous reconnaissez que, lorsqu'on parle d'elle, votre nom est souvent mentionné... C'est vous qui avez abattu le voleur de banque Jack DePaul, qui l'avait enlevée. C'est vous qui l'avez exonérée de tout blâme dans l'attaque de la banque. Elle devait vous être reconnaissante ?

— Je suppose.

— Vous supposez ?

— Dans les mois qui ont suivi cet incident, Lili ne voulait voir personne.

— Elle a quand même vu Benoît Marchand, puisqu'elle l'a épousé.

— Ça, c'est ses affaires.

— Mais quand il a commencé à la battre, c'est devenu vos affaires. Donc, on peut dire que vous l'avez toujours protégée de loin. Est-ce que ça ne peut pas permettre à certaines gens de dire que vous étiez impliqué personnellement ?

— Je suppose.

— À chaque affirmation que vous faites, on a l'impression qu'on vous arrache une dent. Puisque vous croyez qu'elle est morte, quel mal y a-t-il à dire que vous aviez, sinon une relation, au moins un faible pour elle ? Est-ce que je me rapproche ? Un amour non consumé ?

— J'avais beaucoup d'estime pour elle.

— De l'estime ? C'est la raison pour laquelle vous deviez la rencontrer chez elle ? C'est à partir de ce rendez-vous manqué que la disparition de Lili Rimbaud est devenue le meurtre de Lili Rimbaud ?

— Exact.

— Et n'est-ce pas exact que Benoît Marchand, au moment de son arrestation, vous a crié : « EST MORTE, TA LILI » ?

— Oui.

— Comment réconciliez-vous les déclarations de Mona Boyer, à l'effet qu'elle a été vue à Vallée-Jonction, et celles de la serveuse Yvonne Leblanc, et celles du chauffeur de taxi Labrecque, qui ont tous affirmé l'avoir vue après sa présumée mort ?

— Je ne suis plus de la police.

— Pourtant, on vous a vu à la morgue quand on a trouvé dans le lac Saint-François le corps de cette jeune fille qu'on croyait être Lili Rimbaud.

— Pour votre gouverne, mon logement à Thetford Mines n'est pas loin de la morgue.

— Arrêtez donc de nous faire croire que vous êtes blanc comme neige dans cette histoire. Qu'est-ce que ça vous fait de savoir que Lilianne Rimbaud est vivante ?

— Jusqu'à preuve du contraire, pour moi elle est morte, assassinée par Benoît Marchand.

— Toutes choses étant égales, vous aimeriez mieux qu'elle soit vivante ?... C'est facile à répondre, monsieur Campeau. Allez-vous me dire que vous la préférez morte ? Dites-moi donc pourquoi ?

Il le tenait, le Campeau. C'est là que le bât blessait.

— Nous attendons, monsieur Campeau.

— La conclusion des faits est qu'elle est morte.

— Mais si elle était vivante, alors tout ce drame, tous ces faits, ne faudrait-il pas se demander qui les a orchestrés ? Voulez-vous que je vous dise votre dilemme, monsieur Campeau ? Morte, Lilianne

371

Rimbaud est une martyre ! Vivante, elle est une criminelle ! Et moi, je vous dis qu'elle est vivante et que c'est elle la cause de la mort de son frère parce que, ce qu'elle voulait, c'était que son frère ou vous la débarrassiez de Benoît Marchand. C'est ça, la vérité !

— Maître Blackburn, je vous ai donné beaucoup de latitude, mais là c'est le temps de tirer sur la corde.

— De toute façon, j'en ai fini avec ce témoin, Votre Honneur.

Un silence régna, alors que Maître Blackburn allait s'asseoir. Il était en nage. Maître Letarte se leva.

— Pas de questions pour ce témoin.

— Maître Blackburn, vous avez un autre témoin.

— Votre Honneur, la défense a terminé sa...

Benoît bondit sur ses pieds.

— J'ai dit que je voulais témoigner.

— Puis-je avoir un ajournement de dix minutes pour conférer avec mon client, Votre Honneur ?

— Ça changera rien ! s'entêta Benoît Marchand.

— Ajournement de dix minutes, annonça le juge Ferland.

— Bonne chance, souhaita Maître Letarte.

7

MONA N'ALLAIT PAS SE LAISSER FAIRE.

— Comment ça, on passera pas Noël ensemble?

— Parce que je vais être à Chicago. Je pars demain. Je reviens après le Nouvel An. Désolé, fit Clément.

— T'es jamais allé aussi loin avant.

— C'est ce que j'ai dit à mon *dispatcher,* mais Ti-Phonse Roy s'est cassé la jambe avec sa motoneige. Alors, j'ai pas le choix. Je vais penser à toi tout le temps.

— Regarde-moi dans les yeux, toi. Clément Dulac, c'est vrai ce que tu me dis?

Clément lui fit ses grands yeux innocents avec même pas l'ombre d'un clignement de cil. Des yeux grands comme des soucoupes, calmes et limpides, qui vous défiaient de voir les tempêtes et le mensonge derrière.

— Tu me jures que c'est pas un mensonge?

— Je te le jure. Appelle mon *boss.*

Il s'était organisé avec.

— Je sais pas. Je trouve que je ne te vois plus beaucoup depuis que...

Elle n'osait pas le dire. Alors, Dulac le dit pour elle :

— Depuis que j'ai perdu Betty à Québec?... Tu me crois toujours pas?

— Excuse-moi. C'est pas que j'ai pas confiance. C'est juste que je te trouve différent ces temps-ci.

— Peut-être que c'est parce que je me rapproche de toi. Tu connais le proverbe : *Plus on se rapproche, plus on est loin.*

Elle ne le connaissait pas, lui non plus d'ailleurs. Elle était au bord des larmes, mais elle n'allait pas lui donner cette satisfaction.

— Écoute, on a toute la soirée ensemble. Profitons-en. On s'installe sous les couvertes, puis là je vais te...

Il lui murmura le reste à l'oreille. Mona sentit une bouffée de désir l'envahir.

— Commence tout de suite.

Dulac commença à la déshabiller lentement. Mona se laissa faire. Elle ne lui dirait qu'après qu'elle était de service ce soir et qu'il allait la passer tout seul sa dernière nuit avant son voyage à Chicago. Elle se sentit coupable de ne pas l'avoir cru pour Betty et Québec. Peut-être parce qu'elle ne croyait pas qu'on pouvait laisser tomber son Clément. Il était revenu l'échine basse. D'abord, il ne voulait pas en parler. Elle avait insisté.

— On s'est rendus à Thetford, pis là, l'adresse qu'elle avait, il y avait pas de Bilodeau là depuis deux ans et c'était un nouveau propriétaire. Il nous a donné l'adresse d'Hector Bilodeau à Québec. On s'est promenés dans Thetford. Rien. Ça lui disait rien. Là, elle a commencé à brailler. Elle faisait tellement pitié que je lui ai offert de la conduire à Québec. Pis on s'est arrêtés à Saint-Jean-Chrysostome, dans un restaurant. J'avais une petite affaire à régler à Saint-Jean, ça je t'en parle pas. Quand je suis revenu au restaurant, elle n'était plus là. La serveuse m'a dit qu'elle avait commencé à parler avec un voyageur de commerce, qu'ils avaient l'air de s'entendre très bien puis qu'ils étaient partis ensemble. Alors, j'ai pas attendu. De toute façon, ce que j'avais à faire pour elle, je l'ai fait. J'ai pas de regrets.

Mona croyait toute son histoire, mais il n'aurait pas dû ajouter : « J'ai pas de regrets. » Ça, elle ne le croyait pas. Mais elle était prête à tout oublier quand il s'occupait d'elle comme maintenant, alors qu'il lui enlevait ses petites culottes si lentement qu'elle en brûlait.

—— . ——

— Monsieur Marchand, dites-nous ce qui s'est passé entre Marc Rimbaud et vous.

Maître Blackburn s'était résigné. Benoît ne voulait rien entendre. Il voulait absolument témoigner. De toute façon, les jeux étaient faits. Maître Letarte n'obtiendrait pas la peine de mort parce qu'il ne pouvait prouver la préméditation. À moins que Benoît commette une bourde. Qu'est-ce qu'il voulait tant dire ? C'était de ne pas le savoir qui rendait Maître Blackburn inquiet.

— O.K. Je vous laisse témoigner, mais écoutez-moi sur une chose. Quand le procureur Letarte va vous interroger, il va chercher à vous faire fâcher. Gênez-vous pas. Un gars qui ne contrôle pas son tempérament ne planifie pas un meurtre.

— Là, je vous reçois cinq sur cinq.

Benoît fit un tour d'horizon de la salle avant de commencer à parler. Tout Thetford était là. « Venus voir le spectacle ? Un jour, vous allez avoir un chien de ma chienne. Ça, je vous le jure. »

— Nous vous attendons, monsieur Marchand, s'inpatienta le juge Ferland.

— Si je suis ici, c'est parce que j'ai pas tout dit à la police sur ce qui s'est passé ce soir-là. Parce que je me rappelais pas. C'est comme si tu vis avec une brume dans ta tête ; et il y a des choses qui sortent de la brume, un court moment, mais tellement vite que c'est comme une auto qui passe, et tu restes là à te demander ce que c'était. Mais j'ai fini par me rappeler quelque chose. Parce que le reste... ce que les policiers ont écrit... je m'en souviens parce qu'on m'a dit que je l'ai fait ! Je me souviens pas d'avoir tué Marc Rimbaud... mais je suis pas fou, c'est moi qui l'a fait. Pis ces derniers temps, je me rappelle ce qui s'est passé quand il est entré dans ma maison...

Il fit une pause, appréciant le silence de l'audience.

— Je suis pas fier de moi. J'étais en train de baiser avec sa femme. Betty et moi, on a toujours eu des relations. Ça s'est arrêté le temps qu'elle se marie et qu'elle ait son enfant. Après, quand elle s'est pris une chambre au *Balmoral,* on a recommencé de plus belle. Pis là, venez pas me dire que Marc Rimbaud le savait pas. Il le savait, mais il avait choisi de pas regarder de ce côté-là. Je veux pas le salir, mais c'était un peureux. Point final. La seule fois où il s'en est pris à moi, j'étais inconscient sur le plancher du *Balmoral.* Ça prend du courage pour frapper un gars inconscient à coups de pied. Alors, j'ai jamais eu peur de lui, sauf quand je l'ai vu entrer chez moi avec son arme de police dans les mains qu'il pointait sur moi. Je vous dis que ça fait réfléchir un gars de voir le canon d'une arme pointé sur votre tête. Mais plus que ça, parce qu'il y avait plus, c'était de voir les yeux de ce gars-là. Tu voyais tout de suite qu'il y avait un bardeau qui lui manquait dans le jugement. Pis ça, ça faisait plus peur encore. Betty, qui m'en veut de l'avoir embarquée dans cette histoire, vous l'aurait dit. Elle a eu tellement peur qu'elle a couru en haut comme un lapin. Une minute, elle était là. L'autre, tu y voyais le derrière des belles fesses en haut de l'escalier.

Il fit une pause, dévisageant Betty avec un sourire lubrique.

— Mais je m'égare. Je me rappelle ce qu'il m'a dit : « Mon père est mort. Savais-tu ça? Je suis venu régler mes comptes. » Pis là, sans avertir, il m'a flanqué un direct. Il m'a cassé le nez. Là, j'en menais pas large. J'ai reculé dans la cuisine. Il me suivait et il chantait *Oh! When The Saints Go Marching In.* Comme s'il était sur une autre planète. Je me rappelle.

Il insista.

— J'ai décidé de rien cacher de ce que je sais. Je me rappelle avoir pris le pic à glace. Lui chantait. « Là, tu vas me dire où est Lili ou je te mets une balle dans le genou pis l'autre. Ensuite, les deux coudes. Pis la cinquième balle, tu vas l'avoir entre les deux oreilles. *Oh! When the saints go marching in!* »

C'était le silence dans la salle. Maître Blackburn, dans son for intérieur, était forcé d'admettre que Benoît Marchand avait le tour de débiter des mensonges.

— Là, j'ai su que j'étais perdu. Parce que Lili, je savais pas où elle était. Je savais pas si elle était vivante ou morte. Je pensais que j'avais eu une rage, que peut-être je l'avais tuée. Maintenant que je sais qu'elle est vivante, je vois bien que c'était son plan de me faire tuer par son frère. Puis s'il me manquait, c'est l'autre, Jos Campeau, qui allait s'occuper de moi. Voyez-vous, ce soir-là, j'étais au bout de ma corde parce que je savais pas où elle était. Au bout de ma corde.

Benoît Marchand écrasa une larme qui lui venait à l'œil. Une larme de crocodile. Il savait que c'était le temps de la contrition.

— Le reste, c'est les autres qui me l'ont appris. Ça fait que, allez-y, condamnez-moi. Je mérite ce qui m'arrive. La seule affaire que j'espère, c'est qu'un jour je me rappelle. Pour ma satisfaction personnelle. L'autre, c'est que la police arrête pas de chercher Lili. Faut la trouver, cette chienne-là ! Faut pas la laisser s'en tirer. Hein ! Betty ! Tout ce qui nous arrive, c'est à cause d'elle !

Betty ne dit rien. Ce n'était pas vrai ce qu'il disait. Et si on lui demandait, elle le dirait.

— Avez-vous d'autres questions pour ce témoin, maître Blackburn ?

— Non.

C'était le tour de Maître Letarte. Maître Blackburn voyait bien que Letarte était content, que ce moment-là il ne l'avait même pas espéré.

— Votre témoin, maître Letarte.

— Un grand merci, maître Blackburn.

———— · ————

Pour Dulac, mentir était facile. Il n'avait qu'à rester proche de la vérité. On a toujours l'air de dire la vérité quand on ne fait que colorer ce qui nous agite. C'était vrai qu'il fallait qu'il passe à Saint-

Jean-Chrysostome et qu'il avait laissé Betty dans un restaurant-bar, mais pas longtemps. Quand il était revenu, elle était assise avec un voyageur de commerce, qui lui avait offert un verre et était tout prêt à l'aider. Il s'était senti très jaloux, frustré qu'elle possède ce magnétisme qui faisait qu'il n'était pas le seul à pouvoir l'aider. Elle se débrouillait très bien, merci. Heureusement, le voyageur de commerce n'avait pas reconnu Lilianne Rimbaud. Dulac s'était empressé de repartir. Il commençait à broyer du noir. Qu'est-ce qu'il allait faire d'elle ? Sa photo était dans tous les journaux. Elle était une femme recherchée. « T'as pris une bouchée trop grosse pour avaler cette fois-ci... Qu'est-ce... »

——— . ———

— Qu'est-ce que vous allez faire avec moi ? Je vois bien que vous êtes plus comme avant. Vous savez des choses sur moi, mais vous avez peur de me les dire ?

— Je sais rien sur vous sauf que vous ressemblez à Lise. Pis Lise, elle... elle...

— Elle lisait dans vos pensées...

— Oui ! Souvent elle disait quelque chose avant ou en même temps que j'allais le dire... Comme vous...

Il eut un petit rire incrédule. Betty était embarrassée. Son visage était tout rose. Il lui sourit. Elle lui rendit son sourire.

— Je ne sais plus si je dois pleurer ou rire.

— Tout va trop vite. Ça va être compliqué avec vous.

— Qu'est-ce que vous voulez dire ?

— Dis-moi tu... parce que là on va s'arrêter dans un motel et je dis pas « vous » quand je me sens amoureux. Remarque, y a rien qui t'oblige, mais si t'entres avec moi dans la chambre, il va se passer que je pourrai pas m'empêcher de t'embrasser et de te faire l'amour. Voilà, je l'ai dit. Oublie ça. Je peux pas prendre avantage de toi comme ça. Je m'excuse.

Il se serait frappé la tête contre le volant pour y faire entrer un peu de jugeote. Il n'avait pas le droit. Il se détestait parce qu'il s'entendait parler et il avait déjà utilisé cette technique... avec Mona. Lili restait silencieuse.

— Encore une fois, je m'excuse.

— Peut-être ça va me rappeler des choses.

Elle lui tendit la main. Timide. Il allongea sa main vers elle. Leurs mains s'effleurèrent.

— Je vais mourir si je me rappelle pas.

Dulac ne la laissa pas mourir.

———— . ————

Maître Letarte ne perdit pas de temps.

— Comme ça, monsieur Marchand, vous avez tué Marc Rimbaud dans la cuisine ?

— Je me rappelle pas.

— Ah ! c'est vrai, votre fameuse mémoire passe-partout. Vous étiez dans la cuisine. Marc Rimbaud avait son arme pointée sur vous. Il était fou. Hors de contrôle. Vous êtes chanceux d'être vivant. Pourquoi il n'a pas tiré, selon vous ?

— Ça, je le sais pas.

— Mais vous savez que Betty Bilodeau, qui est votre maîtresse — vous vous souvenez de ça ?... — Votre maîtresse a déclaré que vous avez tué Marc Rimbaud dans le salon. D'ailleurs, le sang sur le plancher prouve cette hypothèse.

— Ce que je me rappelle, c'était dans la cuisine.

— Après, vous vous êtes réveillé, vous avez constaté que vous l'aviez tué.

— C'est ça.

— Vous rappelez-vous l'avoir traîné sur la galerie, ou vous avez bloqué ça aussi ?

— Ça, je m'en souviens.

— Savez-vous comment ça marche, la mémoire, monsieur Marchand ?

— Non.

— Si on perd la mémoire à la suite d'un choc, on perd la mémoire de tout. Vous, vous avez perdu la mémoire du meurtre de Marc Rimbaud. Vous étiez pas en boisson à ce moment-là ?

— Non.

— Parce que vous, vos pertes de mémoire, c'est après les brosses que vous prenez, où vous vous souvenez pas de ce que vous avez fait. On est d'accord ?

— D'accord.

— Alors, moi, je cherche... Je cherche le choc que vous avez eu, qui vous a fait perdre la mémoire. Marc Rimbaud vous a frappé au visage. Il vous a cassé le nez. C'est un choc.

— Oui. Ça doit être ça !

— Non. Parce que vous vous en souvenez. Faut aller plus loin. Avez-vous reçu un coup sur la tête ?

— Je me rappelle pas.

— On vous a soigné à Saint-Joseph, pour la balle dans votre genou, pour votre nez. Mais il n'y avait pas de contusion. Pas de choc. Vous dites : « Quand je me suis réveillé »... Betty Bilodeau vous a jamais vu endormi.

— C'est pourtant ce qui est arrivé.

— Une minute avant, vous venez de voir les fesses de Betty Bilodeau. Les belles fesses de Betty Bilodeau. En haut de l'escalier. Une minute après, vous vous réveillez et Marc Rimbaud est mort.

— J'ai dû bloquer ça. Je sais pas combien de temps il s'est passé. Peut-être que j'ai vu rouge. Tout ce que je me rappelle, c'est que je me suis réveillé, pis le pic était plus dans ma main et Marc Rimbaud était mort.

— Le pic. Le fameux pic.

Maître Letarte fit un clin d'œil à Maître Blackburn. Il alla chercher une grande enveloppe, d'où il sortit le pic à glace. Il y eut un frisson dans la salle alors qu'il le montrait à tous. Surtout aux jurés.

— C'est votre pic.

— Oui. Ça lui ressemble.

— Avec vos initiales dessus. C'est plus que ressembler, ça.

— C'est mon pic !

— Ne devenez pas impatient, monsieur Marchand, vous allez être ici un bon bout de temps. Tenez-le, votre pic. Peut-être que ça va aider votre mémoire.

Benoît le prit de mauvais gré, comme si cela le répugnait.

— Tenez-le pas comme une tapette.

Maître Letarte vit que Benoît Marchand rougissait presque. « De mieux en mieux. »

— Vous le teniez haut et au-dessus de votre tête quand vous avez frappé Marc Rimbaud. La blessure provient d'un coup de haut en bas. Tenez-le haut. Avez-vous un souvenir ?

— Non.

— Dommage. Alors, vous voyez rouge. Vous vous souvenez pas. Vous vous réveillez, le pic est dans le front de Marc Rimbaud.

— C'est ça !

— Vous dites que vous avez perdu la mémoire, mais vous vous rappelez des détails avant et après. Or, quand on bloque un événement, on bloque tout ce qu'il y a autour de cet événement. Alors, monsieur Marchand, moi je dis que vous êtes un menteur sur toute la ligne. Regardez-vous avec votre pic à glace en main. Vous avez l'air du meurtrier que vous êtes. Vous rappelez-vous que Marc Rimbaud vous a appelé pour vous dire qu'il s'en venait ?

— Oui !

— Et que Betty voulait se sauver ?

— Oui.

— Mais vous n'aviez pas peur de Marc Rimbaud. Il était un peureux pour vous. Vous étiez capable de vous en occuper.

— J'avais du respect...

— S'il vous plaît ! Vous étiez en train de baiser sa femme ! Vous vouliez le provoquer. Vous l'attendiez de pied ferme. Parce que Marc Rimbaud, vous n'en aviez pas peur... Alors, il vous a surpris en sortant son arme ?

— C'est ça.

— Faux. L'arme n'était pas chargée et n'a pas été sortie de son étui.

— C'est pas vrai.

— De toute façon, vous vous rappelez rien. Mais laissez-moi vous rafraîchir la mémoire. Il n'y avait pas d'empreintes sur l'arme, parce que Marc Rimbaud l'avait nettoyée et placée directement dans l'étui. Alors, dites-nous donc ce qui s'est passé. Prenez votre pic, là. Cachez-le dans votre dos. Parce que, à un moment donné, vous réalisez une chose. C'est pas le beau-frère que vous avez devant vous. C'est pas le mari indigné. C'est un officier de police, qui vous demande de vous expliquer sur la disparition de sa sœur sinon il vous arrête ! Il vous traîne au poste de police et là, qui vous attend ? Le policier Jos Campeau, qui lui aussi veut savoir où est Lili Rimbaud. Regardez-vous, là ! En train de tenir le pic à glace dans votre dos.

Maître Blackburn ne se leva pas pour protester. Benoît Marchand avait creusé sa propre tombe.

— Regardez-vous, vous êtes comme un rat traqué. Plus capable de mentir. Sauf que ce coup-ci, c'est vrai et, comme vous ne vous rappelez rien, alors vous êtes pris au piège. Pas moyen de vous en tirer. Alors que faites-vous ? Tout votre méchant sort. Tout votre méchant d'homme qui avait épousé Lili Rimbaud pour la gloire, pour un héritage qu'elle a fini par refuser. Et en plus elle était enceinte d'un autre. Là, vous êtes fini. Il faut que quelqu'un paye. Votre vie est détruite. Alors, vous frappez. Un coup. Vous lui laissez le pic à glace dans le front. « Tiens, Marc Rimbaud ! T'as voulu rabaisser Benoît Marchand ? Personne rit de moi. Personne ! » Eh bien, monsieur Marchand, vous êtes risible. Regardez l'assistance dans cette cour. Montrez-lui ce que vous avez fait.

Maître Letarte tourna le dos à Benoît Marchand. Betty cria :

— Benoît ! Non !

Le pic à glace siffla dans l'air, manqua Maître Letarte, qui heureusement était hors de portée et vit Benoît, le visage congestionné, les yeux exorbités, qui grimpait, avec sa mauvaise jambe toute droite, par-dessus la barre des témoins et se dirigeait vers lui. Maître Letarte ne dut la vie qu'au fait que les jambes lui manquèrent. Il s'évanouit et manqua la pagaille alors que deux policiers se jetèrent sur Benoît, et que les photographes alertés foncèrent dans la salle pour prendre photo sur photo de Benoît Marchand, presque la bave à la bouche, le pic à glace encore à la main, qu'un policier essayait désespérément de lui enlever.

Et dans toute cette pagaille, Maître Blackburn, très calme, cachait son sourire. Maître Letarte avait perdu la partie. Sur toute la ligne. La photo du procureur évanoui serait dans tous les journaux. Pas exactement l'image d'un homme politique courageux. Quant à la thèse de la préméditation, elle venait de prendre le bord. Maître Blackburn attendit que les photos soient prises, puis il lui versa lui-même la carafe d'eau en plein sur le visage.

———— · ————

— Je dérive. Tiens-moi. Serre-moi.

De sa mémoire d'homme, Dulac n'avait jamais serré une femme aussi fort. Jamais il ne s'était laissé aller de tout son poids, avec le but d'écraser. Betty en redemandait. Aucune pression n'était assez forte pour la satisfaire, la réconforter. Dulac se prenait au jeu. Ensemble et l'impression que le lit tournait. L'impression que l'éternité du moment allait vous engloutir. L'impression que le visage de Betty changeait devant lui et qu'elle était tour à tour vieille, jeune, enfant. Elle lui envoyait tous ses visages. Elle se fondait en lui et lui faire l'amour devenait quelque chose de sacré vous ouvrant, l'espace d'une microseconde, les portes de ce mystère qui vous habite.

Dulac se sentait un homme changé. Il avait installé Lili dans une petite maison de chambres discrète, sur la rue Saint-Vallier. Le propriétaire était un de ses amis et ne laissait jamais Lili sortir seule.

Elle était d'accord. Il lui avait expliqué, quand ils n'avaient pas trouvé Hector Bilodeau à l'adresse que Dulac avait inventée, que peut-être sa perte de mémoire était due à des circonstances ténébreuses et qu'on ne pouvait être certain que quelqu'un ne la cherchait pas. Quelqu'un qui lui voulait du mal. Il fallait être discret. Il ferait les recherches sur son passé. Lili n'était pas de taille à lui résister sur ce point. Peut-être était-ce parce qu'elle lui faisait confiance aveuglément. Il était sa bouée de sauvetage, son amant, son seul point d'attache avec un réel qui lui échappait. Sa vie commençait dans la chambre de Mona, avec Dulac qui prenait soin d'elle. Sa vie était toute jeune « ......d'hui est le pre.ier jour d.   .este .. ta v.. », cette phrase dans le journal qui était dans la poche de son imperméable, tout gonflé d'eau, illisible. Avec de la patience et du temps — elle en avait du temps —, elle s'ingéniait à séparer chaque page, à la recherche de son passé. Jusqu'ici, le cahier ne lui avait rien livré de significatif. Lili résistait aux efforts de Dulac pour qu'elle lui dise ce qu'elle trouvait.

— Comme tu ne me connais pas, ça n'aura pas de sens pour toi. De toute façon, c'est illisible. Y a des mots ici et là. Rien qui me dit rien. Embrasse-moi.

Quand il l'embrassait, elle oubliait qu'elle n'avait pas de souvenirs. Elle oubliait qu'elle était terrifiée à l'idée d'apprendre quelque chose sur elle-même. Dulac avait bien fait son travail. Elle était convaincue qu'elle était une mauvaise femme, qu'il y avait quelque chose de profondément juste au fait qu'elle ne se souvenait plus de sa vie antérieure. De toute façon, c'était maintenant qu'elle devait vivre, et vivre sa vie c'était Dulac. Elle ne l'appelait jamais Clément. Elle sentait qu'il devait lui cacher des choses. Elle le sentait à la façon dont elle n'était jamais seule. Quand elle voulait sortir, il l'accompagnait et quand il n'était pas là, Côté, son ami, était toujours là pour la sortir. Elle ne se sentait pas encore la force de contester l'état des choses. Ses souvenirs étaient trop neufs pour les colorer blancs ou noirs. Et puis, ce n'était pas vrai qu'elle ne se souvenait de rien. Dans sa tête, il y avait des rêves affreux qui la faisaient se réveiller en sursaut. Mais alors, impossible de se rappeler ces images qui l'avaient terrifiée. Elles disparaissaient aussitôt qu'elle voulait les formuler. Elle ne retenait qu'une chose. C'étaient des rêves où quelqu'un voulait la tuer. Alors, quand Dulac lui disait de ne rien faire pour trouver qui elle était, elle obéissait volontiers.

— Tu sauras bien assez vite et, ce jour-là, t'auras plus besoin de moi.

Ça la faisait frémir quand il disait ces choses parce qu'elle savait, dans son for intérieur, que ce ne serait pas éternel, elle et Dulac.

———— • ————

Les plaidoiries sont du grand théâtre. Un réquisitoire à fond, une dernière chance de jeter son grain dans la mare, de convaincre douze personnes que tout ce qu'elles ont entendu était vrai, ou faux... et que maintenant c'est à eux d'intervenir. C'est à eux de séparer le bon grain de l'ivraie. C'est à eux de décider qui va subir les foudres de la loi qui n'est pas la loi, mais un consensus social que tous veulent immuable parce que qui le brise, brise leur sécurité à eux, et c'est pour cela qu'ils sont là. Ils sont les gardiens de la paix publique. Ils sont le dernier rempart entre l'anarchie et l'ordre. Ils sont ceux qui sont appelés à trancher.

— Prenez Benoît Marchand, susurre Maître Blackburn, n'est-il pas comme vous ? Un jour, c'est un homme comme les autres qui cherche à tirer son épingle du jeu, qui est déçu de son mariage. Qui ne l'est pas ? Et voilà que le jeu se corse. Sa femme disparaît dans des circonstances mystérieuses. Autour de lui, ça commence à grenouiller et s'exciter. La rumeur grandit. Où est-elle ? On lui demande des comptes. Une tragédie survient, qui n'est pas de sa faute et voilà que se dresse l'ange de la vengeance. L'homme est condamné d'avance, mais pour quel crime ? Victime, victime, victime. De la bouche même du procureur, « un rat traqué », qui n'a plus d'autre option que de se défendre aveuglément. Nous voilà avec une mort d'homme. Et on veut vous faire croire que c'était un policier qui a visité Benoît Marchand ce soir-là. Et parce que c'était un policier, alors l'accusé mériterait la peine de mort. C'était d'abord un mari trompé, un frère à la recherche de sa sœur. Tragédie. Et qu'en sera-t-il quand sa femme sera découverte, quand le monde verra qu'elle est vivante ?... Un homme traqué. Un crime passionnel. La clémence ne s'impose pas, mais la raison ; car qui de nous est à l'abri de cette mer de passions qui nous agite le cœur quand tout autour de nous se défait et que notre vie est soudain une tempête qui menace de nous engouffrer ? Benoît Marchand a été emporté par la vague. Pas de clémence, mais la raison, qui veut que cet homme n'ait rien préparé, rien comploté. Il a tué sur le coup. Sans savoir qu'il le faisait. Sans savoir qu'il n'avait plus le choix. Il mérite notre raison, qui sait de quel côté de la barrière il se tient. Le doute raisonnable que cet homme n'est pas le tueur de sang-froid que veut nous peindre la Couronne. Le doute raisonnable existe que cet homme n'a pas tué avec malice, dans le but de prendre une vie, mais parce qu'il avait peur, tout simplement. N'oubliez pas une chose, il y a une treizième personne dans ce jury aujourd'hui, celle qui a tout fait pour qu'il soit condamné, celle que la Couronne elle-même croit encore vivante. Cette treizième personne, c'est Lilianne Rimbaud. Ne lui donnez pas la satisfaction de condamner son mari à mort car alors, vous ne feriez que jouer son jeu. J'ai dit raison. Je vous dis maintenant clémence. Il la mérite. C'est un homme ordinaire, ni meilleur ni pire que nous tous, une victime, messieurs, dames...

8

Il y avait du triomphe dans la voix de Mona.

— J'ai des nouvelles pour toi, sur ta Betty. Je sais qui elle est.

Mona posa le journal sur le lit. La photo de Lili s'y étalait en première page.

— Le plus drôle, c'est que je la reconnaissais pas avec ses cheveux courts. Tu ne regardes pas ?... Je pense qu'il faut appeler la police. Le procès commence dans deux semaines.

Dulac était coincé, mais il avait vu venir le coup. Ce n'était pas une surprise. Il enchaîna avec aplomb :

— J'ai déjà vu le journal.

— Il faut appeler la police.

— Pour leur dire quoi ? Qu'on l'a vue pis qu'on l'a laissée partir ? Penses-tu que j'ai envie de voir la police dans mes affaires ? « Qu'est-ce que vous faisiez à Saint-Jean-Chrysostome, monsieur Dulac ? J'écoulais de la marchandise de contrebande. Mettez-moi donc les menottes. »

— Quel genre de contrebande ? fit Mona.

— Y a des bars qui sont bien contents de vendre de l'alcool des États-Unis. Même le *Colgan* !

— Le *Colgan* ? s'exclama Mona.

— Maintenant, tu sais tout. D'un côté, je suis content. C'était pas un secret que j'aimais garder, pis je vais comprendre si tu veux plus me voir.

— Oh! tu vas trop vite. C'est contre elle que j'en ai.

Il prit le journal, le jeta au panier.

— Oublions cette histoire. Finalement, c'est une bonne chose, ça nous a rapprochés.

Mona se fendit d'un sourire. Clément qui avouait des choses sur lui. Clément qui se mettait à sa merci. Clément qui avait envie d'elle.

— Jamais je ferai quelque chose pour te nuire. Embrasse-moi, grand fou!

Dulac ne se fit pas prier. Il avait envie d'elle. Lui aussi avait besoin d'un port d'attache. S'occuper de Lili, qui n'était pas Betty et qui lui faisait penser à Lise, commençait à lui peser. Lise! Lili n'était pas la seule à avoir des cauchemars. Chaque nuit, Clément Dulac revivait la mort de sa sœur Lise. Chaque nuit, Lise se noyait sous ses yeux. La digue était brisée dans sa tête. Tous ces souvenirs qu'il avait jugulés revenaient le hanter. Comme si c'était hier. Même pas hier. Il voyait son père penché sur lui. « Dis-moi ce qui s'est passé, Clément. Pourquoi t'étais pas là? T'étais supposé t'occuper de ta sœur. »

— Clément, qu'est-ce que t'as? On dirait que t'es pas là.

Clément redoubla d'ardeur, mais le mal était fait. Ce surplus d'ardeur mit le doute en Mona.

———— · ————

Une image vaut mille mots. C'était au tour de Maître Letarte de faire sa plaidoirie et la salle retenait son souffle, anticipant qu'il allait faire une charge contre Benoît Marchand qui égalerait l'attaque de celui-ci en pleine cour. La salle en fut quitte pour son appétit. Quand Maître Letarte s'approcha des jurés, c'était un homme changé. Il n'avait qu'une image en tête, la photo de lui gisant évanoui sur le parquet de la cour. Il n'avait pas encore fait son bilan, mais il savait que ses ambitions politiques étaient désormais choses du passé. S'il était resté debout, s'il avait pris un coup de pic à glace de Benoît Marchand, il serait le héros du jour, le vaillant procureur.

Dorénavant, il serait toujours celui qui s'était évanoui devant le danger, celui qui n'avait pas la force intérieure de rester debout quand...

— Maître Letarte, nous vous attendons.

De l'inquiétude transpirait dans la voix du juge Ferland. Maître Blackburn ne le houspillait pas. On le ménageait. Il eut un regard pour Benoît Marchand, à qui on avait posé des menottes aux poignets et aux chevilles et qui ne regardait personne.

— Je serai bref. Benoît Marchand est devant vous pour meurtre. Le meurtre prémédité de l'agent Marc Rimbaud. « Même toi, tu n'y crois pas. » Les faits sont là. Il savait que Marc Rimbaud venait l'arrêter. Il n'avait pas peur. Il voulait lui faire face. Il savait le danger auquel il s'exposait. Il savait que Marc Rimbaud allait lui demander des comptes. Pour son père, et pour sa sœur. « Elle, si on la trouve, je vais lui faire passer un mauvais quart d'heure. » N'oubliez pas que Benoît Marchand, quand il a su que Marc Rimbaud s'en venait, a commencé à faire l'amour à Betty Bilodeau-Rimbaud, l'épouse de Marc Rimbaud. Le cœur de la préméditation est là. Parce que, quoi que Benoît Marchand dise, il ne peut expliquer la disparition de sa femme. Qu'il ait été ou pas l'instrument de la disparition de sa femme, il est coincé. Vous connaissez l'expression : Tant qu'à être pris à tuer pour cent dollars, autant être pris pour dix millions. « Ce n'est pas le bon exemple, ça sort mal. » Tant qu'à te faire accuser de meurtre, autant te faire accuser pour de vrai. Son geste est le geste d'un homme méchant qui n'a plus rien à perdre et qui veut entraîner le plus de monde possible dans sa chute. N'oubliez pas qu'il a essayé de tuer l'agent Jos Campeau. Qu'il lui a crié : « EST MORTE, TA LILI » !... et que la Lili Rimbaud que Maître Blackburn dit vivante pourrait bien être retrouvée un jour au fond du lac Saint-François. Vu son geste, je parle sur le fait qu'elle est morte et que c'est pour ça que Benoît Marchand a attendu Marc Rimbaud et l'a froidement exécuté. Je remercie le jury. « *Short and sweet*. De toute façon, le mal est fait. Le mal, c'est toi évanoui.

T'aurais pu être un héros. Tu le seras jamais. » Il alla se rasseoir. La salle resta étrangement silencieuse.

———— · ————

« T'étais supposé t'occuper de ta sœur. » Cette voix dans sa tête. Dulac était dans son camion. Il revenait vers Lili. « Pourquoi tu continues à l'appeler Betty ? C'est Lili son nom. Quand est-ce que tu vas lui dire la vérité ? Va falloir un jour. T'avais dit que tu t'occuperais de ta sœur ! »

Il ne voulait plus penser. Il ouvrit la radio. Évidemment, à la radio, on parlait du procès de Benoît Marchand. Dulac soupira. Il savait tout sur Lili. Son infirmité. Jack DePaul. Benoît Marchand. À la radio, on interrogeait l'homme de la rue :

— Les affaires que le monde font. Ça, moi, je comprends pas. Un gars qui tue sa femme, il me semble qu'il se tue lui-même.

— Il y a des rumeurs qu'un policier était son amant et que c'est pour cela que les recherches avancent pas parce que, le jour où on va trouver le cadavre, il y aura procès et la police n'a pas le beau rôle là-dedans. Oubliez pas que c'est une année d'élections.

— Je me rappelle quand il y a eu le vol de banque à Thetford. J'étais à Beauceville. Je suis monté direct mais il était trop tard, il n'y avait plus rien à voir. Je me suis toujours demandé pourquoi ils l'avaient pas arrêtée, elle. Après tout, quand t'arrives devant une banque dans la voiture du voleur, il me semble que t'es naturellement complice. Mais... devinez qui a dit qu'elle n'était pas dans l'auto, le même policier qui est accusé d'être son amant. Jos Campeau.

Dulac ferma la radio. Jos Campeau... « T'étais supposé t'occuper de ta sœur. » Une sueur froide l'envahit. Son père ne lui avait jamais pardonné. Ni Lise.

———— · ————

Ce soir-là, Dulac ne pouvait dormir. Lilianne Rimbaud s'agitait près de lui. Encore un de ses cauchemars. Ce n'était pas cela qui l'inquiétait. Mona. Mona qui avait été témoigner qu'elle avait vu

390

Lili au *Colgan*. Il alla s'asseoir dans le fauteuil. Quand il ne dormait pas — et ça arrivait de plus en plus souvent —, il aimait se caler dans le fauteuil et regarder Lili dormir. Dehors, le matin commençait à pointer. La vue de Lili dans son sommeil ne lui faisait rien ce matin. Il fallait qu'il aille à Vallée-Jonction voir Mona. Il était évident qu'elle devait s'être rendu compte qu'il était avec Lili. Comment? Il avait bien pris ses précautions. On ne parlait pas de lui dans le journal. Dans son témoignage, elle ne l'avait pas mentionné. Mais ce n'était qu'une question de temps. S'il ne s'occupait pas d'elle, elle pouvait se rappeler que c'était lui, le camionneur. De plus, on allait rechercher Lili à Vallée-Jonction. Quelqu'un d'autre avait pu les voir ensemble. Que faire? « Mona d'abord. » Il commença à s'habiller silencieusement. Il ne voulait pas la réveiller.

— Tu repars?

— Oui. J'ai un voyage à faire.

— Chaque fois que tu pars, j'ai toujours peur que tu reviennes pas.

La colère l'envahit.

— Betty! dis pas des choses comme ça! Tout ce que je fais pour toi et je t'abandonnerais comme ça? Pour qui tu me prends?

— Je t'en voudrais pas.

— Ne parlons plus de ça.

— Sois pas brusque avec moi, s'il te plaît.

Elle allait se remettre à pleurer. Il la prit dans ses bras, toute frémissante.

— Betty, si tu savais comme t'es importante pour moi, tu saurais que ça se peut pas ce que tu penses. T'as encore eu des cauchemars?

— Heureusement, je m'en rappelle pas. Toi?

Il ne voulait jamais parler de ses cauchemars.

— Je n'ai pas de cauchemars.

— Tu pleures dans ton sommeil.

— Moi? Pleurer!

— Tu prononces son nom. Ta sœur Lise.

Il se leva, se dirigea vers la porte.

— Ça te fait mal ?

— Des histoires anciennes. Ça va passer.

— On oublie la peine, mais elle reste là.

— Bon. Tout ça est bien beau, mais moi faut que j'y aille.

— Tu ne me laisses pas tomber ?

— Betty ! ne dis plus des choses comme ça !

Il sortit en se retenant de claquer la porte. Lili se recroquevilla dans le lit. Elle avait peur de se rendormir. Une image de son rêve lui restait. Le visage d'un homme qui la tenait par la taille et serrait, serrait. « Entre quatre-z-yeux, ma belle. Entre quatre-z-yeux ! » Et ses yeux devenaient énormes, énormes.

« Au moins, tu te rappelles quelque chose. Est-ce que tu veux vraiment savoir ? »

———— · ————

Le jury ne délibéra pas longtemps, ce qui était toujours un mauvais signe selon que vous vous considériez soit la Couronne, soit la défense, en position de faiblesse. Maître Letarte le vit comme un mauvais signe. Il avait raison. Benoît Marchand fut déclaré coupable de meurtre non prémédité sur la personne de l'agent Marc Rimbaud. « Avec circonstances atténuantes », avait tenu à préciser le jury. Betty Bilodeau fut déclarée coupable de complicité après le fait. Une surprise, le juge Ferland était prêt à rendre immédiatement sentence. Lui, qui d'habitude prenait son temps, voulait en finir. Après le traditionnel « Accusés, levez-vous », il demanda à Benoît Marchand s'il avait quelque chose à dire avant qu'il rende sa sentence. Benoît eut un sourire.

— Qu'est-ce que je peux dire qui va changer quelque chose ? Je suis fait. Alors, allez-y. Oh ! une chose ! Lili, j'espère que je l'ai tuée. Je l'espère vraiment. Parce que si je la retrouve un jour, je vais revenir devant vous parce que je vais l'avoir étranglée, de mes mains, pour faire durer le plaisir.

— Benoît Marchand, vous êtes condamné à vingt-cinq ans de prison ferme. Dieu vous garde !

— Vous aussi, Votre Honneur.

— Betty Bilodeau, vous êtes condamnée à six ans de prison, à être servis depuis la date de votre arrestation.

Ce n'est pas le chiffre six qui brûla Betty, mais le fait que le juge ne lui ait même pas demandé si elle avait quelque chose à dire.

——— • ———

Jos était assis devant Mona. C'était au beau milieu de l'été. Il faisait une chaleur intolérable. Mona s'alluma une cigarette. Elle avait accepté de parler à ce Jos Campeau, mais maintenant qu'elle était assise devant lui, elle n'était plus trop sûre.

— Je n'ai pas grand-chose à ajouter à ce que j'ai dit au tribunal.

— Justement, j'ai votre déposition ici. À part sa bosse au front et ses grands yeux, pouvez-vous la décrire un peu plus ?

— J'ai pas les mots pour la décrire.

— Un front large ou petit ?

— Large.

— Son nez. Un nez droit ? Un nez retroussé ?

— Droit. De toute façon, ce que je vous dis... Vous avez sa photo.

— Oui. Est-ce qu'elle avait des tics ? Genre... comme vous, vous faites des cercles avec votre cigarette et vous vous rongez les ongles... Est-ce qu'elle fumait ?

— Je ne l'ai pas vue fumer. Il va falloir que je reprenne mon service.

— Le camionneur. Il n'était jamais venu ici avant ?

— Ce devait être un nouveau. Je l'ai jamais vu avant.

— Parce qu'il y en a d'autres qui viennent. Vous avez leurs noms ? J'en aurais besoin. Si le camionneur est nouveau, ils doivent le connaître.

— Les camionneurs, je les connais de vue. Pas plus. Disons que je veux pas sortir avec ce genre d'hommes. Alors, je ne cherche pas à les connaître plus.

Maranda la lorgnait de l'œil et lui indiquait qu'il commençait à avoir besoin d'elle sur le plancher.

— C'est quand même drôle. Vous la voyez en novembre. Là, on est en mars. Vous la reconnaissez sur le journal. Elle a dû vous faire toute une impression.

— Je l'avais pas reconnue sur la photo avec ses cheveux longs. C'est juste quand j'y ai repensé, parce que j'ai vu une autre photo dans le journal qui était barbouillée, que j'ai pris sa photo et, en lui dessinant des cheveux courts, ça m'a sauté au visage que c'était elle. « Et que si Clément me mentait, c'est qu'il était avec elle. »

— Elle vous a pas dit son nom ? Je veux dire ; si c'est Lili Rimbaud, la première chose qu'elle aurait fait, c'est vous donner un faux nom. « Le rusé ! Je suis pas pour te dire son nom. Tu saurais que j'en sais plus que ce que je dis. C'est comme Clément. Il sait pas que Ti-Phonse Roy est venu au *Colgan* et qu'il n'avait pas la jambe cassée. »

Elle haussa les épaules. Regarda dehors. Où Clément Dulac venait de sortir de son camion.

— Là, vraiment, faut que j'y aille.

Nerveuse soudainement. En tout cas, elle cachait quelque chose.

— Qu'est-ce qui vous rend si sûre que c'était elle, mademoiselle Boyer ?

Mais elle était déjà repartie. « Pourquoi tu ne veux pas admettre qu'elle est vivante ? »

Mona agit vite. Il ne fallait pas que Clément s'approche d'elle. Quand elle le vit entrer, elle lâcha son cabaret. Clément Dulac la vit qui le regardait et qui faisait un signe vers Jos. Dans le restaurant, on applaudit sa bourde comme si elle était devenue une célébrité. Mona, elle, gardait le regard figé sur la porte d'entrée. Jos vit un grand bonhomme de dos, qui sortait. Bizarre. Pourquoi Mona jetait-elle un regard paniqué vers lui ?

Dehors, Clément Dulac réintégrait son camion. Il venait de voir Jos, qu'il avait reconnu. Il n'avait eu que le temps de repartir. Il l'avait échappé belle. « Gros problème, mon Clément. Temps de retomber sur tes pattes. Mona avec ce policier. » Qu'est-ce qu'elle lui avait dit ? Il vérifia de nouveau son rétroviseur, comme s'il s'attendait à tout moment qu'une auto de police surgisse, avec ses sirènes hurlant. « Temps de te décider, mon Clément. C'est plus un jeu. Quel jeu tu jouais avec ta sœur Lise, au milieu du lac ? » Son père criait. « Qu'est-ce qu'il avait à crier ? C'est elle qui voulait aller au milieu du lac, pour plonger plus profond. Elle me forçait toujours à la suivre. Puis, elle a plongé. Elle est pas remontée. Je le savais-ti, moi, qu'elle s'était pris le pied après une chaîne ? De toute façon, le temps que je me décide de sauter, il était trop tard. »

Il l'avait regardée qui se débattait. Il n'avait pas bougé. Quelque chose l'empêchait de bouger. Ses membres ne répondaient pas. Elle avait cessé de se débattre. Cessé de se débattre. Il voyait son visage. Il avait ramé jusqu'au bord. Il pouvait faire ça, chercher de l'aide. Personne ne le blâmerait. Il n'avait pas réalisé que son pied était coincé. Il ne savait pas.

« Décide, mon Clément, t'es pas pour couler avec. Non. Non. Non. Tu vas pas recommencer ça... parce que là, tu sais. Elle t'a ouvert les portes, Lili. Les portes de ta mémoire. Trop comme Lise. Maintenant, tu sais. Tu vas pas la laisser tomber alors qu'elle se noie. »

— C'est le temps de me laisser tomber.

Pourquoi était-elle si calme ? Pas calme, résignée. « Elle sait. C'est ça qui te brûle. Elle sait. C'est de sa faute. » Qu'est-ce qu'elle avait à venir chercher les mots dans sa tête ?

— C'est des phrases que je pense, puis je les dis. C'est juste après que ça devient les mots des autres. Pourquoi je suis comme ça ?

———— • ————

Il arrive en coup de vent :

— Réveille-toi, Betty. Faut partir, pis vite.

Le temps de lui communiquer son urgence. Le temps de ramasser ses choses dans une petite valise. Pas le temps de poser de questions, juste le temps de lui dire que le ciel allait leur tomber sur la tête s'ils restaient là parce qu'on la cherchait. Dans le camion, elle se força à respirer calmement, pour ralentir les battements de son cœur.

— Qui me cherche ? Pourquoi ? Qu'est-ce que tu sais ?

— Je sais rien. Sauf que la police était à Vallée-Jonction, chez Mona. Alors, je suis pas resté pour poser des questions.

— Je suis recherchée par la police ?

— Fais-toi-z-en pas. Ils te trouveront pas. Mais nous deux, on ne peut plus être ensemble. Parce que ce que je vois, c'est que c'est moi qu'ils vont chercher. S'ils me trouvent, ils te trouvent.

— Peut-être que c'est ce qu'il faut, que je sois toute seule.

— T'es pas toute seule.

— T'as fait tout ce que tu pouvais faire, Dulac. C'est le temps de me laisser tomber.

— Betty, quand tu dis des choses comme ça, tu me fâches tellement que j'arrêterais le camion, je te laisserais sur le bord de la route. Mais je le ferai pas. Parce que, avec Lise... ça ferait deux fois, comprends-tu ? C'est de ta faute aussi. Avant toi, j'étais bien. Je ne me rappelais rien. Je me rappelais même pas Lise. Tu as remué des choses. T'as réveillé mes démons. Moi, je voulais juste te venir en aide. Regarde où je suis rendu.

— Dulac, je dis pas ça pour te blesser. T'es déjà assez blessé de même. Tu peux pas me sauver, pis je me doute que t'as pas pu sauver Lise non plus. Mais moi, je suis encore vivante. Je me rappelle rien. Je sais pas si c'est bon.

— Ce que t'as à savoir, tu le sauras bien un jour. Comment ça, trop blessé ? Qu'est-ce que tu veux dire ? Trop blessé ?

Ils arrivaient à Montréal. Le pont Jacques-Cartier.

— En sortant du pont, tu t'arrêtes, Dulac.

— On peut s'organiser, Betty. Je connais du monde. Réponds à ma question. Pourquoi trop blessé ?

— Je ne suis pas Lise. Je ne suis pas en train de me noyer. Je me rappelle plus rien, pis c'est O.K. Tu veux que je te dise, Dulac, pourquoi tu vas me laisser à la première lumière ? Je rêvais ce matin. Je rêvais que j'ouvrais les yeux et que j'étais morte. Et il m'est apparu que j'avais raison. Je suis morte. Je ne suis plus là. Tous mes souvenirs effacés d'un grand coup de couteau. Cette personne-là que j'étais voulait pas vivre. Pas vivre avec ses souvenirs. Alors, je suis bien, Dulac. Je suis morte. Je suis comme Lise. Je suis morte. C'est les autres qui souffrent. Tu souffres que Lise soit morte. Lise est en paix. Elle ne t'en veut même pas. Arrête le camion, Dulac. Je continue plus avec toi. Je suis libre. Je suis libre parce que j'ai plus de nom. Je suis Betty le temps de me rappeler, mais je ne veux pas. Parce que je suis morte. Je suis morte à moi. Je suis bien, Dulac. Pleure pas.

Il s'arrêta aux feux de circulation. Elle l'embrassa sur la joue. Il serra sa main. Il voulut la retenir. Derrière, ça klaxonnait. Lili descendit. Il continua un bout, freina comme un perdu, courut hors du camion. Où était-elle ?

— Betty ? Betty ? BETTY ?...

Disparue. Envolée comme la fumée.

———— • ————

« Pourquoi tu veux pas admettre qu'elle est vivante ? Arrête de te conter des histoires. La fille à Vallée-Jonction, Mona Boyer, elle sait quelque chose. » Jos Campeau buvait sec. Montréal. Une taverne.

— La vie continue, philosopha platement Jérôme. Arrête de boire, on rencontre Albert Gignac dans dix minutes. Un détective qui boit, il n'aime pas ça.

Jérôme lui prit le verre des mains.

— Tu peux te casser la tête toute ta vie, te faire des listes des raisons pour, des raisons contre.

— La fille à Vallée-Jonction, Mona Boyer, elle sait quelque chose.

— Écoute, si tu deviens détective privé, t'auras peut-être l'occasion de la revoir. Je sais que tu la laisseras pas tranquille. Mais pour le moment, oublie tout. Concentre-toi sur toi et tes besoins.

— Sais-tu c'est quoi, le doute, Jérôme ? C'est quelque chose qui te mange lentement jusqu'à ce qu'il n'y ait plus rien à manger, et tu te dis : « Je vais être libre », mais le doute arrête jamais. Même quand tu penses que t'as plus rien à lui donner.

— La vie ne s'arrête pas à une femme.

Allez dire ça à Clément Dulac. Dont le camion a frappé de plein fouet un dix tonnes, en sens inverse. La chose curieuse, c'est qu'il a dû traverser l'accotement et défoncer une barrière pour se retrouver devant la mort. En plein jour, par un beau soleil. Comment a-t-il pu perdre le contrôle de son camion ?

———— · ————

— Je peux vous payer un verre, mademoiselle ? Mademoiselle ?... En tout cas, vous avez un beau sourire, lui dit l'homme au bar.

« Je ne suis pas d'ici. J'ai beau essayer, il n'y a rien que je me rappelle. Ma vie est un vide et je parle à une inconnue qui ne veut plus exister. Vous vous demandez pourquoi je souris. Parce que je recommence. Je suis morte. Un journal illisible. Des boucles d'oreilles. Un médaillon. Avec la photo de qui ? Elle a l'air douce. Ma mère ? Bonjour à toi, Betty. La première journée du reste de ta vie. »

Voici un extrait de **Alias Betty Bilodeau,**
le deuxième volet des aventures de Lili Rimbaud,
à paraître prochainement.

« 3 septembre 1977

Bonjour à toi,

Ça se bouscule dans ma tête. Je sais que je ne suis pas Betty Bilodeau. Je n'aurais pas dû me souvenir. Au moment même où je rêve de nouveau, au moment même où la vie m'ouvre enfin ses bras, voici que mes souvenirs reviennent me hanter et que l'énormité de ce que j'ai fait me frappe comme un fouet. Depuis que j'ai revu la vraie Betty Bilodeau, mes souvenirs sont autant de griffes qui me déchirent le cœur. « Folle comme ta mère », disait tante Valérie.

Dois-je continuer à me cacher ? C'est ce que tu fais, Lili. Camouflée sous un faux nom, tu es invisible. Il faut que tu gardes le silence, Lili. Absolument. Personne ne doit savoir. Même pas Laurent. Laurent, mon amour, comment te mentir ? Toi qui me devines d'un regard. Que feras-tu si tu découvres que la femme que tu aimes n'est pas celle que tu penses ? Déjà, tu veux me sortir de ce bar louche où je travaille, sous prétexte que les hommes me regardent. Les hommes me regarderont toujours, Laurent. Je te connais. Tu es trop intègre, tu n'admettras pas. Tu ne peux pas lui faire ça, Lili. Il faut que tu restes en dehors de sa vie sinon tu vas le détruire comme les autres. Pour cela, tu n'as qu'à rester Betty Bilodeau. Tu n'as qu'à ne jamais ouvrir ton cœur. Tu peux le faire. Tu es aussi mauvaise que Betty. D'ailleurs, pose-toi la question, Lili. Est-ce qu'elle te cherche, celle-là ? Prie pour qu'elle ne te trouve pas... »

Extrait du journal de Lili